ROBERT CRAIS

ZEIT DER JAGD

THRILLER

Aus dem Amerikanischen
von Jürgen Bürger

WILHELM HEYNE VERLAG
MÜNCHEN

Die Originalausgabe THE PROMISE erschien bei
G. P. Putnam's Sons, New York

Der Verlag weist ausdrücklich darauf hin, dass im Text
enthaltene externe Links vom Verlag nur bis zum Zeitpunkt
der Buchveröffentlichung eingesehen werden konnten.
Auf spätere Veränderungen hat der Verlag keinerlei Einfluss.
Eine Haftung des Verlags ist daher ausgeschlossen.

Dieses Buch ist auch als E-Book erhältlich.

Verlagsgruppe Random House FSC® N001967

Deutsche Erstausgabe 11/2016
Copyright © 2016 by Robert Crais
Copyright © 2016 der deutschsprachigen Ausgabe
by Wilhelm Heyne Verlag, München,
in der Verlagsgruppe Random House GmbH,
Neumarkter Str. 28, 81673 München
Redaktion: Marcus Jensen
Printed in Germany
Umschlaggestaltung: Robert Schober, München,
unter Verwendung eines Motivs von
© shutterstock/IM_photo, Arcangel/STEPHEN CARROLL
Satz: KompetenzCenter, Mönchengladbach
Druck und Bindung: GGP Media GmbH, Pößneck
ISBN: 978-3-453-43881-1

www.heyne.de

*Für Randy Sherman
Pilot, Chirurg, Partner und Freund
Gibt keinen Besseren im Rücken
oder vorweg.*

DAS DROPHOUSE

1
Mr. Rollins

Die Frau stand in der hintersten Ecke des schwach beleuchteten Raumes, versteckte sich im Schatten wie ein Fisch in grauem Wasser. Sie war klein, pummelig und plump. Die Fransenlederjacke ließ sie wahrscheinlich noch etwas draller wirken, aber ein echter Hingucker war sie ohnehin nie gewesen. Sie erinnerte Mr. Rollins an einen überreifen Pfirsich, und der Pfirsich hatte ganz offensichtlich Angst.

Es hatte sich eingeregnet in dieser wolkenverhangenen Nacht. Der schäbige Einzimmerbungalow im Westen von Echo Park stank nach Bleichmittel und Ammoniak, aber die Fenster waren geschlossen, die Jalousien heruntergezogen und die Türen verriegelt. Das einzige Licht kam von einer einzelnen gelben Fünfundzwanzig-Watt-Birne. Der Geruch der Chemikalien bereitete Mr. Rollins Kopfschmerzen, die Fenster konnte er jedoch nicht öffnen. Sie waren zugeschraubt.

Rollins war nicht sein richtiger Name, aber der Mann und die Frau benutzten wahrscheinlich auch falsche Namen. Amy und Charles. Amy hatte keine drei Worte gesprochen, seit sie eingetroffen waren. Charles übernahm das Reden, und Charles wurde langsam ungeduldig.

»Wie lange dauert das hier noch?«

Die Antwort des Chemikers klang gereizt.

»Zwei Minuten, Alter. Entspann dich. Wissenschaft braucht eben Zeit.«

Der Chemiker war ein aufgekratzter, voll durchtätowierter Typ, der sich über den Couchtisch beugte. Er trug eine LED-Stirnlampe auf dem Kopf. Mit einem kleinen Gasbrenner erhitzte er den Inhalt eines Glasgefäßes, wobei er zwei Messgeräte im Auge behielt, die wie aufgeblähte TV-Fernbedienungen aussahen. Rollins hatte ihn vor acht Jahren gefunden, als er Meth aufkochte, und seitdem häufig eingesetzt.

Charles war ein adretter Mittvierziger mit gepflegten braunen Haaren und der fitten Statur eines Tennisspielers. Mr. Rollins hatte im vergangenen Jahr dreimal bei Charles gekauft, und jedes Geschäft war glatt gelaufen. Aus diesem Grund hatte Mr. Rollins ihm nur dieses eine Mal erlaubt, die Frau mitzubringen, wobei Rollins sich fragte, als er sie jetzt sah, warum sie unbedingt mitkommen wollte. Sie hatte sich gottverdammt fast eingepisst, als Rollins sie filzte und ihnen befahl, die Handschuhe überzustreifen. Jeder, der das Haus betrat, musste Vinylhandschuhe anziehen. Und Rollins duldete weder Speisen noch Getränke. Niemand durfte Kaugummis kauen oder Zigaretten rauchen. Die Liste der Ge- und Verbote war ziemlich lang. Mr. Rollins hatte klare Regeln.

Er lächelte, als er den Sitz seiner Handschuhe korrigierte.

»Man bekommt ziemlich schwitzige Hände in diesen Dingern, Amy, finden Sie nicht auch? Ich weiß, es nervt, aber wir sind ja fast fertig.«

Charles antwortete an ihrer Stelle.

»Ihr geht's bestens. Sagen Sie Ihrem Mann, er soll endlich zum Ende kommen, damit wir von hier verschwinden können.«

Der Chemiker nuschelte etwas, ohne dabei aufzublicken.

»Leck mich.«

Rollins lächelte wieder Amy an und schaute kurz auf den runden Plastikbehälter, der neben dem Chemiker stand. Der Behälter war mit einem Material gefüllt, das wie Joghurt aussah und sich wie Knetgummi anfühlte.

»Woher haben Sie das eigentlich?«

Wieder kam Charles ihr zuvor.

»Ich hab Ihnen doch schon gesagt, woher wir es haben.«

Rollins überlegte, Charles einfach seine Pistole in den Arsch zu rammen und abzudrücken, ließ sich jedoch nichts anmerken.

»Ich mache nur ein wenig Konversation. Amy scheint nervös zu sein.«

Charles warf Amy einen Seitenblick zu.

»Ihr geht's gut.«

Amys Stimme war flüsterleise, als sie schließlich etwas sagte.

»*Ich* hab's gemacht.«

Der Chemiker schnaubte.

»Ja-ja. Na klar ...«

Dann setzte sich der Chemiker auf und sah Rollins an.

»Wer immer das Zeug hier gemacht hat, er hat verdammt gute Arbeit geleistet. Das Zeug ist *astrein*, Bruder.«

Charles verschränkte die Arme. Selbstzufrieden.

»Sehen Sie?«

Rollins war beeindruckt. Das Material in der Tupperdose war schwer zu bekommen. Charles behauptete, die Frau habe zweihundert Kilogramm davon.

»Was ist mit Markern?«

Der Chemiker schaltete den Gasbrenner aus und baute die Messgeräte ab.

»Der Äthylentest ergibt null. Wenn ich die Probe zu Hause durchjage, kann ich noch eins zu einer Million Teilchen feststellen, aber ich würde jetzt schon mal sagen, das Zeug ist sauber, Bruder. Keine Marker. Nicht zurückverfolgbar.«

Rollins bedankte sich bei dem Chemiker, der seine Ausrüstung in einem grünen Rucksack verstaute und dann durch die Küche das Haus verließ. Ein leichter Winterschauer prasselte aufs Dach.

»Und was jetzt?«, sagte Charles. »Sind wir im Geschäft?

Rollins verschloss sorgfältig die Tupperdose.

»Der Käufer wird die Ware ebenfalls prüfen. Wenn er zum selben Ergebnis kommt, läuft die Sache.«

Amy sprach wieder, und dieses Mal klang sie besorgt.

»Für den richtigen Käufer stelle ich mehr her. Ich kann so viel herstellen, wie die wollen.«

Charles nahm ihren Arm und versuchte sie wegzuziehen.

»Wir wollen zuerst das Geld sehen.«

Amy rührte sich nicht.

»Den Käufer muss ich aber persönlich treffen, verstehen Sie. Das ist die einzige unabdingbare Voraussetzung.«

»Nicht jetzt.«

Charles bugsierte Amy wie einen Einkaufswagen Richtung Haustür. Rollins stoppte die beiden sofort.

»Die hintere Tür, Charles. *Niemals* die Haustür!«

Charles drehte die Frau um, Richtung Küche. Nachdem er zuerst darauf bestanden hatte, dass sie mitkam, konnte er sie jetzt anscheinend nicht schnell genug aus dem Haus schaffen.

Rollins öffnete ihnen die Tür zum Garten und bat um ihre Handschuhe. Er lächelte Amy freundlich an.

»Käufer treffen sich nicht gern mit ihren Lieferanten, aber

für Sie, Amy, werden die eine Ausnahme machen. Ich versprech's.«

Es schien, als würde sie jeden Moment losheulen. Charles zog sie weiter nach draußen, und sie verschwanden im Regen.

Rollins schloss die Hintertür ab und eilte dann zur Haustür. Dort warf er durch den Spion einen Blick auf die Straße. Als Charles und Amy den Bürgersteig erreichten, kehrte er in die Küche zurück und öffnete die Hintertür, um richtig durchzulüften. Der winzige Garten lag im Dunkeln und war durch dichte Sträucher und einen üppigen Avocadobaum vor den Nachbarn abgeschirmt.

Rollins blieb in der Tür stehen und atmete in tiefen Zügen die Luft ein, die hier draußen nicht nach Ammoniak stank, und rief seinen Käufer an.

»Gute Neuigkeiten.«

Eine verschlüsselte Art zu sagen, dass die Tests positiv verlaufen waren.

»Sehr gut. Ich schicke jemanden.«

»Noch heute.«

»Ja. Jetzt.«

»Sie haben das andere Material auch noch hier liegen. Ich sage Ihnen schon seit einer Woche, Sie sollen das Zeug endlich abholen.«

»Ich schicke jemanden.«

»Ich will's aus dem Haus haben. Alles.«

»Er wird es mitnehmen.«

Rollins brachte die Tupperdose zu den anderen Sachen ins Schlafzimmer und ging wieder in die Küche. Er trug nach wie vor Handschuhe, die er anbehalten würde, bis er ging. Unter der Spüle holte er eine Ein-Liter-Sprayflasche heraus und sprühte Bleichmittel auf die Arbeitsflächen, den Boden und die Tür. Er sprühte den Couchtisch ein, an dem der Chemiker seine Arbeit gemacht hatte, und den Hocker, auf dem der Chemiker gesessen hatte. Er sprühte den Boden im Wohnzimmer ein und den Türrahmen zwischen Küche und Wohnzimmer. Rollins glaubte, das Bleichmittel würde die Enzyme und Öle von Fingerabdrücken oder Speichel zerstören sowie mögliche DNA-Spuren beseitigen. Er war nicht wirklich davon überzeugt, aber es kam ihm vernünftig vor, deshalb bleichte er jedes Mal das ganze Haus, wenn er es benutzt hatte.

Nachdem Mr. Rollins das Haus gekauft hatte, führte er verschiedene Änderungen durch, damit es seinen Zwecken besser diente, wie zum Beispiel die Fenster zu verschrauben und Türspione zu installieren. Nichts Ausgefallenes, nichts Aufwändiges und nichts, das die Aufmerksamkeit der Nachbarn erregte, von denen keiner ihn kannte, getroffen oder, hoffentlich, gesehen hatte. Rollins investierte gerade so viel in das Haus, dass es nicht zu einem Schandfleck verkam. Gelegentlich ließ er Leute dort übernachten, allerdings niemals jemanden, den er persönlich kannte, und auch immer nur gerade so lange, dass die Nachbarn meinten, das Haus würde vermietet. Mr. Rollins hatte das Haus nicht in eine Festung verwandelt, nachdem er es erworben hatte, sondern lediglich zu einem relativ sicheren Ort umgebaut, von dem aus er seine kriminellen Aktivitäten ausüben konnte.

Er räumte das Bleichmittel wieder fort, kehrte zurück ins Wohnzimmer und schaltete die Lampe aus. Er saß mit einem Brennen in der Nase in der Dunkelheit, während er dem Regen zuhörte.

9:42 abends.

21 Uhr 42.

1742 Zulu-Zeit.

Mr. Rollins hasste es zu warten, aber falls Charles und Amy echt waren, ging es hier um das richtig große Geld. Rollins fragte sich, ob Charles sie schlug. Er machte auf ihn den Eindruck. Sie machte auf ihn ebenfalls den Eindruck. Rollins' ältere Schwester hatte einen Mann geheiratet, der sie über Jahre misshandelte, bis Rollins ihn umbrachte.

Wieder sah Rollins auf die Uhr.

9:51.

Rollins legte seine Pistole auf die Couch. Er legte eine Hand auf die Waffe, behielt die Uhr im Blick und schloss die Augen.

9:53.

Es hörte auf zu regnen.

10:14.

Jemand klopfte an die Haustür.

Rollins sprang auf und ging schnell in die Küche. Der Mann des Käufers würde niemals die Haustür benutzen. Das war eine Regel. Jeder benutzte ausschließlich den Hintereingang.

Rollins schloss leise die Küchentür und sperrte ab, während es vorn weiter klopfte.

Klopf klopf klopf.

Rollins streifte seine Schuhe ab und eilte zur Haustür.

Klopf klopf klopf.

Mr. Rollins schaute durch den Spion und sah einen erwachsenen Mann in einer dunklen Regenjacke. Die Kapuze war zurückgeschoben, der Reißverschluss geöffnet. Darunter sah man ein knallig gemustertes Hemd. Durchschnittlich groß. Weiß. Dunkle Haare. Der Mann drückte auf den Klingelknopf, aber die Klingel funktionierte nicht, also klopfte er wieder.

Rollins hielt die Pistole an seiner Seite, während er ihn beobachtete.

Der Mann wartete noch einige Sekunden, dann ging er schließlich.

Rollins spähte weitere zwei Minuten durch den Spion. Autos fuhren vorbei, ein Pärchen drängte sich unter einen Schirm, obwohl es gar nicht mehr regnete. Die Welt wirkte völlig normal, aber irgendwo in der Ferne heulte eine Sirene. Rollins hatte ein ungutes Gefühl.

10:32.

Rollins rief den Käufer erneut an.

»Weiß ihr Mann, dass er nach hinten gehen muss?«

»Ja. Natürlich. Er war auch schon früher dort.«

»Wenn Sie jemanden geschickt haben, dann ist er bislang nicht aufgekreuzt.«

»Moment. Ich prüfe das.«

Eine zweite Sirene heulte. Näher.

Die Stimme des Mannes kehrte zurück.

»Er hätte längst bei Ihnen sein müssen. Da stimmt was nicht.«

»Ich stecke hier fest, Mann. Ich will gehen.«

»Bringen Sie mir das Material. Aber nicht hierher. Jemand wird sich mit Ihnen am MacArthur Park treffen. An der Nordostecke.«

Rollins spürte Wut in sich aufsteigen, ließ seiner Stimme jedoch nichts anmerken. Er hatte bereits ein Vermögen mit diesem Mann verdient und würde noch mehr verdienen.

»Sie kennen die Regeln, Eli. Ich kutschiere Ihr Zeug nicht in meinem Auto herum. Kommen Sie die Scheiße abholen.«

Rollins steckte das Handy gerade ein, als er aus dem Garten ein Knirschen hörte. Jemand hämmerte an die Hintertür.

Rollins ging rasch in die Küche, warf einen Blick durch den Spion und sah ein vertrautes Gesicht. Carlos, Caesar oder so ähnlich. Seine Augen strahlten, und er atmete schwer, als Rollins die Tür aufmachte.

Rollins fischte Handschuhe aus seiner Tasche.

»Streif die über, Idiot.«

Carlos ignorierte die Handschuhe, lief ins Wohnzimmer und zog eine Spur aus Matsch und Gras hinter sich her. Er blickte aus dem am nächsten gelegenen Fenster, berührte die Lamellen der Jalousie mit bloßen Fingern. Ein Hubschrauber flog dicht über das Haus hinweg und ließ das kleine Gebäude erbeben.

»Scheiß auf deine Handschuhe, Mann. Hast du das gehört? Die Bullen kleben mir an den Hacken, Bro. Ist das nicht gottverdammt cool? Ich hab die Blauärsche echt *abgehängt!*«

Das Brummen des Hubschraubers entfernte sich, aber er kreiste immer noch über dem Wohngebiet.

Rollins packte einen Moment lang die Angst, und die Gedanken an Matsch, Gras und Fingerabdrücke auf den Jalousien verschwanden. Er schob die Jalousien beiseite und sah einen grellen Scheinwerfer die nächste Straße absuchen.

»Du hast die Polizei hergeführt.«

Carlos wandte sich ab und lachte.

»Ich hab sie *abgeschüttelt*, Bro. Ich könnte praktisch überall sein.«

Rollins hatte das Gefühl, als füllte sich sein Kopf mit wütenden Maden. Der Hubschrauber schwebte über ihnen, Licht fiel auf die Jalousien. Das Schlagen des Rotors entfernte sich und kreiste langsam.

»Wie zum Teufel ist es dazu gekommen?«

»Die haben mein Gesicht erkannt. Ich werd mit Haftbefehl gesucht, verstehste? Immer locker bleiben, Mann.«

Carlos ließ sich gackernd auf die Couch fallen, war aufgeputscht von Adrenalin und anderen Substanzen. Seine schlammigen Schuhe lagen auf dem Polster.

»Die wissen nicht, wo ich bin. Die walzen über uns weg, und dann immer weiter.«

Rollins sammelte seine Gedanken. Das Haus war jetzt verloren und die Ware im Schlafzimmer Geschichte. Matsch und Gras spielten keine Rolle mehr. Er konnte nicht zulassen, dass er hier zusammen mit dem Material im Schlafzimmer und diesem bescheuert vor sich hin lachenden Idioten auf der Couch gefunden wurde. Rollins akzeptierte diese Tatsachen, und das Akzeptieren führte zu einer inneren Ruhe.

Die Pistole war jetzt für ihn nicht mehr zu gebrauchen. Rollins kehrte zum Schrank zurück, wo er das Bleichmittel aufbewahrte, und nahm eine verrostete 14-Zoll-Rohrzange heraus. Sie wog locker drei, vier Pfund.

Carlos lag immer noch ausgestreckt auf der Couch, als Mr. Rollins ins Wohnzimmer zurückkehrte. Ohne ein Wort zu sagen, ging er direkt zu Carlos und schlug mit der Rohrzange brutal zu. Er spürte, wie der Schädel bereits unter dem ersten Hieb nachgab, trotzdem holte er zwei weitere Male aus. Rollins ließ die Rohrzange fallen und zog ein frisches Paar Handschuhe über. Er drückte Carlos die Pistole in die Hand, in beide Hände, damit es aussah, als hätte Carlos die Waffe benutzt, und legte sie dann neben der Rohrzange ab. Falls Rollins später aufgegriffen würde, wollte er keine Schusswaffe bei sich haben.

Der Hubschrauber machte einen weiteren Überflug. Die

Jalousien blitzten zu grellen weißen Rechtecken auf und füllten sich dann wieder mit Schwärze.

Rollins eilte zur Haustür und sah durch den Spion hinaus. Ein Polizeibeamter ging auf dem Bürgersteig vorbei, ein anderer sprach mit irgendwelchen Leuten auf der anderen Straßenseite. Rollins schloss die Augen. Er atmete ruhig ein und aus, während er langsam bis hundert zählte. Dann legte er das Auge wieder an den Spion. Die Polizisten waren weg.

Rollins ging zurück in die Küche. Er trug ein dunkles Sakko und eine Stoffhose. Es würden sich Blutspritzer darauf befinden, doch die würden nachts und auf dem dunklen Stoff kaum zu erkennen sein. Er hatte eine Nylon-Regenjacke, entschied sich aber dagegen, sie anzuziehen. Das Sakko war besser. Die Polizei suchte einen jungen Latino mit einem schwarzen T-Shirt, keinen älteren, gut gekleideten Anglo. Sein Auto stand mehrere Blocks entfernt. Wenn Rollins aus dem Haus und aus dem Suchbereich der Polizei kommen könnte, hätte er eine Überlebenschance.

Das Licht kehrte zurück und glitt weiter.

Rollins nutzte den kurzen Moment der Dunkelheit. Er öffnete die Küchentür, schälte die Handschuhe ab und trat hinaus. Ein Cop und ein Schäferhund erwarteten ihn im Garten. Der Hund war ein großes, kräftiges Tier mit wütenden Augen und Reißzähnen wie Dolche. Der Cop brüllte irgendwas, als der Hund angriff.

2
Elvis Cole

Meryl Lawrence gab mir an diesem regnerischen Abend, als sie mich beauftragte, Amy Breslyn zu finden, drei Dinge. Eine Adresse in Echo Park, zweitausend Dollar in bar und eine Firmenpersonalakte, die so viele Informationen über ihre verschwundene Freundin enthielt, dass die NSA sie zusammengestellt haben könnte. Was sie wahrscheinlich auch hatte. Sie gab mir diese drei Dinge und nichts weiter. Alles andere war streng geheim.

Die Adresse in Echo Park war vier oder fünf Jahre alt und wahrscheinlich nicht mehr brauchbar, aber es lag auf meinem Nachhauseweg. Um zwanzig vor zehn an diesem Abend – zweiundfünfzig Minuten, nachdem ich mich bereit erklärt hatte, Amy Breslyn zu finden – parkte ich bei leichtem Sprühregen unter einer Straßenlaterne einen Block von dem Haus entfernt. Ich hätte näher geparkt, aber es gab keine andere Möglichkeit. Ein Hydrant war meine Rettung.

Hinter dem Fenster eines Hauses auf der gegenüberliegenden Straßenseite jagte ein Teenager einen kleinen Jungen. Nebenan strampelte sich eine Frau mittleren Alters in einer hautengen lila Hose auf einem Heimtrainer ab. Hinter mir lachte ein Mann mit schütterem Haar vor einem Fernseher so groß wie eine Wand. Neun Uhr vierzig war früh. In jedem

Haus des Blocks pulsierte das Leben, mit Ausnahme des Hauses, weswegen ich hier war. Das war dunkel und verlassen und schien mir, mit Blick auf meinen Auftrag, die reinste Zeitverschwendung zu sein.

Ich beobachtete die lila Frau, als mein Handy klingelte.

»Detektei Elvis Cole. Wir tun's auch im Regen.«

Humor. Ich bin mir selbst das beste Publikum.

Meryl Lawrence klang in der Dunkelheit sehr ruhig.

»Ich habe gerade ihren Haustürschlüssel gefunden. Ich vermute, er muss wohl runtergefallen sein. Er lag unter meinem Vordersitz.«

Ich hatte mich mit Meryl Lawrence in ihrem Auto hinter *Vroman's Bookstore* in Pasadena getroffen. Ms. Lawrence engagierte mich auf einem Parkplatz, weil sie nicht mit mir zusammen gesehen werden wollte. Sie bezahlte mich bar, weil es keine Aufzeichnungen unserer Geschäftsbeziehung geben durfte. Wie so vieles an Amy Breslyn war auch meine Beziehung zu Meryl Lawrence top secret.

»Gut gemacht«, sagte ich. »Dann ist es ja jetzt nicht mehr nötig, durch ihren Kamin einzusteigen.«

»Kommen Sie zurück? Ich würde Ihnen dann den Schlüssel und den Code der Alarmanlage geben.«

»Nein, heute Abend nicht mehr. Ich bin gerade vor Lerners Haus.«

Sie klang mit einem Mal munterer.

»Und, hat er sie gesehen?«

»Hab noch nicht mit ihm gesprochen. Ich warte, dass der Regen aufhört.«

»Oh.«

Sie klang, als hätte man ihr die Luft abgelassen. Unter dieser Adresse sollte ein aufstrebender Schriftsteller namens

Thomas Lerner wohnen. Lerner und Amys Sohn Jacob waren zusammen aufgewachsen. Nach dem College wollte Lerner Schriftsteller werden, also mietete er günstig das Haus in Echo Park und machte sich ans Tippen. Jacob Breslyn schlug die Laufbahn eines Journalisten ein und reiste munter durch die Welt, bis er und dreizehn weitere Menschen bei einem Terrorangriff in Nigeria ums Leben kamen. Amy veränderte sich nach Jacobs Tod, erzählte mir Meryl. Sie zog sich zurück und war nie mehr dieselbe. Jetzt, sechzehn Monate nach Jacobs Tod, war Amy einfach fortgegangen, verschwunden, hatte sich in Luft aufgelöst, *over and out*, weg. Meryl wusste nicht, ob Amy mit Lerner Kontakt gehalten hatte oder ob er immer noch in Echo Park lebte, falls aber irgendwer Amys Geheimnisse kannte, meinte Meryl, dann würde dies Amys letzte und einzige Verbindung zu ihrem Sohn sein.

»Sieht nicht so aus, als wäre jemand zu Hause. Falls er hier ist, werde ich herausfinden, was er weiß. Falls er umgezogen ist, erfahre ich vielleicht, wie ich ihn erreichen kann.«

»Fragen Sie nach, ob Amy jemals einen Freund erwähnt hat.«

Auf Vroman's Parkplatz hatte sie lang und breit von dem Freund geredet. Meryl Lawrence kannte seinen Namen nicht und konnte ihn nicht beschreiben, aber sie war zu hundert Prozent davon überzeugt, dass ein Mann hinter Amys Verschwinden steckte. Manchmal muss man Leute einfach reden lassen.

»Ich werde fragen.«

»Ich bin Thomas nur ein Mal begegnet, aber er dürfte sich an mich erinnern. Sagen sie ihm, ich hätte Amy nicht erreichen können, daher mache ich mir Sorgen, aber sagen Sie ihm bitte nicht, dass ich Sie engagiert habe, und, bitte, erwähnen Sie um Himmels willen nichts von dem, was ich Ihnen erzählt habe.«

»Ich weiß, wie ich das anpacken muss.«

»Ich weiß, dass Sie das wissen, aber ich möchte sichergehen, dass Sie das auch wirklich verstehen. Alles, was ich Ihnen erzählt habe, ist streng vertraulich.«

»Wenn ich es noch besser verstanden hätte, wär's mir auf die Stirn tätowiert.«

Meryl Lawrence verpflichtete mich zur Geheimhaltung, weil sie Angst hatte. Sie war leitende Angestellte eines Unternehmens namens *Woodson Energy Solutions*, für das Amy seit vierzehn Jahren als Chemieingenieurin in der Fertigung arbeitete. Sie stellten Treibstoff für das Verteidigungsministerium her, was bedeutete, dass ihre Arbeit der Geheimhaltung unterlag. Ihre erste Frage, als wir uns trafen, lautete, ob das Wort »vertraulich« auf meiner Visitenkarte tatsächlich *vertraulich* bedeutete.

»Ja, Ma'am«, sagte ich, »das tut es.«

»Schwören Sie es mir. Schwören Sie, dass Sie absolutes Stillschweigen bewahren werden.«

»Ich schwör's.«

Vier Tage zuvor hatte Amy Breslyn ohne weitere Erklärung und ohne jede Vorwarnung Urlaub genommen. Das hatte sie per E-Mail getan. Meryl und ihre Vorgesetzten versuchten, Amy zu erreichen, aber ihre Anrufe und Textnachrichten blieben unbeantwortet. Einen Tag später ging Meryl zu Amys Haus. Amy war fort, aber alles wirkte, als wäre es in Ordnung. Am nächsten Tag entdeckte Meryl, dass aus Amys Abteilung vierhundertsechzigtausend Dollar verschwunden waren. Meryl behielt diese Entdeckung für sich. Sie glaubte, ihre Freundin sei dazu gezwungen worden, und hoffte, die

Lage klären zu können, ohne die Behörden einschalten zu müssen. Sie engagierte mich auf eigene Kappe und ohne das Wissen ihrer Firma. Außerdem lehnte sie es ab, mir Zugang zu Amys Büro, ihrem beruflichen E-Mail-Account oder Informationen zu gewähren, die in irgendeinem Zusammenhang mit Amy Breslyns Arbeit standen. Die Sicherheit.

»Ich werde den Schlüssel morgen früh bei Ihnen abholen. Wollen wir uns am gleichen Ort treffen?«

»Oh, mein Gott, nein! Das ist viel zu riskant! Ich muss morgen nach West Hollywood. Suchen Sie sich dort einen Treffpunkt aus, für sieben Uhr.«

Ich schlug einen Parkplatz Ecke Fairfax und Sunset vor. Meryl Lawrence mochte Parkplätze.

»In Ordnung, sofern ich nichts anderes höre, dann also morgen um sieben. Vielleicht können Sie die Sache auch noch heute Abend klären und uns die Mühe ersparen.«

Was ich stark bezweifelte, so wie das ausgestorbene kleine Haus auf mich wirkte.

»Regnet es noch?«

»Ja.«

»Wenn Sie's auch im Regen tun, dann steigen Sie jetzt aus Ihrem Wagen, und finden Sie sie.«

Erst eine Stunde dabei, und schon wurde die Klientin dreist.

Im diffusen Licht der Straßenbeleuchtung blätterte ich in Amy Breslyns Akte. Das Firmenfoto zeigte eine rundliche Frau mit hellbraunem Haar, einem weichen Gesicht und den traurigen Augen von jemandem, der sein einziges Kind aus Gründen verloren hatte, die kein vernünftiger Mensch nachvollziehen konnte. Falls sie Make-up benutzte, war es nicht zu erkennen. Sie erschien mir so unauffällig wie ein verschwommener Fleck in einer Menschenmenge, bis auf die

Tatsache, dass dieser spezielle verschwommene Fleck einen Doktortitel der UCLA in chemischer Verfahrenstechnik besaß. Ich steckte mir ihr Bild in die Tasche.

Als ein paar Minuten später der Regen aufhörte, ging ich die Straße hinauf und zu Lerners Haustür. Direkt neben der Tür hing eine Außenbeleuchtung, aber die Glühbirne war so dunkel wie das restliche Haus. Ich klopfte an, wartete ein paar Sekunden, und klopfte dann erneut an. Ich drückte auf den Klingelknopf, aber die Klingel funktionierte nicht besser als die Lampe. Entzückend.

Ich klopfte noch einige Male, dann kehrte ich zu meinem Wagen zurück.

Zwölf Minuten später versuchte ich zu entscheiden, ob ich weiter warten oder am Morgen wieder vorbeikommen sollte, als ein Hubschrauber des LAPD so niedrig über mich hinwegdonnerte, dass mein ganzer Wagen durchgerüttelt wurde. Sein Suchscheinwerfer strich über die Häuser in der Nähe, ließ ihre nassen Dächer schimmern. Ich reckte den Hals, um besser sehen zu können. Ein Streifenwagen mit rotierenden Warnlichtern sperrte plötzlich drei Blocks voraus die Straße, während ich im Rückspiegel noch mehr Blinklichter sah. Ein zweiter Streifenwagen blockierte die Kreuzung einen Block hinter mir. Der Hubschrauber wummerte wieder über mich weg, harkte die nähere Umgebung mit seinem Scheinwerfer ab. Ich drehte mich um. Was immer hier passierte, es passierte schnell. Weitere Streifenwagen schlossen sich den ersten beiden an, tauchten die Häuser in rote und blaue Lichtblitze, während eine kleine Armee uniformierter Polizisten ausstieg und die Straße abriegelte.

Die Menschen, die in den Häusern wohnten, tauchten nun hinter den Fenstern auf oder kamen nach draußen, um sich das Spektakel anzusehen. Ich stieg aus meinem Wagen und leistete ihnen beim Zuschauen Gesellschaft. Das Los Angeles Police Department umzingelte ihr Viertel wie ein aufziehendes Gewitter.

Ein kleiner Mann in einem verblichenen Sweatshirt kam zur Tür des Hauses hinter mir und rief mit spanischem Akzent.

»Was machen die da?«

»Die ziehen einen Absperrring. Ich glaube, die suchen irgendwen.«

Er kam zu mir auf den Bürgersteig. Eine Frau mit einem Baby auf dem Arm nahm seinen ursprünglichen Platz in der Haustür ein.

Der Hubschrauber zog einen trägen Kreis drei oder vier Blocks im Durchmesser, verbrannte die Erde mit seinem Suchscheinwerfer. Wir standen darunter in einem so grellen Licht, dass wir blinzeln mussten, aber dann war es auch schon wieder dunkel.

Der Mann hakte die Daumen in seine Hosentaschen.

»Wir hier viel zu viel Verbrechen. Ich kleine Kinder im Haus.«

Ich zeigte auf Lerners Haus.

»Das dunkle Haus da drüben, einen Block weiter. Wohnt dort ein Thomas Lerner?«

Er starrte zu dem Haus hinüber.

»Wer?«

»Junger Bursche. Anglo. Er müsste jetzt so was um die achtundzwanzig, neunundzwanzig sein. Thomas Lerner.«

Er schüttelte bereits den Kopf, bevor ich fertig war.

»Wir jetzt drei Jahre hier, und gibt keinen Kerl namens Lermer.«

»Lerner.«

»Als wir eingezogen, wohnten da paar schwarze Tussen, aber die jetzt weg. Ein Filipino-Typ hat ein paar Wochen gewohnt, und dann so ein Mann aus El Salvador, aber das jetzt auch schon ein paar Jahre her. Heute wohnt da keiner mehr.«

Es waren nicht ausschließlich schlechte Neuigkeiten. Falls es vor, während und nach Lerners Zeit eine Mietimmobilie gewesen war, hatte der Vermieter womöglich eine Nachsendeanschrift oder Lerners Bewerbung für das Haus. Aus diesem Antrag würde ich die Namen und Anschriften von Arbeitgebern, Referenzen und vielleicht sogar Lerners Eltern erfahren. Es würde ein Klacks sein, ihn zu finden.

Mehrere Polizeibeamte näherten sich uns, gingen von Tür zu Tür. Ein Beamter mit dunklen Haaren kam den Bürgersteig herauf. Sergeant-Streifen klemmten an seinem Kragen, und auf seinem Namensschildchen stand ALVIN.

»Was ist los?«, fragte ich.

»Wir suchen eine verdächtige Person. Latino, männlich, fünfundzwanzig bis dreißig Jahre alt. Er trägt ein schwarzes T-Shirt mit einem Totenkopf-Aufdruck. Haben Sie so jemanden hier vorbeirennen sehen?«

Wir sagten ihm, nein, hätten wir nicht.

Der Hausbesitzer hakte nach. »Was er denn gemacht?«

»Haftbefehl wegen Mordes. Wir haben ihn drüben auf der Vermont entdeckt und ihn bis hierher verfolgt. Wir sind ziemlich sicher, dass er sich irgendwo in diesem Viertel versteckt hält.«

Der Hausbesitzer warf seiner Frau einen kurzen Blick zu und senkte die Stimme.

»Wir haben kleine Kinder, Sir. Ich will kein Schießen hier draußen.«

»Verriegeln Sie Türen und Fenster, okay? Wir werden ihn finden. Wir haben den Suchscheinwerfer, wir haben unsere Leute, und bald kommt auch noch ein Hund dazu. Bleiben Sie drinnen, und alles ist bestens.«

Der Mann ging schnell wieder ins Haus.

»Leute kommen von der Arbeit nach Hause«, sagte ich, »oder kommen zurück, nachdem sie auswärts essen waren, was weiß ich – werden Sie die reinlassen?«

»Ja, kein Problem, allerdings nicht mehr, nachdem wir den Hund von der Leine gelassen haben. Wenn hier ein Hund herumstreift, lassen wir keinen mehr rein.«

Ich sah zu den Streifenwagen hinüber, die die Kreuzung blockierten.

»Und was ist mit mir? Kann ich gehen?«

»Können Sie, aber erst nachdem wir an jeder Haustür geklopft haben. Sobald wie möglich stellen wir jemanden ab, der die Wagen wegsetzt.«

»Okay, Officer. Danke.«

Es würde eine lange Nacht.

Ein paar Minuten nachdem ich es mir wieder in meinem Wagen bequem gemacht hatte, kam vom Hubschrauber eine aufgezeichnete Durchsage. Die Anwohner wurden davon unterrichtet, dass jetzt ein Polizeihund von der Leine gelassen würde, und an den Gesuchten gerichtet hieß es, dies sei seine letzte Chance, aufzugeben. Ich hörte Gebell, aber es klang weit entfernt.

Schließlich hatten die Cops überall angeklopft und kehrten langsam zurück zur Kreuzung. Ich entdeckte Alvin und beschloss, das wäre jetzt ein guter Zeitpunkt zu verschwinden. Ich steckte gerade meinen Schlüssel in die Zündung, als ein Mann aus Thomas Lerners Haus kam. Sein Gesicht konnte ich nicht erkennen, und ein schwarzes T-Shirt trug er auch nicht, aber alles an der Art und Weise und seinen Bewegungen sagte mir, dass etwas mit ihm nicht stimmte. Er entfernte sich nicht schlendernd von seinem Haus, wie es jeder normale Mensch tun würde, und er blieb auch nicht stehen, um sich den Hubschrauber anzusehen oder hinaus auf die Straße zu treten. Er hielt sich dicht am Haus und versuchte ganz offensichtlich, im Schutz der unterbrochenen Schatten nicht entdeckt zu werden. Ich stieg aus dem Wagen, um ihn besser sehen zu können, verlor ihn in der Dunkelheit aber aus den Augen. Dann blitzte Licht zwischen den Bäumen hinter dem Haus auf, und der Hund bellte wütend und ganz in der Nähe. Die Schatten bewegten sich, und der Mann rannte von mir fort in den benachbarten Garten.

Ich brüllte und winkte den Cops hinter mir zu.

»Alvin! Ein Flüchtiger! HIER DRÜBEN!«

Alvin brüllte zurück, aber ich verfolgte den Mann bereits.

Der Mann scherte scharf auf die Straße aus, überquerte sie und rannte durch einen schwachen Lichtkreis. Ich sah ein dunkles Sakko, eine dunkle Hose und vielleicht dunkle Haare, dann war er auch schon zwischen den Häusern verschwunden. Alvin brüllte. Ich holte inzwischen auf, als ich Lerners Haus erreichte, aber ein Beamter in taktischer Ausrüstung stürmte in den Vorgarten. Auch er brüllte und richtete dabei eine Pistole auf mich.

Ich blieb sofort stehen und riss die Hände hoch.

»Ein Mann ist hier rausgekommen. Da! Er ist über die Straße gerannt!«

Der Polizist in Kampfmontur brüllte an seiner Pistole vorbei.

»STOPP! Keine Bewegung!«

Ich rührte mich nicht. Irgendwo hinter mir brüllte Alvin, ich sei ein Zivilist, und der Cop des Einsatzkommandos lief zurück hinter das Haus. Alvin und zwei andere Cops erreichten mich. Die beiden anderen Cops liefen weiter, aber Alvin packte meinen Arm.

»Mann, was soll der Scheiß? Wollen Sie unbedingt erschossen werden?«

»Ein Mann ist aus diesem Haus gekommen. Er ist über die Straße gerannt.«

»War es unser Mann? Lange Haare? Latino mit schwarzem T-Shirt?«

»Ich dachte, ja, aber ich weiß nicht. Kurzes Haar. Er trug ein Sakko.«

Alvin gab per Funk durch, dass Polizeibeamte zu Fuß einen Mann verfolgten, der gesehen worden war, wie er das Haus verließ, und nannte die grobe Richtung. Der Hubschrauber über uns flog eine enge Kurve und drehte ab, um sich der Jagd anzuschließen. Das *Wopp-wopp-wopp* war ohrenbetäubend.

Alvin brüllte gegen den Lärm an.

»Dann haben Sie also beschlossen, den Helden zu spielen?«

»Ich hab gar nichts beschlossen, Alvin. Ich hab ihn gesehen und gedacht, es sei Ihr Mann. Er ist weggelaufen, und Sie waren einen Block hinter mir. Es kam mir wie das Richtige vor.«

Plötzlich hob Alvin das Funkgerät und sah zu dem Haus hinüber.

»Es heißt, wir haben ihn.«

»Den Typ, den ich verfolgt habe?«

Er deutete mit dem Funkgerät auf Lerners Haus.

»Nein, Dummkopf. Der Typ, von dem Sie dachten, dass

Sie ihn verfolgen. Unseren 187er, unseren Mordverdächtigen. Er war auch da drinnen, und jetzt rennt er nirgendwo mehr hin.«

Ich starrte zu Thomas Lerners Haus hinüber, und ein ekliges Prickeln kroch mir die Brust hinunter. Ich stellte mir vor, wie ich dort anklopfte, und auf der anderen Seite der Tür stand jemand. Ich stellte mir vor, wie ich nur wenige Zentimeter von einem Mörder entfernt gewesen war.

»Ihr Flüchtiger war in diesem Haus?«

»Ist noch. Sieht so aus, als hätte das Arschloch, das Sie gesehen haben, unseren Mann umgelegt.«

Alvin setzte sich in Bewegung, aber ich rührte mich nicht.

»Alvin, ich suche einen Burschen, der mal hier gewohnt hat. Ich habe gerade erst an genau dieser Tür angeklopft.«

Alvin musterte mich, als verstünde er nicht ganz.

»Ich bin nicht rein. Ich habe mehrere Male angeklopft, niemand hat reagiert, also bin ich zu meinem Wagen zurück. Ich wollte schon losfahren, als ihr Jungs angerollt kamt.«

Alvin verlangte meinen Ausweis. Ich gab ihm meinen Führerschein und meine Lizenz als Privatdetektiv. Er runzelte die Stirn.

»Okay, Mr. Cole, bleiben Sie in der Nähe. Man wird mit Ihnen reden wollen.«

Alvin drückte wieder die Sprechtaste seines Funkgeräts, hatte aber Probleme, eine Antwort zu bekommen. Der Hubschrauber kehrte zurück und tauchte Lerners Haus in eine Lanze aus Licht. Alvins Funkgerät explodierte förmlich mit sich überschneidenden Funksprüchen. Bei etwas, das er hörte, verfinsterte sich sein Gesicht, er packte unvermittelt meinen Arm und lotste mich auf die Absperrung zu.

»Auf geht's. Die schicken jemanden.«

In diesem Augenblick veränderte sich Alvin. Die Polizeibeamten an ihren Streifenwagen veränderten sich. Die Häuser und die Gärten und die nächtlichen Wolken über uns veränderten sich, als die Luft vor fieberhafter Anspannung knisterte.

Alvin schleifte mich in der Mitte der Straße weiter, als könnten wir gar nicht schnell genug gehen. Die Polizisten, die noch vor wenigen Minuten an der äußeren Absperrungslinie gestanden hatten, verließen eilig ihre Positionen und verteilten sich über das Viertel, klopften wieder mit spröden und besorgten Gesichtern an Haustüren.

»Was ist los, Alvin? Was geht hier ab?«

Alvin begann zu laufen, also steigerte ich mein Tempo.

Leute wurde aufgefordert, ihre Häuser zu verlassen, als wir vorbeiliefen. Manche zögerten. Andere torkelten auf die Straße. Die Cops steigerten ihr Tempo, ihre Stimmen wurden lauter. Ihre Augen wirkten größer und strahlender.

»Verdammt, warum verlassen all diese Leute ihre Häuser?«

Alvin legte noch mal einen Schritt zu.

Als wir die Kreuzung erreichten, warteten ein männlicher Detective mittleren Alters in einem langweilig grauen Anzug und ein weiblicher Detective in einem marineblauen Hosenanzug neben einer dunkelblauen, nicht weiter gekennzeichneten Limousine. Ein uniformierter Einsatzleiter stand in der Nähe, ignorierte uns aber.

»Das ist er«, sagte Alvin.

Der männliche Detective hob sein Jackett etwas an, um mir seine Marke zu zeigen.

»Bob Redmon, Mr. Cole. Von der Rampart Station. Das hier ist Detective Furth. Wir hätten gern, dass Sie uns begleiten.«

Furth sah mich kaum an. Sie beobachtete, wie die Männer und Frauen, Teenager und Kinder den abgesperrten Bereich verließen, manche von ihnen offensichtlich sauer und missmutig, andere nervös und verängstigt. Sie bildeten eine schnell anwachsende Menge, die sich über den Bürgersteig verteilte.

»Sagen Sie mir, was hier los ist, Redmon«, sagte ich. »Warum holen Sie all diese Leute aus ihren Häusern?«

Redmon überhörte meine Frage.

»Solange das Zeug noch frisch ist, verstehen Sie? Dürfte nicht lange dauern.«

»Verhaften Sie mich?«

Er öffnete die hintere Tür der Limousine und gab mir zu verstehen, dass ich einsteigen sollte.

»Wir fahren Sie später auch wieder zurück.«

»Mein Wagen steht einen Block entfernt.«

Jetzt sprach Furth zum ersten Mal, die Anspannung war ihr deutlich anzuhören.

»Steigen Sie endlich ein, andernfalls buchten wir Sie ein. Komm, Bobby, ich will hier weg.«

Ich fragte sie erneut.

»Warum evakuieren Sie die Leute?«

Redmon hielt einfach nur die Tür auf, bis ich einstieg. Furth und Redmon stiegen dann ebenfalls sofort ein, und Furth ließ den Motor an.

Eine laute Sirene heulte auf der anderen Seite der Kreuzung auf. Ein großer schwarzer Chevy Suburban mit eingeschalteten Blaulichtern traf ein und schob sich vorsichtig über die Kreuzung. Es war ein Unheil verkündendes Fahrzeug, auf dessen Seiten ein Wort stand, das meine Frage beantwortete.

Furth fuhr los, langsam wegen der Menschenmenge. Ich starrte den Suburban an. Irgendwo über uns das *Wopp-wopp-wopp* des Hubschraubers im Tempo meines Herzschlags. Während meiner Zeit bei der Army war das ein beruhigendes Geräusch gewesen. Das schwere Pulsieren der Rotoren bedeutete, dass jemand kam, um dir den Arsch zu retten.

Ich erzählte der Polizei nicht den wahren Grund, warum ich dort war. Ich erwähnte Amy Breslyn nicht. Noch nicht, nicht in dem Moment. Alles wäre vielleicht ganz anders gekommen, wenn ich es getan hätte.

Meryl Lawrence hatte mir nur wenig über Amy Breslyn erzählt, aber jetzt schienen diese Fakten mit einer neuen und gefährlichen Bedeutung aufgeladen zu sein.

Ich hatte Meryl Lawrence versprochen, Amys Geheimnisse zu bewahren, also machte ich das auch. Und viele davon behalte ich immer noch für mich.

Wir passierten den schwarzen Suburban mit seinen lautlos blitzenden Einsatzlichtern. Die Leute auf dem Bürgersteig reagierten gebannt, als sie das Fahrzeug sahen, so wie Mäuse beim Anblick einer Schlange. Ich war ebenfalls gebannt. Das Wort auf dem Suburban erklärte, warum wir evakuiert wurden.

BOMBENENTSCHÄRFUNGSKOMMANDO.

3
LAPD K-9-Officer Scott James

Ein leichter Schauer besprühte Scott James, als der Hubschrauber der Luftunterstützung über ihn hinwegflog und mit seinem Suchscheinwerfer blendete.

»Erinnere mich daran, dass wir nächstes Mal unsere Sonnenbrillen mitnehmen.«

Die 30-Millionen-Candela starke *Nightsun* war beeindruckend, aber Scott wusste, dass die stark vergrößernden klassischen Kameras und die FLIR-Infrarotgeräte des Hubschraubers der Luftunterstützungscrew ein erheblich besseres Bild lieferten als ihr Suchscheinwerfer. Polizeibeamte, Hunde, Automotoren und alles, was eine Wärmesignatur erzeugt, würde auf ihrem Monitor aufleuchten. Ihr Himmelsauge-System war die nächstbeste Sache nach dem Röntgenblick, doch unfehlbar war es nicht.

»Wenn sie Superkräfte brauchen, rufen sie die K-9. Stimmt's, Maggie?«

Maggie leckte seine Finger ab und umkreiste seine Beine.

Maggie war ein fünfundachtzig Pfund schwerer schwarzgelber Deutscher Schäferhund. Nichts bereitete ihr mehr Freude, als mit Scott zu spielen. Das Spiel an diesem Abend würde die Suche nach einem flüchtigen Mordverdächtigen namens Carlos Etana sein.

Scott legte gerade seine kugelsichere Weste an, als Paul Budress sich vom Befehlsstand näherte. Budress war einer der dienstälteren Co-Trainer der K-9-Staffel.

»Eine Frau hat einen Kerl gesehen, auf den Etanas Beschreibung passt. Könnte sein, dass wir eine Geruchsspur haben.«

»Hervorragend. Sind die Jungs da?«

Maggie würde der einzige Hund sein, der von der Leine gelassen wurde, aber Budress und zwei weitere Hundeführer würden bei der Suche in der Gegend helfen. Zivilisten und normale Streifenpolizisten hatte man gerade abgezogen.

Budress spuckte Kautabaksaft aus.

»Packen wir's an.«

Scott hakte Maggies Leine ein und folgte Budress in das Suchgebiet. Die Straßen und Gärten waren leer und verlassen, aber Leute standen hinter ihren Fenstern und hielten kleine Kinder hoch, damit sie den Polizeihund sehen konnten, während das Viertel vom Hubschrauber mit einer Bandkonserve beschallt wurde. Die Durchsage bat die Anwohner, in ihren Häusern zu bleiben, und warnte den Verdächtigen, dass er noch eine Minute Zeit habe, sich zu ergeben, bevor ein Hund losgelassen würde. Die Durchsage war so laut, dass Scott an die Szene aus *Apocalypse Now* denken musste, in der Wagners *Ritt der Walküren* von amerikanischen Hubschraubern dröhnte, während sie ein Dorf der Vietcong vernichteten. Es war das zweite Mal, dass diese Warnung sowohl auf Spanisch als auch auf Englisch durchgegeben wurde.

Budress hielt sich die Ohren zu.

»Wie viele Warnungen brauchst du noch, bevor wir dich wegen krimineller Dämlichkeit drankriegen?«

Evanski und Peters warteten in einer Zufahrt hinter der

nächsten Ecke. Scott hob eine Hand, und die beiden Hundeführer führten sie die Einfahrt hinauf.

Evanski berichtete, was sie von einem Zeugen erfahren hatte.

»Eine Frau sagt, ein Latino sei hier die Zufahrt rauf und dann über den Zaun da. Lange Haare, schwarzes T-Shirt mit Totenkopf. Ganz klar unser Mann.«

Die vier Polizisten nahmen ihre Taschenlampen, als sie einen niedrigen Maschendrahtzaun erreichten, der mit Efeu und Kletterrosen durchzogen war. Frisch abgerissene Blätter und gebrochene Stängel lagen überall auf dem Boden oder hingen in den Ranken. Scott musterte den Garten hinter dem Zaun und sah matschige, herausgerissene Rasenstücke, wo jemand offenbar fieberhaft versucht hatte, Halt zu finden. Das war ein Vorteil, mit dem er nicht gerechnet hatte.

Maggie war darauf abgerichtet, unspezifische menschliche Witterungen aufzunehmen, aber die Suche nach einem unspezifischen Geruch verlief methodisch und langsam. Scott musste sie von Garten zu Garten hinter jedem Haus und jeder Garage führen, damit sie an all den Stellen schnupperte, wo ein Mensch sich verstecken könnte. Ein spezifischer Geruch hingegen modifizierte seinen Plan. Falls Maggie Etanas Geruch erwischte, bräuchte Scott sie nicht von Haus zu Haus zu führen. Maggie würde Etanas Geruchskegel direkt bis zu ihrer Beute folgen.

»Sieht ziemlich gut aus. Seid ihr soweit?«

»Zeig, was du draufhast, Bruder!«

Scott schlug unvermittelt auf seine Knie und wuschelte Maggies Kopf. Eine hohe, piepsige Stimme bedeutete Lob und Spiel. Ein Befehlston war bestimmt und kräftig. Scott machte die Piepsstimme.

»Maggie, mein Mädchen, willst du dir einen schnappen? Willst du uns einen Bösen fangen?«

Maggie wedelte mit dem Schwanz und schmiegte sich an ihn. Dann sprang sie weg und kehrte gleich zurück. Das war jetzt Jagd, und Jagd war Spiel. Maggie wollte spielen.

Scott richtete sich auf und senkte die Stimme.

»Platz!«

Maggie ließ sich auf den Bauch fallen. Ihre Ohren waren nach vorn gerichtet, und sie starrte ihm fest in die Augen. Dies war ihre Ausgangsposition beim Training.

Scott zeigte heftig auf das Gartentor.

»Maggie, riechen! Riech ihn, mein Mädchen. Riech!«

Scott beobachtete ihr Verhalten und ihre Körpersprache, während sie das Laub und die Erde unter den Kletterpflanzen und die Luft rings um die Pflanzen abschnupperte. Maggie verstand, dass Scott von ihr erwartete, den stärksten menschlichen Geruch an der Stelle aufzunehmen, die er ihr zeigte. Als sie den Schwanz anlegte und am Zaun scharrte, wusste Scott, dass sie die Witterung aufgenommen hatte. Er zog seine Pistole, öffnete das Törchen und folgte ihr.

»Maggie, find den Kerl. Such!«

Budress und die anderen folgten und gingen seitlich weg in einer lockeren V-Formation. Der *Nightsun*-Scheinwerfer strich über sie weg, badete sie in Licht und bewegte sich weiter, tauchte sie wieder in Finsternis.

Maggie brauchte weder Taschenlampen noch Luftunterstützung. Sie trottete zielsicher an einer rostigen Schaukel vorbei, durch eine Hecke und weiter in den nächsten Garten.

»Sie ist dran!«, sagte Evanski. »Seht sie euch an!«

Maggie folgte der Geruchsspur durch das nächste Grundstück in einen weiteren angrenzenden Garten, wo sie plötzlich die Spur zu verlieren schien, doch dann kam ihre Nase wieder hoch, und sie fand ihren weiteren Weg von einem Zaun versperrt. Scott prüfte kurz die andere Seite auf Hunde und mögliche Risiken, dann hob er sie hinüber und folgte ihr. Der schmale Durchgang zwang Budress und die anderen, hintereinander zu gehen und zurückzufallen.

Budress rief.

»Langsamer!«

Scott folgte Maggie durch einen Carport und Sträucher, dann unter eine metallene Markise und weiter durch noch mehr Hecken in einen kleinen Garten, über den sich das Blätterdach eines ausladenden Avocadobaums spannte. Scott stand vor einem kleinen, mit Schindeln verkleideten Haus, das unter dem großen Baum kauerte. Kein Licht hinter den Fenstern, und der Baum hüllte das Haus in Schatten.

Scott richtete seine Taschenlampe genau in dem Augenblick auf das Haus, als ein gut gekleideter Mann herauskam. Der Mann war ein Angloamerikaner mittleren Alters mit heller Haut und kurz geschnittenen Haaren. Er trug eine Freizeithose und ein Sakko. Er zuckte überrascht zusammen, und Maggie stürmte bellend auf ihn los.

Scott rief sie sofort zurück.

»Maggie, aus! *Aus*!«

Maggie kehrte an seine Seite zurück, aber der Mann war ganz offensichtlich erschrocken.

»Was zum Teufel haben Sie hier hinten zu suchen?«

»Bitte gehen Sie zurück ins Haus, Sir. Wir haben hier einen flüchtigen Straftäter in der Gegend.«

»Was soll das mit dem Hubschrauber? Der macht mich wahnsinnig!«

»Gehen Sie rein, Sir. Bitte.«

Der Mann verzog das Gesicht, verschwand aber wieder in seinem Haus.

Scott hörte, wie die Tür verriegelt wurde, und strich Maggie über den Rücken.

»Mir hat er auch eine Scheißangst eingejagt.«

Budress kam geräuschvoll durch die Hecke, dicht gefolgt von Evanski und Peters.

»Was war das für eine Stimme?«

»Zivilist. Wir haben ihm Angst eingejagt.«

Budress spuckte Kautabak aus.

»Los, sie soll jetzt die Jagd fortsetzen.«

Scott kehrte mit Maggie zur Hecke zurück und zeigte auf den Boden.

»Riech, Mädchen. Riech. Such, such, such!«

Maggie rannte zur Tür und bellte.

Scott rief sie zurück.

»Nicht den Burschen, Baby. Den *anderen* Kerl.«

Er führte sie wieder zur Geruchsspur und befahl ihr zu suchen.

Maggie stürmte sofort erneut zur Tür.

Scott spürte, wie das Adrenalin durch seine Adern schoss.

»Paul, er ist hier. Etana ist da drinnen.«

Scott befahl Maggie, mit dem Bellen aufzuhören, und nahm Stellung neben der Tür ein. Budress gab die Lage per Funk durch, während Evanski und Peters zu den Ecken des Hauses gingen.

Scott klopfte gegen die Tür.

»Sir, machen Sie auf. Polizei. Bitte öffnen Sie die Tür.«

Der Mann reagierte nicht.

Scott richtete den Strahl seiner Taschenlampe in einen Spalt zwischen Fenster und Jalousie. Ein junger Mann in einem schwarzen T-Shirt lag ausgestreckt auf einer Couch. Ein weißer Totenkopf war deutlich auf seinem T-Shirt zu erkennen, aber ein Teil des Schädels schimmerte rot, und sein Gesicht war ein zermanschter Mix aus Blut, Knochen und Haaren.

Scotts Puls schoss hoch, als er die Sprechtaste seines Funkgeräts drückte.

»Verdächtiger verletzt im Haus, benötigt ärztliche Hilfe. Ein zweiter Verdächtiger drinnen, Angloamerikaner, circa fünfzig, Sakko.«

Noch während Scott die Durchsage machte, begriff er, dass der Mann inzwischen durch die Haustür raus sein könnte.

»Paul, vor dem Haus!«

Scott erreichte den Vorgarten, als der Mann im Sakko über die Straße rannte, aber jemand rief etwas aus der entgegengesetzten Richtung, und Scott sah einen zweiten Mann auf sich zugelaufen kommen, dem drei Polizisten folgten. Scott hob seine Schusswaffe, und der zweite Mann blieb schlitternd stehen, gestikulierte wild auf den Mann im Sakko.

»Ein Mann ist hier rausgekommen! Da! Er ist über die Straße gerannt!«

Scott brüllte ihn nieder und betete, dass der Kerl nichts Dummes tat.

»STOPP! Keine Bewegung!«

Dann brüllte einer der ihn verfolgenden Polizisten. »Er ist ein Zivilist. Der Typ ist ein *Zivilist*!«

Scott riss die Pistole seitlich weg und lief zu Budress zurück.

»Der Typ, den ich gesehen habe, ist geflohen. Beamte haben die Verfolgung aufgenommen.«

Budress richtete die Taschenlampe durchs Fenster und ging zur Tür.

»Scheiß auf ihn! Der Typ da drinnen ist tot oder liegt im Sterben. Wir müssen rein!«

Budress wich ein Stück zurück und trat kräftig auf eine Stelle über dem Türknauf. Die Tür flog auf, und Scott löste die Leine seines Hundes.

»Hol ihn, Baby, hol ihn!«

Maggie rannte ins Haus.

Scott folgte ihr, die Waffe gehoben und schussbereit. Er sicherte die Küche und ging ins Wohnzimmer. Vor dem Körper war Maggie stehen geblieben und bellte, damit Scott wusste, dass sie ihre Beute gefunden hatte.

Budress trat eine Pistole weg, die neben dem Körper lag.

»Weiter! Das Haus sichern.«

Scott führte Maggie in die Diele. Die Türen zu einem Bad und einem kleinen Zimmer standen offen, eine Tür am Ende des Flurs war geschlossen.

Maggie schnupperte im Vorbeilaufen kurz ins Bad und ins Schlafzimmer, wurde vor der geschlossenen Tür jedoch langsamer. Sie schien die Tür einen Augenblick zu studieren, dann ließ sie sich auf den Bauch nieder und starrte die Tür an. Scott sah, wie ihre Nüstern vibrierten, aber sie bellte nicht, wie sie es tun würde, wenn jemand in dem Zimmer wäre.

»Zimmer vorne gesichert«, sagte Budress. »Was hat sie?«

»Keine Ahnung. Was ist mit dem Geruch hier? Chemikalien?«

»Bleichmittel. Brennt mir total in den Augen.«

Scott ging näher ran. Maggie sah kurz stolz zu ihm auf und wedelte mit dem Schwanz, blieb aber auf dem Bauch liegen. Scott hatte sie noch nie so wachsam erlebt.

Budress brüllte.

»Polizei! Machen Sie die Tür auf, und kommen Sie raus, *sofort!*«

Scott drückte ein Ohr an die Tür, hörte aber nichts. Er zuckte die Achseln. Budress deutete auf die Tür und nickte.

Scott stieß die Tür auf und richtete die Taschenlampe in den Raum.

Hinter ihm raunte Budress: »Nimm sie an die Leine! Lass sie nicht da rein.«

Scott hakte Maggies Leine ein, dann drückte er die Sprechen-Taste seines Funkgeräts.

»Wir sind im Haus. Nicht näher kommen. Ich wiederhole, nicht näher kommen.«

Die Stimme des Einsatzleiters kam knisternd aus ihren Funkgeräten.

»Was zum Teufel? Was ist los bei euch?«

Scott war nicht ganz sicher, wie er es sagen sollte.

»Sprengstoff. Hier drinnen befindet sich genug Sprengstoff, um das ganze Viertel in die Luft zu jagen.«

Scott warf Budress einen Blick zu, der ihn zurückwinkte.

»Komm, Scott. Gottverdammt, verschwinden wir von hier.«

Scott zog sich mit seinem Hund aus dem Zimmer zurück.

4
Mr. Rollins

Der immer wieder mit kurzen Unterbrechungen fallende Regen besprenkelte seine Windschutzscheibe mit Diamanten. Durch seinen schwitzenden Körper beschlugen die Scheiben, also drehte er das Gebläse voll auf. Es reichte nicht, um den Gestank der Bleiche aus seiner Nase zu nehmen.

Mr. Rollins saß drei Blocks außerhalb des abgesperrten Gebietes in seinem Auto und wischte sich wütend Regen aus dem Gesicht, während er versuchte, seine Angst zu beherrschen. Es war wichtig, das hier jetzt auf eine Weise durchzuziehen, die sein Problem löste.

»Eli, Sie haben einen Idioten geschickt. Die Polizei ist ihm zu meinem Haus gefolgt.«

»Moment. Carlos?«

»Ihr Idiot hat die Polizei zu meinem Haus geführt. Die haben ihn. Wahrscheinlich verpfeift er uns gerade.«

»Sie sind high.«

»Beten Sie, dass ich high bin.«

Elis Stimme wurde schärfer und sein Akzent ausgeprägter.

»Sagen Sie was, das ich verstehe. Wovon reden Sie da?«

Mr. Rollins beobachtete den Hubschrauber, der nur wenige Blocks entfernt die Dunkelheit mit seinem Lichtsäbel zerschnitt. Sie waren immer noch auf der Jagd, nur suchten sie jetzt *ihn*.

Elis Stimme war eiskalt.

»Ich sage das nicht zweimal. Holen Sie mir sofort Carlos ans Telefon.«

Eli war ein gefährlicher Mann, aber Mr. Rollins hatte keine Angst vor ihm. Unter seinem eigenen und anderen Namen hatte Rollins Einbrüche, bewaffnete Raubüberfälle und Entführungen von Lkws auf Autobahnen begangen, bevor ihm klar wurde, dass er mehr Geld verdienen konnte, wenn er das kaufte und verkaufte, was andere gestohlen hatten. Er war in der Vergangenheit dreimal rechtskräftig verurteilt worden und hatte zwei Haftstrafen abgesessen. Er hatte sieben Menschen ermordet, darunter seinen Schwager, und wann immer er sich mit einem Käufer oder Verkäufer traf, war er bereit, wieder zu töten. Jetzt jedoch mäßigte er seine Stimme.

Er plante das Drehbuch und zog den Plan durch, so machte er das immer.

Regeln.

»Kann ich nicht, Eli. *Hören Sie mir zu.* Die Polizei hat ihn.«

»Meinen Sie das ernst?«

»Die Polizei hat ihn verfolgt. Zu Fuß, mit dem Hubschrauber, Hunde. Er blutete und redete wirres Zeug. Ich glaube, er ist inzwischen tot. Ich selbst bin nur knapp entkommen.«

»Sie meinen das ernst.«

Keine Frage mehr.

»Das Haus ist erledigt. Da kann ich nie mehr hin und es auch nicht mehr benutzen. Und was im Haus war, ist weg. Die Bullen haben alles.«

Jetzt klang Eli besorgt. Besorgt war gut.

»Ich brauche diese Sachen.«

»Dann schicken Sie das nächste Mal einen besseren Mann als Carlos.«

»Die Termine lassen sich nicht verschieben. Wir haben eine klare Zeitschiene.«

»Alles ist weg, Eli. Ich habe Carlos nicht gebeten, die Scheißbullen mitzubringen.«

Rollins hörte auf zu reden, damit Eli die Sache durchrechnen konnte. Eli war in Verzug geraten und würde weiter in Verzug geraten, sofern er nicht die Dinge ersetzte, die er verloren hatte, und das Material beschaffte, das er immer noch benötigte. Um das zu erreichen, würde er Mr. Rollins brauchen, und die Zeit lief ihm davon.

Keiner sprach für fast eine ganze Minute, dann gab Eli nach.

»Was ist mit dem Zeug, das Sie heute Abend getestet haben?«

»Was soll damit sein?«

»Entspricht es der Beschreibung des Verkäufers?«

»Mein Chemiker sagt, ja. Er wird weitere Tests durchführen, aber das Zeug ist echt, Eli. Kann weder zu einem Hersteller noch zu Lieferanten zurückverfolgt werden.«

»So was gibt es nicht.«

»Der Chemiker sagt, doch.«

Eli zögerte, dachte nach.

»Die könnten das sofort liefern?«

»Jetzt machen Sie sich aber was vor, Mann. Die werden in den Nachrichten sehen, was passiert ist, und dann schießen die mich in den Wind. Der Deal ist Geschichte.«

»Überzeugen Sie sie. Ich kaufe denen alles ab.«

»Eli, im Ernst jetzt, ich habe momentan größere Probleme als das.«

»Welche?«

»Ein Bulle von der Hundestaffel hat mich gesehen. Er hat mir seine Taschenlampe voll ins Gesicht gehalten, und wir haben ein paar Worte geredet. Er kann mich mit dem Haus in Verbindung bringen.«

Eli war wieder still, was ein gutes Zeichen war, wie Mr. Rollins spürte. Eli rechnete die Sache weiter durch und würde zu dem unausweichlichen Ergebnis gelangen.

»Würden Sie ihn wiedererkennen, wenn Sie ihn sehen?«

»Ja. Absolut.«

»Ich schlage vor, wir helfen uns gegenseitig. Wie viel Material ist jetzt noch bei dem Chemiker?«

»Nur etwa hundert Gramm, so in der Größenordnung.«

»Reicht, um Ihr Problem zu lösen, wenn Sie meines lösen.«

»Ich höre.«

»Sie sprechen mit den Verkäufern?«

»Ja.«

»Ich muss das schnell durchziehen.«

»Ich auch. Mein Problem duldet keinen Aufschub.«

»Das geschieht morgen.«

Mr. Rollins senkte sein Telefon. Er beobachtete den kreisenden Hubschrauber, formte dann mit der Hand eine Pistole und verfolgte ihn. Er könnte den Hubschrauber in einen brennenden Schrotthaufen verwandeln mit den Dingen, die er im Haus zurückgelassen hatte.

Rollins fädelte sich ruhig in den Verkehr ein und fuhr gemächlich fort. Er machte innerlich eine Liste und sagte sie dann laut auf.

Langsam fahren.

Auf der rechten Spur bleiben.

Frühzeitig bremsen.

Autofahrer in L. A. nerven bei Regen total.

Das Aufstellen von Regeln gab ihm Ordnung, und diese Regeln zu befolgen gab ihm Frieden. Seine allerwichtigste Regel war eine der ersten, die er je gelernt hatte. Niemals einen Augenzeugen zurücklassen.

Der einzige Mensch, der ihn mit dem Haus in Verbindung bringen konnte, war ein kleiner Bulle mit einem Hund. Ein Clown mit einem Hund.

Der Clown musste weg.

5
Elvis Cole

Redmons Telefon summte, als wir einen Block von der Rampart Station entfernt waren. Er hörte schweigend zu, dann senkte er das Telefon und warf einen Blick über seine Schulter.

»Umweg. Die wollen Sie downtown.«

Furth schlug aufs Lenkrad.

»Das ist totale Scheiße.«

»Wer ist *die*?«, fragte ich.

Furth seufzte tief.

»Sobald was Fettes passiert, ziehen die sich das gleich an Land. Arschlöcher.«

Die Major Crimes Division war eine Sonderermittlungsgruppe, stationiert im Police Administration Building zusammen mit den anderen Eliteabteilungen der Kriminalpolizei. Die MCD erhielt heiße Fälle, die für Schlagzeilen sorgten und sich auf einer Skala von Serienmorden über Promi-Opfer bis zu Verbrechen bewegten, die möglicherweise die öffentliche Sicherheit gefährdeten. Von der Häufigkeit, in der Detectives der MCD in den Abendnachrichten erschienen, konnten kleine, normale Kriminalbeamte wie Furth nur träumen. Außerdem trugen sie nettere Klamotten. Die MCD waren die tollen Hechte.

»Nie die Hoffnung aufgeben, Furth«, sagte ich. »Vielleicht schmeißen Sie irgendwann den ganzen Laden.«

Furth warf mir einen vernichtenden Blick im Rückspiegel zu, doch dann wurden ihre Augen milder.

»Könnte gut sein.«

Das Police Administration Building war ein prächtiges Gebäude aus Glas und Beton mit einem dreieckigen Atrium, das wie der Bug eines kristallenen Schiffs aussah. Die Cops, die dort arbeiteten, nannten es *Das Boot*. Die gegenüberliegende Seite sah aus wie ein Mutterschiff der *Borg*.

Furth blieb beim Wagen, während Redmon mich nach oben brachte. Ich sah sie nie wieder.

Die Hauptbüroetage der Major Crimes war groß, hell und in zahlreiche Arbeitsplätze aufgegliedert. Besprechungsräume säumten eine innenliegende Wand. Büros mit Blick nach draußen befanden sich an der äußeren Wand. Ein Büro war offen, die übrigen waren geschlossen. Drei der Arbeitsplätze waren momentan belegt, und drei Detectives standen vor der Tür des offenen Büros.

»Da sind wir. Die Show«, meinte Redmon.

Ein großer schlanker Detective mit sich deutlich lichtendem blondem Haar kam uns entgegen. Er hatte eine braune Hose an, gehalten von Hosenträgern, und ein blauweiß gestreiftes Hemd. Redmon deutete mit dem Daumen auf mich.

»Das ist er.«

Redmon machte auf dem Absatz kehrt und ging ohne ein weiteres Wort. Auch Redmon sah ich nie wieder.

Der neue Typ lächelte und streckte eine Hand von der Größe einer Monsterkrabbe aus.

»Brad Carter. Sie sind Mr. Cole?«

»Ja, Sir. Elvis Cole.«

Er umklammerte meine Hand, auch wie eine Monsterkrabbe.

»Danke, dass Sie gekommen sind. Unterhalten wir uns hier drinnen.«

Er führte mich zu einem Besprechungszimmer.

»Kaffee oder Tee? Earl Grey. Aus meinem Privatvorrat.«

»Nein, danke.«

»Müssen Sie zur Toilette?«

Der gastfreundlichste Cop der Welt.

»Nein, danke. Alles bestens.«

Das Besprechungszimmer war klein, aber freundlich, hatte einen ovalen Tisch und eine gläserne Wand. Vorhänge waren zugezogen, um das Glas zu bedecken. Carter bat mich, Platz zu nehmen, und setzte sich dann mir gegenüber an den Tisch. Er ließ die Tür offen.

»Würden Sie sich mir bitte kurz vorstellen und mir Ihren Führerschein zeigen?«

Ich rasselte meinen Namen und meine Anschrift runter, zeigte ihm meinen Führerschein und meine kalifornische Privatdetektivlizenz. Beides legte er beiseite, als beabsichtige er, die Ausweise zu behalten, dann nannte er die Adresse in Echo Park.

»Okay, Mr. Cole. Um oder gegen elf Uhr heute Abend haben Sie gesehen, wie ein Mann dieses Wohnhaus verließ?«

»Ja, Sir. Das habe ich.«

»Und Sie haben ihn verfolgt, berichtete man mir.«

»Jawohl, Sir. Hat man ihn geschnappt?«

»Noch nicht, aber wir werden ihn finden. Können Sie ihn mir bitte beschreiben?«

Ich beschrieb Carter den Mann mit dem Sakko, exakt wie ich ihn Alvin beschrieben hatte. Er machte sich mehrmals kurze Notizen auf einem Block, betrachtete mich aber die meiste Zeit, beziehungsweise meinen Mund, fast als müsse er es von meinen Lippen ablesen, um zu verstehen, was ich sagte.

»Nicht gerade viel, womit wir arbeiten können, aber so ist es nun mal. Würden Sie ihn wiedererkennen?«

»Ich habe sein Gesicht nicht gesehen. Er war zu weit entfernt, und es war dunkel. Ich kann nicht mal sagen, ob sein Sakko dunkelgrau war oder dunkelblau oder dunkelrot.«

Er machte sich eine weitere Notiz.

»Okay. Dann verraten Sie mir doch mal, warum Sie ihn verfolgt haben?«

»Ein Officer namens Alvin hatte mir erzählt, dass sich ein Mann, der wegen Mordes gesucht wird, in der Gegend befände. So wie dieser Kerl sich aus dem Haus geschlichen hatte, dachte ich, das müsse der Gesuchte sein. Ich war am nächsten bei ihm, also habe ich die Officers alarmiert und versucht, ihn zu schnappen. Möglicherweise hätte ich es auch geschafft, ihn einzuholen, wer weiß. Ein Officer kam von der Rückseite des Hauses angerannt, richtete eine Waffe auf mich, und das war's dann.«

»War das Officer Alvin?«

»Nein, ein K-9-Beamter. Er hatte einen Hund. Alvin und die anderen Polizisten waren hinter mir.«

Carters Handy summte, er bekam eine Textnachricht. Er las sie, nahm meine Ausweise und stand auf.

»Ich kopiere die hier kurz und bringe sie Ihnen gleich zurück. Sind Sie sicher, dass Sie nichts haben wollen? Einen Kaffee oder Tee?«

»Wie wär's mit einer Antwort. Was ist heute Abend passiert?«

Carter schüttelte den Kopf, als wüsste er nicht, wovon ich rede.

»Das ganze Viertel wurde evakuiert«, sagte ich. »Das Bombenentschärfungskommando ist aufgetaucht. Was befand sich in diesem Haus?«

»Ich bin in ein paar Minuten zurück. Warten Sie hier.«

Carter schloss hinter sich die Tür und verließ mich für über eine Stunde. Nach dreißig Minuten stand ich auf. Abgeschlossen. Ich schenkte es mir, es später noch mal zu versuchen. Carter würde mit Alvin sprechen. Er würde meine Geschichte mit Einsatzberichten und Ermittlern vor Ort abgleichen und würde erst wieder auftauchen, wenn er mehr Fragen oder keine Fragen mehr hatte.

Eine Stunde und sechsundzwanzig Minuten nachdem er gegangen war, kehrte Carter in Begleitung einer attraktiven Afroamerikanerin zurück. Sie trug Jeans und einen Blazer. In der einen Hand hatte sie eine Tasse, in der anderen einen silbernen Laptop. Auch Carter hatte eine Tasse, aber die war in seiner Monsterkrabbenpranke verborgen.

Die Frau stellte sich als Detective Glory Stiles vor und ließ ein hübsches Lächeln aufblitzen.

»Mann, eine verrückte Nacht. Echt abgefahren, stimmt's? Tut mir leid, dass Sie so lange warten mussten.«

»Um Sie zu sehen, hat sich das Warten gelohnt.«

Das Lächeln brachte es locker auf tausend Watt.

»Meine Güte, Sie sind ja ein echter Charmeur.«

»Man nennt mich auch Mr. Charme.«

Glory Stiles war eine große Frau mit kurz geschnittenen Haaren und perfekten, leuchtend blauen Fingernägeln. Carter nahm seinen ursprünglichen Platz wieder ein, und Stiles setzte sich in die Nähe. Ich bemerkte ein goldenes Funkeln auf ihrem rechten Daumennagel, als sie den Laptop öffnete, konnte aber nicht erkennen, was es war.

Carter war anders. Der angebotene Tee war Geschichte. Seine Miene war entschieden ernst und streng und sollte einschüchtern. Den Ausdruck hatte ich schon mal gesehen, und zwar besser.

»Okay, Mr. Charme«, sagte er. »Erzählen Sie mir noch mal von dem Mann, den Sie verfolgt haben. Beschreiben Sie ihn.«

»Ich habe ihn doch bereits beschrieben.«

»Vielleicht ist Ihnen ja etwas mehr eingefallen, während Sie gewartet haben. Fangen Sie ganz von vorne an.«

Ich lächelte freundlich und beugte mich zu ihm vor.

»Ich sag Ihnen was, Carter. Ich bin jetzt seit Stunden hier. Wenn Sie mich verhaften wollen, dann tun Sie das endlich.«

»Nanana«, schaltete sich Glory Stiles ein, »es gibt wirklich keinen Grund, sich so zu verhalten.«

Ich sah Stiles nicht an. Ich fixierte Carter.

»Wenn Sie wollen, dass ich hier sitzen bleibe, erzählen Sie mir, was gestern Abend passiert ist.«

Carter nippte an seinem Tee.

»Ein Mann wurde ermordet.«

»Nicht das. Warum ist das Bombenentschärfungskommando angerollt?«

Carter trank weiter von seinem Tee und antwortete nicht. Glory Stiles antwortete für ihn.

»Bei der Leiche wurde Sprengstoff gefunden, Mr. Cole. Uns liegt noch kein umfassender Bericht vor, aber der Sprengstoff wird entfernt und entsorgt. Es ist eine gefährliche Lage.«

Ich nickte, dachte an Amy Breslyn und Regierungsaufträge.

Carter starrte über den Rand seiner Tasse.

»Vielleicht kann Mr. Cole uns einen Bericht liefern.«

»Ich weiß nichts davon.«

Glory Stiles wieder. »Ich weiß, dass Detective Carter es bereits gefragt hat, aber ich werde es Sie ebenfalls fragen. Was hatten Sie dort verloren, und warum in Gottes Namen haben Sie diesen Mann verfolgt?«

Ich erzählte ihnen, ich suchte einen Schriftsteller namens Thomas Lerner. Ich hatte ihn bislang nicht erwähnt, und es gefiel mir auch nicht, Lerner auf ihren Schirm zu bringen, doch früher oder später würden sie erfahren, dass ich mich bei dem Nachbarn nach Lerner erkundigt hatte, und vielleicht wussten sie das ja auch schon. Carter ließ sich nichts anmerken. Glory Stiles machte sich auf ihrem Laptop Notizen, und ihre Finger rasten nur so über die Tastatur. Ich hatte noch nie jemanden reden und gleichzeitig tippen sehen, aber sie tat es, fast als hätte sie zwei Gehirne. Das zu beobachten war ein echtes Spektakel. Ich wiederholte mein Gespräch mit dem Nachbarn, und unser Gespräch mit Alvin, und wieder schilderte ich, wann und wie ich den Mann im Sakko das Haus hatte verlassen sehen. Ich benutzte das Wort *verstohlen*.

»Dann haben Sie also in Ihrem Wagen gesessen«, sagte Carter, »während die Polizeibeamten bei den Leuten anklopften?«

»Ja. Ich hatte Alvin gefragt, ob ich fahren dürfe, aber er sagte, sie hätten niemanden, der die Wagen wegfahren könnte.«

Carter schien mir zu glauben, was bedeutete, sie hatten bereits mit Alvin gesprochen.

»Haben Sie außer dem Mann, den Sie verfolgten, jemanden das Haus betreten oder verlassen sehen?«

»Nein.«

Stiles stellte die nächste Frage, während sie noch tippte.

»Als Sie an der Haustür waren, haben Sie da im Inneren irgendetwas gehört? Stimmen oder Lärm?«

»Nichts, nein. Ich habe einige Male angeklopft. Ich habe versucht zu klingeln. Aber die hat nicht funktioniert.«

Stiles warf Carter einen kurzen Blick zu. Jemand hatte ihnen gesagt, dass die Klingel nicht funktionierte.

Carter beugte sich vor.

»Haben Sie irgendwas gerochen?«

»Zum Beispiel?«

»Sagen Sie's mir. Entweder haben Sie was gerochen, oder Sie haben nicht.«

Ich fragte mich, ob es mit dem Sprengstoff zu tun hatte, und schüttelte den Kopf.

»Nein.«

Carter lehnte sich zurück, als glaubte er mir nicht.

»Wen wollten Sie dort noch mal aufsuchen?«

»Thomas Lerner.«

»Wurden Sie engagiert, um ihn zu finden?«

»Nein.«

»Sie sind Privatdetektiv.«

»Ich habe nicht gearbeitet. Ich wollte hören, ob er an einer Zusammenarbeit interessiert ist.«

Glory Stiles sprach beim Tippen.

»Sag bloß! Das wär doch mal cool, oder?«

Vergnügt und übersprudelnd, aber sie glaubte mir kein Wort.

»Woher kennen Sie Lerner?«

Jetzt kamen wir langsam zur Sache, und das Eis war dünn. Ich hatte Thomas Lerner eine Zielscheibe aufgemalt, und je mehr wir über ihn redeten, desto größer wurde die Zielscheibe. Carter würde ihn schon allein deshalb finden wollen, um meine Geschichte nachzuprüfen, und schon sehr bald würde unser Wettrennen starten, ihn zuerst zu erwischen.

»Wir haben uns vor vier oder fünf Jahren auf dem Times Festival of Books kennengelernt. Er wollte sich bei mir über meine Arbeit erkundigen, also haben wir Kontaktdaten ausgetauscht. Er hat sich nie gemeldet. Vor ein paar Tagen habe ich seine Daten wiedergefunden und hab ihn angerufen. Die Telefonnummer war ungültig, also hab ich mein Glück mit der Adresse versucht.«

Ich sah von Stiles zu Carter.

»Das war's.«

»Könnten wir die Telefonnummer haben?«

Ich legte eine gewisse Schärfe in meine Antwort, als würde meine Geduld sich ihrem Ende nähern.

»Hab ich weggeschmissen, als sich herausstellte, dass sie nichts taugt. Warum sollte ich sie auch behalten? Hatte ja die Anschrift, also hab ich damit mein Glück versucht.«

»Heute Abend.«

Ich hatte Lerners Adresse auf eine meiner Visitenkarten geschrieben. Ich kramte die Karte aus der Tasche und knallte sie auf den Tisch.

»Ja, heute Abend. Und wenn nicht heute, dann wär's morgen oder übermorgen oder nächsten Monat gewesen, aber ich hab mir heute Abend ausgesucht. Und nun sitze ich bei euch Leuten fest, aber, wissen Sie was, Carter? Der Teil des ›hier Festsitzens‹ ist jetzt vorbei.«

Ich stand auf.

»Ich bin hier fertig, und ich gehe jetzt.«

Carter drehte die Visitenkarte langsam um, las sie und ließ sie auf dem Tisch liegen. Ich schnappte sie mir wieder. Er war weder sauer, noch schien er mir zu drohen. Er sah geduldig aus.

»Tut mir leid, dass wir Ihnen Unannehmlichkeiten bereitet haben, Mr. Cole. Ich bin sicher, wir werden uns noch mal unterhalten.«

Er stand auf und ging zur Tür.

»Mach du das hier fertig, Glory. Ich organisiere Mr. Cole einen Wagen.«

Glory Stiles klappte ihren Computer zu und stand auf, als er ging.

»Okay, Mr. Cole, ich werde eine schriftliche Aussage ausdrucken, die das dokumentiert, was Sie uns gesagt haben. Ich möchte, dass Sie sich das durchlesen, und wenn Sie meinen, es wurde wirklichkeitsgetreu und korrekt wiedergegeben, möchte ich, dass Sie das Protokoll unterzeichnen. Ist das okay?«

Es war nicht okay, aber ich spielte mit. Die Polizei bat einen Augenzeugen praktisch nie, eine Aussage zu unterschreiben. Lieber war es ihnen, Zeugenaussagen in ihre Berichte einzuarbeiten, die dann von ihnen selbst und nicht von dem Zeugen unterschrieben wurden. Das gab dem Staatsanwalt einen größeren Spielraum, falls der Fall vor Gericht kam. Wenn ein Augenzeuge etwas unterschrieben hatte, wurde jeder faktische Fehler oder jede Abweichung in den Aussagen zu einem gefundenen Fressen für die Verteidigung.

Ich folgte Stiles und ihrem Laptop hinaus in das Großraumbüro.

»Warten Sie hier einen Moment, ja? Ich bin gleich zurück.«

Sie ließ mich stehen und durchquerte schnell den Raum. Carter stand bei zwei Detectives vor einem Büro. Einer der beiden warf mir einen Blick zu und verschwand nach drinnen.

Drei Stunden nachdem Redmon und Furth mich hier abgeliefert hatten, war das Büro der Major Crimes Division überfüllt und geschäftig. Ein Dutzend Detectives, die aussahen, als wären sie lieber zu Hause im Bett, arbeiteten in ihren Bürozellen oder sprachen mit uniformierten Beamten, die sich mehr oder weniger teilnahmslos am Rande des Büros herumdrückten.

Ein Officer an einem Schreibtisch in der Nähe hatte die Beine ausgestreckt und die Arme verschränkt. Er sah mich an, als hätte er einen verdammt langen Tag gehabt, der noch erheblich länger würde.

»Mann«, sagte er, »Sie können froh sein, dass Sie noch leben!«

Ich wusste nicht, wovon er redete.

»Kennen wir uns?«

»Quasi. Sie sind der Typ, der unseren Verdächtigen verfolgt hat. Ich hätte Sie beinahe abgeknallt.«

Ich sah den K-9-Aufnäher auf seiner Schulter.

»Danke, dass Sie nicht auf mich geschossen haben.«

»Zu viel Papierkram.«

Er beugte sich vor und bot mir die Hand an.

»Das war nicht wirklich schlau, sich da einzumischen, aber trotzdem vielen Dank für die Hilfe.«

Wir schüttelten uns die Hand, als Glory Stiles wieder auftauchte. Sie führte mich zu einem leeren Schreibtisch in der Nähe und bat mich, das Dokument sorgfältig zu lesen. Es war nur zwei Seiten lang, aber dennoch eine präzise Wiedergabe meiner Aussagen. Selbst der Fakten, die Lügen waren. Ich unterschrieb und gab es ihr zurück.

»Okay, Mr. Cole, das war's dann. Wir danken Ihnen für Ihre Mitarbeit.«

»Carter hat eine merkwürdige Art, das zu zeigen.«

»Wahrscheinlich werden wir noch einmal mit Ihnen sprechen wollen. Ist das okay?«

»Nicht, wenn ich Sie kommen sehe.«

Sie schenkte mir ein strahlendes Lächeln.

»Dann werden wir uns wohl anschleichen müssen, was? Ihr Wagen wartet draußen. Ich bringe Sie runter.«

Carter schaute mir nach. In seinem Blick lag keine Bosheit, aber ich wusste, dass ich ihn wiedersehen würde.

Ein älterer Beamter mit einem grauen Bürstenschnitt fuhr mich zurück zu meinem Auto. Die Wolken öffneten sich ein letztes Mal und ließen einen so heftigen Platzregen auf uns niederprasseln, dass die Scheibenwischer nutzlos waren. Der Officer blinzelte in den entgegenkommenden Regen, wurde aber nicht langsamer. Er konnte unmöglich die Straße vor uns sehen, aber er hielt nicht an.

Ich auch nicht.

DER KLIENT

6
Elvis Cole

Am nächsten Morgen klarte der Himmel wieder auf, während ich Meryl Lawrence auf dem Vordersitz ihres Lexus gegenübersaß. Der Parkplatz an der Südwestecke der Kreuzung Sunset und Fairfax lag versteckt hinter der Filiale einer Drogeriekette und einem Diner, das für sein Frühstück berühmt war. Meryl Lawrence freute sich über den abgeschiedenen Ort, als sie eintraf, reagierte aber verärgert und erschüttert, als ich ihr erzählte, was passiert war.

»Sind Sie verrückt? Warum haben Sie sich da eingemischt?«

»Zu dem Zeitpunkt schien es mir eine gute Idee zu sein.«

»War's aber nicht. Es war eine *miserable* Idee!«

Sie kramte ihr Telefon aus der Handtasche. Tiefe Falten gruben sich in ihr Gesicht, zerschnitten ihre Haut in Panzerplatten.

»Haben es die Nachrichten schon gebracht?«

»Schauen Sie mal auf der Website der *Times* nach. Da sehen Sie's sofort.«

Sie starrte auf den kleinen Bildschirm und tippte mit beiden Daumen, hektisch und schnell.

»Haben Sie denen gesagt, dass ich Sie engagiert habe? Was haben Sie über Amy erzählt?«

»Nichts. Ich habe weder Sie noch Amy noch Ihre Firma erwähnt, okay? Entspannen Sie sich!«

Sie tippte schneller. Mit großen Augen. Ihr Brustkorb hob und senkte sich.

Ich berührte ihren Arm.

»Wir müssen eine Menge bereden.«

Meryl Lawrence war Mitte vierzig, hatte sandfarbenes Haar und die fitte, robuste Statur einer Frau, die auf ihre Gesundheit achtete. Sie leckte sich über die Lippen, während sie weiter aufs Telefon starrte und nachdachte. Schließlich sah sie auf.

»Was haben Sie denen erzählt?«

»Sie kommen dabei nicht vor, aber Lerner habe ich erwähnt.«

Sie starrte mich seltsam an, so als kämen meine Worte in Zeitlupe, dann schaute sie wieder aufs Telefon.

»Hier ist es. Mein Gott.«

»Ich musste es ihnen sagen, Meryl. Die Polizei wird jeden in diesem Viertel vernehmen. Die werden herausfinden, dass ich mich nach Thomas Lerner erkundigt habe. Besser, sie haben's von mir gehört.«

Sie las ein paar Sekunden, bevor sie wieder aufblickte.

»Die werden wollen, dass er Ihre Geschichte bestätigt.«

»Ja. Die sind misstrauisch. Es gefällt ihnen nicht, dass ich vor dem Haus war. Die werden mich in die Mangel nehmen, um meine Geschichte zu zerpflücken.«

Sie las weiter, berührte dabei ihre Unterlippe, als würde sie beten.

»Unglaublich. Ein Mord. Jemand musste diesen Typen ausgerechnet *letzte Nacht* ermorden?«

»Lerner ist vor mindestens drei Jahren ausgezogen, also

gelingt es mir vielleicht, ihn als Erster zu finden. Die werden suchen, aber Lerner steht bestimmt nicht ganz oben auf ihrer Prioritätenliste. Die haben jede Menge zu tun.«

Meryl Lawrence senkte plötzlich das Telefon und hielt mir einen schlichten weißen Umschlag hin.

»Vergessen Sie Lerner. Verschwenden Sie keine Zeit mehr mit ihm. Hier haben Sie den Schlüssel und den Zugangscode der Alarmanlage. In ihrer Wohnung werden Sie wahrscheinlich jede Menge Hinweise auf ihren Freund finden.«

Ich nahm den Umschlag nicht.

»Was genau macht Amy Breslyn für Ihre Firma?«

»Ich habe es Ihnen doch bereits gesagt, sie ist unsere für die Produktion verantwortliche Direktorin. Was hat das mit irgendwas zu tun?«

»Ich habe gestern Abend ihre Akte gelesen. Ihr Unternehmen stellt Treibstoffe, Beschleuniger und chemische Energiesysteme her. Ist der Begriff *chemisches Energiesystem* ein netteres Wort für *Sprengstoffe*?«

Sie runzelte die Stirn, als würde sie wütend, und die Panzerplatten kehrten zurück.

»Alles, was wir herstellen, ist explosiv. Welche Rolle spielt das?«

Ich streckte die Hand aus und scrollte auf dem Bildschirm ihres Telefons. Die *Times* hatte den Artikel ursprünglich um 3 Uhr 20 an diesem Morgen veröffentlicht. Ich hatte ihn um 4 Uhr 14 gelesen. Das begleitende Foto zeigte ein Fahrzeug des Bombenentschärfungskommandos, das vor Lerners Haus parkte. In einer Aktualisierung des Artikels von 3 Uhr 34 wurde die aus dem Haus entfernte Munition beschrieben.

»Dies ist Lerners Haus. Dies ist das Bombenentschärfungskommando. Als die Polizei hineinging, fand man vier Panzerfäuste, ein Dutzend Granaten für Vierzig-Millimeter-Rohre und Plastiksprengstoff.«

Ich beobachtete Meryl Lawrence, als sie auf das Foto starrte.

»Schon irgendwie ein schräger Zufall, dass Sie Sprengstoffe herstellen und in dem Haus Munition und Sprengstoffe auftauchen.«

Meryl schüttelte den Kopf und senkte das Telefon.

»Ich könnte drauf sitzen und würde eine Panzerfaust nicht als solche erkennen. Das Gleiche gilt für Amy.«

»Ich habe die Akte gelesen, Meryl. Ihre Unternehmensbiografie macht viel Wind um ihre große Erfahrung. Doppelt- und Dreifachkomponententreibstoffe. Suspensionen, Gele, vergießbare Treibstoffe. Plastifizierte Beschleuniger. Ich musste googeln, sonst hätte ich nicht gewusst, was das bedeutet.«

»Wir stellen keine Waffen her.«

»Sie stellen das her, was drin ist in den Waffen. Sie produzieren den Wumms.«

»Sie können doch nicht allen Ernstes glauben, Amy hätte irgendetwas mit diesem Unsinn zu tun.«

»Und Sie glauben, dass sie Ihrer Firma etwas gestohlen hat.«

Sie setzte an, hielt sich dann aber zurück. Das machen Leute oft, wenn sie einen Privatdetektiv engagieren. Sie versuchen das zu sagen, was sie mich hören lassen wollen, was wiederum nicht immer die Wahrheit ist.

Sie wedelte mit dem Telefon, als befinde sich alles, was ich wissen musste, in diesem Artikel.

»Ich weiß nichts von Panzerfäusten oder diesem Toten oder warum Sie sich da einmischen mussten. Ich habe Ihnen die Adresse von dem Jungen gegeben, weil Amy ihm nahestand. Wenn er fortgezogen ist, dann ist auch die Beziehung, die sie zu ihm hatte, fortgezogen, und er ist ohnehin nicht weiter wichtig, wenn Sie herauskriegen, mit wem sie sich getroffen hat. Nehmen Sie den Schlüssel. Finden Sie ihren verfluchten Freund.«

Wieder hielt sie mir den Umschlag hin.

»Finden Sie sie. Sie haben gesagt, Sie würden sie finden.«

Wir waren wieder bei diesem Freund, nur dass sie jetzt eher verzweifelt als wütend wirkte. Ich fragte mich, warum. Ich nahm den Umschlag immer noch nicht.

»Es gibt etwas, das Sie mir verheimlichen.«

»Ich habe Ihnen alles gesagt.«

»Nein. Noch nicht.«

»Nehmen Sie den verdammten Schlüssel. Finden Sie sie. Ich muss das in Ordnung bringen.«

Der Umschlag zitterte.

»Wie haben Sie es denn vermasselt?«

Sie holte langsam tief Luft und seufzte, während sie den Umschlag auf ihrem Schoß faltete. Sie starrte zu dem Diner hinüber, in den normale Menschen mit normalen Leben hineingingen, um Waffeln und Omeletts zu genießen. Sie murmelte so leise, dass ich sie kaum verstand.

»Ich habe sie dazu veranlasst.«

»Wozu?«

»Ich habe sie eingestellt, wissen Sie. Sie war so still und schüchtern, es hat eine Weile gedauert, aber sie war so süß, man musste sie einfach gernhaben. Hier war sie, eine alleinerziehende Mutter mit ihrem kleinen Jungen. Ihr ganzes Leben kreiste nur um Jacob.«

»Wo war denn der Vater des Jungen?«

Meryl Lawrence schnaubte.

»Hat sie noch vor Jacobs Geburt verlassen. Hat ihr Selbstwertgefühl völlig zertreten. Ein emotional zutiefst verletzender Scheißkerl.«

»Sagte sie das, oder sagen Sie das?«

Sie fixierte mich scharf, runzelte die Stirn und richtete ihren Blick wieder auf den Diner.

»Ich.«

»Okay.«

»Wie auch immer. Sie hatte niemanden, okay? Ich glaube, sie hat sich die letzten vierzehn Jahre mit niemandem getroffen. Außer der Arbeit und diesem Jungen hatte sie kein eigenes Leben, und, ganz ehrlich, für sie schien das okay zu sein. Sie hat ihren Job geliebt. Sie hat ihren Sohn geliebt. Und dann hat sie Jacob verloren –«

Sie verstummte für eine Weile. Langsam hob sie den Blick zu mir.

»Sie war so einsam, wissen Sie? Es war schrecklich. Ich habe ihr gesagt, sie soll doch mal eine dieser Partnervermittlungen im Internet ausprobieren. Ich habe sie dazu gedrängt. Frauen wie Amy können –«

Sie suchte nach dem richtigen Wort, war aber mit dem Ergebnis nicht zufrieden.

»– überredet werden. Ich habe sie dazu bequatscht.«

»Sie denken, es sei Ihre Schuld.«

»Ist es das nicht? Ich habe ihr richtig zugesetzt. Ich habe sie immer wieder genervt. Dann fing sie mit jemandem eine Korrespondenz per E-Mail an. Daher weiß ich ja, dass es einen Mann gibt. Ich war begeistert, und ich wollte alles über ihn wissen, doch sie wollte nichts erzählen. Finden Sie das nicht komisch? Ich finde, es ist komisch. Sie sagte mir, er sei interessant. Sie sagte mir, sie mag ihn. Und jetzt sitzen wir hier.«

»Vielleicht ist er nur irgendein Kerl. Vielleicht hat er gar nichts mit ihrem Verschwinden zu tun oder warum sie das Geld entwendet hat.«

Meryl Lawrence schnaubte wieder, diesmal selbstverachtend.

»Ich werde sie fragen, wenn Sie sie finden.«

Ich nahm den Umschlag.

Sie beobachtete, wie ich ihn einsteckte, wirkte aber weder weniger betrübt noch erleichtert.

»Danke.«

»Ich hab's versprochen.«

Sie lächelte mich kläglich an.

»Falls Sie sonst noch etwas wissen möchten, jetzt wäre der geeignete Moment. Ich denke darüber nach, mich umzubringen.«

»Lassen Sie mich dann bitte vorher aussteigen, ja?«

»Ha. Ha.«

»Diese ganze Streng-geheim-Nummer bremst uns aus. Gestern Abend haben Sie mir gesagt, ihr Büro sei tabu. Wenn sie eine Korrespondenz mit jemandem hatte, könnten sich ihre E-Mails doch auf ihrem Bürocomputer befinden.«

»Tun sie nicht. Ich habe mir ihren Account angesehen.«

»Vielleicht entdecke ich mehr als Sie. Ich könnte in ihrem Büro einen anderen Anhaltspunkt finden.«

»Werden Sie nicht. Es ist ja nicht so, dass ich hier nur starrsinnig wäre. Unsere Sicherheitsabteilung hat uneingeschränkten Zugriff auf unsere E-Mails, Telefon und Computer. Es wird alles aufgezeichnet und protokolliert, wenn wir ins Internet gehen und telefonieren. Deshalb habe ich Ihnen ja meine private Handynummer gegeben und nicht die meines Büros. Firmenintern gibt es keine Privatsphäre, deshalb benutzt keiner von uns den Bürocomputer für persönliche Mails.«

»Wenn alles überwacht wird, wie konnten Sie dann ihre Mails lesen?«

»Ich leite die Sicherheitsabteilung.«

»Oh.«

Sie warf einen Blick auf ihre Uhr.

»Ihre Privatwohnung ist aber eine völlig andere Geschichte. Von mir aus können Sie da Wände herausreißen. Ich möchte das in Ordnung bringen, aber ich weiß nicht, wie lange ich sie noch decken kann.«

Sie tat mir leid.

»Meryl.«

»Was?«

»Es ist nicht Ihre Schuld.«

Sie runzelte die Stirn, als würde sie mich dafür hassen, dass ich das gesagt hatte, und ließ den Motor an.

»Sie haben ihren Schlüssel und den Code ihrer Alarmanlage. Und Sie haben ihre Adresse. Bitte steigen Sie jetzt aus, und tun Sie etwas, um sich das Geld zu verdienen.«

Ich stieg aus. Es war zwölf Minuten vor acht. Ich suchte Amy Breslyn jetzt noch keine zwölf Stunden. Meryl Lawrence fuhr davon. Ich fuhr ebenfalls.

Die Uhr tickte für uns beide.

7

Amy Breslyn wohnte in einem gelben zweigeschossigen Haus im mediterranen Stil mit roten Dachziegeln am südlichen Rand von Hancock Park. Ihre Gegend war nicht der wohlhabendste Teil des Viertels, aber die Häuser waren in den Zwanzigerjahren für Besserverdiener gebaut worden und suggerierten immer noch Wohlstand. Paradiesvogelblumen umrahmten ihre Fenster, und eine schmale Zufahrt zog sich über den Rasen hinauf zu einer Garage hinter dem Haus. Neben der Einfahrt stand das blaugelbe Schild eines privaten Sicherheitsdienstes.

Ich parkte am gegenüberliegenden Bordstein und betrachtete das Haus. Ich war mal von einer Familie angeheuert worden, einen pensionierten Chirurgen zu finden, einen gewissen Harold Jessler. Dr. Jessler war seit neun Tagen verschwunden, und während dieser Zeit riefen sein Bruder, seine beiden Schwestern, seine Tochter und seine Ex-Frau wiederholt bei ihm an oder suchten sein Haus auf. Die Telefonate blieben unbeantwortet, und Jessler war nie zu Hause. Sie befürchteten, dass er krank geworden sein und irgendwo herumirren könnte, doch als ich anklopfte, öffnete Dr. Jessler mir die Tür. Ich fragte, warum er mir aufmache, sich aber vor seiner Familie verstecke. Seine Antwort war ganz einfach. Er wollte sie nicht sehen.

Amys Haus war sehr gepflegt, der Rasen ordentlich gemäht. In der Einfahrt stapelten sich keine Tageszeitungen. Sie hätte drinnen sein und Geld zählen können, oder auch fernsehen, aber wahrscheinlich war das nicht. Die meisten Menschen, die vierhundertsechzigtausend Dollar veruntreuen, haben einen Plan, und dieser Plan beinhaltet normalerweise, das Land zu verlassen.

Ich stieg aus meinem Wagen, als Meryl Lawrence anrief.
»Sind Sie schon zu ihr nach Hause gefahren?«
»Ja. Bin gerade dort angekommen.«
»Haben Sie etwas gefunden?«
»Ich bin gerade erst angekommen.«
Ich legte auf. Falls Amy sich vor Meryl Lawrence versteckte, konnte ich es ihr nicht verdenken.

Ich wartete, bis zwei Frauen auf dem Bürgersteig vorbei waren, dann ging ich zur Haustür. Niemand reagierte, also schloss ich mir auf. Die Alarmanlage ging los, verstummte aber sofort, als ich den Code eingab.
»Ms. Breslyn? Jemand zu Hause?«
Nada.
Der Eingangsbereich war geräumig und freundlich, weiße, verputzte Wände, spanische Bodenfliesen und solide Eichenleisten, die dunkel gefleckt waren wie getrocknetes Blut. Nach rechts ging ein Wohnzimmer ab, nach links ein Esszimmer. Eine Treppe genau gegenüber der Haustür führte in den ersten Stock. Das große gerahmte Foto eines Jungen sah mich von der Wand an. Es war das Erste, was jeder Besucher nach Betreten des Hauses sah. Der Junge schien acht oder neun Jahre alt zu sein, hatte eine helle Haut, Pausbacken und einen dichten braunen Lockenkopf. Das dürfte dann wohl Jacob sein.
»Ist irgendwer hier? Hallo?«

Ich verriegelte die Haustür, schaltete die Alarmanlage wieder scharf und machte eine schnelle Runde durchs Haus, um mich zu vergewissern, dass ich allein war. Alles war gepflegt, sauber und so ordentlich wie ein leeres Hotel. Keine umgestürzten Möbel, Blutspritzer oder Lösegeldforderungen, was darauf hingedeutet hätte, dass etwas nicht stimmte. Dr. Jessler hatte sich unter seinem Bett versteckt, Amy Breslyn nicht. Als ich mich überzeugt hatte, dass keiner zu Hause war, sah ich in der Garage nach. Ihr Auto fehlte, was aber nicht automatisch bedeutete, dass sie auf der Flucht war oder auch nur die Stadt verlassen hatte. Was wusste denn ich – vielleicht saß sie einfach nur in einem Starbucks.

Das Obergeschoss nahm ich mir zuerst vor und begann in ihrem Schlafzimmer. Das Bett war frisch gemacht. Es lagen nirgends Kleidungsstücke herum oder hingen aus offenen Schubladen. Schwarze Nachttische flankierten das Bett, und die passende Frisierkommode war ordentlich und aufgeräumt wie in einem Musterzimmer, die Schubladen gefüllt mit Stapeln ordentlich gefalteter Kleidung. Es gab weder Reisekataloge oder Liebesbriefe, und am Spiegel klebten auch keine Fotos irgendwelcher Männer. So viel zu offensichtlichen Spuren.

Die gleiche fast schon zwanghafte Sauberkeit und Ordnung galt für ihren Kleiderschrank und das Bad. Ihre Kleidung war sortiert nach Art und Farbe, hing ordentlich an Stangen oder lag auf Regalböden. Zwei schwarze Koffer von *Tumi* standen hinten im Schrank. Das Bad enthielt einen reichlichen Vorrat an Zahnbürsten und Toilettenartikeln und keinerlei Hinweis darauf, dass sie für ein romantisches Wochenende gepackt, einen überstürzten Abgang gemacht oder sonstwie ihr Zuhause verlassen hatte. Zudem ließ nichts erkennen, dass sie oder irgendwer hier noch wohnte. Die Papierkörbe waren leer.

Im Obergeschoss gab es drei Zimmer, und das Zimmer daneben wurde als Büro genutzt. Ein langer gepflegter Schreibtisch zog sich über eine komplette Seite des Raums, dahinter von Wand zu Wand Aktenschränke. Niedrige Bücherregale an den restlichen Wänden, proppenvoll mit ins Auge fallenden Titeln wie etwa dem *Handbuch für Chemieingenieure, Reaktionsmasse-Inhibitoren, Kompressionsdynamik von Flüssigkeiten* und *Zukunftsweisende Polymer-Thermodynamik*. Gerahmte Fotografien von Jacob oder Amy und Jacob zusammen standen auf den Bücherregalen. Der Junge aus der Eingangsdiele war zu einem großen, schlaksigen jungen Mann herangewachsen, der seine Mutter überragte. Auf einem Bild hielt Amy einen Teller mit riesigen Brownies und war umlagert von Jacob und seinen Freunden im, wie es aussah, Redaktionsbüro ihrer Highschool-Zeitung. Eine andere Aufnahme zeigte Jacob mit einem hübschen jungen Mädchen und Amy daneben vor dem Haus. Jacob und das Mädchen trugen Smoking und Abendkleid, befanden sich wahrscheinlich auf dem Weg zu ihrem Abschlussball. Jacob strahlte. Amy lächelte ebenfalls, aber irgendetwas an ihr wirkte traurig. Vielleicht war sie einer der Menschen, die immer traurig aussahen, auch wenn sie es gar nicht waren.

Amys Schreibtisch war so ordentlich und aufgeräumt wie ihre Kommode und das Nachttischchen. Ein schnurloses Telefon, zwei gewaltige Monitore und eine Bluetooth-Tastatur und -Maus lagen perfekt zueinander ausgerichtet auf einer makellosen Oberfläche. Die Monitore waren ausgeschaltet. Ein dunkelblauer Ordner mit der Aufschrift Ausschreibungsvorgaben des Marineministeriums stand im rechten Winkel neben der Tastatur. Mein eigener Schreibtisch war eine Müllkippe von Büroklammern, Rechnungen, Quittungen, *Post-it*-Blöcken, Zetteln, noch mehr Rechnungen, Illustrierten, die ich eigentlich wegwerfen wollte, Rechnungen, benutzten Servietten, Speisekarten und Flecken. Auf ihrem lag nichts dergleichen. Es war, als hätte jemand sämtliche kleinen, alltäglichen Hinweise auf ihr Leben und ihre Aktivitäten beseitigt.

Irgendetwas an dem Schreibtisch beschäftigte mich.

Ich setzte mich und berührte die Tastatur. Die Monitore reagierten nicht. Sie fuhren hoch, als ich sie einschaltete, aber die Bildschirme zeigten nur eine hellblaue Fläche. Ich sah unter den Tisch, suchte in der Nähe. Ich fand sämtliche erforderlichen Systemkomponenten, bis auf das Gehirn, das alles miteinander verband. Amys Computer fehlte.

»Hmmm«, sagte ich laut.

Detektive sagen solche Dinge, wenn sie misstrauisch sind.

Als Nächstes nahm ich mir ihr Telefon vor. Das Telefon hatte ein Freizeichen, also versuchte ich, mir eine Liste der ein- und ausgehenden Anrufe aufs Display zu holen. Die Listen enthielten keine Einträge. Entweder war das Telefon nagelneu und nie benutzt worden, oder jemand hatte die Listen gelöscht.

Mit meinem eigenen Telefon rief ich Meryl Lawrence an.

»Ich bin in ihrer Wohnung. Können Sie sprechen?«

»Ich kann sprechen. Haben Sie etwas gefunden?«

Ihre Stimme war leise und vorsichtig. Als meinte sie, die Wände hätten Ohren. Nach allem, was sie mir über ihre Sicherheitsabteilung erzählt hatte, traf das vermutlich auch zu.

»Vielleicht. Sie waren letzte Woche in ihrem Haus, richtig?«

»Ja. Seit wir ihre E-Mail bekommen haben, war ich insgesamt drei Mal dort. Warum?«

»War ihr Computer da?«

»Ich habe Amy gesucht. Auf ihren Computer habe ich nicht geachtet.«

»Ihr Computer ist weg. Haben Sie ihn mitgenommen?«

Ihre Stimme klang unterkühlt und überrascht.

»Wie bitte?«

»Haben Sie ihren Computer mitgenommen?«

»Was reden Sie da? Nie würde ich ihren Computer mitnehmen.«

»Vielleicht doch, wenn Sie Ihre Sicherheitsabteilung einen Blick in ihre E-Mails werfen lassen wollten.«

»Nein, ich habe ihren Computer nicht mitgenommen.«

»Ich musste das fragen. Wahrscheinlich benutzt sie einen Laptop und hat ihn überall dabei.«

»Dann finden Sie heraus, wo sie steckt, und Sie werden auch ihren Computer finden. Sie ist bei diesem verfluchten Kerl.«

Ich wollte nicht, dass sie wieder von dem Freund anfing.

»Eines noch. Als Sie hier waren, haben Sie da ihr Telefon benutzt?«

»Warum fragen Sie nach Telefonen?«

»Haben Sie vielleicht von ihrem Apparat aus telefoniert oder haben auf Wiederwahl gedrückt, weil Sie wissen wollten, wen sie angerufen hat, oder so etwas?«

»Nein. So smart bin ich nicht. Wenn ich daran gedacht hätte, dann hätte ich es getan. Haben Sie die Nummer von diesem Dreckskerl gefunden?«

»Ich habe gar keine Nummern gefunden. Die Gesprächslisten des Telefons wurden gelöscht.«

»Können Sie die Nummern von der Telefongesellschaft kriegen?«

»Kommt drauf an, bei wem sie Kundin ist.«

»Wahrscheinlich hat sie dieser verfluchte Mann gelöscht. Wahrscheinlich hat er ihr gesagt –«

Ich legte auf und widmete mich wieder den Aktenschränken. Sie waren niedrig und breit, die Akten hingen von links nach rechts statt von vorne nach hinten. Ich hoffte, Kontoauszüge oder Kreditkartenabrechnungen zu finden, aber die Schränke enthielten Zeitungsartikel über den Tod ihres Sohnes und die darauf einsetzenden Ermittlungen. Amy hatte Hunderte Meldungen und Berichte abgelegt, die sie im Internet gefunden hatte, dazu Dutzende Schreiben, die sie ans Außenministerium geschickt hatte und in denen sie Fragen stellte, die sie nicht beantworten konnten. In den Akten entdeckte ich nichts über Amy, ihre Arbeit oder ihr Leben. Die Fächer waren ausschließlich gefüllt mit Jacob.

Ich fotografierte ihr Büro für meine Unterlagen und ging weiter in das letzte Zimmer.

Es war Jacobs Zimmer. Seine Kleidung hing immer noch im Schrank, und auf seinem Schreibtisch und an seinen Wänden befanden sich all die Dinge, die Jungs so sammeln. Sein Abschlussfoto von der Highschool prangte gerahmt über dem Bett. Es zeigte einen schlaksigen Teenager mit Kappe und Talar sowie einem Beet an entzündeten Pickeln auf seinem Kinn. Jacob hatte das Bild wahrscheinlich gehasst und hätte es niemals in seinem Zimmer haben wollen. Seine Mutter hatte es aufgehängt.

Auf einem Regal fand ich drei Highschool-Jahrbücher und in Jacobs Schreibtisch einen alten Adressbuch-Planer. Darin standen nur wenige Namen und Nummern, aber ich schlug das L für Lerner und das T für Thomas nach. Lerner war nicht aufgeführt, aber die Jahrbücher lieferten mir einen Anhaltspunkt. Ich ging zurück in Amys Büro, nahm das Abschlussball-Foto aus dem Rahmen und klemmte es in die Jahrbücher. Die Jahrbücher und das Adressbuch nahm ich mit nach unten, ließ sie in der Eingangsdiele und durchsuchte schnell das Erdgeschoss.

Wohnzimmer, Esszimmer und Küche erwiesen sich als pure Zeitverschwendung. In der Küche gab es ein weiteres Telefon mit leerem Speicher. Ich hatte das, was man in unserer Branche einen unproduktiven Morgen nennt.

Der noch verbleibende Raum war eine Nische zwischen Wohnzimmer und Küche. Dort stand ein gläserner Frühstückstisch, zur Küche hin ausgerichtet, mit einer leeren Kristallvase in der Mitte. Vor der Wand stand ein antiker Sekretär mit einer einzelnen Schublade. Der kleine Sekretär war der letzte Ort, den ich in Amy Breslyns Haus durchsuchte, aber genau dort fand ich, was ich brauchte.

Die Schublade enthielt fünfzehn oder zwanzig dünne Aktenordner mit von Hand beschrifteten Reitern wie *Haushalt, Gesundheit, Auto, VISA* und *AMEX*. Ich war stolz auf mich, dass ich diese Akten gefunden hatte, aber Meryl Lawrence würde enttäuscht sein, denn nichts trug die Aufschrift *Liebster*.

Als Erstes nahm ich die Kreditkarten-Ordner und überflog ihre Abrechnungen. Keine Flugtickets nach Dubai, keine Großeinkäufe bei *Tiffany's* und keine Kreuzfahrten einmal um die ganze Welt. Nichts in Amys letzten drei Abrechnungen lieferte einen Anhaltspunkt darauf, wo sie war, was sie machte, oder dass sie sich vierhundertsechzigtausend Dollar unter den Nagel gerissen hatte.

Ich legte die Kreditkartenakten beiseite, ließ Akten mit

den Aufschriften *Gärtner* und *Versicherungen* außen vor und blätterte durch *Kassenquittungen*, als ich mich aufsetzte und laut ihren Namen aussprach.

»Amy.«

Vor drei Monaten hatte Amy Breslyn eine halbautomatische Ruger neun Millimeter erworben, dazu eine Jahres-Mitgliedschaft in der *X-Spot Indoor Pistol Range*, eine Kurzanleitung für den Gebrauch von Handfeuerwaffen, ein Reinigungsset, zwei Schachteln Neun-Millimeter-Munition, eine Nylon-Pistolentasche und Gehörschützer. Der Kassenbeleg trug den Vermerk »bar bezahlt«.

Ich hatte nichts davon gesehen, also durchsuchte ich ihr Schlafzimmer erneut.

Ich öffnete Schuhkartons, sah auf den oberen Regalböden nach und öffnete ihre Koffer und Handtaschen. Ich überprüfte die Matratzen, die Kommode und die Nachttischchen. Ich durchsuchte ihr Büro, die Garage, die Küchenschränke und sogar ihren Kühlschank und die Gefriertruhe. Ich fand nichts. Keine Pistole, keinen Waffensafe, keine Reinigungsmittel oder Munition oder irgendwelches Zubehör.

Ich fragte mich, warum Amy eine Waffe hatte haben wollen und ob sie die Waffe wohl mitgenommen hatte.

Ich nahm die Akten aus dem Sekretär, ging damit in die Eingangsdiele und stapelte sie auf die Jahrbücher.

Der achtjährige Jacob verfolgte das alles von der Wand aus.

»Warum hat sie sich eine Kanone gekauft, Kumpel?«

Jacob antwortete nicht.

Ich fragte mich, zu was für einem Mann Jacob wohl herangewachsen war. Ich fragte mich, was er wohl gerade getan hatte, als die Bombe auf der anderen Seite des Globus hochgegangen war, und ob er lachte, als er starb.

Das Haus war voll von ihm. Aufnahmen von ihm gab es überall. Sein Zimmer war ein Schrein.

»Du bist noch hier. Also ist sie auch noch hier. Sie würde dich niemals zurücklassen.«

Der achtjährige Jacob lächelte. Er hatte ziemlich schlechte Zähne.

Ich lächelte zurück.

»Ich werde dir deine Sachen wiederbringen. Versprochen.«

Ich setzte die Alarmanlage zurück, verließ das Haus und ging zu meinem Wagen. Ich packte die Jahrbücher und Akten auf den Beifahrersitz, fuhr aber noch nicht los. Ich dachte über die Waffe nach. Amy hatte es sich vielleicht doch anders überlegt. Sie war vielleicht zu dem Schluss gelangt, dass die Pistole zu laut oder zu übelriechend oder schlicht und einfach kein Spaß war. Vielleicht fühlte sie sich weniger sicher mit einer Waffe im Haus, also hatte sie sie entsorgt. Es gab einige harmlose Gründe dafür, dass ihre Waffe nicht da war, aber Vermutungen waren keine Fakten.

Ich überlegte, Meryl Lawrence danach zu fragen. Wahrscheinlich würde sie sagen, der Freund habe sie genommen. Und ich würde ihr dann sagen müssen, dass ich keinerlei Hinweis auf einen Freund gefunden hatte, keinen Beleg für seine Existenz und rein gar nichts, das darauf hindeutete, dass Amy Breslyn mit ihm oder sonst jemandem weggegangen war.

Ich dachte immer noch über den Freund nach, den es vielleicht gab oder eben auch nicht, als eine grüne Toyota-Limousine auf der anderen Straßenseite hielt und an Amys Bordsteinkante parkte.

Eine stämmige Latina mit einer großen Stofftasche stieg aus. Sie trug eine weite Baumwollhose und ein USC-Sweatshirt, die Haare wurden von einem Haarreifen zurückgehalten. Sie warf sich die Tasche über die Schulter, stapfte die Einfahrt hinauf und öffnete Amys Haustür mit einem Schlüssel. Bevor die Tür sich schloss, sah ich noch, wie sie die Hand mit einer lockeren Vertrautheit nach der Schalttafel der Alarmanlage ausstreckte.

Ich lehnte mich zurück und starrte das Haus an.

Die Frau musste Amys Haushälterin sein. Amy war angeblich auf der Flucht, und doch war hier ihre Haushälterin, gekommen, um in einem bereits makellosen Haus sauber zu machen. Ich fragte mich, ob sie von Amys Urlaub wusste und davon ausging, Amy zu Hause anzutreffen. Gut möglich, dass Amy ihr nichts gesagt hatte, aber die Frau hatte einen eigenen Schlüssel und kannte den Code der Alarmanlage, was bedeutete, Amy vertraute ihr. Jeder, der lange genug da war, um sich einen eigenen Schlüssel zu verdienen, mochte wissen, ob ein neuer Mann in Amys Leben getreten war, und würde ganz bestimmt mehr wissen als ich.

Sechs Minuten früher, und sie hätte mich im Haus erwischt. Sechs Minuten später, und ich wäre weggefahren und hätte sie nicht gesehen. Manchmal lächelten die Götter der Privatdetektive.

Ich gab ihr fünf Minuten, damit sie sich da drinnen einrichtete, dann kehrte ich zu Amys Haustür zurück.

8

Ich nahm den Schlüssel und den Umschlag mit dem Code der Alarmanlage heraus und klingelte. Ich versuchte, erschrocken zu wirken, als die Frau die Tür öffnete.

»Oh. Hi. Ich habe nicht erwartet, dass jemand zu Hause ist.«

»Ja? Kann ich helfen?«

Sie hatte einen leichten spanischen Akzent und eine zarte Stimme. Ende vierzig vielleicht, freundliche Augen.

Ich warf einen Blick an ihr vorbei, als ob ich versuchte, ins Haus zu sehen.

»Amy ist nicht da, stimmt's? Man hat mir gesagt, sie wäre nicht in der Stadt.«

Die Frau lächelte liebenswürdig.

»Nein, sie ist weg. Sie letzte Woche weg.«

Das passte zu dem, was Meryl mir erzählt hatte, überraschte mich aber dennoch.

Ich zeigte ihr den Schlüssel, hielt den Umschlag hoch, damit sie das Logo von *Woodson Energy Solutions* erkennen konnte.

»Okay, gut. Deshalb hat man mir ja auch einen Schlüssel gegeben. Eddic Cole. Ich bin ein Arbeitskollege von Amy bei Woodson. Man hat mich hergeschickt, um einen Bericht zu holen, den Amy vergessen hat zurückzugeben.«

Ich trat ein Stück näher, aber sie rührte sich nicht von der Stelle.

»Tut mir leid. Davon Miss Amy mir nichts erzählt.«

Ich nickte und lächelte, um ihr zu sagen, es sei auch niemand davon ausgegangen, dass sie das wüsste.

»Schon okay. Sie hat Meryl beschrieben, wo sie ihn hingelegt hat. Auf ihrem Schreibtisch oben, meinte sie. Ein blauer Ordner von der Navy. Wir brauchen ihn im Büro.«

Ich trat noch näher, zeigte wieder den Umschlag. Der Ordner war mir egal. Es war nur ein Vorwand, um Konversation zu machen.

Sie trat einen Schritt zurück.

»Was Sie sagen, wo ist der?«

»Oben in ihrem Büro. Ich erkenne ihn, wenn ich ihn sehe.«

»Ich kann Ihnen zeigen.«

»Das wäre toll. Vielen Dank.«

Ich trat an ihr vorbei und bot meine Hand an. Wenn ich eine volle Breitseite Charme loslasse, ist das echt ein Anblick.

»Ich arbeite für Meryl. Wie heißen Sie?«

»Imelda Sanchez.«

»Imelda, Sie sind die Beste. Sie sind mich gleich auch schon wieder los.«

Ich hielt ihre Hand länger als nötig und drehte mich um, um das Haus zu bewundern.

»Was für ein schönes Heim. Ich war noch nie hier, wissen Sie? Makellos. Sie machen Ihre Arbeit hervorragend.«

Imelda strahlte.

»Ist nicht so schwer. Miss Amy hat gern sauber.«

Ich plapperte freundlich weiter, als ich ihr nach oben folgte, und Imelda Sanchez plapperte ebenfalls freundlich weiter. Menschen geben, was sie bekommen. Außerdem hatte sie es nicht eilig, mich loszuwerden. Das Haus war blitzblank, es gab nichts zu tun.

»Wie lange arbeiten Sie schon für Amy, Imelda?«

»Diesen Mai werden sechseinhalb Jahre. Zwei Tage die Woche.«

»Selbst wenn sie weg ist, so wie jetzt?«

»Oh, ja.«

Vor dem Büro blieb sie stehen und berührte meinen Arm, wie um mir ein Geheimnis anzuvertrauen.

»In dem Haus hier muss nicht geputzt werden. Sie lässt mich kommen, damit ich das Geld nicht verliere. Eine sehr, sehr nette Dame.«

»Ja, das ist sie. Auf der Arbeit liebt sie auch jeder.«

Wir gingen ins Büro, aber nicht viel weiter.

»Wie lange wird sie denn weg sein?«

»Sie gibt Geld für drei Wochen, aber gut möglich, dass sie zurückkommt früher.«

»Hat sie Ihnen gesagt, dass sie vielleicht eher zu Hause sein wird?«

»Oh, ja. Sie sagt, sie kommt bald wie möglich nach Hause.«

Interessant. Amy hatte ihrer Haushälterin einen Zeitrahmen genannt. Ihre Urlaubs-E-Mail hatte das offengelassen.

»Tja, ich hoffe jedenfalls, dass sie ihren Urlaub genießt, wie lange sie auch immer fort ist. Sie hat's sich verdient.«

Imelda runzelte nachdenklich die Stirn und stemmte die Hände in ihre Hüften.

»Nicht Urlaub. Sie ist geschäftlich unterwegs, glaube ich.«

»Sie hat Ihnen gesagt, sie sei geschäftlich unterwegs?«

Imelda nickte.

»Ja. Sie ist manchmal geschäftlich weg.«

»Ohne Quatsch? Hat sie gesagt, wohin?«

Imeldas Stirnrunzeln wurde tiefer, und ich machte mir

schon Sorgen, dass ich zu weit gegangen war. Sie würde sich jeden Moment verschließen, falls sie misstrauisch wurde.

Ich grinste sie breit an und beugte mich zu ihr.

»Es ist nicht geschäftlich, Imelda. In der Gerüchteküche wird erzählt, sie sei mit einem Freund weggefahren.«

Imelda starrte mich an, und ihr Lächeln wurde noch strahlender als zuvor.

»Davon sie nichts gesagt.«

Ich wackelte mit den Augenbrauen und grinste.

»Einem Mann.«

Imeldas Lächeln ging in ein Kichern über, also grinste ich noch breiter.

»Wir glauben, dass sie einen Freund hat. Wissen Sie was davon, Imelda? Hat Amy einen Geliebten?«

Sie errötete, und die Röte schrie hinaus, dass Meryl Lawrence recht hatte.

Imelda wirkte beinahe schüchtern, als sie nun antwortete.

»Ich glaube, kann schon sein.«

»Haben Sie ihn mal getroffen?«

Sie winkte mit einer Hand ab.

»Oh, nein!«

»Hat sie Ihnen von ihm erzählt?«

Sie wusste etwas und wollte so unbedingt darüber tratschen, dass sie sich wand.

Ich gab ihr noch einen Schubs.

»Kommen Sie, Imelda, Sie bringen mich um! Wir brennen darauf, etwas zu erfahren! Spannen Sie mich nicht auf die Folter!«

»Ein Mann ihr schenkt Rosen. Ich habe Karte gesehen.«

Ich hatte im ganzen Haus keine Blumen entdeckt.

»War das, bevor sie abgereist ist?«

»Oh, ja. Vorletzte Woche. Sie verwelkt. Ich hab sie weggeschmissen.«

»Aber Sie haben die Karte gesehen?«

»Oh, ja.«

»Wie heißt er?«

Sie dachte kurz nach, dann schüttelte sie den Kopf.

»Ich kann nicht erinnern. Ich hab mich so gefreut, dass ein Mann ihr schenkt Blumen. Ich hoffe, er nett. Sie immer so traurig, seit Jacob gestorben ist.«

»Ich hoffe auch, dass er nett ist, Imelda.«

Imelda strahlte.

»Ich habe die Karte aufgehoben für sie. Holen Sie Ihren Bericht, und ich zeige Ihnen.«

Ich schnappte mir den blauen Navy-Ordner und folgte ihr hinunter zu dem kleinen Esstisch am Ende der Küche.

»Sie nichts gesagt, aber die Vase ist so hübsch, sie möchte sie vielleicht behalten. Ich hab die Karte zusammen mit der Vase hier gestellt, damit ich es nicht vergesse.«

Die Karte lag unter der Vase. Es war ein hellblaues Rechteck mit dem geprägten Namen des Blumengeschäfts am Rand und einer handschriftlichen Mitteilung des Mannes, der die Blumen geschickt hatte.

Dies ist der Beginn einer wunderbaren Freundschaft. Charles.

Original. Der berühmte Ausspruch von Bogart in *Casablanca*. Es war keine Erklärung einer unsterblichen Liebe, aber das musste es auch gar nicht sein.

Das Blumengeschäft hieß *Everett's Natural Creations*.

»Er hat ihr Rosen geschenkt?«

»Oh, ja. Dunkle Rosen. Sie wunderschön.«

»Waren Sie hier, als sie geliefert wurden?«

»Oh, nein. Ich bin nur an die zwei Tagen hier.«

Ich betrachtete die Karte einen Moment, dann machte ich mit meinem Handy ein Foto davon.

»Die Damen auf der Arbeit werden das sehen müssen, um es zu glauben, Imelda. Alle werden sich wahnsinnig für sie freuen!«

Auch ich tat, als würde ich mich wahnsinnig für sie freuen, aber dem war nicht so. Ich war traurig. Meryl Lawrence hatte recht, was einen Mann betraf, und das bedeutete, dass sie auch in allem anderen recht haben könnte.

Imelda klemmte die Karte wieder unter die Vase, dann folgte ich ihr hinaus mit einem Ordner, den ich nicht brauchte. Als wir die Tür erreichten, sah ich zu Jacob hinüber, der von der Wand aus alles verfolgte.

»Kannten Sie ihn?«

Sie starrte das Bild an.

»Oh, ja. Er sehr nett. Wie seine Mama.«

»Gut. Gut zu hören. Sie haben mir sehr geholfen, Imelda. Vielen Dank.«

Sie wirkte nicht besonders glücklich darüber, als sie sich von seinem Porträt umdrehte. Das Lächeln war fort, und jetzt lag ein besorgter Ausdruck in ihren Augen.

»Sir? Bitte, sagen Sie nicht, dass ich von dem Gentleman erzählt habe.«

Ich lächelte sie aufmunternd an.

»Haben Sie nicht. Ich habe die Karte gefunden, als ich den Ordner suchte.«

Sie nickte, sah aber nicht weniger besorgt aus.

Ich trat in die Sonne hinaus und hörte, wie sich die Tür hinter mir schloss.

Alles an Amy Breslyn war *top secret*. Selbst ihre Blumen.

9

Die *Elvis Cole Detective Agency* befand sich im dritten Stock eines viergeschossigen Hauses am Santa Monica Boulevard. Ein Mann namens Joe Pike besaß die Detektei zusammen mit mir, aber sein Name stand nicht an der Tür. Seine Entscheidung, nicht meine. Pike hat's nicht mit Türen.

Das Büro war ausgestattet mit einem Schreibtisch, zwei ledernen Regiestühlen, einem kleinen Kühlschrank und einem Balkon, von dem aus man eine schöne Aussicht über West L. A. bis zum Meer hat. Die Pinocchio-Uhr an der Wand schien sich immer zu freuen, mich zu sehen. Pinocchios Augen schwenkten hin und her, während er munter tick-tackte und dabei nie zu lächeln aufhörte. Ich fand, irgendwann müsste er doch mal müde werden, aber so war's nicht. Seine Treue war bewundernswert.

Ich legte die Jahrbücher und Fotos auf meinen Schreibtisch und fand eine Nachricht auf meiner Sprach-Mailbox.

»Mr. Cole, Detective Stiles hier, von gestern Abend. Ich bin sicher, Sie erinnern sich an mich. Wir haben ein paar weitere Fragen, also würden Sie *bütte bütte* anrufen, damit wir einen Termin vereinbaren können?«

Bütte bütte.

Stiles hatte ihre Nachricht an diesem Morgen um 7 Uhr 28 hinterlassen, nur wenige Stunden nachdem ich meine Zeugenaussage unterschrieben hatte. Mir war ja klar gewesen, dass Carter mich noch mal rannehmen würde, aber nicht schon am ersten Morgen danach.

Ich fragte mich, ob sie Lerner hatten. Vielleicht hatte Stiles mit ihm gesprochen, und nun wusste Carter, dass ich log. Vielleicht aber auch nicht. Carter war nicht der Typ, der einen Höflichkeitsbesuch machte. Er würde meine Tür aufbrechen.

Bei der Auskunft fand man einen Thomas Lerner in der Gegend mit der Ortsvorwahl 747 und zwei Tom Lerners in der 310. Ich rief die 747er-Nummer zuerst an und erwischte eine von einem Mann aufgesprochene Ansage. Ich hinterließ eine Nachricht und bat um Rückruf, selbst wenn er der falsche Lerner war. Ein weiterer Anrufbeantworter meldete sich unter der ersten 310er-Nummer, aber bei der zweiten hatte ich mehr Glück. Am Alter der Stimme erkannte ich sofort, dass er nicht der richtige Lerner war, aber wenigstens meldete sich ein Mensch.

»Mr. Lerner, ich rufe im Namen von Jacob Breslyn an. Jacob war mit einem Thomas Lerner befreundet. Sind Sie das möglicherweise?«

»Ich heiße Tom Lerner. Ich bin kein Thomas.«

»Tut mir leid. Haben Sie vielleicht einen Verwandten namens Thomas Lerner? Er müsste jetzt Ende zwanzig sein. Ein Autor. Vor ein paar Jahren hat er in Echo Park gewohnt.«

»Also, nein, ich glaube nicht. Könnte sein, dass mein Onkel ein Thomas gewesen ist, aber der ist jetzt schon seit Jahren tot.«

So viel zu den Anrufen.

Eine Internetrecherche ergab siebenundneunzig Tom oder Thomas Lerners in den Vereinigten Staaten, drei davon wohnten im Großraum Los Angeles. Das waren die drei, die ich angerufen hatte. Suchen nach »Thomas Lerner, Autor« erbrachten nichts in der *Internet Movie Database*, dem Mitgliederverzeichnis der *Writers Guild* oder verschiedenen Verkaufsportalen von Büchern. Falls Thomas Lerner schrieb, dann hatte er dabei offensichtlich keine glücklichere Hand als ich bei meinen Nachforschungen.

Ich öffnete das Material, das ich über Amy Breslyn besaß, und betrachtete wieder ihr Bild. Sie sah nicht wie jemand aus, der vierhundertsechzigtausend Dollar unterschlug, aber Leute können einen täuschen. Sie schien eher die traurige Ausgabe einer Marshmallow-Tante zu sein, eine liebenswürdige Frau, ein bisschen altmodisch, die stets vernünftiges Schuhwerk trug und sich nur um ihren eigenen Kram kümmerte.

Ich trat auf den Balkon hinaus. An den meisten Tagen konnte ich von Glück reden, wenn ich das Wasser sah, aber die Hotels und Eigentumswohnungen am Rand der Erde erstrahlten geradezu im Morgenlicht, und der höchste Berg von Catalina Island zeichnete sich klar und deutlich sechsundzwanzig Meilen südlich ab. Es war schon ein Sturm nötig, um der Welt Klarheit zu schenken.

Ich trat wieder ins Büro, öffnete eine Flasche Wasser und neigte die Flasche in Pinocchios Richtung.

»Warum muss immer erst ein Sturm kommen?«

Seine Augen ticktackten, aber er gab mir keine Antwort.

Ich kehrte an meinen Schreibtisch zurück und blätterte die Jahrbücher durch.

Wie die meisten Kids hatten auch Jacob und seine Freunde sich gegenseitig Widmungen hineingeschrieben. Da Freundschaften sich überschneiden, kannten wahrscheinlich die Leute, die sich in Jacobs Jahrbuch verewigt hatten, Lerner ebenso, und ein paar waren vielleicht sogar in Kontakt geblieben. Ich fing auf der Innenseite des vorderen Einbands an, las die Widmungen und notierte die Namen. *Die Schule ist FÜR IMMER vorbei! Wir gehen jetzt verschiedene Wege, aber ich hoffe, wir verlieren uns nicht aus den Augen!* Die Empfindungen zum Abschlussjahrgang waren vorhersehbar, aber ein Name erschien in drei Widmungen auf der ersten Seite und schrie damit sofort nach Aufmerksamkeit. *Viel Glück mit Jennie, Bro! Hast du mit Jennie schon einen Termin ausgeguckt? Jennie ist viel zu SCHARF für einen Loser wie dich!* Jennie wurde in vier weiteren Widmungen auf der nächsten Seite und neun weitere Male im übrigen Buch erwähnt. Dann schlug ich die Innenseite des hinteren Einbands auf und fand ein großes rotes Herz, das fast die ganze Seite ausfüllte. Das Herz war mit einem roten Filzstift gemalt worden und enthielt eine Inschrift.

Mein J,
2 Js heute
2 Js morgen
2 Js für immer
i luv u
Deine J

Die Wahrscheinlichkeit war ziemlich hoch, dass Jennie Jacobs Partnerin für den Abschlussball gewesen war, und sie würde mein Ansprechpartner sein, um mich nach Thomas Lerner zu erkundigen. Keine der Widmungen erwähnte ihren Nachnamen, aber ich fand sie auf der sechsten Seite des für den Abschlussjahrgang reservierten Teil des Jahrbuchs, dritte Reihe von unten, zweites Gesicht von rechts. Sie hieß Jennifer Li.

»Hallo, Jennie«, sagte ich.

Dann fand ich sie wieder in dem J-K-L-Abschnitt von Jacobs Adressbuch. Jennie, kein Nachname, 310er-Vorwahl.

Heute würde Jennie natürlich eine andere Nummer haben, aber ihre Highschool-Nummer hatte wahrscheinlich zu ihrem Elternhaus gehört.

Eine Stimme vom Band bat mich, meinen Namen und meine Nummer zu hinterlassen. Sie stellte sich mir nicht namentlich vor, also hätte es durchaus jeder sein können, aber ich sagte dennoch, dass ich versuchte, Jennifer Li wegen eines Mitschülers von der Highschool zu erreichen, wegen Jacob Breslyn. Ich bat um Rückruf, ob die Person nun Ms. Li kannte oder nicht, und ich bemühte mich, nicht so zu klingen, als würde ich betteln.

Ein wenig mutlos legte ich auf. Die Leute riefen nie zurück, wenn ihnen jemand aufs Band gesprochen hatte. Rückruf war nur ein anderes Wort für Frustration.

Dann verglich ich Jacobs Adressbuch mit der Liste seiner Klassenkameraden und fand sieben mögliche Übereinstimmungen. Zwei waren immer noch gültig. Ricky Stanley lebte heute in Australien, und Carl Lembeck war Polizist in Hawthorne. Rick Stanleys Mutter versprach, ihrem Sohn eine Mail zu schicken, und Lembecks Mutter sagte mir, Carl habe seit Jahren nicht mehr mit ihr gesprochen. Keine der beiden Frauen erinnerte sich an Thomas Lerner, und nur Stanleys Mutter hatte Jacob Breslyn noch im Gedächtnis.

Ich packte meine Notizen und die Jahrbücher zusammen und beschloss, Charles zu suchen.

Everett's Natural Creations befand sich an der Melrose in West Hollywood. Ich kam im Vormittagsverkehr ziemlich gut durch. Die lokalen Radiosender berichteten fast nur noch von den Panzerfäusten und Granaten, die zusammen mit einer Leiche in Echo Park gefunden worden waren. Ein hochrangiger Deputy Chief und ein Stadtrat wurden als nächste Studiogäste angekündigt. Sie würden Zunder bekommen von zu Recht besorgten Anrufern, und der Druck würde nach unten weitergereicht zu Carter und vielleicht auch zu mir.

Ich dachte an Carter, als ich an der La Brea bei Gelb über eine Kreuzung fuhr und daraufhin hinter mir jemanden hupen hörte. Ich warf einen Blick in den Rückspiegel und sah zwei Wagenlängen hinter mir einen hellblauen zweitürigen Dodge bei Rot über die Kreuzung rasen. Der Dodge bog zu einer Tankstelle ab, aber der Huper blieb auf seiner Hupe liegen und veranstaltete ein Mordsgewese darum, nur ja deutlich sichtbar seinen Mittelfinger zu recken. Großes Drama.

Ich schaltete das Radio aus und dachte über Amy nach, bis ich die Fairfax erreichte und den Dodge wiedersah. Er stand an einer Ampel, wollte abbiegen. Ich fuhr vor ihm vorbei. Der Fahrer war ein Latino mit einer hochgegelten Frisur. Auf dem Beifahrersitz saß ein Anglo mit langen blonden Haaren. Beide schauten weg, während ich vorbeifuhr, und warteten länger als nötig, um sich wieder hinter mich zu setzen.

Drei Blocks später hielt ich an einem Taco-Laden, bestellte einen Burrito mit Ei und Chorizo und setzte mich zum Essen an einen Fenstertisch. Ich fand es selbst albern, aber es gefiel mir nicht, wie der Dodge mit dem Abbiegen gewartet hatte. Er hätte locker hinter mir abbiegen können, aber er hatte sich Zeit gelassen, bis ein anderes Auto zwischen uns war. In Los Angeles tun Autofahrer so etwas nie. Sie mähen einen um.

Ich aß meinen Burrito und warf einen prüfenden Blick auf beide Seiten der Straße, als ich wieder in meinen Wagen stieg. Der blaue Dodge war weg. Ich fühlte mich besser, aber an der nächsten Kreuzung stand genau derselbe blaue Dodge hinter einem UPS-Wagen auf dem Parkplatz einer Mini-Mall. Er war gut, sich hinter dem größeren Laster zu verstecken, aber das staubige Blau fiel mir beim Spurwechsel ins Auge. Es war immer noch derselbe Latino mit dem hochgegelten Undercut. Die Kühlerhaube zeigte zur Ausfahrt, der Motor tuckerte im Leerlauf, aber sie setzten sich nicht hinter mich. Sie ließen mich vorbeifahren. Ich behielt die Ausfahrt möglichst lange im Auge, doch sie folgten nicht. Was bedeutete, sie arbeiteten mit mindestens einem weiteren Fahrzeug, möglicherweise sogar insgesamt mit dreien.

Detective Carter hatte mir eine hohe Prioritätsstufe verpasst.

Die Überwachungsfahrzeuge würden mich nicht anhalten, sofern man es ihnen nicht befahl. Ihre Aufgabe war die Observation. Sie würden im Hintergrund bleiben, mich beschatten und berichten, und anschließend würden dann Detectives des Sonderdezernates die Orte aufsuchen, zu denen ich gefahren war, und die Leute befragen, mit denen ich gesprochen hatte. Ich konnte Amy nicht beschützen, wenn sie von ihr wussten, also mussten die Verfolger verschwinden.

Ein aus mehreren Fahrzeugen bestehendes Observierungsteam abzuschütteln würde nicht leicht sein, aber ich hatte eine Geheimwaffe.

Ich entfernte mich wieder von *Everett's* und rief einen Freund an.

Joe Pike.

10
Scott James

Scott trieb in einer schmerzhaften Leere, als er von der Stimme einer Frau geweckt wurde. Vor der Therapie, bevor Maggie in sein Leben getreten war, hatte Stephanie Anders jede Nacht drei- oder viermal durch seine Träume gespukt.

»Officer James?«

Stephanie würde zu ihm kommen, für immer gefangen in ihren letzten Augenblicken, verblutend, während bewaffnete Räuber sie mit Feuer aus Sturmgewehren durchsiebten.

»Scott?«

Stephanie würde kommen und Scott anflehen, sie zu retten, bei ihr zu bleiben, selbst als großkalibrige Geschosse in ihren Körper einschlugen.

Ich bin hier, Steph.
Ich geh nicht fort.
Ich lass dich nicht allein.

»Scott? Aufwachen!«

Scott erwachte abrupt und sah Glory Stiles über sich aufragen. Ihr Gesicht zeigte ein absolut wunderbares, verblüffend strahlendes Lächeln, und sie bot ihm eine Tasse Kaffee an.

»Schwarz, zwei Zucker. Achtung, heiß!«

Scott hatte bis fast drei Uhr mit einem Polizeizeichner gearbeitet und war in einem der Besprechungsräume auf einer Couch zusammengebrochen. Er zuckte zusammen, als er sich aufsetzte. Die erste Bewegung morgens war immer schlimm, fast als würden die Narben auf seinem Brustkorb spröde durch den Schlaf. Er nahm den Kaffee und erhob sich langsam und ächzend.

»Auf diesen Couches zu schlafen«, sagte Stiles, »ist so ziemlich das Schlimmste, stimmt's? Weiß Gott, ich hab's selbst schon viel zu oft gemacht.«

Als Scott aufgestanden war, kam Carter herein, ein Blatt Papier zwischen den Zähnen, während er eine Textnachricht in sein Handy tippte.

Scott trank schlückchenweise den Kaffee und sagte nichts über den wahren Grund seiner Steifheit. Er sah auf die Uhr und erschrak darüber, dass es bereits später Vormittag war. Letzte Nacht hatte Budress Maggie zum Trainingsgelände der K-9 gefahren, als Scott den Befehl erhielt, sich im *Boot* zu melden.

»Ich muss mich um meinen Hund kümmern. Sie mag es nicht, wenn sie nicht in meiner Nähe ist.«

Stiles lächelte Carter an.

»Ohhh, Brad, ist das nicht süß? Siehst du, wie die Jungs mit diesen Hunden sind?«

Carter schickte seine Textnachricht ab und gab Scott das Blatt. Es war eine Kopie der letzten Skizze des Zeichners.

»Was sagen Sie? Würden Sie noch irgendwas ändern?«

Scott war von der Qualität der Arbeit des Zeichners beeindruckt. Die von Hand erstellte Skizze kam seiner Erinnerung sehr nahe. Sie zeigte einen hellhäutigen Mann von Anfang fünfzig mit hohen Wangenknochen, einer langen Nase und kurzen dunklen Haaren. Der Zeichner hatte den mürrischen Mund mit genau dem richtigen spöttischen Grinsen getroffen.

»Nein, Sir. Sieht gut aus. Das ist der Mann, den ich gesehen habe.«

Stiles hob ihre Augenbrauen.

»Irgendwas, das Sie vielleicht bisher vergessen haben? Eine Narbe oder eine Tätowierung? Etwas an seinem Ohr?«

Stiles berührte den Stecker in ihrem Ohrläppchen.

»Nein, Ma'am.«

Carters Handy summte, als er eine Textnachricht erhielt. Er überflog die Nachricht schnell, dann wandte er sich Scott zu und setzte sich auf die Tischkante.

»Dann können wir die Zeichnung also rausgeben?«

»Jawohl, Sir.«

»Wir werden Verbrecherfotos basierend auf Ihrer Beschreibung herstellen. Die werden Sie sich ansehen müssen, aber Sie holen sich erst mal ein paar Mützen Schlaf, okay?«

»Klingt gut. Kann ich gehen?«

»Nur noch ein paar Fragen, und wir entlassen Sie.«

Scott warf wieder einen Blick auf seine Uhr und hoffte, dass sie sich beeilten.

»Sie waren als Erster drinnen«, sagte Carter, »stimmt's?«

Das hatten sie letzte Nacht bereits in aller Ausführlichkeit abgehandelt.

»Ja. Ich und Sergeant Budress.«

»Wie sind Sie reingekommen?«

»Durch die Tür zum Garten.«

Stiles schenkte ihm ein breites Lächeln.

»Er meint, wie haben Sie die Tür geöffnet?«

»Wir haben sie eingetreten. Sie war abgeschlossen.«

Scott verstummte und korrigierte sich.

»Paulie hat sie eingetreten. Ich habe Maggie reingeschickt, als sie aufflog, also, ich bin mit ihr rein, dann ist uns Paulie gefolgt. Wir schicken immer zuerst den K-9 rein.«

Stiles lehnte sich gegen den Tisch zurück und verschränkte die Arme.

»Dann war die Tür also abgeschlossen, intakt und unbeschädigt, bevor sie das Haus betraten?«

»Ja, Ma'am.«

Scott fragte sich, ob sie irgendwelche Vorschriften verletzt hatten.

»Haben wir etwas falsch gemacht?«

»Oh, nein, das haben Sie ganz sicher nicht. Alles ist gut.«

Stiles warf Carter einen kurzen zufriedenen Blick zu, woraufhin Carter nickte.

»Zuerst denkt man, hier ist dieses Arschloch, das versucht abzuhauen, Etana will sich verstecken und bricht deshalb in ein Haus ein. Nur, er ist nicht eingebrochen. Er hatte keinen Schlüssel, also hat ihn jemand reingelassen, was wiederum bedeutet, diese Person kannte ihn, und wissen Sie, was ich glaube?«

Stiles grinste, als wäre das ganz normale Routine.

»Erzähl's uns, Brad. Was glaubst du?«

»Ich glaube, der Mann im Haus, euer Mann –«

Carter deutete auf die Zeichnung.

»– hatte geschäftlich mit Etana zu tun, hat ihn vielleicht erwartet. Als er dann aber erkannte, dass Etana einen ganzen Rattenschwanz Cops mitgebracht hatte, da hat er den kleinen Dreckskerl umgelegt.«

Stiles nickte.

»Ja, Sir. Das scheint eine vernünftige Erklärung zu sein.«

Carter warf Stiles einen kurzen Blick zu.

»Überprüfen Sie, ob er Verbindungen zu Gangs hatte. Speziell zu La Eme. Kollegen mit Verbindungen zu den Kartellen, Vorstrafen im Zusammenhang mit Waffen und Munition. Material aus dem militärischen Bereich könnte aus Mexiko stammen oder dorthin exportiert werden.«

Carter sprach es mit starkem südamerikanischem Akzent aus, *Mäh-hie-kou*.

Plötzlich erinnerte sich Scott, wie ihm die Augen gebrannt hatten, als er das Haus betrat, und nahm wieder die stechenden Gerüche wahr, als klebten sie auf seiner Haut.

»Es stank nach Chemikalien. Waren da chemische Kampfstoffe oder Gifte oder irgendwas, das meinem Hund schaden könnte?«

Carter und Stiles tauschten einen beklommenen Blick, und Carter räusperte sich.

»Das Bombenentschärfungskommando und die Spurensicherung prüfen das gerade. Soweit ich weiß, war alles voller Bleichmittel und Ammoniak. Wir haben das Zeug kannenweise gefunden.«

Wieder schaute Scott auf seine Uhr, noch besorgter als zuvor. Budress oder einer der anderen Hundeführer hätten ihm sicher eine Nachricht geschickt, falls Maggie irgendwelche Symptome zeigte, aber Scott wollte sich persönlich vergewissern. Er stellte den Kaffee auf den Tisch.

»Sind wir dann jetzt fertig? Ich muss mich um meinen Hund kümmern.«

»Ein Sekündchen noch. Ich möchte sicher sein, dass ich den zeitlichen Ablauf richtig zusammen habe.«

Scott war genervt. Das hatten sie doch bereits einige Stunden zuvor genau rekonstruiert.

»Ich weiß nicht, was ich Ihnen sonst noch sagen kann.«

»Bevor Sie Cole gesehen haben, befanden Sie sich mit Budress und den anderen im Garten hinter dem Haus, korrekt?«

Stiles ergänzte Evanski und Peters.

»Das ist richtig, ja.«

Wieder warf Scott einen Blick auf seine Uhr, um seine Verärgerung zu verdeutlichen. Carter tat so, als bemerke er nichts.

»Der Mann in dem Sakko – unser Verdächtiger hier – war ins Haus zurückgegangen. Sie sahen Etana auf der Couch, das Blut, und Ihnen wurde klar, dass der Verdächtige sich vorne hinausschleichen könnte. Da sind Sie nach vorn auf die Straße gerannt.«

»Ja. Genau, wie ich es Ihnen schon gestern Abend geschildert habe.«

Stiles verschränkte die Arme und fixierte ihn.

»Haben Sie von vorn irgendwas gehört, irgendetwas, weswegen Sie vielleicht dachten, er könnte sich aus dem Staub machen?«

Das war eine neue Frage. Scott ging seine Erinnerungen durch und schüttelte schließlich den Kopf.

»Nein. Es kam mir einfach nur in den Sinn, das ist alles. Niemand hatte die Vorderseite des Hauses gesichert.«

Carter nickte.

»Okay. Dann sind Sie also nach vorn gerannt und sahen dort Mr. Cole.«

»Ja. War gar nicht zu übersehen. Er befand sich mitten auf der Straße.«

»Haben Sie gesehen, wie er aus einem Auto stieg?«

»Ich habe nicht gesehen, woher er gekommen ist. Ich habe hingesehen, und da war dieser Typ mitten auf der Straße, der von mehreren Cops verfolgt wurde.«

Wieder hob Stiles die Augenbrauen.

»Gestern Abend haben Sie gesagt, Sie hätten die verdächtige Person im Auge gehabt.«

»Cole hat gebrüllt. Es könnte auch Alvin gewesen sein, aber ich bin ziemlich sicher, dass es Cole war.«

Carter schürzte die Lippen, dachte nach.

»Hm-hmh.«

»Also hat Mr. Cole etwas gerufen«, sagte Stiles. »Sie haben zu ihm geschaut, und er lief auf Sie zu?«

»Nicht *auf mich*. Ich war nicht auf der Straße, aber, ja, er kam in meine Richtung.«

Wieder summte Carters Handy, und er betrachtete stirnrunzelnd die eingehende Textnachricht. Er wandte sich ab, um zu antworten, und Stiles reckte neugierig den Kopf.

»Warum haben Sie nicht Ihren Hund auf ihn gehetzt?«

Scott lächelte. Einen Polizeihund von der Leine zu lassen unterlag den strengen Richtlinien des LAPD und unterschied sich nicht vom Schusswaffengebrauch.

»So einfach ist das nicht. Alvin war direkt hinter ihm.«

»Nicht auf Cole. Auf den Verdächtigen. Sie waren ihm am nächsten. Sie haben gesehen, wie er die Straße hinunterlief.«

»Über die Straße und dann zwischen die Häuser. Ich hab's per Funk durchgegeben.«

»Richtig. War er zu weit weg?«

Scott fragte sich, ob sie damit einen Fehler oder ein Versäumnis seinerseits andeutete, entschied jedoch, dass ihre Fragen harmlos und freundlich waren.

»Etana war noch im Haus. Polizeibeamte hatten bereits die Verfolgung aufgenommen. Also entschied ich, zu meinen Partnern zurückzukehren. Es ist besser, ein Hund geht zuerst rein statt ein Mann.«

Stiles nickte, schien zufrieden zu sein.

»Ich habe gesehen, wie Sie sich mit Mr. Cole unterhalten haben. Um was ging's?«

»Gestern Abend?«

»Hier, draußen auf dem Korridor. Als wir ihn freigelassen haben.«

Scott war genervt, dass sie nach Cole fragte, und warf erneut einen Blick auf seine Armbanduhr.

»Ich habe ihm gesagt, es sei dumm von ihm gewesen, einen Tatverdächtigen zu verfolgen. Denn fast hätte ich auf ihn geschossen.«

Stiles lachte.

»Hm-hmh. Und was hat Mr. Cole *dazu* gesagt?«

»Er hat sich bei mir bedankt, dass ich ihn nicht erschossen habe.«

»Das war's?«

»Ja, so ziemlich. Er ist einer dieser Typen, die sich besonders witzig finden.«

»Finden sich das nicht alle?«

Carter hatte seine Textnachricht geschrieben und bot unvermittelt seine Hand an.

»Dann hätten wir's fürs Erste, Scott. Danke, dass Sie so lange geblieben sind. Gehen Sie schon, und geben Sie Ihrem Hund ein Leckerchen.«

»Sind wir fertig?«

»Bis wir weitere Fragen haben.«

Stiles deutete auf die Tür.

»Und wir haben *immer* weitere Fragen. Ich melde mich bei Ihnen wegen der erkennungsdienstlichen Fotos.«

Scott beeilte sich, zum Aufzug zu kommen. Er war müde, hatte Hunger und wollte schlafen, aber seine Sorge um Maggie überlagerte alles andere. Auf der Fahrt nach unten rief er Budress an.

»Ihr geht's gut. Ich habe nach ihr gesehen, und Leland hat auch nach ihr gesehen. Haben Sie dich jetzt gehen lassen?«

»Ja. Hör zu, die Dünste in dem Haus waren Bleichmittel und Ammoniak. Die nächsten paar Tage wissen wir noch nicht, was mit anderen Giftstoffen oder Chemikalien ist.«

»Alter. Ihr geht's gut. Entspann dich.«

Budress war seit sechzehn Jahren Hundeführer. Er konnte auf ein Berufsleben an Erfahrung zurückblicken.

»In echt?«

»Ja. Ihr geht's gut. Komm vorbei und überzeug dich selbst.«

Scott fühlte sich besser, nachdem er mit Budress gesprochen hatte. Er dachte erst wieder an Stiles und ihre Frage, als er sein Auto erreichte, und dann begann es ihn zu beunruhigen.

11
Maggie

USMC Militärdiensthund Maggie T415 befindet sich auf einer staubigen Straße in den Zentralprovinzen der Islamischen Republik Afghanistan. Die Morgensonne brennt so brutal, dass die Marines in ihrer Nähe die Augen hinter Sonnenbrillen verbergen. Maggie, die bei ihrem Marines-Hundeführer Pete steht, weiß nicht, dass sie ein Militärdiensthund ist. Sie weiß weder, dass ihre Stammnummer, T415, in ihr linkes Ohr tätowiert wurde, noch dass sie sich in Afghanistan befindet oder dass die Männer um sie herum Marines sind. Sie ist ein Deutscher Schäferhund. Sie weiß, was sie wissen muss. Sie heißt Maggie, sie und Pete sind Rudel, und Pete schüttet ihr gerade Wasser über Kopf und Rücken. In ihrem Traum spürt Maggie nicht die schonungslose Hitze, auch nicht, dass der Sand ihre Pfoten verbrennt oder der Staub in ihre Augen fliegt und ebenfalls nicht das juckende Gefühl des kalten Wassers, als Pete es in ihre Unterwolle streicht. Im Traum erinnert sie sich nur an Petes intensiven Geruch, an die Freude über Petes Aufmerksamkeit und wie sie ihr Glück durch Schwanzwedeln zum Ausdruck bringt. Die übrigen Marines sind Schatten ohne Geruch oder Substanz. Allein Pete und diese Erinnerungen, die sie mit Pete verbindet, sind für sie real. In ihrem Traum erinnert Maggie sich nicht, dass Pete nur noch zwölf Minuten zu leben hat.

Maggie träumt nicht wie Menschen in aufeinanderfolgenden Bildern. Menschen sind visuelle Wesen. Maggie träumt zuerst von Gerüchen, die dann Gefühle und Bilder auslösen, die sie mit diesen Gerüchen verbindet.

Pete. Der Geruch seiner Ausrüstung und seines Gewehrs und der Schweiß und die Seife und das Nylon und die stählerne Leine, die sie beide miteinander verband.

Der grüne Tennisball, den Pete in seiner Tasche versteckt. Filz, Gummi, Kleber und Farbe. Der grüne Ball war ihr Lieblingsspielzeug und ihre Belohnung, wenn sie die besonderen Gerüche fand, die zu finden ihr Pete beigebracht hatte. Der Geruch des grünen Balls war der Geruch eines Versprechens. Petes Versprechen, sie zu belohnen.

Das Spiel, das sie spielen. Maggie träumt oft von ihrem Spiel. Sie gehen gemeinsam auf einer langen Straße, weit vor den Schatten-Marines, und Maggie sucht die besonderen Gerüche, die zu finden ihr Pete beigebracht hat. Wenn sie einen besonderen Geruch findet, lässt sie sich auf den Bauch nieder und fixiert den Ursprung dieses Geruchs, und dann belohnt Pete sie. Er streichelt sie, fiepst seine Anerkennung und wirft den grünen Ball. Pete glücklich. Maggie glücklich. Rudel glücklich. Maggie jagte wahnsinnig gern hinter dem grünen Ball her. Maggie spielte ihr Spiel wahnsinnig gern.

Ihre Traumlandschaft entfaltet sich in Details, in Momentaufnahmen und Schnappschüssen, die manchmal miteinander zu tun haben, manchmal aber auch nicht. Sie träumt, mit Pete auf diesem langen Weg spazieren zu gehen. Sie träumt von dem süßlichen Dieselgeruch, wenn sie im Hummer unterwegs sind. Sie träumt vom Schmusen, vom Streicheln, wie Pete ihr Wasser gibt und sie Futter teilen.

Sie träumt von den wilden afghanischen Hunden, die sie ein-

mal abends in der Wüste angegriffen haben, und von dem intensiven Geruch des Donners, als Pete zu ihr eilte, Rudel gegen Rudel. Die wilden Hunde heulten, als sie starben. Sie träumt von dem intensiven Hochgefühl, das sie beim Geschmack ihres Blutes empfand, und anschließend, im alles beherrschenden Sieg, die behagliche Freude der gegenseitigen Körperpflege, als Pete sie nach Bissverletzungen und Wunden absuchte, während Maggie den Pulverdampf von seinem Gesicht leckte, Pete in Sicherheit, Maggie in Sicherheit, Rudel in Sicherheit.

Wenn Maggie von diesem Hunde-Kampf träumt, zucken ihre Pfoten, ihre schlafenden Augen bewegen sich hin und her, und sie knurrt leise.

Im Traum, wie es auch im Leben war, sitzen Maggie und Pete immer zusammen, wenn sie sich ausruhen, nebeneinander in der kalten Wüstennacht schlafen und etwas abgesondert von den anderen essen. Maggie wird wachsam, wenn die anderen sich nähern, nicht wegen sich selbst, sondern für Pete. Pete gehört ihr. Ihr Instinkt befiehlt ihr, ihn zu beschützen. Maggie und Pete sind Rudel. Die anderen nicht.

Ihre Traumlandschaft wechselt wieder.

Maggie und Pete spielen ihr Spiel, als der Gestank von Ziegen und nach Koriander riechenden Männern auf sie einschlägt. Ihre Pfoten zucken heftig. Ihr Geruchsgedächtnis schreit eine Warnung heraus, aber sie kann den schrecklichen Gerüchen nicht entfliehen, die über sie kommen wie ein außer Kontrolle geratener Zug, die Ziegen, der Koriander, der erste Hauch des besonderen Geruchs, ein Geruch, der eine Belohnung verspricht.

Schnipp schnapp schnipp – ihre Traumerinnerungen entfalten sich.

Maggie lokalisiert den Geruch bei einem der Männer.

Sie warnt, und Pete ist neben ihr.

Petes Angst hüllt sie ein, als er zu dem Mann geht, und im gleichen Moment explodiert Maggies Welt.

Ihr kaleidoskopischer Albtraum wirbelt schneller umher.

Pete liegt zerfetzt und sterbend vor ihr.

Maggie winselt im Schlaf angesichts des bitteren Geruchs seines Todes.

Sie schleppt sich zu ihm, ist dazu gezwungen von den ihr und ihrer Art seit hunderttausend Generationen antrainierten Instinkten. Hüten. Trösten. Heilen. Beschützen.

Ein heftiger Schlag schleudert sie in die Luft, lässt sie sich überschlagen. Ein weiß glühender Schmerz durchfährt ihre Hüfte, sie richtet sich auf und kehrt zu ihm zurück. Jetzt steht sie über ihm, bewacht ihn.

Ein weiterer verheerender Schlag schleudert sie in die Luft, sie jault, dreht sich, fliegt so hoch in die wunderbar blaue Wüstenluft –

Maggies Albtraum verwandelt den Schauplatz in ein Lagerhaus beim Los Angeles River, wo sie über Scott steht. Wieder sehr intensiv der Geruch von verbranntem Schießpulver. Der Geruch von Scotts sterbendem Körper ist stärker.

Obwohl Maggie keinen Zeitbegriff hat, findet sie sich, fast zwei Jahre nachdem sie Pete in Afghanistan verlor, mit Scott in Los Angeles wieder.

Jetzt ist Scott Alpha.

Scott und Maggie sind Rudel.

Die schrecklich furchtbaren Sterbegerüche von Scott und Pete vermischen sich in ihrem Geruchsgedächtnis zu einem, und wieder ist ihr Rudel in Gefahr.

Erneut wechselt die Kulisse ihres Albtraums. Maggie rast durch das Gebäude. Sie stürmt in den Geruchskegel, der von Scotts Angreifer hinterlassen wird. Dies ist kein Spiel mehr, das sie spielt. Der Mann, den sie jagt, ist Beute. Es ist nicht die Belohnung eines grünen Balles, die sie erstrebt.

Die Geruchsspur des anderen ist für Maggie so klar und deutlich wie der Weg eines lodernden Brandes. Sie läuft schneller, rast ihm hinterher mit diesem Hunger, geerbt von den Bergwölfen und wilden Caniden, die ihre Beute viele Meilen weit jagten, niemals nachließen und erst zufrieden waren, wenn ihre Fänge sich in Fleisch eingruben, ihre Beute stürzte, Blut an ihren Schnauzen klebte.

Maggie sieht ihre Beute weiter vorn, ein lebendiger Hochofen an Gerüchen.

Sie riecht seine Angst.

Der andere dreht sich zu ihr um, hebt die Hände, eine herausfordernde Handlung, die ihre Urwut noch schürt.

Der Geruch von Scotts Schmerzen und Blut treibt sie über die Distanz. Wenn das Rudel bedroht wird, dann muss die Bedrohung entweder vertrieben oder vernichtet werden, befiehlt ihr Instinkt.

Der andere wird Scott nie wieder weh tun.

Scott in Sicherheit.

Rudel in Sicherheit.

Ihre Hingabe ist absolut.

Maggie knurrt ganz tief in ihrer schweren Brust, entblößt ihre schimmernden Reißzähne und springt in die Flammen…

12
Scott James

Scott glaubte, die Suche sei gut verlaufen. Budress, Evanski und Peters hatten ihm alle gratuliert, aber er konnte Stiles ihre Frage nicht vorwerfen. Scott hatte den Verdächtigen zwischen den Häusern verschwinden sehen, er war näher an ihm dran gewesen als jeder andere, und Maggie konnte vierzig Meter in zwei Komma acht Sekunden bewältigen. Aber Scott hatte nicht gewusst, ob Carlos Etana tot war oder noch lebte, auch nicht, ob noch weitere Personen im Haus waren. Den Verdächtigen zu verfolgen hätte automatisch bedeutet, seine Partner ohne Maggies Hilfe allein dem Unbekannten gegenübertreten zu lassen. Scott hatte sich dafür entschieden, seine Kollegen zu unterstützen, und nicht zweimal nachgedacht. Außer Stiles war das niemandem aufgefallen. Als Scott Glendale erreichte, brütete er immer noch darüber.

Das Trainingsgelände der Einheit befand sich in einem niedrigen schlichten Betongebäude am Rande eines eingezäunten Rasenplatzes. Das Gebäude war aufgeteilt in zwei kleine Büros und einen behelfsmäßigen Zwinger, in dem Hunde zwischen den Trainingseinheiten untergebracht werden konnten. Die tägliche Schicht der Einheit begann erst am Nachmittag, aber bereits jetzt standen mehrere offizielle Streifenwagen der Hundestaffel auf dem Parkplatz. Ein einzelnes Fahrzeug des Bombensuchtrupps der Hundestaffel stach hervor wie ein Nashorn unter Rindern.

Scott stellte den Wagen schnell ab und beeilte sich, hineinzukommen. Er rechnete damit, von Gebell begrüßt zu werden, fand aber nur Stille. Der Zwinger schien leer zu sein, bis er ein vertrautes Winseln hörte.

Maggie lag schlafend im letzten Gehege. Sie winselte und knurrte leise, und ihre Pfoten zuckten, als würde sie laufen. Wie Scott wurde auch Maggie zwei- oder dreimal in der Woche von Albträumen heimgesucht. PTBS. Posttraumatische Belastungsstörung. Ihre Albträume unterschieden sich wahrscheinlich nicht sehr von seinen eigenen.

Scott öffnete leise das Tor und legte ihr eine Hand auf die Schulter.

»Mags.«

Maggie schreckte aus dem Schlaf auf, wuchtete sich hoch und schwankte leicht. Ein unsicherer Start war noch etwas, das sie außer Albträumen gemeinsam hatten.

»Ich bin hier, mein kleines Mädchen. Wie geht's meinem Mädchen?«

Maggie wirbelte um ihn herum, die Ohren angelegt, glücklich mit dem Schwanz wedelnd. Die Tür nach draußen schwang auf, und Budress rief.

»Yo, Alter. Leland ist hier. Er will dich und Maggie draußen sehen.«

Scott stand ächzend auf.

»Warte gerade mal, Paul. Ich will dich was fragen.«

Budress wirkte genervt.

»Ich hab sie mir angesehen, Mann. Ihr geht's gut.«

»Nein, das meine ich nicht. Wegen gestern Abend. Maggie

hätte diesen Kerl schnappen können. Habe ich einen Fehler gemacht, ihn nicht weiter zu verfolgen?«

Budress machte Anstalten auszuspucken, dann wurde ihm klar, dass er nicht im Freien war, und er bremste sich.

»Hätte hätte Fahrradkette. Der Typ springt über einen Zaun, und schon ist sie am Arsch, Ende der Geschichte.«

»Hat Leland irgendwas gesagt?«

»Scheiß drauf. Du hast die richtige Entscheidung getroffen, wenn man die Fakten bedenkt, die du zu dem Zeitpunkt kanntest. Und jetzt nimm sie an die Leine und komm raus. Leland will sie testen.«

Scott war wieder besorgt.

»Du hast doch gesagt, ihr ging's gut.«

»Wir prüfen ihre Geruchserinnerung. Komm jetzt. Wird Spaß machen. Wir müssen fertig sein, bevor der LT antanzt.«

Budress winkte ihn zur Tür, doch Scott rührte sich nicht. Ihr Lieutenant kam normalerweise nicht früh rein, es sei denn, er hatte ein Problem.

»Der LT? Warum?«

Budress zögerte und schien sich jetzt unwohl zu fühlen.

»Irgendwas wegen gestern Abend. Das wird uns wahrscheinlich nicht ganz so gut gefallen.«

Budress wandte sich ab.

»Paul! Was ist los? Warum ist er verstimmt?«

»Komm jetzt, Scott. Bringen wir's hinter uns.«

»Paul!«

Budress ging weiter.

Scotts Herz hämmerte, und er hatte einen heißen Kopf. Er holte tief Luft und sah seinen Hund an.

»Der Tag scheint sich ja ausgesprochen beschissen zu entwickeln.«

Maggie erwiderte seinen Blick und wedelte glücklich mit dem Schwanz.

Scott legte ihr die Leine an und lief mit ihr raus auf den Platz.

Sergeant Dominick Leland war groß, dünn wie Stacheldraht, und betrachtete die Welt mit einem permanent finsteren Blick. Ein stahlgrauer Flaum säumte seine mokkafarbene Glatze, zwei Finger seiner linken Hand fehlten. Die hatte er bei einem Kampf mit einem riesigen Rottweiler-Mastiff-Mischling verloren, als er seinen K-9-Partner schützen wollte. Ein K-9-Polizist war er seit zweiunddreißig Dienstjahren. Niemand sonst in der Geschichte des Los Angeles Police Department hatte den Posten des Cheftrainers der Staffel so lange belegt wie Dominick Leland. Er war eine unbestrittene, dreifingrige Legende. Der Einsatzleiter führte formal die Einheit an, aber Leland war die letzte Autorität und der absolute Meister in allem, was die Hunde, Hundeführer und ihren Platz innerhalb der Einheit betraf.

Als Scott nach draußen trat, sah er Leland mit einem stämmigen älteren Mann, der einen verwaschenen schwarzen Overall mit dem Abzeichen des K-9-Bombensuchtrupps und den Ärmelstreifen eines Sergeants trug.

Leland setzte eine finstere Miene auf, als Scott sich näherte.

»Sergeant Budress glaubt, unsere Miss Maggie hat auf die Sprengstoffe angeschlagen, die Sie gefunden haben. Sergeant Johnson hier hält das für unwahrscheinlich. Meinen Sie, ihr Verhalten war eine Warnreaktion?«

Ohne Umweg auf den Punkt. Keine Begrüßung, keine Anerkennung, weder Kommentare noch Fragen zu der Suche.

Scott bot Johnson die Hand an.

»Scott James.«

Der stämmige Sergeant schüttelte ihm die Hand.

»Fritz Johnson. Bombensuchhunde.«

Die Abteilung der Bombensuchhunde des LAPD war am Los Angeles International Airport stationiert und arbeitete in enger Abstimmung mit der *Transportation Security Administration* und dem Bombenentschärfungskommando. Sie leisteten präventive Sprengstoffsuche für im Fokus der Öffentlichkeit stehende Veranstaltungen wie die Rose Bowl Parade, die Oscar-Verleihung und Besuche des Präsidenten.

Scott versuchte, hinter Lelands mürrischen Gesichtsausdruck zu sehen, allerdings erfolglos.

»Ich weiß nicht, Sergeant. Sie hat nicht gebellt. Sie hat sich hingelegt und ist still geblieben.«

Ihre Einheit trainierte die Hunde darauf zu bellen, wenn sie ein gesuchtes Objekt fanden. Grund hierfür war, dass Polizeihunde häufig nicht angeleint und außer Sichtweite ihres Hundeführers arbeiteten. Das Bellen sagte dem Hundeführer, dass sie etwas gefunden hatten.

Budress spuckte Kautabaksaft in einem kompakten Strahl aus.

»Sie hat drauf angeschlagen, garantiert, und ich wette um einen Hunderter.«

Johnson betrachtete neugierig das feine Narbengeflecht, das Maggies Hüften überzog.

»Militärdiensthund?«

»Marines. Sie wurde für zwei Einsatzbereiche ausgebildet, für Sprengstoffe und Patrouille.«

Johnson begutachtete Maggie, als wolle er sie kaufen, hätte dazu aber nicht genug Geld.

»Hm-hmh. Wann war das?«

»Vor etwa zwei Jahren. Bei uns ist sie jetzt ein Jahr.«

Johnson sah Leland achselzuckend an.

»Zwei Jahre ist eine lange Zeit. Wir trainieren unsere Hunde täglich, um sie scharf zu halten. Diese Hunde vergessen zwar keinen Geruch, aber sie vergessen, was sie tun sollen, wenn sie die Witterung aufnehmen.«

Budress spuckte wieder aus.

»Sie hat sich hingelegt und hat keinen Laut von sich gegeben. Hat weder an der Tür gescharrt noch sonst wie versucht hineinzukommen. Das ist ganz klar ein Bombensignal. Wenn ein Hund nicht bellt, dann ist er darauf abgerichtet, nicht zu bellen.«

Leland trat einen Schritt zurück und verschränkte die Arme.

»Fang an, Fritz. Der Chef kommt gleich, und der ist ohnehin schon angepisst.«

Scott versuchte wieder, aus Leland schlau zu werden, doch dieser wandte sich ab.

Johnson zeigte auf fünf blaue Büchsen, die vor der Wand des Zwingers aufgereiht waren. Scott hatte sie bislang nicht bemerkt und war auch jetzt kaum interessiert. Er behielt den Parkplatz nach dem Auto des LT im Auge.

»Diese Büchsen da sind Geruchsdosen. Wir benutzen sie, um unsere Hunde zu trainieren. In einer befindet sich Katzenfutter, getrocknetes Rindfleisch in einer anderen, dann ein benzingetränkter Wattebausch und Leber-Leckereien. Die fünfte Dose enthält eine kleine Menge T4, einer der Bestandteile von Plastiksprengstoffen.«

Scott nickte, hörte aber nicht wirklich zu.

»Welche ist es?«

»Sag ich nicht. Was Sie wissen, kann ihre Jagd beeinflussen, also ist es besser, wenn Sie keine Ahnung haben.«

Scott wusste, dass das stimmte. Hundeführer lotsten durch unbewusste Veränderungen der Körpersprache, des Tonfalls und der Mimik unbeabsichtigt ihre Hunde zu den Fundstücken. Hunde registrierten alles und achteten bei ihren Führern permanent auf Hinweise durch Verhalten.

»Nehmen Sie ihr die Leine ab, und führen Sie sie zu den Dosen. Spielt keine Rolle, wo Sie anfangen, von links nach rechts oder von rechts nach links. Wollen doch mal sehen, was sie macht.«

Scott warf wieder einen Blick zum Parkplatz.

»Hören Sie mir zu?«

Scott löste Maggies Leine und zwang sich, nicht mehr an Stiles zu denken. Er schlug sich auf die Oberschenkel und sprach mit hoher, aufgeregter Stimme.

»Maggie-Mädchen, lass uns was suchen! Willst du's für mich suchen?«

Maggie ging in die Spiel-Position, und Scott setzte sich sofort Richtung Gebäude in Bewegung. Er zeigte auf die Dose ganz links.

»Such, Baby. Such. *Such!*«

Maggie trabte zur linken Dose, drehte dann aber abrupt nach rechts ab. Sie stellte die Ohren auf und beschleunigte, was Scott sagte, dass sie etwas witterte, das verlockender war als Leber. Sie schnupperte schnell von einer Dose zur nächsten und blieb stehen, als sie die Dose ganz rechts außen erreichte.

Budress hinter ihm sagte etwas, doch Scott beachtete ihn nicht weiter.

»Ich hab den Hunderter immer noch.«

Scott beobachtete seinen Hund.

Maggie machte einen vorsichtigen Schritt weiter, hob die Nase und umrundete unvermittelt die letzte Dose zu einem

Fallrohr. Sie ging runter auf den Bauch, genau wie sie es in dem Hausflur in Echo Park gemacht hatte, sah Scott stolz an und fixierte das Fallrohr.

Budress johlte.

»Alarmsignal!«

Scott ging näher und fand eine kleine schwarze Dose versteckt hinter dem Fallrohr. Er drehte sich um, zeigte es den anderen, und in dem Moment sah er den Einsatzleiter ihrer Abteilung, der vom Zwinger alles beobachtete, und Scott schaute schnell weg. Er kehrte zügig zu den anderen zurück und warf Johnson die Dose zu.

»Sie haben versucht, sie auszutricksen.«

»Nicht sie, sondern Sie. Wie ich schon sagte, am besten wissen Sie gar nichts. Und noch besser, wenn das, was Sie wissen, falsch ist.«

Johnson lächelte Leland an.

»Ein kluges Mädchen haben wir hier. Falls sie für die Streife zu alt wird, hätte ich sie vielleicht gerne.«

Scott spürte eine Berührung, und Leland deutete mit dem Kopf zum Lieutenant. Er kam zu ihnen.

»Er will über gestern Abend sprechen. Bleib ganz ruhig und lass den Mann ausreden.«

Scott wollte auf die Toilette.

Als Johnson die Dosen einsammelte, erreichte Lieutenant Jim Kemp sie. Kemp hatte selbst nie Hunde geführt und war auch kein großer Hundenarr, aber ein herausragender Vorgesetzter. Er war in der engeren Auswahl für die Stelle eines Captains, und es tat Scott leid, wenn er ging, allerdings beunruhigte ihn die düstere Miene des Mannes.

»Danke, dass Sie ihn hierbehalten haben, Dom. Ich weiß, Sie müssen alle ziemlich müde sein.«

Kemp betrachtete Scott.

»Besonders Sie.«

»Mir geht's gut, LT. Gibt's ein Problem?«

Kemp warf Leland einen kurzen Blick zu.

»Sergeant, haben Sie inzwischen herausgefunden, was zum Teufel gestern Abend passiert ist?«

»Habe bislang noch nicht mit Officer James geredet, aber mit Sergeant Budress hier habe ich die Angelegenheit bereits besprochen, und ebenfalls mit Evanski und Peters. Ich habe eine ziemlich klare Vorstellung, was passiert ist.«

»Dann setzen Sie mich jetzt bitte ins Bild, damit ich all diese verfluchten Anrufe beantworten kann.«

Leland schaute dermaßen finster aus der Wäsche, dass Scott fand, er sähe aus, als würde er einen Nierenstein ausscheiden.

»Mir scheint, nach reiflicher Überlegung, dass Officer James verdammt gute Arbeit geleistet hat. Genau genommen sogar hervorragende Arbeit. Daher werde ich Ihnen ein Belobigungsschreiben zur Genehmigung einreichen.«

Leland funkelte Scott an.

»Sauberes Ding.«

Budress prustete laut lachend los, und Leland konnte seine mürrische Miene nicht länger aufrechterhalten. Kemp sah ihn an und grinste von einem Ohr zum anderen.

Scott begriff. Die Spannung ließ mit einem gewaltigen Gefühl der Erleichterung nach, und Scott merkte, dass er selbst ebenfalls lächelte. Dies wäre seine erste Belobigung als K-9-Beamter.

»Ihr Jungs habt mir echt Sorgen gemacht.«

Kemp schlug ihm auf die Schulter.

»Glückwunsch, Scott. Gute Arbeit, gestern Abend, und

wichtig noch dazu. Wir hatten es mit Kriegsmaterial zu tun. Lässt sich gar nicht absehen, wozu es eingesetzt worden wäre. Sie haben Menschenleben gerettet.«

Scott warf Budress einen Seitenblick zu.

»Wir. Es war Teamarbeit.«

Budress zwinkerte, und Kemp schlug Scott wieder auf die Schulter.

»Sagen Sie das vor den Kameras. Das PIO hat angerufen. Die Presse will ein Interview. Sie wollen filmen, was wir tun, also werden wir die entsprechenden Vorkehrungen treffen.«

PIO war das *Public Information Office* des LAPD, die Pressestelle. Scott war noch nie interviewt worden oder hatte sich selbst im Fernsehen gesehen.

»Klingt gut. Irgendwie aufregend.«

Kemp nickte.

»Ein goldener Stern für die Abteilung und eine Gelegenheit, der Öffentlichkeit zu zeigen, was wir tun. Und jetzt fahren Sie nach Hause und schlafen sich mal richtig aus. Sie wollen vor der Kamera doch hübsch aussehen.«

Leland machte wieder ein finsteres Gesicht.

»Du hast den Chef gehört. Zisch ab.«

Scott schüttelte wieder Hände und führte Maggie zu einem Wagen. Er ließ den Motor an, damit die Klimaanlage lief, aber er hatte nicht vor, nach Hause zu fahren. Er wollte die gute Neuigkeit mit jemandem teilen.

Auf Scott war innerhalb eines Jahres bei zwei verschiedenen Gelegenheiten geschossen worden, und beide Male hatte es ihn schwer getroffen. Das erste Mal war, als Stephanie Anders ermordet wurde. Das zweite Mal, fast ein Jahr später, als er und Detective Joyce Cowly von der Robbery Homicide Division diejenigen Männer fanden, die Stephanie umgebracht hatten. Cowly hatte ihn oft im Krankenhaus besucht, und sogar noch öfter, als er wieder zu Hause war.

Cowly meldete sich mit ihrer ausdruckslosen Mordkommission-Stimme, woraus Scott schloss, dass sie sich an einem Tatort befand.

»Ich bin's, Babe«, sagte er. »Kannst du reden?«

»Bleib dran.«

Als sie wenige Sekunden später wieder in der Leitung war, klang sie beschwingt und gut gelaunt.

»Hey, Kumpel, was geht? Du erwischst mich an einem Tatort.«

»Maggie und ich haben in Echo Park 'ne Leiche und ein verstecktes Munitionsdepot gefunden.«

»Moment. Du warst das? Oh, Baby, das ist ja großartig! Das kam in den Nachrichten. Das Bombenentschärfungskommando war auch da, stimmt's? Die haben das ganze Viertel evakuiert, richtig?«

Scott mochte die Begeisterung in ihrer Stimme, und es freute ihn, dass sie von der sichergestellten Munition gehört hatte.

»Ich erzähl dir alles haarklein. Wie hast du Dienst?«

Cowly sprach mit jemandem im Hintergrund, dann war sie wieder da.

»Ich bin in Laurel Canyon. Wo bist du?«

»Glendale.«

»In zehn Minuten sind wir hier fertig. Ich muss noch ins Präsidium, aber ein paar Minuten habe ich sicher. Wollen wir uns am oberen Ende des Runyon Canyon treffen, auf dem Mulholland?«

»Das obere Tor. Klar.«

»Fünfundzwanzig Minuten. Und stell dich schon mal drauf ein, geküsst zu werden.«

Scott verstaute sein Telefon, verließ den Parkplatz und bog Richtung Laurel Canyon ab. Er war viel zu aufgeregt, um jetzt schlafen zu können, und brannte darauf, Cowly zu sehen. Stiles und ihre bedrückende Frage waren Vergangenheit und fielen immer weiter zurück.

Scott strahlte Maggie im Rückspiegel an.

»Ich hab mich geirrt. Heute ist doch kein Scheißtag.«

Maggie leckte am Trenngitter und hechelte heißen Atem.

Scott sah den unscheinbaren weißen Wagen nicht, der neben einem Gebäude direkt gegenüber dem Hundetrainingsplatz parkte. Er sah den Mann nicht, der ihn aus dem weißen Wagen heraus beobachtete.

13
Mr. Rollins

Mr. Rollins schaute durch das Nikon-Fernglas zu der Müllkippe hinüber, wo die Bullen ihre Köter abrichteten. Er parkte neben einer Autowerkstatt, gut versteckt hinter einem Baum, einem Telefonmast und einem Maschendrahtzaun, und behielt die Bullen im Auge, die dort eintrafen. Bislang waren an diesem Morgen drei K-9-Fahrzeuge und ein Transporter der K-9-Bombensucheinheit eingetroffen. Keine Spur von dem Clown.

Mr. Rollins hatte eine beschissene Nacht gehabt und geträumt, dass die Polizei ihn mit dem Haus in Verbindung bringen würde. Zwischen den Träumen hatte er über den Verlust des Hauses getobt und sich Sorgen gemacht, dass Charles den Deal platzen lassen könnte.

Schließlich war Mr. Rollins aufgestanden, hatte ein paar Amphetamin-Tabletten eingeworfen und Eli und seine Leute abgeholt.

Und hier waren sie nun, auf ihren jeweiligen Beobachtungsposten.

Ein viertes K-9-Fahrzeug traf ein. Ein Bulle stieg aus und verschwand in dem Gebäude. Rollins stellte das Nikon scharf, sah aber nur den Hinterkopf des Bullen.

Mr. Rollins warf eine weitere Adderall ein und beschloss,

Charles anzurufen. Es könnte sich als schwierig erweisen, Charles bei der Stange zu halten, aber Rollins wollte das Geld. Charles wollte das Geld ebenfalls. Was die Frau wollte, das wusste er nicht.

Charles meldete sich mit einem Nuscheln, als hätte er etwas vor dem Mund.

»Hullo.«

Mr. Rollins setzte zu seiner Ansprache an.

»Nachdem Sie gegangen sind, hatte ich eine Krisensituation. Falls Sie die Nachrichten nicht gesehen haben. Aber das werden Sie schon noch. Also ich wollte mich mit Ihnen in Verbindung setzen. Alles steht. Was gestern Abend passiert ist, wird nicht die geringsten Auswirkungen auf mich oder Sie oder unser gemeinsames Geschäft haben.«

»Bleiben Sie dran«, sagte Charles.

Mr. Rollins bereitete sich auf die Schlacht vor, doch Charles überraschte ihn.

»Hat Ihr Käufer die Ware getestet?«

Einfach so, und der Deal lief. Mr. Rollins wollte nicht unnötig für Aufregung sorgen, indem er sagte, Eli hätte andere Pläne mit der Probe.

»Absolut. Er war beeindruckt und will weitermachen.«

»Echt? Ich hab's ja gesagt, Mann. Es gibt nichts Vergleichbares auf dem Markt.«

Was für ein Arsch. Ein Hobby-Gauner, der hungrig klang.

»Dann treffen wir die nötigen Vorkehrungen.«

»Wie viel will er?«

Charles hatte zweihundert Kilo angeboten. Zweihundert Kilo war nur ein bisschen weniger als vierhunderteinundvierzig Pfund.

»Alles.«

»In echt jetzt?«

»Ich würde Ihnen keinen Scheiß erzählen, Charles. Die ganzen zweihundert Kilo.«

»Ich weiß nicht. Ich bin nicht sicher, ob mein Lieferant alles an einen einzigen verticken will.«

Schlitzohr.

»Dann reden Sie mit ihr. Wir wollen keinen Rabatt. Mein Käufer wird den gleichen Betrag pro Pfund zahlen, ob wir nun vierzig oder vierhundert kriegen. Wenn sie ihm alles verkauft, haben Sie schneller Ihre Provision.«

»Hab ich begriffen. Aber vergessen Sie nicht, sie muss sich mit dem Käufer persönlich treffen. Das ist Bestandteil des Deals.«

»Ich verstehe. Kein Problem.«

»Für den Käufer auch nicht?«

»Ich habe ihn überzeugt. Gehört zum Deal.«

Tatsächlich hatte Mr. Rollins diesen Punkt Eli gegenüber nicht erwähnt. Es war besser zu lügen. Rollins belog die Leute, mit denen er Geschäfte machte, fast immer, neunzig Prozent der Zeit. Er würde Eli auch nicht sagen, dass der Deal noch lief, bis Eli den Clown aus dem Weg geräumt hatte.

»Charles, eine Sache noch – warten Sie.«

Ein fünftes K-9-Fahrzeug traf ein und parkte. Ein glänzendes SUV, das neuer aussah als die anderen. Mr. Rollins betrachtete den großen Mann, der jetzt ausstieg und das Gebäude betrat. Der falsche Clown.

»Was sie gestern Abend gesagt hat, stimmte das?«

»Was hat sie denn gesagt?«

»Dass sie mehr herstellen kann. Wir beide können eine Menge Kohle machen mit diesem Material. Verstehen Sie, was ich sage?«

»Ich verstehe.«

»Denken Sie mal drüber nach.«

»Ich denke ständig und rund um die Uhr darüber nach.«

Charles legte auf.

Mr. Rollins dachte über Charles nach und suchte dabei den Parkplatz ab. Charles schien sich wegen dem, was im Haus passiert war, keine Sorgen zu machen. Mr. Rollins fragte sich, ob Charles vielleicht einfach zu dumm war, um zu verstehen, was es bedeutete, dass man ihn gesehen hatte, oder ob er einfach zu habgierig war, als dass es ihn interessierte. Ihre drei vorausgegangenen Geschäfte waren glatt verlaufen, aber dumme, habgierige Menschen wurden am Ende immer verhaftet. Zum Glück wusste Charles nichts über Mr. Rollins außer einem Decknamen, einer Wegwerfhandynummer und den Daten, an denen sie sich in dem Haus in Echo Park getroffen hatten. Charles und die falschen Dinge, die er wusste, konnten Mr. Rollins nicht schaden.

Der Clown konnte ihm schaden.

Vierzehn Minuten später vertrat sich Mr. Rollins gerade die Beine, als ein Bulle mit einem Hund aus dem Gebäude kam. Er hob das Nikon-Glas.

Es war ein Deutscher Schäferhund, und der Bulle hätte tatsächlich derjenige welcher sein können, aber Mr. Rollins sah ihn nicht gut genug, um ganz sicher zu sein. Er musste aber sicher sein. Das war ein Grundsatz.

Der Bulle und der Hund gingen zum vierten Wagen, an den Mr. Rollins sich erinnerte. Der Bulle öffnete eine hintere Tür, und der Hund sprang hinein. Mr. Rollins kniff die Augen zusammen, schaute durch das Fernglas und stellte es scharf, konnte das Gesicht des Bullen jedoch immer noch nicht erkennen.

Dann ging der Bulle zur Fahrertür und drehte sich beim Einsteigen um. Mr. Rollins sah ihn klar und deutlich und war absolut sicher.

Er notierte sich die Nummer des K-9-Fahrzeugs und rief schnell Eli an.

»Der Typ, der gerade in das Auto gestiegen ist. Sehen Sie ihn?«

»Ja. Der K-9-Wagen.«

»Er ist gerade eingestiegen, er und der Hund. Eine Limousine. Nicht das SUV.«

»Die Limousine. Ja, wir sehen ihn einsteigen.«

»Das ist er.«

Mr. Rollins senkte das Telefon und entspannte sich endlich.

Der Clown musste weg.

Jetzt war er weg.

14
Elvis Cole

Pike hörte still zu, als ich ihm von Amy Breslyn und dem Observierungsteam erzählte. Pike war immer still. Die High Sierras sind still, bevor rollender Donner den Himmel erschüttert.

»Was soll ich mit ihnen machen?«

Wie in, soll ich die Leichen verscharren oder liegen lassen?

»Ich möchte, dass du mit ihnen nicht irgendwas machst. Es sind Cops. Ich muss sie nur loswerden.«

Ein einzelnes Fahrzeug abzuschütteln war leicht, aber Beschattungsteams liefen einem nicht hinterher wie Entenküken. Sie glichen eher einem Delfinschwarm, umschlossen ihre Zielperson in einer lockeren und ständig wechselnden Formation, verfolgten das Objekt aus Positionen voraus und dahinter und auf parallel verlaufenden Straßen. Bezwingen konnte man sie nur, indem man sie zwang, zu einer engeren Gruppe mit geringeren Abständen zueinander zu verschmelzen.

»Kenter Canyon«, sagte Pike.

Ich sah den Plan, sobald er es aussprach.

»Ich werde einen fahrbaren Untersatz brauchen.«

»Gib mir eine Stunde.«

Der Kenter Canyon lag in den Bergen oberhalb von Brentwood, nicht weit von der UCLA. Ich machte auf dem Weg dorthin zweimal kurz halt, das eine Mal, um zu tanken, und dann bei einem Discounter, der für seine Sonderangebote an Unterhaltungselektronik bekannt war. Ich kaufte ein Wegwerfhandy, das Text- und Sprachnachrichten beherrschte, sowie eine anonyme Prepaidkarte mit vierhundert Freiminuten. Ich aktivierte das Guthaben auf der Toilette des Discounters und richtete mein eigenes Handy und das Telefon in meinem Büro per Fernabfrage so ein, dass alle eingehenden Anrufe auf das Wegwerfgerät umgeleitet wurden. Auf dem Weg zum Auto simste ich die neue Nummer an Pike.

Als Nächstes rief ich Meryl Lawrence an und erwischte ihren Anrufbeantworter. Wenn Rückrufe mein Geschäft waren, dann liefen die Geschäfte gut.

»Dies ist eine neue Nummer. Benutzen Sie nicht die alte Nummer. Wählen Sie die neue, und ich werde alles erklären.«

Dreißig Sekunden später klingelte das neue Handy mit einem quietschvergnügten, hässlichen Klingelton.

»Warum haben Sie eine neue Nummer?«

»Die Polizei klebt mir an den Fersen. Sie erhöht den Druck.«

Ihre Stimme wurde milder, und sie klang besorgt.

»Haben die uns heute Morgen gesehen? Sind die Ihnen zu Amys Haus gefolgt?«

»Das glaube ich nicht. Wahrscheinlich haben sie sich danach bei meinem Büro an mich gehängt.«

»Sie glauben das nicht? Na wunderbar.«

»Ich bin dabei, Sie zu schützen, Meryl. Wenn die sich meine Telefonunterlagen schnappen, werden sie erfahren, dass wir telefoniert haben, als ich in Echo Park war. Und dann wird man mit Ihnen reden, um den Grund dafür zu erfahren. Ich glaube nicht, dass sie uns gesehen haben, aber wenn doch, dann werden die Sie über Ihr Nummernschild finden und die gleichen Fragen stellen.«

»Ich fasse es einfach nicht, was aus meinem Leben geworden ist.«

»Erzählen Sie denen die Wahrheit, oder lassen Sie sich irgendeine Geschichte einfallen, aber lassen Sie es mich wissen, damit wir dieselbe Geschichte erzählen. Verstehen Sie mich?«

Sie holte tief Luft.

»Ich sage Ihnen, was ich verstehe. Ich habe entdeckt, dass mein Mann eine Spielsucht hat und dass Geld von unserem Ruhestandskonto verschwunden ist, und er hat mir daraufhin irgendeinen Bockmist über angeblich gute Investitionen aufgetischt, und dann habe ich Sie engagiert, um der Sache auf den Grund zu gehen, und Sie sind ihm zu diesen Spielklubs in Bellflower gefolgt, und darüber haben wir geredet. Wie klingt das?«

»Eine Sache noch.«

»Kann's noch besser werden?«

»Ein Mann namens Charles hat Amy vor etwa zehn Tagen Rosen geschickt.«

Meryl Lawrence gab ein langes Hab-ich-doch-immer-gesagt-Zischen von sich.

»Ich wusste es. Ich wusste, dass jemand sie ausnutzt.«

»Blumen bedeuten nicht, dass jemand sie ausnutzt. Vielleicht haben sie gar nichts zu bedeuten. Arbeitet sie mit einem Charles zusammen?«

»Nein.«

»Er könnte auch jemand sein, der sich damit bei ihr für ein Geschäft oder eine Gefälligkeit bedankt. Was ist mit einer externen Fremdfirma?«

Meryl sprach schnell.

»Wenn ich wüsste, wer er ist, würde ich Sie nicht benötigen. Finden Sie ihn.«

Die Verbindung wurde unterbrochen, als ich in den Spiegel sah. Der blaue Dodge war wieder da, blieb aber nicht lange. Er tauchte noch zwei weitere Male auf, nie näher als drei oder vier Wagenlängen, und die Autos, die ihn ersetzten, erkannte ich kein einziges Mal. Ich hätte auch den Dodge nicht erkannt, wenn sie nicht heute Morgen bei Rot über die Kreuzung geschossen wären. Bei Rot über die Kreuzung hatte sie verraten.

Ich passierte die UCLA und den National Cemetery in Westwood und erreichte gerade Brentwood, als Pike simste.

DA

Pike war so weit.

12OUT

Ich, zwölf Minuten entfernt.

Der Kenter Canyon war eine schmale Schlucht, die in einer Sackgasse endete, im Hügelvorland von Brentwood oberhalb des Sunset. Der Canyon war dicht bebaut mit hochpreisigen Häusern, aber weiter oben, jenseits der Villen, waren die Berge unerschlossen und mit dichten Buscheichen und Dickicht überzogen. Unbefestigte Straßen und Schneisen waren für Löschtrupps geschlagen worden und durften von Wanderern und Läufern benutzt werden. Pike und ich liefen oft auf diesen Pfaden, wir kannten den Canyon gut.

Eine einzelne, unverfängliche Anliegerstraße führte in den Canyon und schien der einzige Weg hinein und hinaus zu sein. Kleinere Straßen zweigten von dieser größeren Straße ab und verzweigten sich weiter, während sie sich höher hinaufschraubte, doch die Sträßchen schienen nicht aus dem Canyon hinauszuführen. Was nicht stimmte, aber die verschlungene Strecke über die Seitenpfade war schwer zu finden. Pike und ich kannten diesen Weg und noch einen anderen. Ich wollte wetten, dass die mich beschattenden Cops keine Ahnung hatten und auch nichts davon wissen würden, bis ich längst fort war.

Ich blinkte nicht und gab ihnen keine Vorwarnung. Im allerletzten Moment bog ich scharf ab auf die einzige Straße in den Canyon. Mein unmittelbarer Schatten war gezwungen, mit mir abzubiegen, und die Flügelfahrzeuge hatten gar keine andere Wahl, als sich uns anzuschließen. Und einfach so waren auf ein Mal alle dicht beieinander und direkt hinter mir.

Sie würden kurz Panik bekommen und Angst haben, dass ich sie abschüttelte, aber sie würden sich gleich besser fühlen, wenn sie einen Blick auf ihre Karten warfen. Sie konnten nur einen einzigen Weg sehen, der in den Canyon hinein und aus ihm hinaus führte, also würde das vordere Fahrzeug zurückfallen, um mir viel Raum zu geben. Ein Wagen würde unten bleiben, um die Ausfahrt zu bewachen, und die anderen würden mir in der festen Überzeugung folgen, dass sie mich hatten. Ich baute auf ihre feste Überzeugung. Sie würden nicht mitbekommen, dass sie sich irrten, bis ich weg war.

Ich manövrierte durch die zahlreichen Kurven bis zum oberen Ende des Canyons, wo die Straße endete und die Feuerschneise an einem schweren schwarzen Tor begann. Autos von Wanderern und Leuten, die ihre Hunde ausführten, säumten beide Seiten der Straße. Pike simste wieder, als ich parkte.

LOS

Pike war in der Nähe und beobachtete.

Ich raffte alles zusammen, was mit Amy Breslyn zu tun hatte, schloss mein Auto ab und ging schnell um das Tor. Es gab nur eine Straße in den Canyon und wieder hinaus, aber zwei Wege, um zu verschwinden. In würde in vierzehn Minuten fort sein.

Ich klemmte mir das Jahrbuch wie einen Football unter den Arm und begann locker zu joggen.

Eine Viertelmeile weiter simste Pike wieder.

1W2M

Der erste Wagen mit zwei männlichen Insassen war eingetroffen. Ich legte einen Zahn zu.

Nach einer halben Meile folgte eine zweite Nachricht.

2W2MW

Ein zweiter Wagen war angekommen, dieser mit einem aus einem Mann und einer Frau bestehenden Team.

Nach einer Meile ließ ich es etwas langsamer angehen und schickte Pike eine Nachricht. Ich war fast weg. Noch eine halbe Meile.

ANRUF?

Das Wegwerfhandy zwitscherte. Ich hasste das Gezwitscher.
»Was ist los?«, fragte ich.
»Zwei Männer in einem hellblauen, zweitürigen Dodge.

Ein Weißer mit langen blonden Haaren, am Steuer ein Latino, die Haare kurz geschoren.«

»Das sind sie. Was ist mit dem zweiten Wagen?«

»Grauer Sentra. Ein Mann und eine Frau. Die Frau fährt.«

Der Sentra bedeutete, dass es noch einen dritten Wagen gab. Sie würden die Ausfahrt aus dem Tal nicht unbewacht lassen.

»Was machen sie?«

»Der Latino ging ein Stück am Tor vorbei, ist aber wieder zurück. Unmöglich, dass er dich gesehen hat.«

»Sag mir, wenn sie abfahren.«

Ich beschleunigte. Ich wollte nicht, dass sie schon fuhren. Ich wollte, dass sie lange darüber nachdachten, warum ich hergekommen war und ob sie mir zu Fuß folgen oder aber zurückbleiben und warten sollten. Je mehr sie redeten, desto besser. Jede Minute, die sie quatschten, brachte mich eine Minute näher an mein Ziel, ungesehen zu verschwinden.

Das Wegwerftelefon zwitscherte wieder.

»Sentra fährt.«

Ich joggte schneller und sah vor mir geschlossene Wohnanlagen. Noch drei Minuten. Vielleicht vier.

»Der Dodge?«

»Ist noch hier. Der Blonde telefoniert.«

Früher oder später würden sie sich eine Karte vornehmen und die Gegend am Anfang der Feuerschneise studieren. Schließlich würden sie die Karte vergrößern und der Feuerschneise zu einer Siedlung folgen, die nicht an dem Canyon lag, in den ich sie geführt hatte. Und an dem Punkt würden sie dann begreifen, dass ich sie abgeschüttelt hatte.

»Der Dodge ist in Bewegung«, sagte Pike. »Sie kommen in deine Richtung.«

»Hundert Meter.«

Ein knallgelbes Tor am oberen Ende der Stichstraße markierte das Ende der Feuerschneise.

»Der grüne Lexus«, meldete sich Pike. »Schlüssel hinter dem linken Hinterrad. Tank ist voll.«

Ich zwängte mich am Tor vorbei. Der Lexus. Ich tastete nach dem Schlüssel. Der Wagen war zehn Jahre alt, schnurrte aber sofort los.

Auf halbem Weg zur Autobahn jagte bergauf ein grauer Sentra an mir vorbei, aber der Mann und die Frau darin sahen mich nicht. Der hellblaue Dodge bog vor mir ein, als ich das untere Ende der Straße erreichte, und raste ebenfalls den Berg hinauf. Auch die Männer im Dodge sahen mich nicht.

Sie abzuschütteln war das, was wir in der Branche »verdächtiges Verhalten« nennen. Carter würde schnell reagieren und sich auf mich stürzen, aber Amy und Meryl waren abgesichert.

Ich fuhr auf die Autobahn Richtung *Everett's Natural Creations*.

15

Das Blumengeschäft lag an einer angesagten Straße in Los Feliz, gesäumt von Musikkonservatorien, Händlern für traditionellen Kaffee und Taquerias, die »von Hand gemachte« Tacos für acht Mäuse das Stück vertickten. Es hatte seinen Preis, wenn man Hipster sein wollte.

Ich parkte um die Ecke, stieg jedoch nicht aus. Die Polizei würde sich auf denjenigen stürzen, dem Lerners Haus gehörte, aber der aktuelle Besitzer musste nicht unbedingt auch Lerners Vermieter gewesen sein. Wohnungsbewerbungen waren die reinsten Goldminen und enthielten oft Kontaktdaten von Arbeitgebern und Verwandten und persönliche Empfehlungen. Ich rief eine mir gut bekannte Immobilienmaklerin namens Laura Freeman an.

Laura und ich hatten vor elf Jahren einmal ein Date gehabt, bei dem wir uns bestens amüsierten, aber am nächsten Tag traf sie den Mann, den sie heiraten würde. Ihr Ehemann war ebenfalls Immobilienmakler, als sie sich kennenlernten, und ein sich abquälender Bauträger. Er war klug, er arbeitete hart, und gemeinsam bauten sie sein Geschäft von Einfamilienhäusern zu Einkaufszentren auf. Mein Verlust, ihr Gewinn. Laura meldete sich beim ersten Klingeln.

»Tu mir einen Gefallen«, sagte ich, »und du darfst auch allen erzählen, ich wär dein fester Freund.«

»Wer spricht da?«

Kleiner Witz.

»Ich brauche eine Besitzerauskunft zu einer Immobilie in Echo Park.«

»Einfamilienhaus oder gewerblich?«

»Einfamilienhaus.«

Ich nannte ihr die Adresse und gab ihr die Nummer meines Wegwerftelefons.

»Du fehlst uns. Wann kommst du zum Abendessen?«

»Wann ist Donald verreist?«

Noch ein Witz. Irgendwie.

Sie nannte mich einen schrecklichen Herzensbrecher, sagte, sie werde anrufen, sobald sie die Informationen hätte, und legte auf. Es war nicht das erste Mal.

Ich glitt aus dem Wagen und hatte den halben Weg zu *Everett's* zurückgelegt, als das Wegwerfhandy zwitscherte. Pike.

»Der Dodge ist mit einem dunkelblauen Ford zurückgekehrt.«

Mit dem Ford waren es dann drei Fahrzeuge.

»Beobachten sie mein Auto?«

»Der Ford, ja. Die Leute aus dem Dodge sind vor zwanzig Minuten die Feuerschneise rauf. Ich vermute, die aus dem Sentra kommen zu Fuß runter. Die suchen dich.«

»Das wird sie aber schön frustrieren.«

Pike schwieg einen Moment, dann legte er einfach auf. Mehr zu erwarten führte nur zu Enttäuschung.

Everett's war eine in lauter Farben explodierende Welt. Arrangements aus Schnittblumen und Topfpflanzen standen auf Tischen und Podesten und hingen von der Decke. Eimer mit noch mehr Blumen bildeten ein Labyrinth auf dem Boden und füllten Kisten vor den Wänden. Die Blumen sprühten nur so vor Leben und Farbe, aber es fehlte ihnen jeder Duft. In dem kleinen Laden roch es nach Pflanzen, nicht nach Blumen.

Eine junge Frau mit einem dicken Brillengestell und kurzen schwarzen Haaren nahm hinter der Ladentheke eine telefonische Bestellung auf. Eine zweite Frau und ein Mann in den Vierzigern arrangierten Blumen an einem Arbeitstisch hinter ihr. Die zweite Frau trug ein weißes Trägerhemd, um einen riesigen Pfau zu zeigen, der auf ihre Schulter tätowiert war. Der Mann bündelte violette und rosafarbene Rosen in einer schweren Glasschale. Die Rosen waren so dicht gepackt, dass sie wie ein rosa Luftballon aussahen.

Ich lächelte das Mädchen an, das die Bestellung aufnahm. Sie hob einen Finger, bat mich, ein wenig zu warten. Sie schrieb etwas zu Ende, knallte die Bestellung dann auf den Arbeitstisch und kam zurückgeeilt.

»Sorry. Ich hoffe, Sie müssen nicht heute noch etwas nach Hause geliefert kriegen. Wir powern uns gerade aus, um die letzte Tour für heute fertig zu bekommen.«

Der Mann, der die Rosen anordnete, trällerte über seine Schulter.

»Nicht auspowern – *ausgepowert*! Wir *sind* ausgepowert! Der Druck, Schönheit zu erschaffen, hat uns völlig ausgepowert!«

Das Mädchen verdrehte die Augen.

»Er liebt es.«

Der Mann trällerte wieder.

»Hättest du wohl gern!«

Das Mädchen hatte ein nettes Lächeln.

»Okay, also, womit kann ich Ihnen helfen, nachdem Sie jetzt ja wissen, dass wir Ihnen nicht helfen können?«

Der Mann sah von seinen Rosen auf.

»Sprich für dich selbst, Süße. Manche hier würden ihm liebend gern helfen.«

Das Mädchen kicherte wieder.

»Leute, damit solltet ihr auftreten! Ihr seid echt witzig.«

Der Mann plusterte sich vor den Rosen auf.

»Manche hier haben *viele* Talente.«

Das Mädchen verdrehte wieder die Augen.

»Er ist unverbesserlich. Was kann ich für Sie tun?«

Ich zeigte ihr das Foto, welches ich von der Karte geschossen hatte, die Amy Breslyn zusammen mit den Blumen erhalten hatte.

»Sie haben uns Blumen geliefert, aber wir haben keine Ahnung, von wem sie kommen.«

»Da steht Charles.«

»Da steht Charles, ja, aber kein Nachname. Wir kennen fünf Personen, die Charles heißen. Könnten Sie vielleicht bitte nachsehen, wer uns die Blumen geschickt hat? Wir möchten uns dafür bedanken.«

Der Mann mit den Rosen machte ein Geräusch, als würde er ohnmächtig.

»Er hat bitte gesagt. *Ohmeingott*, du musst diesem armen Mann einfach helfen, er hat BITTE gesagt!«

Ihre Miene wurde ernst, als verlange es höchste Konzentration, die Bestellung zurückzuverfolgen.

»An wen ging die Lieferung noch mal?«

»Amy Breslyn.«

Ich buchstabierte Breslyn.

Der Mann beäugte mich, während das Mädchen sich einem Computer zuwandte. Seine Hände hörten nie auf, die Rosen zu bewegen.

»Sie sehen aber gar nicht wie eine Amy aus. Sind Sie eine Dorothy?«

»Meine Frau.«

»Ausgepowert!«

Die Pfauenfrau verpasste ihm einen Stoß mit der Hüfte.

»Lässt du's irgendwann mal gut sein?«

»Nicht, bevor jeder GLÜCKLICH ist!«

Das Mädchen von der Theke gab Amys Namen in den Computer ein und machte ein trauriges Gesicht.

»Es tut mir schrecklich leid. Die waren echt nett, aber es war ein Barverkauf. Wir haben keinerlei Informationen über den Kunden.«

Am Arsch. Hätte Charles eine Kreditkarte benutzt, wäre alles bestens gewesen, aber Charles hatte bar bezahlt. Ich starrte sie an und musterte dann die Decke. Die Decke war nackt.

»Haben Sie hier eine Überwachungskamera?«

Der Mann johlte.

»Everett ist viel zu knauserig. Wenn wir hier drinnen Sex hätten, würde er vielleicht eine Kamera spendieren, aber andernfalls, oh, bitte!«

»Vielleicht erinnert sich ja derjenige an ihn, der ihn bedient hat, und weiß, wie er aussieht. Ich könnte den Charles anhand der Beschreibung wiedererkennen.«

Das Mädchen wirkte leicht entnervt.

»Ich schätze mal, dass wir hier jeden Tag so um die hundert Kunden haben.«

Der Mann warf ihr einen schrägen Blick zu.

»Wie viel hat das Arrangement gekostet?«

»Jared!«

»Du hast doch gesagt, es sei nett gewesen. Ich versuche ja nur, dem Gentleman zu helfen.«

»Drei-sechzig plus Steuern. Ein Dutzend Pink-Finesse-Gartenrosen.«

Jared lächelte breit.

»Da möchte aber jemand Eindruck hinterlassen. Wann wurde der Strauß gekauft?«

Das Mädchen las von der Karte ab.

»Vor neun Tagen. Dreißig pro Stück plus Vase. Das macht dann dreiundsechzig plus Steuern.«

Er dachte einen Moment nach.

»Ich war hier, aber ich habe ihn nicht bedient. Ich würde mich erinnern.«

Die Pfauen-Floristin sprach, während sie arbeitete.

»Ich auch nicht. Ich habe die Pfirsichfarbenen und Gelben gemacht.«

Ich lächelte sie an. Ihr Geschäft war gefüllt mit Hunderten von Rosen in jeder nur erdenklichen Farbe.

»Bei all den vielen Sträußen, die ihr Leute jeden Tag macht, würdet ihr euch an diese ganz speziellen Rosen erinnern?«

»Natürlich!«, sagte Jared. »Gartenrosen duften. Standardrosen wie diese halten sich länger, aber sie duften nicht. Eine Rose ohne Duft ist wie eine unerwiderte Liebe, finden Sie nicht?«

»Genau diesen Gedanken hatte ich heute Morgen auch.«

»Wir bestellen immer nur wenige auf einmal, denn sie verblühen so schnell. Deshalb sind sie ja so teuer. Können Sie sich etwas Tragischeres vorstellen? Je größer die Schönheit, desto vergänglicher das Leben.«

Jared war schon eine Marke.

»Vielleicht hat Everett die Bestellung angenommen.«

Jared johlte wieder.

»Everett hat keine Ahnung. Lassen Sie mich nachdenken,

also, vor neun Tagen, das war damit vorletzte Woche. Wahrscheinlich war Stacey hier. Stacey und vielleicht noch Ilan.«

Ich schrieb meinen Namen und die neue Handynummer auf eine ihrer Visitenkarten.

»Würden Sie sie fragen? Vielleicht haben Stacey oder Ilan seinen Nachnamen mitbekommen. Es würde mir wirklich sehr viel bedeuten.«

Das Mädchen blinzelte die Karte an, als wisse sie nicht so recht, was sie damit anfangen sollte, und Jared drehte sich schließlich von seinem Arrangement um zu mir. Er musterte mich nachdenklich und neugierig.

»Sieh an. Ich glaube, wir haben hier eine ganze Geschichte.«

Jetzt starrten mich auch die Pfauenfrau und das Mädchen von hinter der Theke an.

»Was?«, sagte ich.

Jared lächelte traurig.

»So viel Aufwand für ein einfaches Dankeschön?«

Ich sah fort. Ich versuchte, betreten zu wirken, und machte meine Stimme rau.

»Amy sagt, er ist nur ein Freund, aber ich habe diese Karte gefunden, und ich weiß wirklich nicht, was ich glauben soll. Ich möchte nur, dass mir jemand die Wahrheit sagt.«

Jared betrachtete mich einen Moment, dann nahm er die Karte.

»Ich werde bei den anderen nachfragen.«

Das Mädchen hinter der Ladentheke rückte ihre Brille zurecht. Nervös.

»Ich glaube kaum, dass Everett das gut finden würde, Jared.«

»Everett weiß gar nichts.«

Er klang verbittert.

Jared steckte die Karte in seine Tasche und widmete sich wieder seinem Arrangement.

»Danke, Jared«, sagte ich.

»Everett ist ein verfluchter Narr.«

Ich war nicht der Einzige mit einer Geschichte.

Das Wegwerfhandy zwitscherte, als ich ging. Ich hoffte, es wären die Lerners oder Jennifer Li, aber es war nur das Telefon, das mich wissen lassen wollte, ich hätte eine neue Nachricht. Laura Freeman hatte zurückgerufen.

»Sieh mal in deine Mails. Die Immobilie gehört einem Juan Medillo. Die Steuerunterlagen habe ich beigefügt. Bin ich nicht erstaunlich? Falls du noch Fragen hast, ruf einfach an. Oder ruf einfach so an. Donnie kann's nicht ausstehen, wenn du mit mir flirtest.«

Ihr Lachen klang wie ein Glockenspiel, und ich fühlte mich gleich erheblich besser.

Erstaunlich.

Ich lächelte immer noch, als ich in den Lexus stieg, aber als ich Amys Quittung von der *X-Spot Indoor Pistol Range* sah, verschwand mein Lächeln.

Ich ließ den Wagen an und fuhr Richtung Norden ins Valley, fragte mich dabei, warum Amy Breslyn sich eine Neun-Millimeter-Halbautomatik gekauft hatte und was sie damit zu tun beabsichtigte.

16

Die Schießanlage befand sich in einem weißen Gebäude nicht weit vom Bob Hope Airport in Burbank. Die Straße war gesäumt mit lauter ähnlichen Gebäuden, vor jedem der gleiche kleine Parkplatz, aber nur der des *X-Spot* war von einem drei Meter hohen Maschendrahtzaun mit Nato-Draht oben drauf umgeben. Auf dem Dach noch mehr Nato-Draht. Schutz vor Einbrüchen.

Der Parkplatz des *X-Spot* war voll, also parkte ich auf der Straße. Das gedämpfte *Hmmmmpfff-hm-hmmmmpfff* sich überlagernder Schüsse war aus dem Gebäudeinneren zu hören, als ich den Motor abstellte.

Durch die Tür betrat man einen Eingangsbereich mit einer langen gläsernen Theke, wo Pistolen zum Kauf oder zur Miete ausgestellt waren. Ein schallsicheres Fenster hinter der Theke erlaubte es den Angestellten, ein Auge auf die Schießbahnen hinter der Wand zu werfen. Ein zur Glatze neigender Mann mit einer stolzen Wampe und ein jüngerer Mann mit schmalem Gesicht und Schnurrbart standen hinter der Theke. Schnurrbart reinigte Pistolen an einem Arbeitstisch, während der korpulente Herr an der Theke saß. Beide trugen Pistolen in Futteralen an der Taille. Einen Schießstand überfallen zu wollen war vermutlich keine gute Idee.

Der kahl werdende Mann nickte ohne großes Interesse.

»Tach auch. Was kann ich für Sie tun?«

Ich legte Amys Foto und die Quittung auf die Theke und zeigte ihm meinen Ausweis.

»Elvis Cole. Ich stelle Nachforschungen über das Verschwinden dieser Frau an. Ich würde gern mit dem Schießlehrer und demjenigen sprechen, der diesen Verkauf gebongt hat.«

Der Mann starrte die Quittung in Zeitlupe an.

»Schon 'ne Weile her, seit Amy hier war. Wie geht's ihr denn so?«

»Sie ist verschwunden. Ich hoffe, Sie können mir sagen, aus welchem Grund sie eine Schusswaffe haben wollte.«

Er rutschte von seinem Hocker wie kalter Sirup.

»Ich geh Jeff holen.«

Er verschwand durch eine Tür am Ende des Eingangsraumes, um Jeff zu holen, wer immer das nun war.

»Amy ist verschwunden, ja?«

Der Schnurrbart beobachtete mich, während er den Verschluss einer Pistole reinigte.

»Sieht so aus. Kennen Sie sie?«

»Schräge Lady. Hoffe, sie ist nicht in Schwierigkeiten geraten.«

Ich ging die Theke hinunter, näher.

»In was für eine Art Schwierigkeiten könnte sie denn geraten?«

Er zuckte die Achseln.

»Sie war schon irgendwie mitleiderregend. Sie hat mir leidgetan.«

Ich wollte gerade fragen, warum sie ihm leidtat, als der Mann mit der beginnenden Glatze zurückkehrte. Jeff war um die fünfzig, adrett, trug Jeans und ein Polo mit einem *X-Spot*-Logo auf der linken Brust. Sein Gesichtsausdruck lag irgendwo zwischen Besorgnis und Trauer, und er bot mir sofort die Hand an.

»Jeff Lombardi. Ist Amy etwas zugestoßen?«

»Wenn ich sie finde, werde ich's Ihnen sagen. Kennen Sie einen Grund, warum ihr etwas zugestoßen sein könnte?«

»Sie sagen, sie ist verschwunden?«

»Seit sechs Tagen, ja. Ihre Schusswaffe ebenfalls.«

Er sah zum Schnurrbart hinüber.

»Wir haben sie seit über zwei Monaten nicht gesehen. Jetzt fast schon drei.«

»Sie hat hier vor sechs Monaten eine Pistole gekauft und gelernt, damit zu schießen. Hatte sie Angst vor jemandem?«

Die Fast-Glatze sagte etwas von seinem Hocker aus.

»Sie war verrückt.«

Ich sah ihn an, als eine schwere Tür am Ende der Ladentheke aufging. Die gedämpften Schüsse waren plötzlich lauter und wurden wieder leiser, als die Tür sich schloss. Ein Mann und eine Frau kamen heraus, zogen ihren Gehörschutz ab.

Lombardi berührte kurz meinen Arm.

»Besser, wir reden in meinem Büro weiter.«

Er führte mich zu einem vertäfelten Raum mit einem Schreibtisch, einer Couch und einem Couchtisch. An den Wänden signierte Fotos von Lombardi an der Seite von Schauspielern und anderen Prominenten. Lombardi bot mir die Couch an, setzte sich selbst hinter seinen Schreibtisch.

»Was meinte er mit verrückt?«, fragte ich. »Der andere Typ hat gesagt, sie sei schräg.«

Lombardi rutschte unbehaglich herum.

»Sie wissen von ihrem Sohn, von Jacob, wie er gestorben ist?«

»Ja.«

»Zuerst hat sie ihn nie erwähnt, aber später, falls sie erfuhr, dass man im Golfkrieg war – tja, die Sachen, die sie fragte, bei denen haben die Leute sich schnell unbehaglich gefühlt.«

Ich versuchte mir vorzustellen, wie Amy Breslyn wildfremden Menschen Vorträge über Jacob hielt, und begann selbst zu frösteln. Vielleicht wand Lombardi sich ja aus dem gleichen Grund.«

»Sachen über Jacob?«

Er starrte mich betreten an, dann ging er zur Tür.

»Hey, Gordon! Gordo! Kannst du mal kurz reinkommen, bitte.«

Lombardi kehrte hinter seinen Schreibtisch zurück, als der Angestellte mit dem Schnurrbart auftauchte. Lombardi stellte uns einander vor. Gordon Hershel hatte zweimal im Nahen Osten gedient, wo er für die Army mit gepanzerten Fahrzeugen herumgefahren war.

»Gordo, erzähl doch Mr. Cole hier mal, was Amy dich gefragt hat.«

Gordon zuckte die Achseln, als wäre ihm das halb peinlich.

»USBVs. Unkonventionelle Spreng- und Brandvorrichtungen. Bomben an der Straße. Sie hatte lauter solche Fragen, wie zum Beispiel, wie bauen sie die, und woher hatten sie die Bestandteile, und dann wurde es wirklich total schräg. Das mit ihrem Sohn und alles verstehe ich ja, aber es war schon sehr schräg.«

Lombardi nickte.

»Erzähl ihm von der anderen Sache.«

Gordon schien alles nur noch peinlicher zu sein.

»Was sie mir erzählt hat oder was sie Timmy erzählt hat?«

»Dir.«

»Wer ist Timmy?«, fragte ich.

»Ein Kunde«, antwortete Lombardi. »Gordo?«

»Sie wollte mit denen reden.«

»Mit wem reden?«

»Al Kaida. Hat gefragt, ob ich weiß, wie man sie erreichen kann. Ein anderes Mal hat sie mich gefragt, ob ich vielleicht Waffenhändler kenne. Es wurde wirklich total schräg.«

Lombardi nickte wieder.

»Danke, Gordo. Machst du bitte hinter dir die Tür zu?«

Gordon Hershel schloss die Tür hinter sich, als er ging. Lombardi klopfte auf seinen Schreibtisch, und seine Augen waren schmerzerfüllt.

»Hier ist diese süße kleine Frau, eine wirklich richtig nette Person, und sagt, sie will sich mit Terroristen treffen, und mit Waffenhändlern, und all dieser ganze Wahnsinn. Sie fragt junge Veteranen nach Bombenbastlern der Taliban, und nach geheimen Foren, als würden die so was wissen. Leute haben sich beschwert. Ich hab mich fürchterlich gefühlt, wegen der Sache mit ihrem Sohn, aber ich hab ihr gesagt, das müsse aufhören. Seitdem war sie nicht mehr hier.«

Er seufzte, als wüsste er nicht, was er sonst noch sagen sollte. Ich wusste auch nicht, was ich sagen sollte. Aus dem komischen Gefühl wurde ein Schmerz.

»Weshalb wollte sie sich mit denen treffen? Dachte sie vielleicht, die wüssten was über Jacob?«

»Vermutlich, ja. Bei den Sachen, die diese arme Frau so im Kopf hatte – ich weiß es nicht.«

»Haben Sie einen Ausbilder namens Charles?«

»Nein. Einen Charles hatten wir noch nie. Warum?«

»Könnte sein, dass Amy was mit einem Charles hatte.«

Er lehnte sich zurück.

»Sie ist mir nicht so vorgekommen, als hätte sie Dates oder

so. Andererseits ist sie einem ja auch nicht verrückt vorgekommen. Zumindest am Anfang nicht.«

Ich bedankte mich und ging zu meinem Wagen.

Die Sonne leuchtete hell im Valley. Der Himmel war klar, und die Hitze nahm zu.

Amy Breslyns Interesse an Al Kaida, Terroristen, Waffenhändlern und Sprengfallen hatte den Mann im *X-Spot* bekümmert, und bei mir war's nicht viel anders.

Das Wegwerfhandy zwitscherte, doch diesmal machte es mir nichts aus.

»Sie fahren«, sagte Pike.

»Beide Autos?«

»Der Ford ist vor zehn Sekunden weg. Der Dodge fährt jetzt.«

»Bin unterwegs. Wie wär's, wenn du später zu mir raufkommst? Ich brauche bei was deine Hilfe.«

»Klar. Was?«

»Sachen, die in die Luft fliegen.«

Amy Breslyn wusste bereits, wie man Sprengstoffe herstellt. Vielleicht wollte sie jetzt Bomben bauen.

DIE ZIELE

17
Scott James

Scott sah Cowlys D-ride am Tor zum Runyon Canyon Park, als er um eine Kurve kam. Er ließ die Sirene kurz aufheulen und winkte, während er einbog und neben einem schwarzen BMW parkte. Der Parkplatz war normalerweise ziemlich voll zur Spitzenzeit der Jogger und Wanderer, doch jetzt standen nur wenige Autos da.

Detective-III Joyce Cowly war schmal, aber auch kräftig, und trug ihr dunkles Haar schulterlang. Cowly besaß einen dunkelgrauen Hosenanzug, einen schwarzen Hosenanzug und einen marineblauen Hosenanzug, die sie nur bei der Arbeit trug. Heute war Grau an der Reihe. Sie nannte die Anzüge Mord-Kluft. Der Ausdruck ließ Scott lächeln. Das mochte er an ihr.

Scott stieg aus und nahm Maggie an die Leine, ließ sie aber fallen, als Cowly sich näherte.

Maggie sprang zur Begrüßung los, und Cowly gurrte wie ein kleines Mädchen.

»Ich freu mich auch, dich zu sehen, Maggie. Du bist ja so ein braves Mädchen.«

»Detective«, sagte Scott.

Cowley antwortete ebenso förmlich.

»Officer James.«

Dann breitete sich ein albernes Grinsen auf ihrem Gesicht aus, und sie juchzte.

»Du krasser Typ! Glückwunsch!«

Sie stürzte sich auf ihn, umschloss ihn fest mit Armen und Beinen. Scott wippte zurück und lachte, was Maggie allerdings überhaupt nicht lustig fand. Sie stellte die Ohren auf und versuchte, sich zwischen die beiden zu drängen.

Scott drückte Maggie mit dem Knie beiseite und setzte Cowly ab.

»Da liegt der Kerl, hinter dem wir her waren, der Länge nach ausgestreckt und mit eingeschlagenem Schädel auf der Couch, und im Zimmer nebenan lagert ein fetter Haufen Granaten und Sprengstoff. In dem Haus hat's so unglaublich nach Bleiche und Ammoniak gestunken, total verrückt.«

»Gab's 'ne Belobigung?«

»Ja!«

»Wir müssen feiern. Abendessen. Irgendwas Nettes.«

»Unbedingt!«

»Aber bis dahin —«

Sie nahm eine weiße Papiertüte aus der Handtasche, öffnete sie und brachte einen riesigen glasierten Muffin zum Vorschein.

»Wir waren bei *Du-par's*, also hab ich einen mitgenommen. Zimt-Rosine und Frischkäse.«

»Du bist unglaublich. Perfekt.«

Cowly hakte sich bei ihm unter und zog ihn weiter.

»Gehen wir ein Stück, und du isst. Ich hab nicht viel Zeit.«

Scott ließ Maggie von der Leine, als sie den Park betraten. Im Runyon war es erlaubt, dass Hunde frei herumliefen, aber Maggie entfernte sich nie weit. Manchmal fiel sie zurück, um einen anderen Hund zu beschnuppern, aber sobald der

Abstand zu Scott zu groß wurde, holte sie schnell wieder auf. Trennungsangst.

»Erzähl mir alles«, sagte Cowly. »Lass nichts aus.«

Scott teilte gern Erlebnisse mit Cowly, und noch mehr liebte er es, etwas zu erzählen zu haben. Er war aufgrund seiner Verletzungen so lange aus dem Rennen gewesen, dass er manchmal gemeint hatte, nie wieder aktiv am Spiel teilnehmen zu können. Jetzt sprudelten die Worte nur so aus ihm heraus. Er erzählte ihr von der Suche, der Leiche und von Cole, und wie sehr es in dem Haus nach Ammoniak gestunken hatte, dass ihm die Augen brannten, und dass er eigentlich gern den Bombenspezialisten bei der Beseitigung der scharfen Munition zugesehen hätte, dann aber doch nichts davon mitbekam, weil er ins *Boot* geschickt wurde.

»Wer arbeitet an dem Fall?«, fragte Cowly.

»Carter und Stiles. Kennst du sie?«

Cowly schluckte ein Stück Muffin runter.

»Die Namen. Nein, warte –«

Sie machte ein nachdenkliches Gesicht.

»Carter bin ich schon einige Male begegnet, aber Stiles noch nicht.«

Als er jetzt von Stiles sprach, kehrte der Zweifel zurück, der zuvor an ihm genagt hatte.

»Ist sie gut?«

Cowly schob ihm ein Stück Muffin in den Mund und brach sich selbst auch etwas ab.

»Muss wohl. Sonst wäre sie wohl kaum bei der Major Crimes.«

Die Major Crimes Division war ebenso eine Elite-Abteilung des LAPD wie die Robbery-Homicide Division, in der Cowly bei der Homicide Special arbeitete, der Sondereinheit für Mordfälle. Das Wörtchen *Special* bedeutete eigentlich nur, dass die von dieser Einheit bearbeiteten Fälle über den Aufgabenbereich untergeordneter Abteilungen der Kriminalpolizei hinausgingen, aber inzwischen beschrieb das Wort die dort arbeitenden Detectives. Cowly war schnell aufgestiegen von der uniformierten Polizei zum Detective Bureau und danach noch schneller zur Homicide Special. Wenn Scott über die Unterschiede zwischen ihnen nachdachte, fragte er sich, was ein Detective auf der Überholspur wie Cowly an ihm fand.

»Meinst du, ich hätte ihn weiter verfolgen sollen?«

Cowly schien überrascht zu sein. Sie schob ihm ein weiteres Stück von dem Muffin in den Mund.

»Wen?«

»Den Kerl, der entkommen ist. Den Verdächtigen.«

»Du redest von dem Zeitpunkt, bevor du das Haus betreten hast? Als Paul hinten war und du vorne?«

»Wenn ich ihn verfolgt hätte, hätte Maggie ihn höchstwahrscheinlich gestellt.«

»Und was ist mit Paul?«

»Ich weiß, ich sag ja nur. Wir haben einen Mordverdächtigen frei herumlaufen, und ich hätte ihn vielleicht stoppen können.«

Cowly aß ein Stück Muffin.

»Ich verstehe. Der Supercop möchte gern an zwei Stellen gleichzeitig sein.«

Scott verdrehte die Augen.

»Das hab ich nicht gemeint.«

»Halt die Klappe und iss –«

Cowly schob ihm mehr Muffin in den Mund.

»– und lass uns die Tatsachen untersuchen. Du hast die

flüchtige Person gefunden, die du verfolgt hast, du bist der Held des gestrigen Abends, und du kriegst –«

Sie hob die Hände wie ein Megafon zum Mund.

»– eine Belobigung!«

Sie seufzte und aß noch ein Stück Muffin.

»Wer hinterher alles besser weiß, ist ein Arschloch.«

Scott lachte und spürte, wie die Selbstzweifel verschwanden.

»Danke.«

»Gern geschehen.«

»Für alles.«

Sie stupste ihn an.

»Ich wusste, was du gemeint hast.«

Sie erreichten eine Bank am Ende des Höhenrückens und setzten sich, um die Aussicht zu genießen, doch Scott merkte, dass er eigentlich nur Augen für Cowly hatte. Er mochte ihre gebogene Nase und ihre vollen, geschwungenen Lippen, aber ihre Augen mochte er am meisten. Sie sprühten vor Intelligenz und hatten nette Lachfältchen. Manchmal sah er auch die Schatten, die all die schrecklichen Dinge hinterließen, die sie bei der Arbeit zu sehen bekam. Er berührte ihre Wange.

»Was zwischen uns beiden läuft – ich mag das.«

»Ich auch.«

Er beugte sich vor, und sie küssten sich immer noch, als ihr Telefon klingelte. Cowly warf einen Blick auf die Nummer, setzte sich zurück und seufzte.

»Bud. Ich muss los.«

Scott wäre am liebsten geblieben und neben ihr auf der Bank eingeschlafen, aber er lächelte und folgte ihr klaglos zum Tor. Sie verbrachten mehr und mehr Zeit zusammen, in seiner Wohnung oder bei ihr, und sie verlassen zu müssen war mit der Zeit immer schwerer geworden.

Während sie entlang der Feuerschneise zurückgingen, bewegte sich ihre Unterhaltung zwischen Fernsehsendungen, die sie mochten, und Plänen fürs Wochenende. Ein paar teilnahmslose Wanderer begegneten ihnen auf dem Weg in den Park, und zwei walkende Männer auf dem Weg hinaus fegten förmlich an ihnen vorbei. Nur noch wenige Autos waren da, als sie den Parkplatz erreichten, also gab Scott sich nicht die Mühe, Maggie wieder anzuleinen. Die Walker machten Dehnübungen neben dem BMW, und eine ältere Frau mit einem Wuschelkopf hob einen übergewichtigen Mops aus einem Volvo.

Die Mops-Lady warf Maggie einen wütenden Blick zu und hielt ihren Hund wie ein aufgedunsenes Baby mit den Füßen in der Luft.

»Der fällt doch wohl nicht meinen Hund an, oder?«

»Nein, Ma'am. Sie wird Ihrem Hund nichts tun.«

»Er muss angeleint sein, wenn man den Park verlässt. Ein Polizeibeamter sollte sich aber schon an die Vorschriften halten.«

»Sie ist eine sie«, sagte Cowly.

Scott drehte sich fort, als Maggie die Ohren aufstellte und ihre Nase hob. Sie trabte ein Stück vorwärts, blieb stehen und schnupperte in der Luft. Scott sah die Veränderung sofort, Cowly ebenfalls.

»Was macht sie da?«

»Sie hat Witterung aufgenommen. Sie versucht, es genau zu lokalisieren.«

Maggie starrte Scotts Auto an, dann senkte sie unvermittelt den Kopf und trottete zu dem Streifenwagen hinüber.

Scott sah nichts Ungewöhnliches. Die beiden Walker unterhielten sich, doch Maggie beachtete sie nicht weiter. Sie schnupperte entlang der Unterseite ihres K-9-Wagens bis zur hinteren Stoßstange, kehrte zum Kotflügel und Rad zurück und ließ sich dann abrupt auf den Bauch fallen. Sie warf einen Blick zurück über die Schulter zu Scott, als hätte sie etwas ganz Wunderbares gefunden. Sie starrte unter das Auto.

Cowly runzelte die Stirn.

»Ich hoffe, es ist keine Katze.«

»Es ist keine Katze. Geh zurück hinter dein Auto, okay?«

Ein Knoten bildete sich in Scotts Bauch und wurde härter. Maggie warnte auf exakt die gleiche Art, mit der sie auch bei Johnsons Versuchsanordnung gewarnt hatte, und wie sie es in Echo Park gemacht hatte.

Joyce rührte sich nicht.

»Warum hinter meinen Wagen? Was macht sie da?«

»Bitte, Joyce.«

»Gottverdammt, nein!«

Scott rief Maggie zurück, sagte »Sitz!« und schritt zu seinem Wagen. Er ging in die Hocke, um unter das Auto sehen zu können, und fand nichts. Er legte sich hin und schob sich darunter. Steine drückten sich in seine Ellbogen, aber dann entdeckte er die Schachtel und spürte die Steine nicht mehr. Eine mit silberfarbenem Klebeband umwickelte Schachtel war an seinem Tank befestigt. Die Schachtel war sauber und zeigte keine Spur von Straßenstaub oder anderem Dreck. Als wäre sie gerade eben erst dort befestigt worden.

Scott dachte an den Mann in dem Haus in Echo Park und an das Zimmer voller Sprengstoff. Er zog sich zurück, stand auf und entfernte sich von dem Auto.

»Geh zurück, Joyce. Irgendwas ist an dem Auto!«

»Was meinst du mit irgendwas?«

»Ich glaube, eine Bombe. BEWEGUNG!«

Er riss seine Dienstmarke heraus und wedelte damit in Richtung der Walker.

»Polizei! Gehen Sie hinter das Tor zurück. Tun Sie's, Mann, BEWEGUNG! Das hier ist kein Scherz.«

Cowly rief, während sie die Mops-Lady zurückdrängte.

»Ich geb's durch! Schick die Autos da zurück! Halt die Leute von hier fern!«

Scott lief zum Mulholland und dirigierte ein Auto weiter. Maggie verließ ihren Platz und kam zu ihm, besorgt und misstrauisch. Sie roch sein Adrenalin und reagierte darauf, als wäre es ihr eigenes.

Scott ging tief in die Hocke und suchte die nähere Umgebung ab. Falls die Schachtel eine Bombe war, könnte derjenige, der sie angebracht hatte, jetzt zuschauen, und vielleicht hatten sie einen Fernzünder. Scott leinte Maggie an und hielt sie, während er damit rechnete, dass sein Wagen sich jeden Moment in ein Flammeninferno verwandeln könnte. Das Gesicht des Flüchtigen aus Echo Park erschien ihm klar und deutlich wie ein Schnappschuss, und er wünschte sich, ihn erschossen zu haben. Er stellte sich den Blitz vor.

Maggie sträubte sich das Fell.

Scott hatte den Mann gesehen, und der Mann hatte ihn gesehen, und jetzt wollte der Mann seinen Tod.

Scott winkte zwei weitere Autos weiter, dann ging er wieder in die Hocke und hielt Maggie dicht bei sich. Sie knurrte so tief, es hätte auch aus seiner eigenen Brust kommen können.

»So ist's brav, mein Mädchen. Er hat versucht, die Falschen umzubringen.«

Elf Minuten später trafen vier Streifenwagen ein, gefolgt von drei weiteren Fahrzeugen, alle mit Blaulicht und Sirene. Achtunddreißig Minuten, nachdem Joyce Cowly Unterstützung angefordert hatte, rollte das Bombenräumkommando an.

18
Maggie

Maggie dachte nicht an Pete, als der leuchtend grüne Ball vor ihr aus dem Himmel fiel und weghüpfte. Das grüne Aufblitzen und das vertraute Wegspringen löste einen ganzen Schwall von Geruchserinnerungen aus. Pete, die Anerkennung, mit der Pete sie überhäufte, wenn sie einen besonderen Duft gefunden hatte, und ihre Freude, wenn Pete den grünen Ball warf, um sie zu belohnen. Maggie stürmte instinktiv dem Ball hinterher, aber sie verlangsamte sich, weil die Geruchserinnerungen schwächer wurden, und verfolgte, wie der Ball weglief. Sie schnupperte und wusste, dass Pete diesen Ball nicht angefasst hatte. Sie schnupperte wieder, und Pete war fort.

Ein magerer Hund jagte zu dem Ball. Maggie achtete nicht darauf. Der grüne Ball war nicht mehr ihr Spielzeug.

Maggie kehrte an Scotts Seite zurück.

Wedel.

Scott war Rudel. Ihre Lieblingsbelohnung war Fleischwurst.

Scott und die Frau unterhielten sich. Maggie wusste, dass sie nicht mit ihr redeten, weil Scott Maggie ansah, wenn er mit ihr sprach, und jetzt sahen Scott und die Frau sich an. Maggie verstand ihre Worte nicht, aber sie klangen herzlich, und Scott lachte oft. Lachen war spielen. Maggie empfand Freude, wenn Scott lachte.

Wedel wedel.

Die Frau war nicht Rudel. Maggie fühlte sich wohl in der Nähe der Frau, aber Scott war ihre Welt.

Maggie war ein Deutscher Schäferhund. Sie war gezüchtet worden, um zu beschützen, was zu ihr gehörte, und das Marine Corps hatte sie wegen ihrer großen Dynamik ausgewählt. Maggie blieb dicht bei Scott. Sie achtete bei vorbeikommenden Hunden und Menschen auf Anzeichen von Aggressivität, schnupperte in der Luft nach ungewöhnlichen oder bedrohlichen Gerüchen. Sie roch Kojoten und Rotwild, und auch die Karnickel, die vor Tagesanbruch den Weg überquerten, und die Hunde und die Menschen, die zuvor auf dem Wanderweg gegangen waren, und die toten Eier einer Echse am Fuß einer Yucca. Sie roch die Erdhörnchen, die sich in Tunneln am Hang über ihnen versteckten, und den verblassenden Geruch einer verstorbenen Eule im Canyon unterhalb. Keiner dieser Gerüche war ungewöhnlich oder barg eine besondere Bedeutung. Das war gut. In Maggies Schäferhund-Welt bedeutete alles Vertraute Sicherheit.

Scott sicher.

Maggie sicher.

Rudel sicher.

Wedel.

Scott berührte ihren Kopf.

»Braves Mädchen.«

Wedel wedel wedel.

Maggie war gern in seiner Nähe. So nah hüllte Scotts Geruch sie ein. Maggie wusste nicht, dass sie die Millionen von Hautzellen roch, die ein Mensch mit jedem Schritt abstößt, und die Bakterien, die auf ebendiesen Zellen gediehen, und die Aminosäuren und Öle, die Scotts Haut produzierte. Sie wusste nicht, dass dieses Schneegestöber an Zellen durch die Luft wirbelte – fiel, aufstieg, trieb, sich setzte – und einen sich ausbreitenden Duftkegel hinterließ wie das unsichtbare Kielwasser eines Bootes. Maggie wusste nichts von Hautzellen und Aminosäuren, aber sie wusste, was sie wissen musste.

Maggie wusste, dass sie zum Auto zurückkehrten. Sie wusste das, weil ihre Spaziergänge immer dem gleichen Muster folgten. In dem Auto fahren, aussteigen, spazieren gehen, zum Auto zurückkehren, einsteigen, fahren. Als sie sich jetzt dem Tor näherten, roch sie die beiden schwitzenden Männer und die ältere Frau mit dem kleinen Mops. Die Männer rochen nach Schweiß, aber nicht nach dem bedrohlichen Geruch von Adrenalin. Die ältere Frau roch nach bitteren Blumen, und der kleine Mops roch nach Fäkalien und einer anschwellenden Infektion.

Maggie folgte Scott zum Parkplatz, und in diesem Moment nahm sie eine schwache Witterung auf. Dieser Geruch löste eine Erinnerung aus, war aber zu schwach, um identifiziert zu werden, also hob sie die Nase und schnupperte erneut.

Schnüffel schnüffel schnüffel.

Mit jedem Schnüffeln sammelten sich Geruchsmoleküle auf knöchernen Platten in ihrer Nasenhöhle. Es wurden immer mehrere dieser Moleküle gesammelt, bis schließlich genug zusammen waren, dass Maggie etwas erkannte. Sie brauchte nicht viele davon. Mit über zweihundert Millionen Riechzellen in der langen Nase eines Schäferhundes und einem damit verbundenen Riechhirn, das etwa ein Viertel des gesamten Hundehirns ausmacht und und ganz allein für den Geruchssinn zuständig ist, konnte Maggie Gerüche identifizieren, die so schwach waren, dass sie in Teilen pro Billion gemessen wurden.

Schnüffel schnüffel schnüffel.

Schnüffel.

Erinnerungen an Pete und die besonderen Gerüche, die zu finden er ihr beigebracht hatte, stürmten auf sie ein, genau wie am Abend zuvor, und sie empfand große Freude. Den besonderen Geruch zu finden führte direkt zu einer Belohnung. Beifall. Fleischwurst.

Maggie trottete los, arbeitete sich am Rand des Geruchskegels entlang. Sie lokalisierte den Ausgangspunkt des Geruchs bei Scotts Auto, wo die Luft darunter stark nach diesem besonderen Duft roch. Pete hatte ihr beigebracht, sich diesen speziellen Gerüchen niemals zu sehr zu nähern oder sie gar zu berühren, also ortete sie den intensivsten Punkt und ließ sich davor auf den Bauch nieder. Maggie warf Scott einen stolzen Blick zu, freute sich und war ganz schwindelig vor freudiger Erwartung.

»Maggie, aus! Aus!«

Scotts Alpha-Stimme war gebieterisch.

Maggie sprang auf die Füße und lief an seine Seite.

Scott piepste lobend, ließ sie Sitz machen und ging zu seinem Wagen. An seinen veränderten Bewegungen spürte Maggie, dass etwas nicht stimmte. Sie wollte ihm unbedingt folgen, aber Scott hatte Sitz gesagt. Sie gehorchte, winselte jedoch ängstlich, als er unter das Auto kroch.

Maggie sah, wie er hektisch unter dem Auto hervorkam und aufsprang, und sie hörte die Anspannung in seiner Stimme, als er mit der Frau sprach. Dann brüllte die Frau irgendetwas, und Scott lief zur Straße. Sein Geruch erreichte sie, und der roch intensiv nach Gefahr und Angst.

Maggie zitterte und bebte.

Scotts Angst ging auf sie über.

Gefahr.

Bedrohung.

Maggie setzte sich in Bewegung und lief zu ihm. Sein heftig pochendes Herz erfüllte sie mit Zorn.

Scott beschützen.

Verteidigen.

Scott zog sie dicht zu sich, doch seine Nähe beruhigte sie nicht. Seine Angst schrie heraus, dass sie in Gefahr waren. Sie wand sich und versuchte sich loszureißen, um die Bedrohung zu finden, aber Scott hielt sie fest.

Ihre riesigen Ohren drehten sich und kippten nach vorn, suchten ihren Feind. Sie schnupperte fieberhaft, suchte in der Luft, fand nur Scotts Angst.

Seine Angst war genug.

Scott gehörte zu ihr.

Maggie knurrte, tief und aus dem Innersten ihres großen Brustkorbs, eine ursprüngliche Warnung an was auch immer.

Es war ihr Rudel.

Das Fell auf ihrem Rücken und den Schultern sträubte sich wie Draht, und ihre Krallen schrammten über den Asphalt wie Klauen. Eine Gefahr, die sie weder sehen noch riechen noch hören konnte, näherte sich, aber ein Feuer weitergereicht von Hunderttausenden früherer Generationen wappnete sie. Maggie wusste, was sie wissen musste.

Jagen.

Angreifen.

Die Gefahr mit ihren Reißzähnen herunterziehen und vernichten.

Maggie musste nicht mehr wissen.

Das war alles, was zählte.

19
Scott James

Nachdem das Gelände in der näheren Umgebung des Tors geräumt war, bat der ranghöchste Offizier des Entschärfungskommandos Scott, die Schachtel und ihre genaue Position unter dem Fahrzeug zu beschreiben. Jack Libby war klein und dunkel, hatte ruhige Augen und einen stacheligen Bürstenschnitt. Scott und Cowly wollten zusehen, wie Libby die Bombe entschärfte, doch sie wurden an einen geschützten Ort auf der anderen Seite der Biegung geschickt.

Zwei Detectives der Criminal Conspiracy Section namens Mantz und Nagle warteten. Die CCS bearbeitete für die Major Crimes Division Ermittlungen, bei denen Sprengstoffe und Sprengkörper eine Rolle spielten. Mantz stellte sich vor und bat Scott, mit ihm in den Einsatzleitwagen zu kommen.

»Mein Hund muss mich begleiten.«

»Klar. Bringen Sie ihn mit.«

Scott folgte, bis Nagle Cowly sagte, sie solle draußen bleiben.

»Was zum Teufel?«, sagte Scott. »Sie müssen uns nicht trennen.«

»Schon okay, Babe«, meinte Joyce. »Geh. Wir machen das so.«

Der Einsatzleitwagen war ein wohnmobilgroßer Bus, vollgepackt mit Kommunikationsausrüstung, Computern und Videomonitoren. Mantz lotste Scott zu einem schmalen Tisch und bat ihn, Platz zu nehmen. Maggie ließ sich zu Scotts Füßen nieder und füllte den Gang aus wie eine schwarzbraune Insel.

»Okay, denken wir also mal, diese Schachtel ist ein Sprengkörper. Warum, meinen Sie, hat der Verdächtige aus der Echo-Park-Geschichte etwas damit zu tun?«

»Ich habe sein Gesicht gesehen. Ich kann ihn identifizieren.«

Mantz war ein schlanker Mann in den Vierzigern, mit einer Drahtbrille. Er hörte sich an, wie Scott die Ereignisse in Echo Park noch einmal rekapitulierte, wirkte aber skeptisch.

»Wann war das? Vor zwölf Stunden? Der Typ hat Sie gefunden, ist Ihnen gefolgt und hat unter Ihrem Auto eine Bombe angebracht, und das alles innerhalb von zwölf Stunden?«

»Ich bin ein K-9. Wahrscheinlich hat er unser Trainingsgelände observiert. Man muss kein Genie sein, um sich irgendwo zu postieren und zu warten.«

Mantz zog ein Notizbuch hervor.

»Das wäre dann in Glendale, ja?«

»Ich war heute Morgen dort, nachdem ich aus dem Boot kam.«

»Sie glauben, er hat es in Glendale an Ihrem Wagen angebracht?«

»Nein, *hier*. Mein Hund hat angeschlagen, als wir zum Wagen zurückkamen. Wenn es in Glendale schon da gewesen wäre, hätte sie *dort* angeschlagen.«

Scott merkte, dass seine Stimme lauter wurde. Er war müde und wütend und ermahnte sich, ruhig zu bleiben.

»Tut mir leid, ich hab letzte Nacht nicht viel geschlafen.«
»Kein Problem.«

Mantz betrachtete Maggie. Sie lag auf dem Bauch, die Schnauze auf den Pfoten. Ihre Ohren waren nach vorn gedreht, ihre Stirn schien in Falten gelegt. Sie hörte zu.

»Bombenhund?«

»Früher, ja. Sie erinnert sich noch. Sie hat auch bei dem Zeug angeschlagen, das wir letzte Nacht gefunden haben.«

Mantz machte sich eine Notiz und stellte Scott einige Fragen bezüglich seiner Aufenthaltsorte an diesem Morgen, einschließlich der Namen von jedem, der wusste, wohin Scott fahren wollte, welche Stopps Scott zwischen dem *Boot* und dem Park gemacht hatte, seine Routen und die Zeiten, zu denen er ankam beziehungsweise aufbrach. Als sie fertig waren, rief Mantz nach Nagle und erteilte knappe Anweisungen.

»Wo ist Carter?«

»Unterwegs.«

»Wir brauchen Zeichnungen des Verdächtigen, wenn wir hier an Türen klopfen. Jemand soll sie mailen. Wir drucken sie dann selbst aus.«

»Erledigt.«

»Frag Cowly, ob irgendwer wusste, dass sie sich hier oben mit ihm treffen wollte. Lassen Sie sich ihre Zeiten geben. Es geht um ein Fenster von etwa vierzig Minuten.«

»Sie sagt, dreiundvierzig Minuten, von der Abfahrt bis zur Ankunft. Sie war als Erste hier.«

»Kann Sie jetzt bitte reinkommen?«, fragte Scott.

»Nein. Wir sind noch nicht mal annähernd fertig.«

Mantz rückte seine Brille zurecht und setzte seine Unterhaltung mit Nagle fort.

»Scott hat niemanden gesehen, der ihm folgte. Fragen Sie,

ob sie vielleicht ein Fahrzeug bemerkt hat, das hinter ihm hier einbog oder von der Straße abbog oder abbremste oder was weiß ich.«

»Schon gefragt. Hat sie nicht.«

»Überprüfen Sie, ob diese Häuser hier oben Überwachungskameras haben, von hier aus bis eine halbe Meile östlich. Aufnahmen von der Straße. Wenn wir den K-9-Wagen sehen, sehen wir auch, wer hinter ihm war.«

»Verstanden.«

»Fragt die Wanderer und die Frau mit dem Mops, ob sie vielleicht Fotos geschossen haben.«

»Ich weiß. Ich bin dran.«

»Was macht Jackie?«

»Spielt mit seinem Roboter.«

»Dann los.«

Die Tür wurde zugeknallt, als Nagle ging, und Mantz blickte Maggie an.

»Ich habe mal irgendwas von einem Deutschen Schäferhund gehört. Ist er nicht in Afghanistan in die Luft geflogen?«

Maggie schien wieder die Stirn krauszuziehen.

»Sie. Sie wurde angeschossen. Zweimal. Sie ist nicht in die Luft geflogen.«

Mantz beugte sich weiter vor, um ihre Narben genauer anzusehen. Maggie knurrte leise, und Mantz zog sich zurück.

»Müssen Sie vielleicht zur Toilette? Brauchen Sie Wasser?«

»Ich will hier fertig werden.«

»Beschreiben Sie die Schachtel. Ich weiß, das haben Sie Jackie schon alles erzählt, aber beschreiben Sie sie bitte noch mal für mich.«

Scott beschrieb die Schachtel, als ein uniformierter Lieutenant hereinkam und sich als Einsatzleiter vorstellte. Der Lieutenant erkundigte sich, wie es Scott gehe und ob er irgendetwas benötige. Fünf Minuten nachdem der Lieutenant gegangen war, unterbrach sie ein uniformierter Captain der Hollywood Station, und Scott merkte, dass Mantz langsam ärgerlich wurde. Sie hatten gerade den Faden wiederaufgenommen, als Kemp und Leland eintrafen. Scott erwartete sie nicht, freute sich aber dennoch.

Kemp war sauer. Sein Gesicht leuchtete wie ein Furunkel, und seine Kiefermuskeln bewegten sich verärgert.

»Wir schnappen den Dreckskerl, Scott. Verdammter Drecksack. Seine Uhr ist abgelaufen.«

»Danke, LT. Danke, dass Sie gekommen sind.«

»Wir sind hier, solange es dauert. Brauchen Sie irgendwas?«

Mantz hatte eine eigene Antwort.

»Er muss in Ruhe gelassen werden, damit wir endlich fertig werden.«

Kemp wirbelte zu Mantz herum.

»Dieser Mann untersteht meinem Kommando. Ich schlage gottverdammt noch mal ein Zelt hier drinnen auf, wenn mir danach ist.«

Mantz zeigte die geöffneten Handflächen und zog sich zurück, während Leland sich vordrängte und Kemps Platz einnahm.

»Sie sagen, sie hätte angeschlagen.«

»Wie heute Morgen und gestern Abend. Wenn sie nicht –«

Scott schüttelte den Kopf.

»Ich kann sie in meinen Wagen bringen, wenn Sie wollen. Bis Sie hier fertig sind.«

Scott sah, wie Maggies Blicke zwischen ihnen hin und her pendelten.

»Ihr geht's gut, wo sie ist.«

Leland brachte ein Lächeln zuwege.

»So sollte es auch sein.«

Als Kemp und Leland gegangen waren, ging Mantz zur Tür.

»Nagle? Nagle, wissen Sie, wie man dieses verfluchte Ding abschließt?«

Carter und Stiles trafen sechs Minuten später ein. Stiles kam als Erste herein und machte große Betty-Boop-Augen.

»Oh, mein Gott, das muss ja gruselig gewesen sein, eine Bombe unter seinem Auto zu finden! Ich wäre garantiert gestorben!«

Scott war diese Naivchen-Nummer allmählich leid.

»Mein Hund hat sie gefunden.«

»Tja, ich würde sagen, da hat sich Mr. Dog heute Abend aber ein extra Leckerchen verdient, was?

»Sie ist eine sie«, sagte Mantz.

Carter kam mit einem Telefon in der Hand herein.

»Habt ihr die Zeichnung? Wir haben sie geschickt.«

»Nagle. Haben Sie den Verdächtigen identifiziert?«

Carter wedelte sein Telefon in Scotts Richtung.

»Glory hat ihm gerade eine Fotodatei geschickt. Bisschen Geduld, okay?«

Mantz nahm seine Brille ab.

»Ich vermute, das bedeutet dann wohl nein.«

Carters Telefon summte. Er prüfte die Nummer des Anrufers und wandte sich ab, als er das Gespräch annahm. Mantz fragte Stiles nach Echo Park, also nutzte Scott die Gelegenheit, um Cowly eine SMS zu schicken.

SITZE HIER FEST. SORRY.

Ein paar Sekunden später kam Cowlys Antwort.

BUD IST HIER. MUSS LOS. WIR REDEN SPÄTER.

Scott erwiderte sofort:

KUSS.

AUCH KUSS.

Scott steckte sein Telefon gerade weg, als Jack Libby hereinkam. Carter nickte Libby grüßend zu, telefonierte jedoch weiter. Libby hielt einen Beweismittelbeutel hoch und warf ihn Scott zu. In dem Beutel befand sich ein Metallplättchen von der Größe einer Briefmarke.

»Deshalb hat der Typ nicht gewartet. GPS-gestützter Chip, wie wir ihn auch in unseren Handys haben. Reagiert auf Ortsveränderungen. Wenn Sie losgefahren wären, wären wir jetzt im Leichenschauhaus.«

Scott starrte den kleinen Chip an.

»Der war in der Schachtel?«

»Der, ein Impulsgeber und ein Viertelpfund Plastiksprengstoff.«

Libby grinste.

»Hab das Dreckding mit einer Wasserkanone auseinandergefetzt. Hab einen Roboter unter Ihren Wagen rollen lassen. *Pa-damm*. Hat das Ding lahmgelegt.«

Carter kam näher, um den Chip zu untersuchen.

»Der gleiche Plastiksprengstoff wie in Echo Park?«

»Die gleiche weiße Farbe, aber das müssen wir im Labor

sehen. Ich fummel das Ding wieder zusammen, wenn wir zurück sind, und übergeb's der Spurensicherung.«

Libby würde die Vorrichtung im Büro des Bombenentschärfungskommandos rekonstruieren und nach Einzelheiten der Bauart und des Materials suchen, die mit den Techniken bekannter Bombenbastler übereinstimmten.

Mantz nahm den Beutel und betrachtete den Chip.

»Ein Viertelpfund ist kein großer Wumms.«

»Doch, wenn man weiß, was man tut, schon. Wer immer das gebaut hat, betreibt das nicht als Hobby. Es ist eine smarte Vorrichtung. Hervorragend ausgeführt.«

Libby sah Scott an.

»Er hat das Ding unter Ihrem Tank befestigt.«

Scott musste an Stephanie Anders denken, ihr Blut auf der Straße schimmernd, ihre roten, nach ihm ausgestreckten Hände, und er blieb in dieser Erinnerung gefangen, bis Libby wieder etwas sagte.

»Ein Abschleppwagen kommt Ihr Fahrzeug holen. Wir bringen es zur Kriminaltechnik.«

Mantz gab den Beutel zurück.

»Gute Arbeit, Jackie. Mailen Sie mir die Seriennummer des Chips, dann lege ich los.«

Scott dachte über die Bombe nach, als Libby ging – die Arbeit, die nötig gewesen war, um sie zu bauen, und das Risiko, das jemand einging, um sie am helllichten Tag an einem öffentlichen Ort unter einem Polizeifahrzeug anzubringen.

»Einfacher wär's gewesen, mich abzuknallen.«

Mantz sah auf seine Uhr und stand auf.

»Ist ihm gar nicht in den Kopf gekommen, Sie zu erschießen. Derjenige, der das hier gebaut hat, kriegt seinen Kick durch Explosionen. So ähnlich wie ein Pyromane, der Brände legt.«

Stiles schüttelte sich betont deutlich.

»Sie machen mir Angst.«

Mantz starrte sie einen Moment lang an, und Scott spürte, dass Mantz ihr die Naivchen-Maske auch nicht abnahm.

»So, dann glauben wir ab sofort, dass der Echo-Park-Verdächtige oder ein Komplize Officer James ins Visier genommen hat?«

Carter und Stiles antworteten gleichzeitig.

»Ja.«

»Ich geh mich jetzt hier umhören. Vielleicht haben wir Glück.«

Carter deutete mit seinem Telefon auf Scott.

»Wir brauchen ihn. Wenn ihr irgendwas rausfindet, Kopie an mich.«

Mantz stieg über Maggie hinweg, drehte sich dann aber noch einmal um.

»Diese Person ist gefährlich. Er ist organisiert und kompetent. Gehen Sie mal davon aus, dass Sie nicht sicher sind.«

»Was soll ich denn tun?«

»Bleiben Sie am Leben.«

Scott berührte Maggies Kopf. Sie stand auf, schüttelte sich, und dann sahen sie beide Mantz hinterher, der sich entfernte.

20

Carter ließ sich auf den Stuhl fallen, auf dem Mantz gesessen hatte.

»Jede Wette, dass es Ihnen leidtut, das Arschloch letzte Nacht nicht verfolgt zu haben.«

Scott ermahnte sich, das unkommentiert zu lassen, aber in seinem Bauch krampfte sich alles zusammen.

»Wollen Sie mir auf die Eier gehen, Carter?«

Carter hob achselzuckend die Hände.

»War nur Spaß. Hey, ich bin der Typ, der versucht, das Arschloch zu finden.«

»Brad hat's nicht blöd gemeint«, sagte Stiles.

Maggie bewegte sich und winselte. Scott wurde sich bewusst, dass sie inzwischen seit fast zwei Stunden in dem Bus waren, und stand auf.

»Wir brauchen eine Pinkelpause.«

Carter runzelte verärgert die Stirn.

»Sie soll warten. Wir haben noch ein paar weitere Fragen zu gestern Abend.«

»Brad, zwischen Ihnen und diesem Hund, das kann dauern!«

Scott hob Maggies Leine auf und schnappte sich im Hinausgehen eine Flasche Wasser. Draußen fühlte er sich gleich besser, ärgerte sich jedoch über Carters dumme Bemerkung, und peinlich fand er sie auch.

Der Mulholland war hinter dem Fahrzeug der Einsatzleitung mit all den Streifenwagen und ungekennzeichneten Limousinen, die bis weit hinter die Kurve standen, zu einem Parkplatz des LAPD geworden. Ein Kreis höherer uniformierter und ziviler Polizeibeamter hatte sich vor der Einsatzleitung eingefunden. Scott sah Kemp und Mantz und bemerkte, dass sich die meisten Polizisten auf eine große uniformierte Frau um die fünfzig konzentrierten. Sie war ein Deputy Chief. Einen Polizeibeamten ins Visier zu nehmen war ein hochaggressiver Zug und passierte selten. Selbst eiskalte Gang-Killer waren nicht so dumm, einen Cop zum Abschuss freizugeben. Deswegen war das Department in großer Zahl angerückt.

Scott führte Maggie zu einer knorrigen alten Eiche, von der aus man einen guten Blick über das Valley hatte, und dachte daran, was Mantz zu ihm gesagt hatte. *Diese Person ist gefährlich.*

Als Maggie ihr Geschäft erledigt hatte, schüttete Scott Wasser in seine hohle Hand und ließ sie aus dieser improvisierten Schale schlürfen. Maggie trank, bis sie nicht mehr mochte, und Scott leerte die Flasche.

»James!«

Carter. Carter und Stiles waren ihm nach draußen gefolgt. Carter rief erneut, während sie sich näherten.

»Ich entschuldige mich, okay? Bringen wir's hinter uns. Schnappen wir uns den Kerl.«

Scott wartete, bis sie da waren.

»Was, Carter? Fragen Sie.«

»Gestern Abend, als Sie Cole gesehen haben –«

Scott fiel ihm ins Wort.

»Warum reiten Sie ständig auf Cole herum? Reden Sie mit

den Leuten, die in dieser Straße leben. Vielleicht wissen die, was passiert ist. Und Carlos Etana? Seine Arschlochkumpel könnten etwas wissen.«

Carter zeigte seine Handflächen, versuchte zu besänftigen.

»All das tun wir ja auch.«

Carters Telefon summte. Er sah auf die Nummer des Anrufers und warf Stiles einen Blick zu.

»Sie sind's.«

Carter nahm den Anruf an, während er sich bereits abwandte, und ging zum Rand des Abhanges hinüber.

Stiles machte da weiter, wo Carter aufgehört hatte.

»All das tun wir ja auch, Scott. Detectives sprechen jetzt in diesem Augenblick mit den Nachbarn. Wir haben Leute, die die Namen von Etanas Familie und Kollegen herausfinden, und mit denen werden wir ebenfalls reden.«

»Ich habe Ihnen bereits gesagt, was mit Cole passiert ist, und das Gleiche hat Alvin gemacht. Cole hat versucht zu helfen. Scheint mir eher einer von den Guten zu sein.«

»Kennen Sie ihn schon lange?«

»Sind Sie mal von einem Schäferhund gebissen worden?«

Stiles warf Maggie einen kurzen Blick zu.

»Kommen Sie mir nicht blöd, dann komme ich Ihnen nicht blöd. Abgemacht?«

Stiles nickte langsam.

»Aber Cole wurde bereits viermal verhaftet, unter anderem wegen Einbruch und Behinderung einer polizeilichen Ermittlung. Klingt jetzt nicht mehr ganz so wie einer von den Guten, was?«

Scott fand es ernüchternd, andererseits befremdlich, denn der Bundesstaat Kalifornien gab verurteilten Verbrechern keine Privatdetektivlizenz.

»Moment. Ich dachte, er ist Privatdetektiv.«

»Die Anzeige wegen Einbruch wurde fallengelassen. Für die Behinderung hat er im Rahmen eines Deals seine Lizenz verloren, aber der Deal wurde später aufgehoben. Sagt Ihnen der Name Frank Garcia was?«

»Nein.«

»Monsterito Tortillas und Chips?«

»Klar, sicher. Ich liebe das Zeug.«

Carter beendete sein Gespräch und kehrte mit dem Telefon in der Faust zu ihnen zurück. Scott meinte, er sehe wütend aus.

»Frank Garcia war ein kleiner blöder Gangster, der eine Milliarde Dollar gemacht hat.«

Carter und Stiles schauten sich an, irgendetwas in Carters Augen teilte ihr schlechte Neuigkeiten von dem Telefonat mit. Stiles verdaute die Nachricht und fuhr ruhig fort: »Man weiß, dass Cole mit Mr. Garcia zusammenarbeitet, und Mr. Garcia unterhält enge Beziehungen zu den Gangs.«

»Zu Etanas Gang?«

Carter übernahm wieder.

»Das prüfen wir derzeit, aber wenn Cole Beziehungen zu einem Gangster hat, warum nicht auch zu zweien? Vielleicht war er ja da, um Etana abzuholen? Vielleicht hat Cole ihn umgelegt und wurde von der Absperrung überrascht, bevor er verschwinden konnte.«

Stiles lächelte, als glaube sie das alles selbst keine Sekunde, war jedoch nicht so dumm, es einfach abzutun.

»Der Punkt ist, wir verplempern weder Ihre noch unsere Zeit, wenn wir nach Mr. Cole fragen. Okay?«

Scott widersprach nicht, aber diese Sache mit Cole erschien ihm recht weit hergeholt.

»Okay, das ist jetzt wichtig, deshalb lassen Sie mich das auffrischen«, sagte Stiles. »Sie sind zur Vorderseite des Hauses gelaufen, weil Sie gehofft haben, den Verdächtigen dort abfangen zu können. Als Sie vorne ankamen, haben Sie gesehen, wie der Verdächtige vier oder fünf Häuser weiter rechts von Ihnen die Straße überquerte. Und da hat dann Mr. Cole Ihre Aufmerksamkeit nach links gezogen.«

»Ja. Das ist richtig.«

»Wie weit weg war Cole, als Sie ihn gesehen haben?«

»Ein paar Häuser. Nicht weit. Ich habe ihm befohlen stehen zu bleiben. Er ist stehen geblieben. Genau wie ich es Ihnen schon letzte Nacht gesagt habe.«

»Wie hat Mr. Cole auf sich aufmerksam gemacht?«

»Er hat gewunken. Er hat gerufen. Er hat gerufen, ein Mann sei von dem Haus weggelaufen, und er hat die Straße hinunter gezeigt.«

»Haben Sie in die Richtung gesehen, in die er zeigte?«

»Ich hatte meine Waffe auf Cole gerichtet. Ich habe sonst nirgendwo hingesehen, bis Alvin kam und abwinkte.«

Carter schüttelte das Telefon. Scott konnte nicht erkennen, ob er aufgeregt war oder einfach nur nervös.

»Was, wenn Cole gar nicht versucht hat, den Verdächtigen zu fangen? Vielleicht hat er Sie abgelenkt oder hat den Verdächtigen auf Sie aufmerksam gemacht.«

»Nein, so war das nicht. Er hatte Alvin gesagt, er habe den Kerl gesehen, lange bevor er mich erreichte.«

»Wo ist der Unterschied? Er hat für eine Ablenkung gesorgt, um dem Verdächtigen zur Flucht zu verhelfen.«

Ein Telefon summte, aber diesmal gehörte es Stiles. Sie warf einen Blick auf die Nachricht, dann nickte sie Carter zu.

»Federales. Es geht los.«

»Sag ihnen, wir sind unterwegs. Wir treffen uns am Auto.«

Carter ging schnell zu den hohen Tieren hinüber. Er redete kurz mit Mantz und dem Deputy Chief. Kemp trat zu ihnen.

»Sehen Sie sich die Fotos an«, sagte Stiles. »Frisuren und Hautfarbe werden variieren, aber wir schrauben noch an den Parametern. Ich möchte, dass Sie morgen oder übermorgen bei uns reinschauen.«

»Sie waren gestern Abend nicht vor Ort, Stiles. Cole hat nicht versucht, mich abzulenken.«

Kemp verließ die Gruppe und kam langsam zu ihnen. Carter deutete auf Stiles, zeigte auf die Reihe parkender Autos und setzte sich dorthin in Bewegung.

Stiles lächelte kurz, es war keines ihrer überdimensionierten, aufgesetzten Lächeln. Dieses Lächeln wirkte echt.

»Mr. Cole weiß mehr, als er zugibt. Tun Sie mir einen Gefallen, denken Sie in diesem Kontext noch einmal darüber nach, was er gestern Abend gemacht hat.«

Stiles lief Carter hinterher und kam an Kemp vorbei, als dieser eintraf.

»Sergeant Leland holt seinen Wagen. Er wird Sie und Maggie nach Hause fahren.«

»Danke, LT. Ich werde zum Dienst erscheinen, sobald ich geduscht habe.«

»Heute nicht mehr. Bleiben Sie zu Hause. Sie haben frei, bis diese Sache aufgeklärt ist.«

Scott hoffte, er hätte das jetzt missverstanden.

»Zu Hause bleiben wie in, ich habe heute frei, oder zu Hause bleiben wie in, bis auf Weiteres?«

»Bis auf Weiteres. Und PIO hat das Interview gecancelt, über das wir gesprochen haben. Man hält es nicht für klug, Sie jetzt im Fernsehen auftreten zu lassen.«

»Ich bin doch gerade erst zurück. Ich will nicht schon wieder beurlaubt werden.«

»Es ist ernst, Scott. Wir postieren einen Streifenwagen rund um die Uhr vor Ihrer Wohnung.«

»Ich will auch keine Babysitter. Was wäre sicherer, als während der Arbeit ständig unter Polizisten zu sein?«

»Anweisung von ganz oben. Sie bleiben bis auf Weiteres zu Hause.«

Kemp kehrte zu den anderen hohen Tieren zurück. Scott führte Maggie auf der Suche nach Leland die Autos entlang. Er war wütend und frustriert und fragte sich, was Cole wusste.

Mr. Cole weiß mehr, als er zugibt.

Lelands K-9-Auto tauchte auf, und Leland gab Scott mit Handbewegungen zu verstehen, einzusteigen. Scott öffnete Maggie die Hecktür, aber sie wollte nicht in Lelands Wagen springen.

»Komm schon, Maggie. Rein da.«

Am Ende hob Scott sie hinein. Er setzte sich auf den Beifahrersitz, und Leland fuhr sofort los. Die drei Finger seiner Hand lagen auf dem Steuer.

»Ich bin beurlaubt.«

»Hat man mir gesagt.«

Leland fuhr das älteste und schäbigste Fahrzeug der Hundestaffel. Ein uralter Crown Vic mit fast einer Million Meilen auf dem Tacho, aber immer noch tadellos in Ordnung.

»Das ist doch gequirlte Scheiße.«

Leland erwiderte nichts. Das Knistern und Knacken des Funks bildete ein leises Hintergrundrauschen. Stumm fuhren sie etwa eine Viertelstunde lang, bis Leland schließlich das Schweigen brach.

»Du und Maggie, ihr seid herzlich eingeladen, bei mir zu bleiben.«

Scott brachte es nicht über sich, den Mann anzusehen.

»Danke, Sergeant, aber nein, danke. Wir haben unsere Kiste. Wir werden sie nicht verlassen.«

Das war das letzte Mal, dass sie sprachen, bis Scott zu Hause war.

21

In Scotts Albtraum trat der Mann in dem Sakko aus dem Haus, als ein Hubschrauber über ihnen vorbeidonnerte, so irrwitzig tief, dass die Bäume bebten und hin und her gepeitscht wurden. Das Gesicht des Mannes war mit Blut und Hirnmasse bespritzt, und er hielt die Schachtel von unter Scotts Wagen auf der Handfläche.

»Wumms!«, sagte er.

Scott drehte sich um, wollte weglaufen und fand sich auf einer Straße in der Innenstadt wieder, direkt vor Stephanies Mörder, einem kräftigen, maskierten, von Kopf bis Fuß schwarz gekleideten Mann. Der Mann hob eine AK-47. »Du bist der Nächste.«

Die Mündung explodierte mit einem grellen gelben Blitz, und Scott erwachte schlagartig, sprang aus der Schusslinie und fand sich auf der Couch wieder. Er wurde jedes Mal auf die gleiche Weise wach. Klatschnass von kaltem Schweiß, zitternd.

Maggies großes Gesicht war nur Zentimeter entfernt. Die Ohren zurückgelegt, mit einem traurigen Blick in den Augen. Genau wie er zu ihr ging, wenn sie einen Albtraum hatte, kam sie zu ihm.

»Sorry, mein Mädchen. Das geht auf meine Rechnung.«

Maggie drehte sich im Kreis, schnupperte eine gute Stelle und ließ sich nieder.

Scott sah auf die Uhr. Er war nach dem Abendessen eingeschlafen, und jetzt war es gerade mal ein paar Minuten nach neun. Scott hatte Cowlys Angebot abgelehnt, in ihrer Wohnung zu bleiben, und jetzt war er doppelt froh darüber. Sie wusste zwar von seinen Albträumen, aber sie hatte es noch nicht erlebt, wie er, um sich schlagend und schweißgebadet, völlig von der Rolle erwachte. Schon allein der Gedanke daran war ihm unangenehm.

Scott wuchtete sich auf und ging ins Bad. Maggie folgte ihm.

Er streifte das T-Shirt ab und wusch Gesicht und Hals. Er fühlte sich immer noch schmierig, also zog er sich ganz aus und duschte. Maggie stand in der Tür, als er wieder herauskam, und wartete.

In seinem Arzneischränkchen gab es eine Batterie brauner Flaschen. Antidepressiva. Anxiolytika. Schmerzmittel. Entzündungshemmer. In einer Reihe, wartend. Er öffnete den Spiegel, betrachtete die Medikamente, schloss den Spiegel wieder und sah zu Maggie hinunter.

»Wir stecken da gemeinsam drin, Maggie Marine. Wenn du nichts nimmst, nehme ich auch nichts.«

Maggies Schwanz klopfte auf den Boden, als sie wedelte.

Klopf klopf klopf.

Scott redete mit seinem Hund. Am Anfang fand er das noch beunruhigend, bis er erfuhr, dass alle Hundeführer mit ihren Hunden redeten. Leland sagte zu ihm, solange Maggie nichts erwidert, bist du okay.

»Wie wär's mit einem kleinen Spaziergang?«

Maggie rappelte sich auf und rannte zur Tür. Sie sprach zwar nicht, aber das Wort *Spaziergang* kannte sie.

Scott zog sich an. Maggie erwartete ihn im Wohnzimmer.

Scotts Kiste war ein kleines Gästehaus, bestehend aus Wohnzimmer, Schlafzimmer und Bad, das er von einer älteren Dame namens MaryTru Earle in der Nähe des Studio City Park gemietet hatte. Es lag abgeschieden und verborgen hinter einem Holztor in Mrs. Earles Garten. Scott mochte die Ruhe. Und Mrs. Earle mochte es, dass vor ihrem Haus immer ein Streifenwagen parkte. Sie gab ihm einen Nachlass auf die Miete.

»Leckerchen«, sagte Scott.

Maggie flitzte in die Küche und saß angespannt aufmerksam da. Das Wort *Leckerchen* kannte sie ebenfalls.

Scott nahm eine Fleischwurst aus dem Kühlschrank und schnitt zwei dicke Scheiben ab, die er ihr dann nacheinander zuwarf. Sie fing sie noch im Flug.

»Würden Baseballs aus Fleischwurst hergestellt, könntest du bei den Dodgers spielen. Los geht's.«

Er sah seinen Laptop auf dem Esstisch stehen und erinnerte sich, dass er immer noch Stiles' Mail beantworten musste. Als er nach Hause gekommen war, hatte er sich die Foto-Datei angesehen. Sie enthielt fast zweihundert Verbrecherfotos, von denen die meisten nicht einmal eine entfernte Ähnlichkeit mit dem Mann im Sakko hatten. Scott war zunehmend wütend geworden, als er sich durch die Aufnahmen arbeitete, weil er das Gefühl hatte, Stiles hätte bei seiner Personenbeschreibung gar nicht zugehört.

Scott klappte den Rechner auf und haute eine klugscheißerische Antwort in die Tasten, überlegte es sich dann aber anders und schrieb einfach, keiner davon sei der Mann. Er klickte auf die Senden-Schaltfläche, als Maggie an der Tür scharrte.

»Sekunde, ich komme ja. Ich will auch hier raus.«

Scott schnappte sich noch zwei Flaschen Wasser aus dem Kühlschrank, leinte Maggie an und ging mit ihr vorbei an Mrs. Earles Haus zu dem Streifenwagen, der auf der Straße parkte. Henders und Martinez gehörten zur Devonshire Station im Nordwesten des Valley. Scott hatte ein schlechtes Gewissen, dass sie jetzt den Babysitter spielen mussten, und schämte sich ein wenig, dass er das Baby war.

»Dachte, ihr Jungs mögt vielleicht 'ne Flasche Wasser.«

Henders nahm ihm die Flaschen ab und reichte eine an Martinez weiter.

»Danke, Mann, sehr nett von dir.«

»Das hier war nicht meine Idee. Tut mir leid, dass ihr draußen abhängen müsst.«

Martinez beugte sich vor, um an Henders vorbeizusehen.

»Alter, bitte! Sonst alles klar bei dir?«

»Wir machen einen Spaziergang. Falls ihr mal zur Toilette müsst oder so – die Tür ist offen.«

Martinez sah auf die Uhr.

»Der nächste Wagen kommt um zweiundzwanzig-hundert.«

Die Wagen wurden in Zwei-Stunden-Schichten abgestellt, die man unter den Revieren North Hollywood, Van Nuys, Foothill und Devonshire aufgeteilt hatte. Der nächste Wagen würde Martinez und Henders um zehn ablösen, in dreißig Minuten. Wahrscheinlich langweilten sie sich zu Tode und konnten es kaum erwarten, wegzukommen.

»Kein Ding. Wir werden nicht lange weg sein.«

Scott hielt auf den Park am Ende der Straße zu und ließ Maggie das Tempo bestimmen. Er wollte Cowly anrufen, wusste aber, dass er letztlich nur rumjammern würde, und ganz sicher wollte er nicht als Heulsuse dastehen.

Er dachte an Mantz.

Gehen Sie mal davon aus, dass Sie nicht sicher sind. Diese Person ist gefährlich.

Super.

Jemand wollte ihn töten. Jemand hatte einen Sprengkörper gebaut in der Absicht, ihn einzuäschern.

Scott begriff es nicht. Er war sieben Jahre lang Streifenpolizist gewesen. Betrunkene, Arschlöcher und Leute mit von Drogen frittierten Hirnen hatten versucht, auf ihn einzudreschen, hatten mit Steinen und Flaschen nach ihm geworfen und ihn mit Baseballschlägern angegriffen. Er war zweimal angeschossen worden und dabei fast draufgegangen, aber die Gewalt war immer spontan gewesen, zufällig oder hatte sich aus der Situation heraus ergeben. Das hier war anders. Ein irrer Mörder hatte eiskalt geplant, ihn umzubringen.

Diese Person ist gefährlich.

Scott drehte sich um und sah zu dem Streifenwagen zurück. Sie hatten die halbe Strecke zum Park zurückgelegt, und der Wagen wirkte weit entfernt. Plötzlich fühlte Scott sich ungeschützt und verwundbar und wütend. So würde sein Leben aussehen, bis der Mann im Sakko geschnappt worden war.

»Was sollen wir denn tun? Sollen wir herumsitzen wie zwei Enten?«

Maggie wedelte mit dem Schwanz und entdeckte etwas Interessanteres in einem Busch.

Carter und Stiles waren doch angeblich solche super Bullen, allerdings ließen ihre Theorien bezüglich Cole ihn daran stark zweifeln.

Cole weiß mehr, als er zugibt.

Was ihm keine Ruhe ließ, war die Tatsache, dass Cole offenbar vorbestraft war, andererseits hatte er einen guten

Eindruck von ihm gewonnen, als sie sich unterhielten, und selbst letzte Nacht auf der Straße.

Scott folgte Maggie weiter Richtung Park. Er versuchte, sich die Rolle Coles so vorzustellen, wie Stiles es nahegelegt hatte. Als ob Cole ein Ablenkungsmanöver durchgezogen hätte, damit der Mann im Sakko entwischen konnte. Es erschien ihm sehr weit hergeholt. Cole war ihm ehrlich und echt vorgekommen, aber vielleicht wusste er tatsächlich mehr, als er zugab.

Scott schnalzte mit der Zunge. Maggie spitzte sofort die Ohren und sah ihn an.

»Wir werden nicht abwarten, bis der Dreckskerl uns umlegt.«

Maggie machte sich bereit, wartete auf seinen Befehl.

Wieder warf Scott einen Blick zurück zu dem Streifenwagen und überlegte es sich anders.

Er mochte zwar beurlaubt sein, aber aus der Jagd war er nicht.

22
Elvis Cole

Der Verkehr auf dem Freeway bewegte sich wie ein sterbender Puls. Es roch nach brennendem Öl, als ich das Valley verließ, oder vielleicht bildete ich mir das nur ein, weil mir nicht gefiel, was ich über Amy Breslyn erfahren hatte.

Amy mochte ja verrückt und schräg drauf sein, aber sie war auch eine promovierte Ingenieurin, die wusste, wie man Probleme löste. Wenn die Leute im *X-Spot* nicht willens oder nicht fähig gewesen waren, ihr weiterzuhelfen, hatte sie mit Sicherheit andere gefunden, die sie fragen konnte. Womöglich Thomas Lerner.

Je mehr ich darüber nachdachte, desto einleuchtender erschien es mir. Schriftsteller waren Rechercheure. Wenn Amy Lerner um Hilfe gebeten hatte, dann hatte Lerner vielleicht Leute gefunden, die wussten, was Amy wissen wollte. Lerner war Jacobs bester Freund gewesen. Amy und Lerner waren nach Jacobs Tod in Verbindung geblieben. Lerner hatte einmal in dem Haus in Echo Park gelebt. Alle Wege führten wieder zu Lerner. Meryl Lawrence glaubte, Lerner könnte wissen, mit wem Amy sich traf, und eventuell war Thomas Lerner die Person, die sie miteinander bekannt gemacht hatte.

Pike rief an, als ich den Sepulveda Pass erreichte.

»Sie sind zu deinem Haus.«

»Wer?«

»Der blaue Dodge. Da steht ein Streifenwagen, sieht aus wie ein D-ride, zwei weiße Limousinen und eben der Dodge.«

Carter schlug schnell zurück.

»Sind sie *in* meinem Haus?«

»Ja. Ich zähle fünf Leute, könnten aber auch mehr sein. Behalt den Ersatzwagen, solange du willst.«

»Nicht nötig. Ich hole meinen Wagen ab und komme nach Hause. Wo bist du?«

»Oben auf dem Kamm, gegenüber von deinem Haus.«

»Rühr dich nicht vom Fleck.«

Die Fahrt den Kenter hinauf dauerte eine Ewigkeit. Ich parkte den Lexus hinter meinem Wagen, deponierte den Schlüssel auf dem Reifen und fuhr nach Hause, um die Polizisten zu treffen.

Mein Zuhause war ein A-frame, ein Redwood-Nurdachhaus, das an einer schmalen Nebenstraße des Woodrow Wilson Drive fast am oberen Ende des Laurel Canyon lag. Ich verstaute das Wegwerfhandy, die Jahrbücher und Amys Akte hinter der hundertjährigen Agave neben dem Woodrow. Meine Straße war zu schmal für all die Polizeifahrzeuge, die vor meinem Haus parkten. Der D-ride, der blaue Dodge und der Streifenwagen waren ramponiert und verbeult, die zwei weißen Limousinen hingegen funkelnagelneu. Geld aus dem Bundeshaushalt. Sie trugen das Emblem der Homeland Security.

In einer der weißen Limousinen saßen ein Mann und eine Frau. Sie versperrten die Zufahrt zu meinem Carport.

Ich parkte hinter ihnen und ging zum Fenster auf der Fahrerseite. Der Mann.

»Sie verstellen meinen Carport.«

Sie waren etwa Mitte dreißig, durchtrainiert und trugen Sonnenbrillen wie die *Men in Black*.

»Rein.«

»Würden Sie zurücksetzen, damit ich parken kann?«

Die Frau linste über den Rand ihrer Sonnenbrille.

»Gehen Sie rein, Mr. Cole. Seien Sie nicht langweilig.«

Im Wohnzimmer befanden sich Carter, Stiles und ein Mann in einem dunkelblauen Anzug. Carter kramte in dem Geschirrschrank neben dem Esstisch. Glory Stiles und der blaue Anzug saßen am Tisch. Zwei uniformierte Beamte standen mit dem Blonden aus dem Dodge draußen auf meiner Terrasse. Einer der Uniformierten zeigte auf irgendwas unten im Canyon, und der andere beugte sich übers Geländer, um besser zu sehen. Der Blonde lehnte mit dem Hintern am Geländer und starrte mich an.

»Falls mein Schloss aufgebrochen wurde«, sagte ich, »werde ich die Stadt verklagen.«

Carter drehte sich vom Schrank um.

»Mein Jungs abzuhängen war dumm.«

»Hab ich irgendwen abgehängt? Moment! Carter, folgen Sie mir etwa?«

Stiles war vollkommen ernst, nüchtern und beachtete den Anzugtypen gar nicht.

»Wohin sind Sie gegangen, Mr. Cole?«

»Wann?«

»Sie wissen schon, wann.«

»Heute? Ich hab ausgeschlafen, bin in mein Büro, hab mir einen Burrito besorgt und war anschließend wandern. Ich bin nach Hause gekommen, und jetzt will ich unter die Dusche und etwas zwischen die Zähne. Wie wär's, wenn ihr Leute jetzt gottverdammt aus meinem Haus verschwindet?«

Carter schnaubte verächtlich.

»Sie waren doch keine vier Stunden wandern. Wo waren Sie?«

»Den Kenter bis zum Mandeville, dann weiter rauf entlang des Sullivan bis zur alten Raketenstellung am Mulholland. Da oben gibt's einen Park mit Toilette und Trinkbrunnen. Ich habe eine Pause gemacht, bin dann über den Mulholland zurück zum Kenter. Das sind alles in allem knapp zwölf Meilen, Carter. Zeigen Sie mir mal, wie schnell Sie die Schleife hinlegen?«

Stiles sah betreten aus. Carter hatte nichts, und das wussten wir alle.

Schließlich stand der Anzugtyp auf und kam um den Tisch. Er war Ende vierzig, hatte ein Geflecht an Fältchen um die Augen und eine tiefe Bräune.

»Russ Mitchell. Ich bin Special Agent der Homeland Security.«

Er ließ mir jede Menge Zeit, seinen Ausweis zu studieren. Russell D. Mitchell. Department of Homeland Security. Ermittlungen.

»Nettes Foto. Macht Sie zu einem harten Burschen.«

Er zuckte die Achseln, als er seine Papiere wieder wegsteckte.

»Nicht hart. Ich bin betroffen. Sie wurden vor einem Haus gesehen, in dem sich gestohlene militärische Waffen befanden.«

»Sie haben mir Ihre Marke gezeigt. Aber keinen Haftbefehl oder etwas Vergleichbares.«

Er kehrte zu seinem Platz zurück und verschränkte die Finger auf dem Knie. Lässig.

»Muss ich Ihnen nicht zeigen. Ich habe mir am frühen Nachmittag eine Bundesvollmacht besorgt, die mir ein Betreten Ihres Hauses auch ohne vorheriges Anklopfen erlaubt. Was das *Wie* unseres Eindringens betrifft, besaßen wir die rechtliche Befugnis, zu diesem Zweck alles Nötige zu tun, bis hin zu gewaltsamem Zutritt. Ich habe dazu aber keine Notwendigkeit gesehen. Detective Stiles hier bot sich an, die Schlösser zu knacken.«

Ich warf Stiles einen kurzen Seitenblick zu.

»Eine Frau mit vielen Talenten.«

Mitchell lockerte seine Krawatte, womit er mir zu verstehen gab, dass er durchaus noch bleiben wollte.

»Wussten Sie, dass sich in dem Haus Kriegswaffen befanden?«

»Nein. Ich weiß es jetzt, aber nicht zu dem Zeitpunkt.«

»Wenn ich tief genug grabe – und das werde ich –, finde ich dann eine Verbindung zwischen Ihnen und Carlos Etana oder zu Kollegen von Etana?«

»Nein. Graben Sie, so lange und so tief Sie lustig sind.«

»Wissen Sie, wer ihn getötet hat?«

»Nein.«

»Haben Sie ihn getötet?«

»Nein.«

»Sind Sie einverstanden mit einem Lügendetektortest?«

»Nur, wenn mein Anwalt mir dazu rät. Diese Dinger liefern doch ständig falsche Ergebnisse. Sind hochgradig unzuverlässig.«

Mitchell deutete ein Lächeln an.

»Kann's Ihnen nicht verübeln. Für uns sind sie fester Bestandteil des Jobs. Wann immer ich verdrahtet werde, werde ich immer noch total nervös.«

Mitchell war mein Freund. Guter Bursche, böser Bursche. Er lehnte sich zurück.

»Warum waren Sie in Echo Park?«

Ich sagte ihm exakt das, was ich bereits Carter und Stiles gesagt hatte. Ich sagte ihm, warum ich dort war und was ich gesehen hatte, mit wem ich gesprochen und was ich getan hatte. Die wahren Antworten änderten sich nicht, und die Lügen auch nicht.

Mitchell nickte, als ich fertig war.

»Dann haben Sie also nur diese eine Person das Haus verlassen sehen.«

»Den Mann, den ich verfolgt habe, jawohl, Sir.«

»Sonst haben Sie niemanden gesehen, weder Mann noch Frau, hineingehen oder herauskommen?«

»Nein.«

Mitchell schaute mich einen Moment an, dann ging er zu den Glastüren, die auf meine Terrasse führten. Die Uniformierten und der blonde Typ dachten, er wolle etwas von ihnen, aber so war es nicht.

»Mir gefällt's hier oben. Ruhig. Waldig. Waldig ist gut.«

Er drehte sich zu Carter um.

»Wir sind fertig.«

Carter verschränkte die Arme, als gefalle es ihm gar nicht, fertig zu sein. Als würde er mich liebend gern weitere acht oder neun Stunden in die Mangel nehmen.

»Der redet doch nur Scheiße. Er weiß irgendwas.«

Mitchell zog seine Krawatte fest, strich über seine Ärmel und ignorierte ihn.

»Wissen Sie, was wir in dem Haus gefunden haben?«

»Ich weiß, was ich in den Nachrichten gehört habe.«

»Die Granaten wurden in Camp Pendleton gestohlen, wahrscheinlich von einem zivilen Angestellten. Die Panzerfäuste wurden vor zweiundzwanzig Jahren in der damaligen

Tschechoslowakei hergestellt. Höchstwahrscheinlich wurden sie von einem Sammler ins Land geschmuggelt und später gestohlen. Da sie verboten sind, melden Sammler einen solchen Diebstahl natürlich nicht, weswegen solche Waffen am Ende weiß der Himmel wo landen. Diese hier haben ihren Weg nach Echo Park gefunden – die Panzerfäuste, die Granaten und zwei Pfund Plastiksprengstoff in einer Tupperdose. Das macht mich völlig fertig – in einer *Tupperdose*!«

Mitchell starrte ins Leere, obwohl er mich anzusehen schien.

»Sie wissen, was man damit anrichten kann. Ich habe Ihre Akte gelesen. Army Ranger. Kampfeinsatz. Übrigens, verdammt gute Leistungen im Kampfeinsatz.«

»Es liest sich besser, als ich tatsächlich war.«

Carter tat das mit einer verärgerten Handbewegung ab.

»Ja, super, ganz toll. Der Typ hier und sein durchgeknallter Partner haben schon überall in der Stadt Leichen hinterlassen. Scheißtypen wie Cole geht das am Arsch vorbei.«

Ich sagte nichts. Ich hätte eine ganze Menge sagen können, aber ich tat es nicht.

Mitchell ignorierte ihn immer noch. Er musterte meine Augen, als ob er versuchte, in meinen Kopf zu sehen.

»Das sind Kriegswaffen. Waffen, die jemand benutzen könnte, um ein Verkehrsflugzeug vom Himmel zu holen oder um ein Gebäude voller unschuldiger Menschen hochzujagen. Warum befanden die sich Ihrer Meinung nach in diesem Haus?«

»Ich weiß es nicht.«

»Ich auch nicht. Ich werde es herausfinden.«

Mitchell ging hinaus, ohne sich noch einmal umzudrehen. Stiles rief die Uniformierten von der Terrasse herein und folgten ihnen hinter Mitchell hinaus. Der Blonde nickte mir dabei zu.

»Schlaue Aktion.«

Er meinte es so, aber ich reagierte nicht.

Carter blieb am längsten. Er stand in meinem Wohnzimmer, als wären all seine Verdachtsmomente bestätigt worden.

»Sie verbergen etwas. Ich kann es an Ihnen riechen wie gammeliges Fleisch. Sie verbergen etwas.«

Carter war ein guter Bulle. Ich mochte ihn nicht, aber er wollte aus absolut den richtigen Gründen denjenigen finden, der das Kriegsmaterial in Thomas Lerners Haus gebracht hatte. Ich wollte auch, dass er ihn fand.

»Carter, ich würde Ihnen helfen, wenn ich es könnte. Wenn ich es kann, werde ich das tun.«

»Spar dir die Spucke. Für mich sind Sie ein Verdächtiger. Ich werde Sie behandeln wie einen Verdächtigen. Falls ich Beweise finde, die Sie mit dem Haus in Verbindung bringen, oder mit Etana oder mit diesen verfluchten Sprengstoffen, werde ich Sie wie einen Verdächtigen festnehmen.«

Er ging. Ließ die Tür hinter sich offen.

Ich rührte mich nicht. Fünf Motoren wurden angelassen. Fünf Autos fuhren fort. Ich wartete, um sicherzugehen, dass sie weg waren, und wartete dann noch ein wenig länger.

Dann nahm ich meinen Wagen, um das Wegwerfhandy und die Unterlagen zu holen, fuhr zurück nach Hause und ging durch die Küche hinein.

Joe Pike stand an der Spüle, regungslos wie eine Statue, wartete.

»Ich habe ein Problem«, sagte ich.

23

Ein schwarzer Kater zwängte sich durch die Katzenklappe. Sein schöner flacher Kopf war mit Narben überzogen, seine Augen waren zwei zornig gelbe Kohlen, und seine Ohren waren zerfetzt von zu vielen Kämpfen. Ein Ohr stand schräg ab, seit jemand auf ihn geschossen hatte. Er umkreiste Pikes Beine und ließ sich auf die Seite plumpsen. Schnurrend. Pike hob ihn hoch und hielt ihn, der Kater hing schlaff über seinem Arm wie flüssiges Fell. Jeder andere hätte eine Hand verloren.

Pike war eins fünfundachtzig und wog fünfundneunzig Kilo, total durchtrainiert, mit blutrot tätowierten Pfeilen auf den Deltamuskeln. Er trug ein ärmelloses graues Sweatshirt, eine verblichene Jeans und Laufschuhe. Eine dunkle Brille verbarg seine Augen.

Kein Sinn für Mode.

Ich erzählte ihm von Amy und Jacob Breslyn, von Echo Park und warum die Polizei und Special Agent Mitchell mir auf der Pelle hingen. Pike war so still, er hätte auch schlafen können, selbst als ich die Geschichten schilderte, die ich im *X-Spot* gehört hatte, und von den Waffen erzählte, die im Haus in Echo Park gefunden worden waren. Als ich fertig war, neigte Pike den Kopf auf eine Seite. Nicht viel. Nur um eine Haaresbreite.

»Warum hat Ms. Breslyn sich mit solchen Leuten eingelassen?«

»Jacob.«

Wir gingen zu meinem Computer, wo ich Presseberichte zu Jacob und dem Bombenanschlag in Nigeria googelte. Ich erhielt seitenweise Links. Pike las über meine Schulter mit. Die Artikel wiederholten sich und malten das gleiche schreckliche Porträt. Vierzehn Leute, die bei Drinks und Abendessen in einem Gartencafé saßen, wurden von einem islamistischen Fanatiker getötet, der sich eine Bombe umgeschnallt hatte. Weitere zweiunddreißig Menschen wurden verletzt. Die Behörden glaubten, dass eine Splittergruppe von Al Kaida in Nordwestafrika für das Attentat verantwortlich war, obwohl keine Gruppe oder Einzelperson sich zu der Tat bekannt hatte. Jeder Artikel hörte gleich auf. Die Ermittlungen liefen noch.

»Amy hat Hunderte Artikel wie diese ausgedruckt«, sagte ich. »Vielleicht sind's auch Tausende. Sie besitzt Aktenordner voller Korrespondenz, die sie mit dem Außenministerium hatte. Niemand hat jemals ihre Fragen beantwortet.«

»Sie will wissen, wer ihren Sohn ermordet hat.«

»Das glaube ich auch. Die Regierung war nicht in der Lage, es ihr zu sagen, also hat sie vielleicht beschlossen, es selbst herauszufinden.«

Pike neigte seinen Kopf wieder.

»Sie würde Zugang zu Menschen benötigen, die sich in diesen Kreisen bewegen, und das dürfte nicht so einfach sein.«

Ich erzählte ihm von den verschwundenen vierhundertsechzigtausend Dollar und von Amy Breslyns hochspezialisierten Fähigkeiten.

»Sie hat Geld zur freien Verfügung und dazu eine Visitenkarte, die nicht viele anbieten können. Sie ist promovierte

Chemieingenieurin, und sie stellt Sprengstoffe für den amerikanischen Staat her.«

»Oh«, machte Pike.

»Hm-hmh. Wenn man sich mit solchen Leuten in Verbindung setzen will, inseriert man nicht auf Craigslist. Sie wird an geeigneter Stelle davon erzählt haben, und das spricht sich immer rum.«

Pike streichelte den Kater.

»Es gibt Leute, die halten nach so etwas die Ohren auf.«

»Wer?«

Pike ging in die Hocke und schüttete den Kater von seinem Arm. Der zischte und fauchte und stürmte durch die Katzenklappe. Klack-klack.

»Jon Stone. Jon kennt Leute, die zuhören.«

Jon Stone war eher Pikes Freund als meiner, obwohl das Wort »Freund« es wahrscheinlich nicht traf. Jon war Vertreter einer privaten Militärfirma, was bedeutete, er war ein Söldner. Außerdem hatte er einen Abschluss in Princeton und bei der Delta Force gedient. Sein Hauptkunde war das Verteidigungsministerium. Derselbe Boss, unterschiedliche Besoldungsklasse.

Pike stand auf.

»Ich werde ihn fragen.«

Pike schlüpfte aus dem Haus, und ich kehrte an den Computer zurück.

Ich öffnete Lauras E-Mail und studierte die Anhänge, die sie mir über Juan Medillo und das Haus in Echo Park geschickt hatte.

Juan Adolfo Medillo, ansässig in Los Angeles, war die letzten sieben Jahre Besitzer des Hauses in Echo Park gewesen, nachdem er es von einem Walter Jacobi aus Stockton übernommen hatte. In den Steuerunterlagen fand sich für Medillo und das Jahr, in dem die Immobilie den Besitzer wechselte, eine Anschrift in Boyle Heights. Die Grundsteuer war immer beglichen worden, die letzte Zahlung war drei Monate zuvor erfolgt.

Ich recherchierte kurz im Internet, ob Medillo noch unter der Boyle-Heights-Adresse wohnhaft war, nur dass der Link, den ich dann erhielt, nicht der Link war, den ich erwartet hatte.

JUAN ADOLFO MEDILLO – ZUM GEDÄCHTNIS
Es war ein Nachruf.

Juan Adolfo Medillo, unser geliebter Bruder und Sohn, ist gestern auf tragische Weise im kalifornischen Staatsgefängnis in Solano ermordet worden, wo er inhaftiert war. Sein Herz war rein, seine Seele war gut. Nachdem seine geliebte Mutter Mildred bereits vor ihm verstarb, hinterlässt er seine ihn stets liebenden Schwestern Nola und Marisol sowie seinen Vater Roberto. Die Familie erbittet Gebete für seine unsterbliche Seele.

Ich las das Todesdatum, warf einen Blick in die Steuerunterlagen und lehnte mich zurück.

»Wow!«, sagte ich.

Ermordet.

Juan Medillo erwarb das Haus, als er im Gefängnis saß. Ermordet wurde er nicht sehr viel später. Er war seit sieben Jahren tot, und doch ging aus den Steuerunterlagen hervor, dass er die Steuer für sein Haus erst vor drei Monaten das letzte Mal bezahlt hatte.

Hinterlässt seine ihn stets liebenden Schwestern Nola und Marisol sowie seinen Vater Roberto.

Während der sieben Jahre, seit Medillo Eigentum an Haus und Grundstück erworben hatte, waren die Grundsteuer bezahlt, das Haus unterhalten worden, und Mieter wie Thomas Lerner hatten dort gewohnt. Nur, Juan Medillo war tot. Ich fragte mich, ob Medillos Vater oder seine Schwestern Lerners Vermieter gewesen waren und ob sie wohl wussten, wie ich ihn erreichen könnte.

Es war spät. Ich war müde und hungrig, dennoch rief ich einen Journalisten namens Eddie Ditko an. Eddie hatte für jede nicht mehr erscheinende Zeitung in Los Angeles über Verbrechen und Kriminalität berichtet. Er war alt und griesgrämig, schrieb aber immer noch für Internet-Agenturen.

»Hab ich dir eigentlich schon von meinem Tumor erzählt?«

Die ersten Worte aus seinem Mund. Dann hustete er ins Telefon.

»Eddie, machst du irgendwas über den Mord in Echo Park?«

Er zog kräftig die Nase hoch und spuckte aus.

»Du glaubst gar nicht, wie gewaltig mir ein kleiner Ganove mit verbrutzeltem Hirn am Arsch vorbeigeht. Ich will die Bomben, aber die Wichser im Boot halten dazu alles unter Verschluss. Warum?«

»Das Haus, in dem die Bomben gefunden wurden, gehört einem Juan Adolfo Medillo.«

»Weiß doch jeder.«

»Medillo wurde vor sieben Jahren in Solano ermordet.«

»Du meinst den Knast?«

»Er hat gesessen, als er das Haus erwarb. Wie viele Leute kaufen ein Haus, während sie im Gefängnis sitzen?«

»Das ist ja interessant. Vielleicht könnte ich was daraus machen.«

»Ruf in Solano an. Was da oben passiert ist, könnte in

einem Zusammenhang mit dem stehen, was hier unten passiert ist.«

»Ich erkenne Potenzial.«

»Das Boot weiß, was ich weiß. Ich würde schnell machen, bevor die Tür zufällt.«

»Ich mache immer alles schnell. So alt wie ich bin – ich könnte ja beim Scheißen tot umfallen.«

»Danke, Eddie.«

Ich senkte den Hörer und starrte den Nachruf an. Das Haus hatte eine kriminelle Vergangenheit passend zu seiner kriminellen Gegenwart. Es war, wie ein weiteres Puzzlestück zu finden, nur dass ich leider nicht wusste, ob die Teile zum selben Puzzle gehörten.

Das Abendessen bestand aus übrig gebliebenem Hühnchen und Hummus auf Pita-Brot. Das Hühnchen schmeckte intensiv nach Koriander und Zitrone und Pfeffer und Rauch von meinem Grill. Ich ging mit dem Essen und einem Bier nach draußen und setzte mich an die Kante meiner Terrasse, wobei ich mich fragte, ob ich dabei von jemandem beobachtet wurde.

Der Kater setzte sich neben mich. Ich riss Häppchen von dem Huhn ab und ließ mir von ihm das Fleisch aus den Fingern lecken. Ich kippte eine kleine Pfütze Bier aus und sah ihm beim Trinken zu. Wir aßen zusammen und beobachteten, wie der Himmel sich von Blau über Lila zu Schwarz verdunkelte.

Amy Breslyn mochte vielleicht genau denselben Himmel betrachten, was ich allerdings bezweifelte.

Die Amy, wie sie mir von Meryl Lawrence und ihrer Haushälterin geschildert worden war, unterschied sich erheblich von der Amy, die mir die Männer im *X-Spot* beschrieben hatten. Fast als hätte es eine geheime Amy gegeben, eine, die sich in der anderen versteckte, eine geheime Amy, die geheime Dinge tat, in einer völlig anderen Welt.

»Was machst du, Amy?«

Der Kater stupste mich mit seinem Kopf an.

Wir gingen ins Haus, als wir fertig waren. Ich streckte mich auf der Couch aus und schloss die Augen. Nach einer Weile schlief ich ein und fand mich allein in einem dunklen Dschungel eine halbe Welt entfernt wieder. Spärliches Mondlicht fiel durch den dreifachen Blätterbaldachin über mir, warf einen zu schwachen Schein, um den Weg auszuleuchten, dem ich folgte. Die Hitze war mörderisch, meine Kleidung war schweißdurchnässt, und Insektenschwärme ließen sich mein Blut schmecken.

Etwas Großes und Unsichtbares bewegte sich in der Dunkelheit, gerade außerhalb meines Blickfeldes, eine schreckliche Bestie, die über die gleichen Pfade schlich wie ich, eine Welt mit mir teilte.

An einer anderen Stelle in meinem dunklen Traum wusste ich, dass Amy Breslyn sich einen ganz ähnlichen Pfad entlangtastete und nach Jacob rief. Sie sah aus wie auf ihrem Foto – eine traurige rundliche Frau mit verunsicherten Augen. Sie war allein und verängstigt, doch die geheime Amy in ihr trieb sie an. Sie bewegte sich durch die Dunkelheit, rief nach Jacob, verloren in einem Albtraum, den sie sich nie vorgestellt hatte, in einer Welt, die nicht ihre war.

Aber ich war nicht Amy Breslyn, und diese Welt war meine Welt. Ich bat darum, dort zu sein. Ich war freiwillig dort, und grimmige Männer in schwarzen Hemden bildeten mich aus, Erfolg zu haben.

Etwas Dunkles glitt durch die Schatten, knapp außerhalb

meiner Sicht, riesig und hungrig, ebenso auf der Suche nach Amy Breslyn, wie es auch mich suchte.

Ich hatte keine Angst davor.

Ich wollte es finden.

Ich flüsterte leise, so leise, dass nur Amy und ich es hören konnten.

»Ich komme.«

Ich trieb mich durch die Nacht, versuchte, sie zu finden, versuchte, das Monster aufzuhalten.

24
Jon Stone

Jon Stone war zu Hause. Die zweite Nacht zurück, nach achtzehn, die er außer Landes verbracht hatte, die meisten davon auf dem Anatolischen Plateau nördlich der Grenze zu Syrien. Bis auf die Nächte, die er in den Süden fuhr. Zu Hause war oberhalb des Sunset Boulevard, ein gepflegtes zeitgenössisches Haus, das Privatsphäre bot, viel Stahl und schwarze Oberflächen und ein riesiges italienisches Bett auf einem Sockel, das so viel kostete wie ein Porsche. Nackt und der Länge nach ausgestreckt auf der unermesslichen Ebene des Bettes erwachte Jon. Die Nachtluft küsste seine Brust mit einer angenehmen Kühle. Nicht annähernd wie das Plateau.

Eine leise Stimme in der Dunkelheit weckte ihn.

»Jon.«

Jon Stone rührte sich weder, noch öffnete er ganz die Augen. Ein südlicher Mond füllte sein Schlafzimmer mit blauen Schatten, doch die Person, die sprach, blieb unsichtbar. Jon fragte sich, ob er wohl träume.

»Deine Augen sind auf, Jon. Ich bin's.«

Kein Traum. Pike.

Jon konnte ihn immer noch nicht sehen.

»Weck sie nicht auf. Komm raus.«

Ein dunkles Violett bewegte sich durch das Blau, als Pike ging. Pike war bei diesen Dingen unheimlich gut, aber Pike war ein beträchtliches Risiko eingegangen, indem er in Jons Zuhause eindrang. Eine gespannte und gesicherte 45er Kimber lag nur Zentimeter entfernt – allerdings nicht, dass es Jon viel genutzt hätte.

Beschämend.

Jon fragte sich, ob Pike wohl Geld brauchte. Falls Pike Geld brauchte, konnte Jon Geld machen. Und Jon liebte es, Geld zu machen.

Die Frau auf der anderen Seite des Bettes schnarchte. Die Frau neben ihm rührte sich. Ihre Stimme war dunkel und rau von Dreihundert-Dollar-Scotch.

»*Qui est-il?*«

»*Rendors-toi.*«

Rucksackreisende französische Hippie-Mäuschen, die Jon kennengelernt hatte, als er durch den Zoll kam.

Das Mädchen lächelte benebelt, als es wieder die Augen schloss.

»*Il est soldat comme toi?*«

»*Personne n'est comme moi, chérie. Dors.*«

Das Mädchen fragte, ob Pike ein Soldat sei wie Jon, und Jon antwortete ihr, sie solle weiterschlafen, und niemand sei wie er. Typisch französische Mädchen, echte kleine Klugscheißer.

In Wirklichkeit glaubten die französischen Mäuschen nicht, dass er ein Soldat war. Jon erzählte anderen niemals, womit er sich seine Brötchen verdiente, aber hier waren sie, Jon und diese Mädchen, standen Schlange mit dreihundert anderen Leuten, schoben sich zentimeterweise durch die Zollabfertigung auf dem LAX. Jon erzählte ihnen nur so zum

Spaß, er sei Söldner, wollte mal sehen, wie sie darauf reagierten. Sie kicherten und nannten ihn Lügner. Jon, der gepflegte Bursche von Mitte dreißig mit stacheligen blonden Haaren und einem Stecker im Ohr. Sie fragten, was er denn wirklich mache; das eine Mädchen vermutete, er spiele in einer Band, die andere bestand darauf, dass er beim Film arbeite, und beide baggerten ihn mächtig an. Jon zeigte sein bestes Surfer-Lächeln, erzählte ihnen, er sei Spion, was ihm weiteres Gekicher einbrachte, ein Glücksritter, ein Berufskrieger, ein Gelehrter, ein Historiker und Assassine, dann berührte das eine Mädchen schließlich seinen Arm, und das war's dann, Baby, *over and out*. Willkommen zu Hause, Jon.

Jon Stone sprach dreizehn Sprachen, davon sechs fließend, darunter Französisch. Er sprach es so gut, dass die Mädchen ihn für einen gebürtigen Pariser hielten, der sich als Amerikaner ausgab. Die Fähigkeit, nahtlos unter Einheimischen verschwinden zu können, war ein wertvolles Werkzeug, wenn Jon seinem Geschäft nachging.

Er glitt aus dem Bett.

Raumhohe Glasschiebetüren säumten die Rückseite seines Hauses, drei Meter hohe, maßgefertigte Monster, damit Jon Zen-artig den Blick genießen konnte. Goldenes Licht schillerte am Horizont, rubinrote Blitze markierten herumstreifende Polizeihubschrauber, er sah auf dem LAX landende Düsenflugzeuge aufgereiht wie Perlen vor einem Smokingschwarzen Himmel. Die Türen waren tonnenschwer, aber glitten seidig lautlos auf. Jon trat hinaus und ging zum Pool.

Pike war wie eine ausgestanzte Silhouette, von hinten beleuchtet von der Stadt, während Jon dicht heranstolzierte.

»Was hältst du von der nächsten Mrs. Stone?«

»Welcher?«

»Egal. Am Ende sind alle gleich.«

Jon war sechs Mal verheiratet gewesen. Sechs war sechsmal mehr als genug.

»Was zum Kuckuck machst du in meinem Haus? Ich hätte dir den Arsch wegschießen können.«

»Verkauft gerade irgendwer in Los Angeles Kriegswaffen?«

Apropos aus dem Zusammenhang gerissen.

Jon warf einen Blick zu seinem Schlafzimmer, genervt.

»Momentmalkurz. Ich stehe hier nackt, es ist drei Uhr morgens, und ich sollte so etwas aus welchem Grund wissen?«

»Die Leute, für die du arbeitest, hören zu.«

»Ich bin seit zwei Tagen wieder zu Hause, Bruder. Wovon redest du überhaupt?«

»Gestohlene militärische Ausrüstung in Echo Park. Panzerfäuste und Vierzig-Millimeter-Granaten. Cole versucht, eine Frau zu finden. Er glaubt, sie ist bei dem Waffenhändler.«

Jetzt war Jon angepisst. Nach dreizehn Jahren in der Army, davon die letzten sechs bei der Delta Force, hatte Jon die Biege gemacht, um eine private Militärfirma zu gründen. Er verkaufte seine Dienstleistungen und die Dienste anderer an verschiedene Auftraggeber, und einer dieser anderen war Joe Pike, der, nebenbei gesagt, spitzenmäßig Kohle einbrachte, was wiederum eine Spitzenprovision bedeuten könnte, wenn Pike Jon einen Vertrag aushandeln ließe, was er aber nicht tat, weil Pike nämlich seine Zeit mit Elvis Cole verplemperte, einem drittklassigen Schnüffler, der nicht mal genug Kohle hatte, sich damit den Arsch abzuwischen.

»Was zum Henker, Pike? Cole und seine Probleme interessieren mich einen Scheißdreck. Sag jetzt nicht, du holst mich von diesen beiden Mädchen da weg, ohne dass es um einen Haufen Geld geht.«

»Falls die Frau bei ihm ist, verkauft er wahrscheinlich an Al Kaida.«

Jon erstarrte. Jon Stones Hauptkunde waren die Vereinigten Staaten von Amerika, wobei sich der größte Teil seiner Arbeit gegen verschiedene terroristische Splittergruppen und gegen die Regierungen, Unternehmen und Einzelpersonen richtete, die sie unterstützten. Inoffiziell und im Geheimen. Als Jon Stone den französischen Mädchen sagte, er sei ein Berufskrieger, log er nicht.

Jon warf wieder einen Blick zu seinem Schlafzimmer. Nichts rührte sich in dem schwarzen, von Glastüren eingerahmten Rechteck.

»Al Kaida.«

Pike nickte.

»Hör zu, damit du es weißt, nur weil irgendein Idiot diese Scheiße verkauft, muss es noch lange nicht an Terroristen gehen. Amerikanische Bilderbuchdeppen basteln sich Briefbeschwerer aus Granaten und Stehlampen aus Panzerfäusten.«

»Die Frau interessiert sich nicht für Deppen. Sie hat versucht, Kontakt zu einer ATO herzustellen.«

ATO. Ausländische terroristische Organisation.

Jon war zutiefst empört.

»Deshalb kann ich es nicht ausstehen, dass du deine Zeit mit Cole verplemperst, wegen solchem Schwachsinn. Von wem reden wir hier, von einer verrückten Person oder von so was wie einem antiamerikanischen Irren?«

»Die haben ihren Sohn ermordet.«

Jon Stone musterte seinen Freund. Pikes Gesicht war eine ausdruckslose Maske, unerkannt und unerkennbar. Die Spiegelung der Stadt in seiner dunklen Brille war das einzige Lebenszeichen.

»Selbstmordattentäter in Nigeria«, sagte Pike. »Keine Verdächtigen, keine Festnahmen. Sie will Antworten, Jon. Ich vermute mal, sie wird wohl denken, sie müsse zur Quelle gehen.«

»Terroristen.«

»Oder jemand mit Zugang und Verbindungen.«

»In Los Angeles?«

»Echo Park.«

Jon trat an den Rand der Terrasse. Er beobachtete die herumstreichenden Hubschrauber und die großen Passagiermaschinen, die in der Nacht hinunterglitten.

»Hier.«

Pike sagte nichts.

»Alter, hör zu. Homeland Security sollte an der Sache arbeiten.«

»Sind sie, tun sie. FBI und LAPD ebenfalls. Elvis und ich auch.«

Jon seufzte.

»Und du willst, dass ich mitmische.«

»Die Leute, für die du arbeitest, haben die Ohren offen. Wenn jemand hier redet, könnten sie vielleicht wissen, wer.«

»Ich bin dabei.«

Nachdem Pike gegangen war, kehrte Jon in sein Schlafzimmer zurück, ging aber nicht ins Bett. Jons ganz persönliches, privates Handy steckte in seiner Hosentasche. Das französische Mädchen wachte auf, als er am Fußende des Bettes in seiner Kleidung kramte. Sie rollte sich herum, verschlafen und sexy, streckte sich, bot ihren Körper an.

»*Ton ami, il va se retrouver avec nous?*«

»*Va à dormir.*«

»*Mon guerrier.*«

»*Tais-toi.*«

Das Mädchen fragte, ob Pike zu ihnen käme, Jon sagte, sie solle weiterschlafen. Das Mädchen fand es witzig, nannte ihn ihren Krieger. Er antwortete, sie solle den Mund halten.

Jon fand das Telefon und ging damit hinaus. Dieses spezielle Telefon, das Telefon, das er geschäftlich nutzte, zerhackte sein Signal in ein wildes Durcheinander, das nur ein Telefon mit einem ähnlichen Chip dechiffrieren konnte.

Tief im Geheimen machten die Leute, für die Jon arbeitete, mehr, als nur die Ohren aufzustellen. Sie sammelten. Telefonanrufe, E-Mails, Textnachrichten, Videostreams; der gesamte digitale Strom von allem, was sich durch das Internet ergoss, wurde gesammelt und gespeichert. Supercomputer, gebaut aus Glasfasern und Licht, ließen Algorithmen ablaufen, geschrieben von superklugen Streberfreaks, auf ihre Art so tödlich wie Joe Pike und Jon Stone, analysierten alles, suchten nach erkennbaren Mustern und Schlüsselworten. Nur sehr wenig entging ihrer Aufmerksamkeit.

Jon machte den Anruf von der Kante seiner Terrasse aus. Eine Stimme mit einem speziellen Telefon antwortete. Kurze Zeit später bestellte Jon eine Limousine, weckte die beiden französischen Mädchen und sagte ihnen, sie müssten gehen.

Er war dabei.

25

Mr. Rollins

Mr. Rollins besaß ein großartiges Haus in Encino, oben in den Bergen mit einem atemberaubenden Blick über das Valley. Natürlich nicht unter seinem wirklichen Namen und auch nicht unter Rollins, er besaß es einfach ohne Schulden zusammen mit einer Eigentumswohnung in Manhattan Beach, einem Bungalow in West Hollywood, einem Loft downtown im Arts District, und einem 1923er Klassiker im spanischen Stil direkt unter dem Hollywood-Zeichen. Das Haus in Encino fand er am besten. Großer Pool im Garten, Freiluftküche. Mr. Rollins saß abends gern am Pool, rauchte Gras und beobachtete, wie die Versager sich auf der 405 nach Hause abmühten, nichts als Rot bis dort, wo auch immer diese Alltagsarschlöcher lebten.

An diesem Abend saß Mr. Rollins auf der Chaiselongue, rauchte, beobachtete Arschlöcher und fühlte sich nicht mehr ganz so beschissen, das Haus in Echo Park verloren zu haben, als Eli anrief und ihm den Abend versaute.

Der Clown lebte noch. Und die Polizei hatte das Päckchen sichergestellt.

»Eli, warten Sie. Hören Sie auf zu reden. Kann Ihr Gerät sie zu uns führen?«

»Die Einzelteile führen nirgends hin. Niemand hat gesehen, wie wir es angebracht haben. Das kann ich Ihnen versichern.«

Bockmist. Ein Fingerabdruck, eine Teilenummer, eine winzige Spur DNA auf dem Apparat konnte sie zu Eli oder zu jemandem aus Elis Crew führen.

Gewaltfantasien schlichen sich in seine Gedanken. Mr. Rollins sah sich den Clown erschießen, mittags, unten in der Innenstadt, er näherte sich ihm ganz dicht von hinten, presste die Kanone in seinen Rücken, drückte dicht hintereinander vier Mal ab, krempelte den Dreckskerl von innen nach außen, die Leiche war noch nicht auf dem Boden angekommen, als er bereits fortging. Er sah sich ausholen, sah einen *Louisville Slugger* in seinen Händen, erwischte Eli seitlich am Kopf. Charles und die Frau waren auf den Knien, mit verbundenen Augen und gefesselt, jeweils ein Schuss in den Kopf, *popp-popp*. Problem gelöst, *over and out*, und er konnte weiterziehen.

Mr. Rollins begriff, dass hier seine Angst sprach, und erinnerte sich an eine Regel. Beherrsche deine Angst, andernfalls wird deine Angst dich dumm machen.

Mr. Rollins ließ Eli warten, nahm sich ein paar Sekunden, um seine Gedanken zu ordnen. Eli hatte den Hit vermasselt, und jetzt fragte sich Mr. Rollins, ob er sonst noch etwas vermasselte.

»Der Junge, den Sie geschickt haben, ist tot, wie es heißt.«
»Carlos.«
»Er hat nicht so angeschlagen ausgesehen, als ich ihn traf. Die Polizei muss versucht haben, ihn zum Reden zu bringen.«
»Er hätte niemals etwas gesagt.«
»Ich muss fragen. Können sie den Jungen mit Ihnen in Verbindung bringen?«

Eli verstummte.

»Das war Ihr Mann, Eli. Sie verstehen, dass ich das fragen muss.«

»Carlos kann nicht mit mir in Verbindung gebracht werden, nein.«

»Okay. Gut. Das ist sehr gut.«

»Ja.«

»Der Polizist. Der muss immer noch verschwinden.«

»Es ist schwieriger geworden, aber wir werden das erledigen.«

»Er wird nicht mehr so leicht zu finden sein. Wahrscheinlich lässt man ihn nicht zur Arbeit gehen.«

»Wir kennen seinen Namen. Ich habe Leute, die werden herausfinden, wo er wohnt.«

»Sie kennen seinen Namen?«

»Ich habe meine Leute. Es gibt nicht besonders viele Hunde-Polizisten. Es war einfach.«

Mr. Rollins zweifelte nicht daran, dass Eli Leute hatte, die helfen konnten. Elis Karriere basierte auf Informationen, die eigentlich niemand kennen sollte.

»Ich werde diese Sache erledigen«, sagte Eli. »Es läuft gerade in diesem Augenblick. Lassen Sie sich dadurch nicht von Ihren Geschäften ablenken.«

»Tut es nicht und wird es nicht.«

Rollins legte das Telefon fort. Er sagte sich, Eli würde das durchziehen, aber er hatte erhebliche Zweifel. Aus einem Tag könnten zwei werden, aus zweien schnell drei, und mit jeder verstreichenden Stunde würde der Clown sich durch mehr und mehr Verbrecherfotos wühlen. Früher oder später würde er Mr. Rollins sehen.

Dies war eine der allerwichtigsten Regeln. Wenn die Polizei

dir auf den Fersen ist, geh weg. Freunde, Familie, Ehefrauen, Geliebte, Häuser, Geld, Kinder, Goldfische, egal. Du hältst dich nicht mit Erklärungen auf oder verabschiedest dich großartig oder holst dir noch einen Notgroschen. Wo immer du bist und was immer du gerade tust – du lässt alles stehen und liegen, gehst weg und siehst nie mehr zurück.

Mr. Rollins akzeptierte diese Tatsache und war bereit. Er hatte jede Menge Geld auf geheimen Konten unter verschiedenen Namen. Er hatte Führerscheine, Kreditkarten und Pässe. Er konnte einfach gehen, doch er ermahnte sich, nichts zu überstürzen. Hast schmeckt nach Panik.

Eli war ein Profi und ein kaltblütiger Killer, aber Mr. Rollins dachte nicht daran, sein Schicksal in Elis Händen liegen zu lassen.

Er nahm das Telefon wieder zur Hand und drückte auf die Wiederwahltaste.

»Eine Sache noch, Eli. Wie heißt er?«

»Sein Name ist Officer Scott James.«

»Wenn Sie herausbekommen haben, wo Officer James lebt, rufen Sie mich an, bevor Sie ihn umlegen.«

Mr. Rollins legte auf. Er beobachtete die Reihe roter Lichter, die auf der Autobahn gefangen saßen, wie sie sich durch die Hölle auf das Nichts zuschoben, zentimeterweise, jedes einzelne Licht ein Loser, der zu dumm war, um zu wissen, was er war.

Mr. Rollins wollte nicht zurück in die Mörder-Branche, aber er war gut darin gewesen. Er war ausgezeichnet gewesen. Und manchmal fehlte es ihm.

DIE RAUBTIERE

Der afrikanische Löwe erlegt bei einer Hetzjagd in nur zwei von zehn Fällen seine Beute. Leoparden sind da besser, sie erwischen ihre Beute zu fünfundzwanzig Prozent, und Geparde sind die besten aller Großkatzen, sie haben einen Tötungsquotienten von fast fünfzig Prozent. Das tödlichste aller vierbeinigen afrikanischen Raubtiere jedoch ist keine Großkatze. Niemand kann ihm davonlaufen, niemand kann es abhängen, seine Verfolgungsjagd ist erbarmungslos, und es erwischt seine Beute in neun von zehn Jagden. Das gefährlichste Raubtier Afrikas ist der Wildhund.

26
Elvis Cole

Die Sonne stand voll am Himmel über dem Gebirgszug im Osten, und die Luft war warm, als ich vor einem Publikum verborgener Polizeibeamter eine Tae-Kwon-Do-Kata absolvierte. Joe Pike und Jon Stone traten um sieben Uhr an diesem Morgen auf meine Terrasse.

Jon Stone ging zum Geländer.

»Bruder. Ziehst du hier eine Schau für die Cops ab?«

Eine Stunde Kampf gegen mich selbst, und meine Shorts waren völlig durchnässt und die Terrasse mit Schweißspritzern überzogen. Der Kater saß unter meinem Grill, sicher vor den Spritzern. Sein Schwanz zuckte, als er Jon sah, und er stieß ein kehliges Knurren aus. Nicht das freundlichste aller Tiere.

»Danke, dass du gekommen bist, Jon. Ich schulde dir was.«

»Bei deinen Tarifen bin ich ewig in den Miesen.«

Er deutete über den Canyon.

»Du hast dort einen Beobachter. Der Kamm hinten, auf zehn Uhr, links von dem blauen Haus. Ein weiterer auf dem Weg hierher, der behält die Kurve im Auge.«

»Ich weiß. Die sind schon die ganze Nacht da.«

Jon machte eine übertriebene Show daraus, demjenigen zuzuwinken, der auf der anderen Seite des Canyons war.

»So, wie du sie gestern vorgeführt hast, könnte ich mir gut

denken, dass sie dein Auto verwanzt haben. Ich werde die Karre mal checken.«

Jons Arbeit machte es häufig erforderlich, Gebäude und Fahrzeuge nach versteckten Gerätschaften abzusuchen. Sein Leben stand normalerweise ständig auf dem Spiel.

»Überprüf das Haus ebenfalls«, meinte Pike.

Jon warf Pike einen säuerlichen Blick zu.

»Vergiss nicht, dass ich für genau solche Sachen normalerweise dick Kohle verdiene. Ich sag's nur mal.«

Ich wischte mir das Gesicht ab und zog ein T-Shirt an.

»Wisst ihr irgendwas über Echo Park?«

Jon verlagerte den säuerlichen Ausdruck von Pike zu mir.

»Ich zuerst. Diese Frau, deren Sohn getötet wurde, diese Breslyn – in welchem Verhältnis steht sie zu dir, und was weißt du über sie?«

Ich ging ins Haus, um Amys Akte zu holen. Ich schlug die Broschüre von *Woodson* bei Amys Firmenporträt auf.

»Das ist nicht dein Ernst, oder? Die sieht ja aus wie meine Tante.«

»Sie hat vierhundertsechzigtausend Dollar unterschlagen. Sie hat sich eine Ruger neun Millimeter gekauft und schießen gelernt, und sie hat Monate mit dem Versuch verbracht, Kontakt zu radikalislamistischen Gotteskriegern aufzunehmen.«

Jon wirkte skeptisch.

»Warum hat sie so lange gebraucht? Al Kaida und ISIS haben Pressezentren, die Hisbollah hat einen Fernsehsender. Diese Arschlöcher benutzen Twitter und Facebook für Rekrutierung und Finanzierung. Sie musste doch nichts anderes tun, als denen eine kurze Nachricht schreiben.«

»Sie ist klug. Sie wird wissen, dass die Leute, für die du arbeitest, diese Sites im Auge behalten.«

Jon grinste, aber es war ein hässliches und böses Lächeln.

»Die Leute, für die ich arbeite, beobachten alles.«

Jon überflog die Akte, während ich ihm von Meryl Lawrence, Amy und den Dingen erzählte, die ich im *X-Spot* erfahren hatte. Als ich fertig war, gab er mir die Akte zurück, und sein Benehmen war anders. Er hatte sein Delta-Gesicht aufgesetzt. Bei dem Delta-Gesicht wurde mir mulmig.

»Du wolltest, dass ich eine Frage stelle. Ich habe gefragt. Über diese Unterhaltung können wir weder am Telefon noch per E-Mail diskutieren. Heute nicht, nie. Haben wir uns verstanden?«

»Ja.«

»Das hier ist kein Scheiß.«

»Ich verstehe.«

»Vor vierzehn Wochen tauchten zum ersten Mal Posts in nichtöffentlichen Foren auf, die Aufmerksamkeit erregten.«

»Auf prodschihadistischen Sites«, ergänzte Pike.

»Kamen diese Posts aus Los Angeles?«

»Vor elf Wochen wurde der Ursprung dieser Posts auf den Großraum Los Angeles eingeengt. Du hörst das Wörtchen ›Großraum‹, ja? Die NSA meinte, man sollte dem weiter nachgehen, und hat den Ball an Homeland Security weitergespielt.«

Vielleicht erinnerte sich Special Agent Mitchell an diese Posts, als er mir von terroristischen Albträumen erzählte.

Ich spürte Hoffnung. Computer und Smartphones hinterlassen eine numerische Spur so klar und deutlich wie Spuren im Schnee, wann immer sie sich ins Internet einwählen. Eine dieser Zahlenfolgen wird von den Providern vergeben, aber die andere ist mit dem jeweiligen Gerät fest verknüpft. Von dem Augenblick, an dem sich jemand anmeldet, wird der numerische Weg seines Computers oder Smartphones protokolliert – von Internetdienstanbietern, Netzwerken, drahtlosen Zugangspunkten, Servern und Routern, die Zeitpunkt, Ort und Weg eines Dienstes mit einem bestimmten Gerät verbinden. Surf im Netz, sieh nach deiner Mail, chatte mit Freunden – jeder neue Router und Dienstanbieter zeichnet deine spezifische Nummernfolge auf und speichert sie ab. Die räumliche Ortung eines Computers ist möglich, indem man diese numerische Spur zurückverfolgt. Eine grobe Standortbestimmung lässt sich relativ einfach durchführen. Die Geheimdienstler, die Jon kannte, konnten wahrscheinlich zu einem konkreten Anmeldepunkt eine konkrete Maschine identifizieren und den Namen derjenigen Person feststellen, die sie vom Hersteller gekauft hatte.

»War es Amy?«, fragte ich.

»Falls sie es war, war sie auf alle Fälle zu klug für sie, was wiederum ihre Aufmerksamkeit erregte.«

»Die konnten die Quelle nicht identifizieren«, sagte Pike.

»Das bedeutet was?«

Jon griente.

»Das bedeutet, die Scheiße in diesen Foren wird normalerweise von irgendeinem Spinner in einer Garage gepostet, oder einem dreizehnjährigen kleinen Idioten, high und aufgekratzt vom Gras der großen Schwester. Dreizehnjährige kleine Idioten sind leicht zu finden. Dieser Computer jedoch war verborgen hinter anonymen Proxy-Servern, virtuellen Netzwerken und manipulierten Absenderadressen. Ein Post sah aus, als käme er aus Paris, der nächste aus Birmingham, ein anderer aus Baton Rouge. Jeder Post schien auf einem anderen Computer geschrieben worden zu sein, nur dass kein einziger dieser Computer tatsächlich existiert.«

Ich warf Pike einen Blick zu.

»Sie ist smart.«

»Insgesamt gab es sechzehn Posts. Sie wimmelten weder von Drohungen, das Weiße Haus in die Luft zu jagen, noch waren sie voller Hass auf den Westen, aber es waren eindeutige Aufrufe, sich extremistischen Splittergruppen anzuschließen.«

Jon beschrieb die Posts. Der erste war eine respektvolle Anfrage, mit Hauptakteuren der islamistisch-dschihadistischen Bewegung in Nordwestafrika in Verbindung treten zu wollen. Sobald ich das hörte, wusste ich Bescheid.

»Amy. Ihr Sohn wurde in Nigeria getötet.«

Job hob einen Finger und fuhr fort. Der Verfasser versuchte zwei weitere Male, Al Kaida-Mitglieder in Nordafrika zu erreichen, und drückte die Bereitschaft aus, angemessene Sicherheitsauflagen einzuhalten. In späteren Posts wurden Ausdrücke benutzt wie »bereit, mein technisches Fachwissen zu teilen« und »Einblicke in gesetzlich überwachte Materialien und ihre Verfügbarkeit zu gewähren«.

Ich unterbrach ihn wieder.

»Das ist Amy. Sie spricht von Sprengstoffen.«

Jon schien kurz über mich nachzudenken, aber vielleicht dachte er auch gar nicht über mich nach.

»Dann hörten die Posts auf. Der sechzehnte und letzte Post erfolgte vor sieben Wochen. Seitdem nichts mehr.«

»Gab es Antworten?«

»Jede Menge. Sie wurden überprüft und abgetan. Spinner.«

»Ermittelt Homeland noch?«

»Negativ. Als die Posts aufhörten, haben sie die Sache zurück nach D. C. gegeben.«

»Was meint dein Freund?«

»Es gibt nur zwei Möglichkeiten. Entweder wurde der Kontakt hergestellt und die Unterhaltung dann offline genommen. Oder es hat sich kein Kontakt ergeben, und der Urheber der Posts hat aufgegeben zu posten.«

»Aufgegeben.«

»Ja. Wie ein Kind, das die Telefonstreiche bleiben lässt. Sie hängen sich zu Anfang wirklich voll rein, machen einige Monate lang diese dummen Scherzanrufe, dann verlieren sie das Interesse daran und machen mit was anderem weiter. Falls ein Kontakt hergestellt wurde, haben sie die Hürde D.C. jedenfalls passiert.«

»Man hat sie erreicht.«

Ich erzählte ihm von Charles.

Jon seufzte.

»Sie bringt sich um Kopf und Kragen.«

»Nicht, wenn wir sie finden.«

Jon drehte sich wieder zum Canyon um, beugte sich weit über das Geländer hinaus.

»Pike sagte, es sei ein Selbstmordattentäter gewesen.«

»Vierzehn Tote, achtunddreißig Verletzte. Er war Journalist.«

Jon beugte sich noch weiter über das Geländer hinaus.

»Der Krieg ist ein Miststück, stimmt's?«

Jon drückte sich vom Geländer ab.

»Ich hole jetzt meinen Kram. Mal sehen, ob die dich verwanzt haben.«

Pike berührte meinen Arm und deutete mit einem Kopfnicken zur Straße.

»Noch nicht.«

Ein dunkelblauer Trans Am verließ die Straße vor meinem Haus. Hinter dem Steuer ein Polizist, und neben ihm auf dem Beifahrersitz stand ein Deutscher Schäferhund. Der Schäferhund war riesig und füllte praktisch den ganzen Wagen aus.

Jon Stone grinste breit.
»Krass. Ein Hund.«

27
Scott James

Scott hatte ein zweitüriges 1981er Trans Am Sportcoupé als Bastlerauto gekauft, doch nachdem er angeschossen worden war, hatte er sein Schrauberprojekt vernachlässigt. Der Innenraum war völlig zerfleddert, der rechte hintere Kotflügel verbeult, und auf dem Lack waren überall Rostflecken. Aber er lief gut, und Scott machte sich auch keine Sorgen, dass Maggie die Sitze ruinierte. Die waren ohnehin schon aufgeplatzt.

Da sein K-9-Dienstfahrzeug derzeit bei der Spurensicherung war, nahm Scott den Trans Am, um Cole zu besuchen. Maggie fuhr vorne, saß rittlings über der Mittelkonsole und behinderte massiv seine Sicht. Die Dienstvorschriften besagten, dass ihre K-9-Diensthunde in einer gut gesicherten Box transportiert werden mussten, aber Maggie hatte sich seit ihrem ersten gemeinsamen Tag auf der Mittelkonsole niedergelassen. Scott hatte ohne Erfolg versucht, sie dazu zu bringen, hinten zu sitzen. Sie schien sich vorn einfach glücklicher zu fühlen. Scott schlussfolgerte, dass sie so wahrscheinlich auch bei den Marines gefahren war, also gab er ihr nach und ließ sie gewähren. Er musste sie aus dem Weg schieben, um etwas sehen und schalten zu können, aber das machte Scott nichts aus. Wenn er schob und drückte, drückte und schob sie zurück. Das mochte er an ihr.

Scott brauchte die Adresse nicht nachzuprüfen, als er Elvis Coles Haus hoch oben im Canyon erreichte. Cole und zwei Männer beobachteten von einer Terrasse hinter dem Haus, wie er anhielt. Scott hatte nicht erwartet, dass Cole nicht allein war.

»Könnten wir mehr Pech haben?«

Maggie hechelte ihm heißen Atem ins Genick.

Ein roter Jeep Cherokee und ein schwarzer Range Rover parkten vor dem Haus. Scotts instinktive erste Reaktion war, einfach weiterzufahren, aber weglaufen würde Cole höchstwahrscheinlich nicht zur Kooperation animieren.

Scott parkte neben einer Steineibe, Schnauze an Schnauze mit dem Jeep. Er steckte die Täterskizze in seine Tasche, stieg aus und trat an die Kante des Abhanges. Cole und seine Kumpel beobachteten ihn wie drei Krähen auf einem Zaun. Eine zerknautschte schwarze Katze mit einem verwachsenen Ohr beobachtete ihn ebenfalls. Die Augen der Katze waren hasserfüllt.

Cole hob die Hände.

»Falls das eine Razzia ist, ergebe ich mich.«

»Scott James, Mr. Cole. Sie erinnern sich?«

»Ja. Nochmals vielen Dank, dass Sie nicht geschossen haben.«

Cole wirkte, als habe er gerade trainiert, aber seine Freunde waren ordentlich gekleidet. Der größere Mann trug eine Sonnenbrille und ein ärmelloses Sweatshirt, wodurch die Tätowierungen zweier roter Pfeile auf seinen Armen gut zu sehen waren. Der kleinere hatte stachelige, gegelte blonde Haare, war etwa so groß wie Cole, trug eine Uniformhose in der Wüstenvariante und ein schwarzes Polohemd, das über Brust und Bizeps spannte.

»Ich würde gern über neulich Abend mit Ihnen reden. Haben Sie eine Minute, nur Sie und ich? Ohne Ihre Freunde?«
Der Blonde grinste dreckig.
»Wer hat gesagt, dass wir Freunde sind?«
Cole ignorierte den Kommentar des Mannes.
»Carter und Stiles haben gestern mit mir gesprochen, Officer. Ich bin ein Tatverdächtiger. Sie sollten besser nicht hier sein.«
Cole hatte einen klaren Blick und war direkt, genau wie bei ihrer ersten Begegnung.
»Ich weiß, was Carter denkt, und ich bin anderer Meinung. Können wir reden? Carter weiß nicht, dass ich hier bin.«
Der Blonde lachte.
»In dem Punkt dürften Sie sich irren.«
Der Blonde hatte etwas, das Scott nicht mochte.
»Das geht allein Mr. Cole und mich etwas an.«
Cole deutete auf die Berge hinter seinem Haus.
»Carter lässt mich von einem Observierungsteam beobachten. Die können Sie sehen.«
Scott kämpfte gegen das Bedürfnis hinzuschauen. Er vermutete, dass Cole dick auftrug und ihn einschüchtern wollte, versuchte aber trotzdem, sich etwas kleiner zu machen, damit er hinter der Steineibe verborgen war. Der Mann mit den Pfeilen las seine Gedanken.
»Die haben eine freie Sichtlinie. Der Baum wird Ihnen nichts nützen.«
Scott überkam ein schlechtes Gewissen, und er wurde wütend, aber wenn er sich schon blamiert hatte, konnte er jetzt genauso gut weitermachen.
»Ich muss trotzdem mit Ihnen reden. Der Mann, den Sie

verfolgt haben, will mich umbringen. Er hat eine Bombe an meinem Wagen angebracht.«

Coles Miene verfinsterte sich, und der Blonde hörte auf zu lächeln. Die Veränderung in ihrer Körpersprache war nicht zu übersehen. Scott wurde hoffnungsvoller.

»Sie wurde unter Verwendung eines Plastiksprengstoffs gebaut, ähnlich dem Material, das wir in Echo Park sichergestellt haben. Es war eine ausgeklügelte Bombe. Wer sie gebaut hat, wusste genau, was er tut.«

Der Blonde warf Cole einen Blick zu, und Cole ging zum Geländer.

»Ich würde Sie ja hereinbitten, aber das würde nicht gut aussehen. Wir kommen zu Ihnen raus.«

Cole und seine Freunde verschwanden im Haus.

Scott ließ Maggie aus dem Wagen und leinte sie an. Sie pflanzte sich neben seinen linken Fuß, war glücklich, nicht mehr im Auto sein zu müssen, aber ihre Ohren stellten sich auf, als Cole und seine Freunde aus der Haustür traten.

»Sitz, Mädchen. Ganz ruhig.«

Dann knurrte Coles Katze böse und zog Scotts Aufmerksamkeit auf sich. Sie schlich den Rand der Terrasse entlang, starrte Maggie dabei zornig an. Sie hatte den Rücken gekrümmt, ihr Fell war gesträubt, und ihre Augen waren nur noch böse schmale Schlitze. Maggie zappelte ein wenig, blieb aber sitzen.

Cole rief, als ob so etwas jeden Tag passierte.

»Schluss damit!«

Die Katze sprang von der Terrasse, stürmte auf Maggie zu, bremste dann scharf ab und schoss seitlich weg, jaulte dabei auf, als wäre sie tollwütig. Scott zog Maggies Leine etwas dichter.

Cole klatschte in die Hände und brüllte noch lauter.

»Verschwinde von hier! Hau ab!«

Die Katze fauchte und kletterte die Steineibe hoch. Das Gejaule hörte auch hoch oben in den Blättern nicht auf. Maggie drehte den Kopf und versuchte etwas zu sehen.

»Was ist los mit Ihrer Katze?«

»Vergessen Sie die Katze. Wer ist der Mann, den ich verfolgt habe?«

Coles Interesse war vielsagend. Er drückte keine beiläufige Neugier aus. Er war vollkommen nüchtern und sachlich, einfach ein Mann, der etwas wissen musste. Scott mochte nicht, wie Coles Freunde starrten, sie erinnerten ihn an zwei Löwen, die nur darauf warteten zuzuschlagen.

»Ich würde lieber unter vier Augen mit Ihnen reden.«

»Alles bestens so.«

Cole deutete mit dem Kopf auf den Mann mit den Pfeilen und den Blonden.

»Joe Pike. Jon Stone. Also, wer ist er?«

»Ich hoffe, Sie wissen das.«

Scott faltete die Zeichnung auseinander und gab sie Cole. Pike und der Blonde beugten sich dicht heran, umklammerten Cole wie zwei Buchstützen. Cole betrachtete die Zeichnung und wollte sie zurückgeben, doch Scott nahm sie ihm nicht ab.

»Sorry. Ich habe keine Ahnung.«

»Ich glaube Ihnen nicht. Ich glaube, Sie wissen mehr, als Sie sagen.«

Der Blonde griff sich die Zeichnung und betrachtete sie aufmerksam.

»Ist das der Waffenhändler?«

»Ich weiß nicht, was er ist. Er war in dem Haus. Ich habe mit ihm gesprochen.«

»Hatte er einen Akzent?«

Scott hielt dies für eine merkwürdige Frage und wunderte sich, warum der Blonde das fragte.

»Nein. Aber wir haben uns unterhalten, und einen Tag später habe ich eine Bombe unter meinem Auto. Wenn mein Hund nicht gewesen wäre, dann wäre ich jetzt tot.«

Der Blonde warf Maggie einen kurzen Blick zu.

»Ohne Scheiß? Der Hund hier?«

»Ja.«

»Ist sie ein Bombenhund?«

»Sie war bei den Marines, bevor wir sie bekommen haben. Sprengstoffe und Patrouille.«

Pike wurde lebendig und trat zur Seite. Der Blonde lächelte, starrte dabei immer noch Maggie an.

»Ein Kriegshund! Mann, diese Hunde haben mir öfter den Arsch gerettet, als ich zählen kann.«

Pike trat näher und musterte ihre Narben.

»USBV?«

»Sie wurde angeschossen.«

Pike hielt ihr den Handrücken hin. Maggie schnupperte und wedelte mit dem Schwanz.

»Willkommen zu Hause, Marine.«

Der Blonde lachte.

»Semper *jarheads*.«

Irgendwas lief da zwischen den beiden Männern ab. Scott war es egal. Cole war herausgekommen, um zu reden, hatte aber bislang nichts Nützliches gesagt. Scott deutete auf die Zeichnung.

»Ich stand so dicht vor ihm, wie ich hier vor Ihnen stehe, und jetzt versucht er, mich umzubringen. Falls Sie irgendwas wissen, das helfen könnte, ihn zu finden, muss ich das wissen.«

Cole schien sich unwohl zu fühlen.

»Hat Carter noch nichts herausgefunden?«

»Carter verplempert seine Zeit mit Ihnen. Ich habe aber keine Zeit zu verplempern.«

Cole konzentrierte sich auf die Skizze und schien nachzudenken. Scott meinte schon, er würde sich öffnen. Doch dann drehte er sich zu dem Bergzug um.

»Die werden Sie fotografieren. Die werden ein Teleobjektiv benutzen und saubere Aufnahmen bekommen. Rufen Sie Carter an. Rufen Sie ihn an, bevor er Sie anruft. Sagen Sie ihm, dass Sie hier waren. Sagen Sie, Sie hätten gedacht, Sie könnten mich zur Kooperation bewegen. Er wird sauer sein, aber vielleicht drückt er ein Auge zu.«

Scott fühlte sich wie Wile E. Coyote, auch bekannt als Kojote Karl, der über einen Felsvorsprung hinausgerannt ist und plötzlich begreift, dass er nichts mehr unter den Pfoten hat, das ihn oben hält.

»Mehr haben Sie nicht zu sagen?«

Cole starrte zu dem Bergzug hinüber, als versuche er etwas zu sehen, das zu weit entfernt war. Scott wollte ihm schon sagen, er solle sich zum Teufel scheren, als Cole sich zu ihm umdrehte.

»Wenn ich Ihnen helfe, müssen Sie mir im Gegenzug auch helfen.«

Der Blonde prustete lachend los, aber Pike stand da wie eine Statue.

»Wovon reden Sie?«

»Sie sind doch hergekommen, weil Sie Hilfe wollten, richtig?«

»Sie hören mir nicht zu. Sie sind viermal verhaftet worden, Carter verdächtigt Sie, und ich glaube, Sie wissen etwas. Sie scheinen mir ein anständiger Bursche zu sein, also sprechen Sie mit mir. Sagen Sie mir, was Sie wissen.«

Cole hielt die Skizze hoch.

»Ich bin Privatdetektiv. Ich kann ihn wahrscheinlich finden.«

»Ich bin nicht hergekommen, um Sie zu engagieren.«

»Ich biete Ihnen auch nicht meine Dienste an. Ich biete Ihnen Hilfe an, aber Sie werden mir helfen müssen, Ihnen zu helfen.«

Der Blonde grinste breit und zeigte dabei Raubtierzähne.

»Kann es schaden? Er ist der weltbeste Detektiv.«

Scott versuchte, in Coles Gesicht zu lesen. Der Mann wirkte zurückhaltend, aber irgendetwas an ihm fühlte sich echt und authentisch an.

»Denken Sie drüber nach. Haben Sie einen Stift? Ich gebe Ihnen meine Nummer.«

Obwohl Scott nicht wohl dabei war, nahm er eine LAPD-Visitenkarte heraus und notierte sich Coles Nummer.

»Vergessen Sie nicht, Carter anzurufen«, sagte Cole. »Rufen Sie ihn an, bevor er Sie anruft, das ist wichtig. Es wird so aussehen, als hätten Sie nichts hinter seinem Rücken getan.«

Scott warf einen Blick zu den Bergen.

»Sind Sie sicher, dass wir beobachtet werden?«

Der Blonde lachte wieder.

»Die beobachten immer.«

Cole kehrte ins Haus zurück, und seine Freunde gingen mit ihm. Scott sah ihnen nach und fragte sich, was er jetzt tun sollte. Coles verrückte Katze jaulte irgendwo oben in dem Baum. Es war ein schreckliches, primitives Geräusch.

Er öffnete den Trans Am, ließ Maggie einsteigen und fuhr

langsam an. Er versuchte herauszufinden, ob Cole echt war und ob er helfen konnte. Als sich Scott schließlich an Coles Ratschlag erinnerte, Carter anzurufen, war es zu spät. Carter rief zuerst an.

28

Carter stand auf, als der Befehlshaber des Special Operations Bureau den Raum betrat. Scott war bereits auf den Beinen, und Maggie stand neben ihm. Carters Gesicht war fleckig vor Wut.

»Commander.«

Commander Mike Ignacio hatte kleine Augen, eine schmale Nase und einen breiten Mund. Obwohl die Hundestaffel Teil der Metro Division war und Carter zur Major Crimes Division gehörte, unterstanden beide der Führung und dem Kommando des CTSOB, des Counter-Terrorism and Special Operations Bureau. Als einer der stellvertretenden befehlshabenden Beamten leitete Ignacio diese beiden Divisions sowie drei weitere. Er sprach schnell und bewegte sich wie ein Mann, der gerade zu viele Bälle in der Luft hatte. Scott hatte noch einen weiteren hinzugefügt.

»Warum ist der K-9 hier?«

»Sie gehört zu mir, Sir. Die Spurensicherung hat meinen K-9-Dienstwagen. Mein Privatfahrzeug ist nicht dafür ausgestattet...«

Ignacio fiel ihm ins Wort.

»Sie hätten sie auch bei Ihrer Abteilung lassen können.«

»Dazu hatte ich keine Zeit, Sir. Detective Carter wollte mich sofort sehen.«

»Verstanden. Gut.«

Ignacio warf Carter einen Blick zu und lehnte sich an die Wand. Sie befanden sich wieder in dem Besprechungsraum, den Carter derzeit als Leitstelle der Sonderermittlungsgruppe benutzte. Auf dem Tisch befanden sich Unterlagen, Ordner und zwei Computer. Carter hatte die Krawatte gelockert, und seine Haut hatte den matten Schimmer eines Mannes, der dringend eine Dusche benötigte.

Ignacio lächelte Scott an.

»Wollen Sie mir den Tag versauen, Officer?«

»Ich wusste nicht, dass Cole observiert wird, und niemand hat mir gesagt, dass ich mich von ihm fernhalten sollte. Ich wollte nur helfen.«

Ignacio warf Carter wieder einen Blick zu.

»Und Sie, Brad, was wollen Sie? Gegen diesen Beamten eine Beschwerde einreichen?«

»Ich will sichergehen, dass so etwas nicht wieder vorkommt.«

»Ich kann garantieren, dass so etwas nicht wieder passiert. Ich sag Ihnen jetzt, was ich will. Ich will, dass diese Sache in Ordnung gebracht wird, damit ich nicht die Metro anrufen muss und diesem Officer hier womöglich seine weitere Karriere versaue. Klingt das gut?«

Ignacio wartete nicht auf eine Antwort.

»Russ? Irgendwelche Probleme?«

Scott war nicht vorgestellt worden, als Russ Mitchell eintraf, aber Scott wusste vom Zuhören, wer er war. Ein Agent der Homeland Security, der mit Carter und Stiles arbeitete.

»Ich habe ein paar Fragen. Vielleicht hat dieses kleine Abenteuer ja doch noch etwas Gutes.«

»Wär zur Abwechslung mal nett«, meinte Carter.

Mit jedem weiteren Wort aus Carters Mund war Scott immer schlechter auf ihn zu sprechen.

»Ich habe nicht versucht, Ihre Ermittlung zu vermasseln.«

Stiles ging zur Tür. Ein hart aussehender Detective mit einem Tablet-Computer kam herein. Stiles stellte ihn als Warren Hollis vor, einer der Detectives des Sonderdezernats.

Carter machte eine wegwerfende Geste auf Scott.

»Zeig's ihm.«

Hollis hielt das Tablet so, dass Scott ein Foto von Cole, Pike und Jon Stone auf Coles Terrasse sehen konnte. Er selbst stand im Hintergrund, am oberen Ende des Abhangs.

Cole hatte recht gehabt. Das Observierungsteam hatte observiert und sein Foto sofort an die Sonderermittlungsgruppe geschickt.

»Sie wollen helfen«, sagte Carter, »dann helfen Sie! Mal abgesehen von Ihnen selbst – erkennen Sie die Männer auf diesem Bild?«

»Ja.«

»Wir kennen Cole und Pike«, sagte Hollis. »Wer ist der Blonde?«

»Jon Stone. Mehr weiß ich nicht über ihn.«

Hollis warf Carter einen Blick zu und öffnete eine Notizenseite auf dem Tablet.

»Die Identität kann ich noch nicht bestätigen. Fährt einen schwarzen Range Rover. Zugelassen auf und im Besitz einer Gesellschaft mit beschränkter Haftung namens Three Sides LLC, eingetragener Geschäftssitz ist ein Postfach in West Hollywood. Keine Anzeigen, Anordnungen oder Vorladungen. Nichts. Er und Pike sind gleichzeitig eingetroffen. Pike mit dem Jeep, der Blonde mit dem Rover.«

Carters Blick wanderte zu Scott.

»Was ist er für Cole?«

»Freunde, vermute ich. Er hat ein paar Witze gerissen, aber

ansonsten nicht viel gesagt. Pike hat noch weniger gesagt. Die meiste Zeit haben Cole und ich geredet.«

Carter ließ sich seine Ungeduld anmerken.

»Sie waren da oben bei diesen Leuten, und Sie wissen nicht, wer sie sind?«

»Ich wusste nicht, dass Cole Gesellschaft haben würde.«

Hollis fragte, ob Stone irgendwelche Narben oder Tätowierungen hatte oder andere besondere Merkmale, die sie bei einer Identitätsüberprüfung verwenden könnten.

»Einsachtzig, fünfundachtzig Kilo, braune Augen. Die Haarfarbe ist nicht Natur. Sie sind gebleicht.«

Ihm kam ein zusätzlicher Gedanke.

»Ich bin ziemlich sicher, dass er ein ehemaliger Soldat ist. Ein Army-Typ.«

»Hat er den Dienst erwähnt?«

»Er hat gesagt, Hunde wie Maggie hätten ihn gerettet. Stone machte eine spitze Bemerkung über Pike und Maggie, dass sie beide *jarheads* seien. Das sagen Soldaten und Marines zueinander.«

Stiles nickte Hollis zu.

»Überprüfen Sie das. Jon Stone. Veteran. Army. Sehen Sie zu, was Sie herausbekommen.«

Hollis ging mit seinem Tablet, und Carter widmete sich wieder Scott.

»Worüber haben Sie und Ihre Freunde denn so geplaudert?«

Scott lieferte einen korrekten, aber unvollständigen Bericht ihrer Unterhaltung, einschließlich Coles Zugeständnis, dass er eine verdächtige Person war und ihn auf das Observierungsteam aufmerksam gemacht hatte. Er verschwieg, dass Cole ihm geraten hatte, Carter anzurufen, und auch sein Angebot, Scott zu helfen. Und er verschwieg die Katze.

»Ich habe ihm von der Bombe unter meinem Auto erzählt und habe versucht, ihn um Mithilfe zu bitten. Er wirkte sehr verständnisvoll, aber das war's dann schon. Er sagte, er werde helfen, wenn er könnte, aber er hat mir keinerlei Informationen angeboten.«

»Glauben Sie ihm?«

»Ich glaube, dass er mehr weiß, als er zugibt. Ich glaube nicht, dass er etwas mit Echo Park zu tun hatte.«

Carter zog fragend die Augenbrauen hoch.

»Wieso? Sind Sie ein Swami oder was?«

Stiles beugte sich mit ernster Miene vor.

»Warum, Scott?«

»Er hat mich gefragt, ob wir den Verdächtigen identifiziert hätten.«

Carter warf Ignacio einen Blick zu.

»Wahrscheinlich sind sie Partner.«

Scott schüttelte den Kopf, versuchte zu erklären.

»So war's nicht. So wie er das gefragt hat. Sein ganzes Verhalten, sein Tonfall. Er hat gehofft, ich würde ihm einen Namen nennen. Ich glaube, er war enttäuscht.«

Carter zog ein finsteres Gesicht, wirkte noch gereizter.

»Was haben Sie ihm gesagt?«

»Die Wahrheit. Wir haben bislang niemanden identifiziert.«

Carter warf die Hände in die Luft, machte eine Show für Ignacio.

»Herr im Himmel, Mann, das ist ein Verdächtiger.«

Er spreizte die Arme, trug noch eine Nummer dicker auf.

»Genau das meine ich doch. Er muss nicht wissen, was wir wissen, oder sonst etwas.«

Scott wurde wütend, und betroffen.

»Ich bin nicht dort hingefahren, weil ich blöd bin. In der

Nacht, als Sie Cole befragt haben, da haben Cole und ich ein paar Worte miteinander gewechselt. Wir haben darüber gewitzelt, dass ich ihn um Haaresbreite erschossen hätte. Das hat er heute wieder erwähnt. Ich dachte, ich könnte vielleicht etwas lostreten, wenn er weiß, dass der Mann, den er verfolgt hat, versuchte, mich umzubringen.«

Mitchell wirkte interessiert.

»Wie haben Mr. Cole und seine Freunde reagiert, als Sie ihnen von der Bombe erzählten?«

»Alles hat sich geändert. Es war, als hätte ich einen Schalter umgelegt. Vorher haben sie sich wie Klugscheißer benommen, danach haben sie Fragen gestellt.«

Mitchell beugte sich vor.

»Kannten sie sich mit Sprengstoffen aus?«

Scott ließ diesen Teil der Unterhaltung vor seinem geistigen Auge abspulen.

»Nein, hauptsächlich haben sie sich nach dem Verdächtigen erkundigt. Der Blonde – Jon Stone – fragte, ob er der Waffenhändler wäre.«

Stiles legte den Kopf auf die Seite.

»Womit er den Mann meinte, von dem wir glauben, dass er Sie umbringen wollte?«

»Ja. Aber ich glaube, er hat das wegen des Kriegsmaterials gefragt, das wir sichergestellt haben. ›Ist das der Waffenhändler?‹ Soll heißen, war das der Kerl, der das Kriegsmaterial verkauft? Das ist schon irgendwie komisch. Und er fragte, ob der Mann einen Akzent hatte.«

Stiles machte sich Notizen.

»Das ist mal eine seltsame Frage. Ein Akzent. Mr. Stone hat das gefragt?«

»Ja.«

Carter warf Stiles einen Blick zu, als verüble er ihr diese Frage.

»Was noch? Ende der Unterhaltung?«

Scott dachte zurück.

»Er fragte, wie wir weiterkommen, ob wir schon irgendwelche Fortschritte gemacht hätten. Das war's so ziemlich. Da ich nicht weiß, was wir tun oder ob wir irgendwelche Fortschritte gemacht haben, hatte ich ihm nichts zu sagen.«

Carter bemerkte die darin verborgene Spitze und wollte schon etwas erwidern, doch Ignacio kam ihm zuvor.

»Russ? Ist das für Sie okay?«

»Keine Probleme hier. Hört sich nach viel Lärm um nichts an.«

Mitchell warf Carter einen Blick zu und lächelte gepresst.

»Sie sollten diesen Burschen verdrahten und dann zurückschicken, Carter. Wer weiß, was wir dadurch erfahren könnten.«

Ignacio löste sich von der Wand und schüttelte Mitchell die Hand.

»Danke, Russ. Entschuldige die Unannehmlichkeiten.«

»Kein Ding, nichts passiert. Hätte schlimmer sein können.«

Es war still im Raum, bis Mitchell fort war, dann drehte Ignacio sich zu Scott um.

»Was denken Sie, denkt er von uns? Dass wir eine Bande dilettantischer Cowboys sind? Mir ist das unangenehm. Ist es Ihnen auch unangenehm, Officer James?«

»Ja, Sir. Es tut mir leid, wenn –«

»Es ist Ihnen nicht so unangenehm, wie es sein könnte, aber ich sehe nicht, dass Detective Carters Ermittlungsarbeit ernsthaft in Mitleidenschaft gezogen wäre, oder, Detective Carter?«

»Höchstens, wenn Cole damit durchkommt.«

»Einverstanden. Also, sofern Mr. Cole nicht auf das nächste Schiff nach China hüpft, werden Sie keine offizielle Beschwerde gegen Officer James hier einreichen, richtig, Brad?«

»Nein, Sir.«

Ignacio sah wieder Scott an.

»Und Sie, Finger weg von Cole. Das ist ein Befehl. Sie werden im Rahmen dieser Ermittlung nur dann aktiv, wenn Detective Carter dem zustimmt. Verstehen wir uns in diesem Punkt?«

»Ich würde gern über den Stand der Ermittlungen informiert werden. Ich weiß nicht, ob Sie Fortschritte machen oder was Sie tun. Bei allem Respekt, Sir, es geht hier um meinen eigenen Arsch.«

Ignacio gab Carter seine Antwort.

»Halten Sie ihn auf dem Laufenden.«

Als Ignacio die Tür erreichte, drehte er sich noch einmal um.

»Wir werden ihn schnappen. Jeder Officer in diesem Gebäude, jeder einzelne Officer in dieser Stadt, wir alle sitzen in einem Boot. Wir werden ihn schnappen.«

Nachdem Ignacio fort war, zog Carter sein Jackett an und sprach zu Stiles. Scott ignorierte er völlig.

»Bringen Sie ihn auf den aktuellen Stand, während er sich Verbrecherfotos ansieht.«

Carter ging, ohne einen Blick zurück.

Stiles massierte sich die Stirn, und Scott fand, sie sah noch erschöpfter aus als Carter.

»Bei den meisten Fällen, wenn man da Augenzeugen hat, Abdrücke auf der Waffe, dann ist man mit der Sache durch. Das hier ist anders. All die Bleiche und das ganze Ammoniak, mein Gott, es gibt nicht einen Fingerabdruck. Die Nachbarn – kein einziger von denen weiß, wer sich um das Haus gekümmert hat.«

Sie schob ihm eine blaue Aktenmappe zu.

»Verbrecherfotos.«

Scott berührte den Ordner, öffnete ihn aber nicht.

»Ich finde nicht, dass ich etwas falsch gemacht habe.«

»Doch, haben Sie. Ich weiß, es ist frustrierend, aber Sie sollten sich entschuldigen.«

»Ich bin nicht frustriert. Ich bin stinksauer, dass dieses Arschloch versucht, mich umzubringen. Ich will ihn schnappen.«

»Wir wollen ihn auch. Ob Sie's nun glauben oder nicht, wir wollen ihn sogar noch mehr schnappen als Sie. Ergibt das einen Sinn?«

»Nein.«

»Wer muss damit leben, wenn er Sie erwischt? Wir.«

Scott schlug den Ordner auf. Das erste Foto sah nicht anders aus als die zweihundert, die er bereits gesehen hatte.

»Sie irren sich, was Cole betrifft.«

»Wäre nicht das erste Mal.«

»Er könnte uns helfen.«

»Nehmen Sie sich die Fotos vor. Wenn Sie mit denen durch sind, haben wir noch jede Menge mehr.«

Scott blätterte die Seite um. Das Gesicht, das dann zu ihm aufschaute, sah überhaupt nicht aus wie der Mann in dem Sakko.

29
Elvis Cole

Pike und ich arbeiteten an einem Ausstiegsplan, während Jon Stone mein Haus und mein Auto checkte. Er benutzte einen mattschwarzen Stab, ein wenig größer als die Fernbedienung eines Fernsehers, um nach Infrarot-Wärmepunkten, elektromagnetischen Feldern und den Frequenzen zu suchen, die von Audio-/Video-Geräten und GPS-Trackern benutzt wurden. Offiziell existierte Jons Ausrüstung gar nicht. Sie war von der National Security Agency für Jons Arbeit im Auftrag der Regierung zur Verfügung gestellt worden. Wie bei Amy Breslyn unterlag auch vieles an Jon Stone strenger Geheimhaltung.

Jon zuckte die Achseln, als er fertig war.

»Nada. Schätze, du bist die Kosten einer Wanze nicht wert.«

Pike ging zur Tür.

»Wir bereiten uns vor. Ruf an, wenn's losgeht.«

Ich ging zu meinem Schreibtisch und dachte an Officer James. Die Sonne stand höher und kribbelte auf meiner Haut mit einer entfernten Hitze. Es gefiel mir nicht, dass ich observiert wurde oder dass Bundesagenten in mein Haus eindrangen. Es gefiel mir nicht, dass die Frau, die ich suchte, wahrscheinlich etwas mit einem Mann zu tun hatte, der versuchte, einen Polizeibeamten zu ermorden. Meiner Klientin gegenüber loyal zu bleiben vermieste mir ordentlich die Laune.

Der Kater sprang auf die Terrasse. Er schien überrascht zu sein, mich zu sehen, und schüttelte sich.

»Dieser Hund brachte mindestens fünfundsiebzig Pfund mehr auf die Waage. Du leidest ganz klar unter Todessehnsucht.«

Er ließ sich auf die Seite fallen und leckte sich den After.

Ich ging hinein, duschte und fand drei Mitteilungen von Meryl Lawrence auf dem Anrufbeantworter. Zwei waren von gestern, die dritte kam zu dem Zeitpunkt, als ich mit Officer James gesprochen hatte.

»Gehen Sie absichtlich nicht ran? Ich werde heute Morgen auf Ihrer Seite der Stadt sein. Rufen Sie mich an. Ich will wissen, ob Sie auch was für Ihr Geld tun.«

Eine Nachricht war genug.

Jennifer Li und die Lerners hatten meine Anrufe nicht beantwortet. Eddie Ditko hatte nicht angerufen, aber mit ihm hatte ich auch erst am Abend zuvor geredet. Jared versprach, sich wegen Ilan und Stacey bei mir zu melden, hatte es aber bislang nicht getan. Falls Ilan und Stacey sich an Charles erinnerten, wollte ich ihnen die Zeichnung zeigen, also versuchte ich es bei *Everett's*, obwohl sie noch nicht geöffnet hatten. Der unvermeidliche Anrufbeantworter sprang an. Karma.

Meryl nervte, aber vielleicht reagierte ja auch niemand auf meine Anrufe, weil ich sie nicht zurückrief. Vielleicht häufte sich hier schlechtes Karma an wie Fliegen auf einer Leiche, und meine Anrufe würden niemals erwidert, bis die Bilanz der Kausalitäten ausgeglichen war. Ich rief Meryl Lawrence an und war überrascht, dass sie sich meldete. Magie.

Sie klang, als sei sie in großer Eile.

»Kann nicht reden. Wir treffen uns in vierzig Minuten. Sie sagen, wo.«

Vierzig Minuten. Keine halbe Stunde oder eine Stunde. Vierzig. Als wären wir ukrainische Spione.

Wir einigten uns auf einen Parkplatz Ecke Sunset und La Cienega. Bei vierzig Minuten blieb mir jede Menge Zeit, also stellte ich mit Jennifer Li meine karmische Balance auf die Probe. Eine Frau meldete sich, und damit stand es zwei für zwei.

»Tut mir leid, wenn ich störe, aber ich versuche Jennifer Li zu erreichen. Das hier war ihre Nummer, als sie noch auf der Highschool war.«

»Hier spricht Jennifers Mutter. Mit wem spreche ich, bitte?«

»Ich bin ein Freund von Jacob Breslyn. Jacob und Jennifer waren zusammen auf der Schule.«

Ihre Stimme wurde traurig.

»Oh, es war so furchtbar, was da passiert ist. Sind Sie der Herr, der auch gestern angerufen hat?«

»Ja, Ma'am. Tut mir leid, dass ich schon wieder anrufe, aber ich bin nur wenige Tage in der Stadt und musste an Jacob denken.«

»Jennie wohnt nicht mehr hier, wissen Sie. Sie hat Dave Tillman geheiratet. Sie ist Ärztin.«

»Eine Ärztin. Sie müssen sehr stolz sein.«

»Kinderchirurgin. Sie operiert kleine Babys.«

»Falls es Ihnen nichts ausmacht, würde ich gern mit ihr sprechen.«

Sie zögerte, und ihre Stimme wurde beklommen.

»Ich habe ihr Ihre Nachricht übermittelt. Sie hat tausend

Dinge um die Ohren, wissen Sie. Assistenzärzte arbeiten fürchterlich viel. Sie ist immer erschöpft.«

Es war offensichtlich, dass sie Jennies Nummer nicht herausgeben wollte, also bedrängte ich sie nicht.

»Ich verstehe, Ms. Li. Kein Problem. Ich erreiche sie bestimmt das nächste Mal. Sind Jennie und Dave eigentlich in L. A. geblieben?«

Ms. Li klang mit einem Mal entspannter, nachdem ich sie nicht mehr unter Druck setzte.

»Ja, Gott sei Dank. Wir sind ja so froh, dass sie eine Anstellung gefunden hat.«

»Sie waren sehr liebenswürdig, Ms. Li. Tut mir leid, dass ich Sie belästigt habe.«

Drei für drei.

Ich steckte die Polizeiskizze in meine Tasche und rief Joe auf dem Weg zu meinem Wagen an.

»Ich gehe los.«

»Bereit.«

Sie hatten sich an zuvor vereinbarten Stellen entlang einer gewundenen Strecke den Canyon hinunter postiert, Pike tief unten und Jon weiter oben, wo er das Observierungsteam im Auge behalten konnte. Sobald sich ein Auto als Schatten hinter mich setzte, würde Jon Pike alarmieren, der sich daraufhin zwischen uns schieben und ihnen den Weg versperren sollte.

Ich war drei Minuten von meinem Haus entfernt, als ich Jon in der Leitung hatte.

»Die rühren sich nicht.«

Zwei Minuten später war ich ein gutes Stück weiter unten im Canyon, als er sich erneut meldete.

»Immer noch keine Bewegung.«

»Überprüf die Gegend«, sagte Pike.

»Diese Typen haben sich nicht gerührt, und ich sehe auch sonst niemanden, der sich an deine Fersen hängt.«

»Keiner folgt mir?«, fragte ich.

»Da fühlt man sich gleich weniger besonders, stimmt's?«

Wir hielten weiter Ausschau, während ich mich den Canyon hinunter vorarbeitete und dann die flachere Gegend in der Nähe des Hollywood Boulevard erreichte.

»Immer noch nichts?«

»Nichts«, sagte Pike.

»Die sind immer noch bei meinem Haus?«

»Positiv.«

»Vielleicht sind das nur Attrappen. Ist überhaupt irgendwer in den Autos?«

»Vielleicht sind es Attrappen, aber ich sehe echte, lebendige Menschen.«

Seltsam.

Pike wieder. »Du bist draußen. Was hast du jetzt vor?«

Ich gab ihnen frei und fuhr weiter Richtung Meryl Lawrence. Sie war schon da und parkte bereits.

In dem zweigeschossigen Einkaufszentrum gab es einen veganen Käseladen, eine Comic-Buchhandlung und einen Donut-Shop in Familienbesitz. Ich parkte einen Block entfernt auf der Straße, ging zu Fuß zurück und stieg zu ihr ins Auto. Meryl schlürfte einen Kaffee, aber das verbesserte ihre Laune auch nicht.

»Sie sind spät.«

»Ich habe gearbeitet.«

»Das nächste Mal arbeiten Sie daran, sich einen besseren Parkplatz auszusuchen. Dieser hier ist scheiße.«

»Okay, keine Scheißparkplätze mehr. Genau.«

Sie trug einen schwarzen Hosenanzug und eine weiße Perlenkette, aber ihre Jacke war zerknittert, und sie hatte dunkle Augenringe. Die Anspannung begann sich zu zeigen, und es würde noch schlimmer kommen.

»Ich habe Ihnen eine Menge zu erzählen«, sagte ich. »Sie sollten wissen, dass gestern die Polizei bei mir war. Darunter ein Agent der Homeland Security.«

Sie schloss die Augen.

»Scheiße. Scheißescheißescheiße.«

Sie öffnete die Tür und kippte den Kaffee aus.

»Ich kann nicht schlafen. Ich kann nichts im Bauch behalten.«

»Vielleicht ist es langsam an der Zeit, es Ihrem Chef zu sagen. Sie müssen ihm ja nicht stecken, dass Sie versucht haben, es mit mir in Ordnung zu bringen. Ich werde Sie nicht verpfeifen.«

Sie starrte in den Becher, als könnte sie sich nicht mehr erinnern, warum er leer war.

»Wenn Sie etwas zu berichten haben, dann legen Sie einfach los.«

Ich zeigte ihr die Polizeiskizze, aber ich erzählte nichts von Scott James oder dass der Mann auf dieser Zeichnung versucht hatte, ihn zu töten. Meryl Lawrence nervte, aber mit meinen Schuldgefühlen musste ich allein fertig werden.

»Kennen Sie diesen Mann?«

»Nein. Wer ist das?«

»Den habe ich von Thomas Lerners Haus ein Stück verfolgt. Die Polizei glaubt, dass die Kriegswaffen ihm gehören.«

Sie zuckte die Achseln, als sehe sie nicht, was daran wichtig sein sollte.

»Okay. Und?«

»Hat Amy ein verzehrendes Interesse an den Leuten zum Ausdruck gebracht, die hinter dem Bombenattentat standen, bei dem ihr Sohn getötet wurde?«

»Was meinen Sie mit *verzehrend*?«

»Zwanghaft. Besessen. Zorn, Wut, Äußerungen, warum sie noch nicht gefasst worden waren.«

»Gar nicht. Sie hat nie darüber geredet. Oder über die Leute.«

»Wussten Sie, dass sie sich eine Waffe gekauft hat?«

Meryl Lawrence starrte mich an, als würde ich sie irgendwie auf eine Probe stellen.

»Von einer Waffe weiß ich nichts.«

Ich zeigte ihr die Quittung und wiederholte, was ich im *X-Spot* gehört hatte. Meryl unterbrach mich mit einer aggressiven Geste auf die Zeichnung.

»Was hat dieser Mann mit Amy zu tun?«

»Sie wollte sich mit Al Kaida in Verbindung setzen, oder mit Leuten, die mit Al Kaida zu tun haben. Und Sie glauben, Charles habe sie überredet, rund eine halbe Million Dollar zu unterschlagen. Dieser Mann hier hat gestohlene Kriegswaffen in Thomas Lerners Haus gelagert, und das Zeug ist nicht billig. Sehen Sie jetzt, wie es zusammenpasst? Vielleicht ist das Charles.«

Sie beäugte die Zeichnung skeptisch.

»Sie meinen, das wäre Charles?«

»Am Ende des Tages werde ich wissen, ob er Charles ist.«

Ich erzählte ihr, dass ich Kontakt zu dem Blumenhändler hatte, der Charles die Blumen verkaufte, und Jennifer Li lieferte uns eine gute Chance, Lerner zu finden. Ihre Augen begannen zu leuchten, als ich ihr von dem Blumenhändler erzählte. Sie war deutlich weniger begeistert, was Jennifer anging.

»Vergeuden Sie nicht Ihre Zeit mit Lerner, aber bei dem Blumenhändler könnte sich tatsächlich etwas ergeben. Vielleicht haben die ja eine versteckte Überwachungskamera.«

»Lerner ist keine Zeitverschwendung. Lerner ist das Bindeglied zwischen Amy und dem Haus, in dem der Sprengstoff gefunden wurde. Möglich, dass Amy Lerner um Hilfe gebeten hat, und Lerner wusste, dass man das Haus als Übergabeort nutzen konnte. Diese Dinge ergeben keinen Sinn, wenn Lerner nicht Teil davon ist.«

Sie blinzelte mich skeptisch an, schüttelte dann den Kopf.

»Sie bringen sich selbst durcheinander. Und auch wenn Sie recht haben, klebt die Polizei garantiert an Lerner. Wenn die herausfinden, dass Sie ebenfalls nach Lerner suchen, bin ich geliefert. Halten Sie sich an den Blumenladen. Die haben vielleicht eine Videoaufzeichnung.«

»Hab gefragt. Haben sie nicht.«

Das Wegwerfhandy vibrierte in meiner Tasche. Ich warf einen Blick auf die Nummer und sah, dass es *Everett's* war.

»Das sind sie. Ich muss los.«

»Fragen Sie, ob er eine Kreditkarte benutzt hat.«

»Hab ich schon. Er hat bar bezahlt.«

Ich öffnete die Tür zum Gehen, doch sie hielt mich am Ärmel fest.

»Der Blumenhändler hat vielleicht seinen Wagen gesehen. Fragen Sie danach. Vielleicht erfahren wir ein Fabrikat und ein Modell. Prüfen Sie, ob das Geschäft nebenan Kameras hat. Wir könnten Glück haben.«

Sie rasselte die Anweisungen herunter, als würde sie Befehle erteilen. Ich öffnete die Tür weiter.

»Ich muss mit dem Mann reden, Meryl.«

»Gut. Gehen Sie. Dabei kommt erheblich mehr heraus, als

hinter diesem Jungen herzujagen. Vielleicht kommen wir ja endlich weiter.«

Ich zog meinen Ärmel weg und stieg aus. Sie beugte sich über den Sitz.

»Weichen Sie mir nicht mehr so aus. Rufen Sie an.«

Ich warf die Tür zu und flüchtete zu meinem Wagen.

30

»Guten Morgen, Ellllvis! Allein diese Worte zu sagen ist in SO vieler Hinsicht ein Traum! Ilan erinnert sich an den fraglichen angeblichen Gentleman. Wir sind hier – für *alles*, was Ihr Herz begehrt.«

Jared gab einen hervorragenden Big Bopper ab.

Ich berührte das Rückruf-Symbol und versuchte, ganz ruhig zu klingen.

»Hey, Jared, vielen Dank für Ihren Anruf.«

»Mensch, hallo, Mr. Man! Ich gehe in Everett's Büro, damit wir Sie lautstellen können. Everett ist natürlich woanders, weiß der Himmel, was er treibt.«

Jared legte mich auf die Warteschleife, war aber zwei Minuten später wieder da.

»Wir sind hier! Elvis, Ilan. Ilan, das hier ist mein guter Freund, Elvis. Diesen Namen muss man einfach lieben, oder? Sag's. Geht einem Ellll-viss nicht einfach wundervoll über die Lippen?«

Eine zweite Stimme, jung und unsicher.

»Hier spricht Ilan. Können Sie mich hören?«

Ihre Stimmen klangen hohl und weit weg, so wie es eben ist, wenn man über Lautsprecher miteinander telefoniert.

»Ich höre Sie gut, Ilan. Hat Jared Ihnen erklärt, um wen es hier geht?«

»Die Pink-Finesse-Gartenrosen.«

»Ein Dutzend wurden an eine Frau namens Amy Breslyn geliefert. Sie haben die Bestellung aufgeschrieben. Das war etwa vor zehn oder elf Tagen.«

»Hm-hmh.«

»Der Mann hat bar bezahlt, und die Karte hat er mit Charles unterschrieben. Erinnern Sie sich an ihn?«

»Hm-hmh.«

Jared seufzte theatralisch.

»Bitte, nuschle nicht. Benutz deine Erwachsenenstimme.«

Ilan sprach lauter und klang genervt.

»Ja, ich erinnere mich an ihn. An seinen Namen kann ich mich nicht erinnern, aber Jared hat mich erinnert.«

»Okay, super. Erinnern Sie sich an seinen Familiennamen?«

»Er hat bar bezahlt. Woher sollte ich da seinen Familiennamen kennen?«

Ilan klang noch genervter, und das gefiel Jared gar nicht. Seine Stimme war schnell und scharf. »Sei nicht schnippisch. Der arme Mann hat dir eine einfache Frage gestellt.«

Ilan erwiderte nichts. Er schmollte.

»Machen Sie sich nichts draus, Ilan«, sagte ich. »Gibt keine Veranlassung, warum Sie den kennen sollten. Ich dachte ja auch nur, er hätte ihn vielleicht erwähnt.«

»Hat er nicht.«

Jetzt klang er richtig mürrisch.

»Hat er erwähnt, warum er die Blumen kauft, oder hat er irgendwas über die Frau gesagt, der er sie schickte?«

Ilans Stimme war so leise, dass ich ihn nicht verstand. Dann begriff ich, dass er mit Jared redete. Jared antwortete mit normaler Stimme.

»Unklarheit ist kein Freund eines zarten Herzens. Sag es ihm, nicht mir. Heilung kommt mit Klarheit.«

Ilan räusperte sich.

»Er hat mir gesagt, er wollte die Dame beeindrucken.«

Jareds Stimme war sanft.

»Wenn ein Gentleman sagt, er möchte eine Frau beeindrucken, dann spricht er nicht von seiner Mutter. Sollen wir eine kleine Pause machen?«

Ich faltete die Zeichnung auseinander. Ich wollte, dass Ilan Charles beschrieb, bevor er die Zeichnung sah. Erinnerungen konnten durch nachträgliche Einflüsse verzerrt werden.

»Ich würde gern weitermachen. Ilan? Können Sie mir beschreiben, wie der Mann ausgesehen hat?«

»Ich weiß nicht, was ich sagen sollte.«

Jareds Stimme knallte wie eine Peitsche.

»Hatte er drei Arme? Einen Kropf? Sei doch nicht so eine Pflaume!«

Jetzt hob sich Ilans Stimme, und er klang verängstigt.

»Warum regst du dich so auf?«

»Sieh mich an! Ich bin einsdreiundsiebzig große, prächtige Liebe. War er größer als ich? Kleiner? Ein stämmiger Adonis oder eine spindeldürre Bohnenstange? *Sprich*!«

Verdammt. Jared war gut.

Ilan machte ein summendes Geräusch, als ob er versuchte, sich den Mann vorzustellen.

»Größer. Er war nicht mager, aber auch nicht übergewichtig. Durchtrainiert, würde ich sagen, und er war total *suburban*.«

»*Suburban* bedeutet was genau?«, fragte ich.

Jared schaltete sich ein.

»Langweilig. Ein heterosexueller, weißer, konservativer Mann mittleren Alters.«

Jetzt war Ilan plötzlich im Flow.

»Ja! Er hat ausgesehen wie mein Dad. Das ordentlich gekämmte braune Haar stramm auf dem Weg zu Grau, die Tennisbräune, dieses ganze hibbelige Businessman-Gehabe. *Oh-mein-Gooott*, er hatte seinen Kragen offen. Das ist *so was von voll* mein Dad. *Und nun hinfort mit der Krawatte, der Tag geht, Johnnie Walker kommt.*«

»Hat er ein Sakko getragen?«

Ilan machte wieder dieses komische Gesumme.

»Hmmm. Bin nicht ganz sicher, ob er einen Anzug anhatte oder ein Sakko, aber jedenfalls ein Jackett.«

Der Mann auf der Polizeizeichnung war ein Anglo mittleren Alters mit kurzem braunem Haar. Auf der Skizze trug er ein Sakko zum Hemd mit offenem Kragen. Vielleicht war ja der Mann, den ich verfolgt hatte, Ilans Vater.

»Sonst noch was?«, fragte ich. »Narben oder Tätowierungen? Eine dicke, protzige Armbanduhr?«

Ilan summte wieder, strapazierte sein Gedächtnis.

»Mensch! Tut mir echt leid. So lange hatte ich ja nicht mit ihm zu tun.«

Jared gab sich einfühlsam und verständnisvoll.

»Das hast du *gut* gemacht.«

»Es war der reinste Wahnsinn an dem Tag. Unser Eastside-Truck war praktisch startklar, und dann kommt dieser Gentleman rein und möchte, dass sein Arrangement noch am gleichen Tag zugestellt wird. Er war total hartnäckig. Wir sollten alles andere stehen und liegen lassen.«

Etwas verwirrte mich.

»Was ist der Eastside-Truck?«

Jared erklärte es mir. Ihre Lieferzonen waren geografisch aufgeteilt. Ein Wagen belieferte Adressen östlich ihres Ladens, ein zweiter erledigte die Auslieferungen im Westen.

»Die Blumen sind mit dem Eastside-Transporter raus?«

»Ja. Deshalb musste ich mich ja so beeilen.«

»Hancock Park liegt aber im Westen.«

Jared machte einen traurigen, theatralischen Seufzer.

»Oh mein Gott, Verrat und Untreue. Ein Liebesnest.«

»Sie sind nicht nach Hancock Park geliefert worden?«

Jared nannte eine Adresse in Silver Lake. Silver Lake lag, von ihrem Geschäft aus gesehen, im Osten. Ich notierte die Anschrift und fragte mich, warum Amys Blumen nach Silver Lake geliefert wurden, wo ich sie doch in der Hancock-Park-Wohnung gefunden hatte.

»Eine Sache, Ilan. Wenn Sie Charles noch einmal sähen, würden Sie ihn dann erkennen?«

»Nach dem ganzen Theater? Den vergesse ich niemals!«

Ich sagte Jared, ich würde ein Bild mailen wollen, und fragte daher nach der E-Mail-Adresse von Everett's. Jared nannte mir seine private Adresse.

»Diskretion«, sagte er.

Ich strich die Zeichnung glatt, machte ein Foto und schickte es. Jared öffnete die Mail wenige Sekunden später.

»Das Konterfei des fraglichen Gentlemans?«

»Zur Verfügung gestellt von einem Freund.«

Ilans Antwort erfolgte unmittelbar.

»Das ist er nicht.«

»Du musst dir ganz sicher sein«, sagte Jared.

»Sein Gesicht war schmaler. Seine Nase war kleiner und irgendwie anders. Die ganze Stirnpartie ist nicht richtig, und dann sein Unterkiefer. Nein, das ist nicht Charles. Ich bin sicher.«

Ich hätte erleichtert sein sollen, hatte jetzt aber nur noch Silver Lake im Kopf. Amy hatte ein Leben verlassen und ein anderes betreten, doch vielleicht war sie nur auf die andere Seite der Stadt gewechselt. Vielleicht wohnte Charles in Silver Lake, und Amy war zu ihm gegangen.

»Jared? Falls Charles noch einmal kommt, würden Sie mir dann Bescheid geben?«

»Sofort.«

»Sagen Sie ihm bitte nicht, dass ich mich nach ihm erkundigt habe, okay?«

»Als ob ich so indiskret sein könnte. Ihre Geheimnisse sind bei mir bestens aufgehoben.«

Ich bedankte mich bei ihnen und senkte das Telefon.

Vielleicht lebte Charles in Silver Lake, vielleicht auch nicht, und Amy war vielleicht bei ihm, vielleicht aber auch nicht. Jedenfalls hatte irgendwer in Silver Lake Amys Blumen erhalten und kannte wahrscheinlich Charles. Es könnte sein, dass Charles die Blumen an sich selbst geschickt und sie dann persönlich Amy gebracht hatte.

Joe Pike meldete sich beim ersten Klingeln.

»Ich glaube, ich hab sie gefunden.«

»Was ist mit Charles und dem Mann auf der Zeichnung?«

»Finde einen, findest du alle.«

Ich traf mich mit Joe Pike und Jon Stone in Silver Lake.

31
Jon Stone

Als Cole ihn wegschickte, düste Jon zurück nach West Hollywood. Er war noch nicht lange genug wieder zu Hause gewesen, um seinen Pool anzuwärmen, aber während er durchs Haus ging, zog er sich aus und glitt dann ins Wasser wie ein nackter Garten-Dart.

Das kalte Wasser brannte auf seiner Haut, tausend Stacheln, war aber klar und sauber und reinigend. Jon liebte es. Rein in den Pool und wieder raus, das war das Erste, was er machte, wenn er von einem Job nach Hause kam. Es glich einer Wiedergeburt.

Jon dachte an die Frau, während er schwamm, die Lady in der Broschüre. Ihre Augen waren ausdruckslos und leer, wie Löcher in ihre Seele, aber er wollte verdammt sein, wenn sie ihm nicht bekannt vorkam. Jon meinte, sie schon einmal gesehen zu haben, und sie vielleicht sogar schon einmal getroffen zu haben, aber er konnte sie nicht zuordnen. Was Jon wütend machte. Ein Mann mit seinem Gedächtnis!

Er drückte sich aus dem Wasser hoch und trat unter die Außen-Dusche. Die französischen Mädchen waren davon total begeistert gewesen. Groß genug für drei, sechs wandmontierte Sprühköpfe aus geschwärztem Titan mit dazu passenden Kopfbrausen im Rainshower-System. Die preisgekrönten

Brausen gab es gar nicht in den Vereinigten Staaten, weswegen Jon sie an Bord einer MC-130 der Air Force aus Europa mitgebracht hatte. Dann ging er ins Haus, um einen Happen zu essen.

Die Augen der Lady folgten ihm.

Jon machte ein paar tiefgefrorene Tamales in der Mikrowelle heiß. Mit den Tamales, einem Karton fettfreier Milch und seinem Laptop ging er zur Couch. Dort saß er nackt, aß und las über Jacob Breslyn. Artikel aus der *New York Times* und der *Washington Post* bestätigten die Fakten, die er von Cole erfahren hatte. Ein Selbstmordattentat in einer Außengastronomie in der nigerianischen Hauptstadt Abuja hinterließ vierzehn Tote und achtunddreißig Verletzte, einer der Toten war ein junger Journalist namens Jacob Breslyn. Jon googelte die damaligen Original-Videobeiträge von CNN und BBC. Jon war ein Experte für die Beurteilung von Bombenschäden und wollte sehen, ob seine eigene Einstufung mit den veröffentlichten Berichten übereinstimmte.

Eine Korrespondentin mit britischem Akzent war als Erste am Tatort. Sie ging auf Sendung, während hinter ihr die unmittelbare Umgebung des Tatorts abgesichert wurde. Ungefähr die erste Minute füllte die Reporterin das komplette Bild aus, dann trat sie zur Seite, und nigerianische Rettungsfahrzeuge drängten sich auf einem kleinen Platz. Die den Platz säumenden Cafés und Geschäfte wurden von den blitzenden Warnlichtern der Fahrzeuge in rotes und weißes Licht getaucht. Polizisten und Soldaten rannten durch den Dunst, brüllten auf Englisch mit britischem Akzent und auf Hausa.

Jon stellte den Ton ab und betrachtete das Blutbad. Fenster und gläserne Ladenfassaden um den Platz waren herausgeflogen, und die gestreifte Markise des Cafés war teilweise eingestürzt. In Fahrzeugen deponierte USBVs sprengten normalerweise Wände weg und hinterließen schwelende Gerippe ausradierter Autos und Lastwagen, aber Jon sah keine nennenswerten Schäden an Mauern oder Gebäuden. Als die Kamera näher heranging, bemerkte Jon, dass die Beschilderung und die Wände des Cafés zerklüftet waren. Tische und Stühle im Außenbereich waren zur Seite geschoben und umgekippt worden, wirkten ansonsten aber unbeschädigt. Jon entschied, dass die zerklüfteten Oberflächen auf Granatsplitter zurückzuführen waren, und höchstwahrscheinlich hatten Gäste und zuerst eintreffende Rettungskräfte die Tische umgeworfen. Er folgerte, dass die Sach- und Personenschäden durch vierzig bis sechzig Pfund hochexplosives Material verursacht worden waren, das mit Radmuttern und Nägeln versetzt wurde, um Schrapnelle zu ergeben. Diese Bombe sollte so viele Menschen wie nur möglich töten oder verstümmeln. Eine Terrorwaffe.

»Bestien«, sagte Jon Stone.

Den Nachrichten zufolge war der Selbstmordattentäter eine nicht identifizierte Frau von ungefähr fünfundzwanzig Jahren, in deren Blut Spuren von Methamphetamin, Kokain und LSD gefunden wurden. Sie trug den Sprengstoff unter ihrer Kleidung in einem in Australien hergestellten Rucksack, den sie sich auf den Bauch geschnallt hatte. Jeder, der sie sah, würde denken, sie sei schwanger.

Jon aß den zweiten Tamal. Er trank einen Schluck Milch, stellte den Laptop fort und ging hinaus.

Ein schöner Tag. Sonnig und hell.

Jon hatte den größten Teil seines Berufswegs Geheimdienstinformationen gesammelt, für Sicherheit gesorgt, Geiseln befreit und, auf die eine oder andere Art, in direktem Bodenkampf gegen Personen gekämpft, die von den Vereinten

Nationen, der Regierung der Vereinigten Staaten und der zivilisierten Welt als Terroristen identifiziert worden waren. Da dieser Zwischenfall in Nigeria stattgefunden hatte, wusste Jon, dass die Verantwortlichen für das Attentat entweder Mitglieder von Boko Haram gewesen sein dürften, einer islamistischen militanten Gruppierung mit Verbindungen zu Al Kaida, oder von Ansaru, einer Splittergruppe von Boko Haram. Beide begingen häufig Selbstmordattentate und benutzten oft Frauen und Kinder als Transporteure ihrer Bomben. Keine der beiden Gruppen hatte die Verantwortung für dieses Attentat übernommen, aber Jon wusste, dass das wenig bedeutete. So viele Vollidioten mit Verbindungen zu Al Kaida liefen in diesem Teil der Welt frei herum, dass man kaum den Überblick behalten konnte. Man würde höchstwahrscheinlich niemals erfahren, wer das Attentat in Auftrag gegeben hatte, und wahrscheinlich war er auch längst tot.

Zum Leidwesen von Ms. Breslyn und den anderen Familien.

Jon ging zurück ins Haus und googelte Bilder von Jacob Breslyn. Er fand einen großen, jungen Mann mit einem schmalen Gesicht, gelassenem Lächeln und hoher Stirn. Intellektuell, auf dem Weg zur Reife. Ein völlig normaler, ganz alltäglicher Zivilist.

Mit einem Mal begriff Jon, warum Amy ihm bekannt vorkam, und er spürte, wie ihm Tränen in die Augen traten.

»Schluck's runter.«

Delta-Jungs schluckten es runter.

Jon klappte seinen Rechner zu und warf ihn zur Seite. Er dachte an die Männer, die während seiner Zeit bei den Deltas gestorben waren, und an die Augen ihrer Frauen und Mütter. Jacob Breslyn war Zivilist gewesen. Amy Breslyn war die

Mutter eines Zivilisten. Sie ging eines Abends in einer rationalen Welt zu Bett, und wachte als Kollateralschaden auf.

Keine Gruppe oder Einzelperson hat die Verantwortung für das Attentat übernommen, und kein Verdächtiger wurde genannt.

Tja, was zum Teufel?! Die arme Frau will wissen, wer ihren Sohn umgebracht hat, und sie denkt, sie müsse nichts weiter tun, als einfach einen Terroristen fragen, einen Irren suchen, der ihr wie von Zauberhand Kontakt zu Fanatikern auf der anderen Seite der Welt herstellt, und diese Leute würden es dann tatsächlich WISSEN, und sie würden es tatsächlich IHR ERZÄHLEN??

»Ich weiß«, sagte Jon. »Es tut so weh.«

Er sagte es laut. Sie wollte, dass der Schmerz aufhörte, aber manchmal tat er das nicht. Wenn der Schmerz anhielt, hatte der Soldat nur eine einzige Möglichkeit. Schluck's runter, denn andernfalls wird dich der Schmerz umbringen.

Jons Telefon läutete wie eine Glocke bei Beginn eines Wettkampfs.

Die Anrufkennung zeigte *E BOWEN*, E für Ethan, der in London ein privates Militärunternehmen leitete. Jon hatte bereits viele Male für Bowen gearbeitet.

»Ey, Jonny, alter Freund, hast du dich schon gut ausgeruht? Pakistan, du erinnerst dich? Ein ordentlicher Bonus.«

Jon hatte sich mit Ethan in Paris auf einen Drink getroffen. Er hatte ihm einen ruhigen Job angekündigt, und Jon war davon ziemlich angetan gewesen.

»Sorry, Ethan«, sagte Jon nun, »ich hab was angenommen. Bin derzeit ausgebucht.«

»Jetzt warte mal, ja? Acht Tage, rein und raus, wie wir's besprochen haben. Du warst doch ganz scharf drauf.«

»Tut mir leid, Mann. Es ist was Persönliches.«
Jon legte auf.

Amy wollte Antworten, klar, und jemanden, dem sie die Schuld zuschreiben konnte, aber vor allem anderen wollte sie, dass der Schmerz aufhörte.

Jons Telefon läutete wieder. Diesmal war es Pike.

»Cole hat einen Hinweis auf die Frau. Silver Lake. Hier ist die Adresse.«

Jon zog sich schnell an und lief zu seinem Rover.

Ein Soldat musste es runterschlucken, aber ein anderer Soldat konnte helfen.

32
Elvis Cole

Silver Lake war ein älteres Wohngebiet zwischen Los Feliz und Echo Park, das sich in die Berge hinein ausgedehnt hatte, die einen mit Beton eingefassten Stausee umgaben, welcher der Gegend ihren Namen verliehen hatte. Jon und ich parkten an der Südseite des Sees und fuhren mit Pike weiter, ich auf dem Beifahrersitz und Jon hinten. Pikes GPS führte uns auf der Westseite des künstlichen Sees entlang vorbei an Joggern, Radfahrern und Leuten mit Hunden. Seit wir losgefahren waren, hatte keiner von uns ein Wort gesprochen.

Hinter mir steckte sich Jon eine 45er an die Taille, zog ein sehr weites kurzärmeliges Hemd an, um die Waffe zu verbergen, und starrte ansonsten still aufs Wasser.

»Schön heute. Seht nur, wie blau.«

Ich warf einen Blick zum Wasser, fragte mich dabei jedoch, was wir wohl bei dem Haus antreffen würden.

»Ja. Hübsch.«

Das Wasser hatte ein dunkles, tiefes Blau, umgeben von einem smaragdgrünen Randstreifen. Das Grün kam durch das Licht, das vom Beton unter der Wasseroberfläche reflektiert wurde. Die Ufereinfassung war rissig und so viele Male geflickt worden, dass sie wie runzlige Lippen aussah. Früher hatte der Stausee Wasser für sechshunderttausend Haushalte bereitgestellt, bot heute jedoch nur noch einen hübschen Anblick. Das hübsche blaue Wasser war voller krebserregender Ionen, von der Sonne erzeugt.

»Zwei Minuten«, sagte Pike.

Wir bewegten uns vom See fort, weiter hinauf, auf einer schmalen Straße mit Häusern im spanischen Stil, bunt herausgeputzt und changierend zwischen Türkis, Limettengrün und Gelb. Die Häuser waren nett, aber in den Berghang hineingebaut und reichten bis zur Bordsteinkante. Die meisten hatten keine Zufahrten, daher war die Straße zugeparkt mit Autos von Anwohnern und Arbeitern auf einer Baustelle.

Im Jeep war es stickig und schwül, wie in einem Truppentransporter in Feindesland. Ich sagte mir, Amy würde in diesem Haus sein, glaubte es aber selbst nicht. Wer immer hier wohnte, war vermutlich bei der Arbeit, höchstwahrscheinlich eine Frau, und sie hätte keine Ahnung von Charles oder von Amys Besessenheit. Wie Meryl Lawrence. Alles was sie an Amy Breslyn für wahr hielt, würde sich als falsch erweisen. Amy hatte Geheimnisse.

»Linke Seite«, sagte Pike. »Das graue.«

Ich beugte mich vor.

»Fahr langsamer.«

Die Adresse gehörte zu einem kleinen verputzten Haus über einer Doppelgarage auf der Bergseite der Straße. Zwei große Fenster des Zimmers über der Garage boten einen guten Blick zur Straße hin, und vom Bordstein führte eine Betontreppe mit einem schmiedeeisernen Geländer zu einer überdachten Veranda. Das Garagentor und die Haustür waren pink. Ich fragte mich, ob sich hinter den hübschen rosa Türen wohl Panzerfäuste und Plastiksprengstoff verbargen.

»Was fährt sie?«, fragte Jon.

»Einen Volvo. Eine beigefarbene viertürige Limousine.«

Wir passierten die Baustelle, wendeten an der nächsten Querstraße und kehrten zurück. Keine beigen Volvos zu sehen, nirgends Wachen postiert, und aus den Fenstern linste niemand nach draußen.

»Stopp«, sagte ich. »Ich gehe rauf.«

Wir parkten vor der Garage. Pike versuchte, das Tor anzuheben, aber es rührte sich nicht. Der Briefkasten war leer. Jon ging zur anderen Seite der Garage und verschwand den Hang hinauf.

Reden war nicht erforderlich.

Ich ging die Treppe hoch und weiter zur Haustür. Pike postierte sich seitlich, die Pistole an seinem Bein.

Gardinen hingen vor den Fenstern zur Veranda, durchsichtige Gardinen. Wie durch Glastüren fallendes Licht war zu erkennen, aber drinnen rührte sich nichts, das Haus war still. Ich drückte auf die Klingel und klopfte an. Ich nahm meine Picking-Pistole heraus, um das Schloss zu knacken, doch da öffnete Jon Stone die Tür. Diese Delta-Jungs waren schnell.

»Sauber. Niemand zu Hause.«

Ich trat an ihm vorbei, war entmutigt und gereizt.

»Wie bist du reingekommen?«

»Eine Seitentür zur Küche.«

Aus dem Wohnzimmer gelangte man in ein Esszimmer, aus dem Verandatüren auf einen gefliesten Innenhof führten. Pike warf einen Blick durch diese Türen, kontrollierte das Gelände hinter dem Haus.

»Alarmanlage?«

»Nein. Die Küche liegt neben dem Esszimmer, zwei Schlafzimmer und ein Bad gehen vom Flur ab.«

Pike nahm sich die Küche vor. Jon blieb bei den Fenstern

nach vorn, um die Straße im Auge zu behalten, und ich ging schnell zu den Schlafzimmern. Ein großes Verlangen, die Jagd zu forcieren, schwoll in meinem Bauch an. Ich ermahnte mich, einen Gang runterzuschalten, schaffte es aber nicht.

Ein kleines Zimmer im hinteren Teil des Hauses lag zum Hof. Das Hauptschlafzimmer war größer und befand sich über der Garage. Ich warf einen kurzen Blick in das hintere Zimmer und kehrte dann schnell ins große zurück.

Ein ordentlich gemachtes Doppelbett stand vor den Fenstern zur Straße. Eine Kommode war vor der angrenzenden Wand zu sehen, und vor den Fenstern gab es einen zum Schreibtisch umfunktionierter Tisch. Acht oder neun Kostüme hingen an einer Stange im Kleiderschrank. Fünf Paar Damenschuhe und drei Handtaschen kauerten unter den Kleidungsstücken. Die Kleidung sah aus, als würde Amy so etwas tragen, und schien auch ungefähr die richtige Größe zu haben. Acht oder neun Kombinationen waren nicht viel. Ihr begehbarer Schrank in Hancock Park war so vollgestopft mit Kleidung, dass ich unmöglich sagen konnte, ob Stücke fehlten.

Ich überprüfte die Kommode und ging zum Schreibtisch. Mehr Kleidung in zwei Schubladen, zwei weitere Schubladen waren leer. Ein preiswerter Monitor, ein billiger Drucker und ein paar Blöcke und Stifte lagen auf dem Tisch, aber weder ein Telefon noch ein Computer. Nichts auf dem Tisch oder im Schlafzimmer identifizierte die Person, die hier wohnte.

Vielleicht wohnte niemand hier.

Vielleicht jetzt nicht mehr.

Ich kehrte ins Wohnzimmer zurück. Jon stand immer noch am Fenster.

»Was denkst du?«, fragte er.

»Ich weiß nicht.«

Eine maulwurfsgraue Couch stand gegenüber entsprechenden maulwurfsgrauen Sesseln mit einem klobigen Couchtisch dazwischen. Passende Beistelltische, viel zu groß für den verfügbaren Platz, rahmten die Couch ein, und ein belangloses Möbelhausgemälde hing an der Wand. Das Mobiliar wirkte neu, erinnerte aber an die Einrichtung einer Billig-Motelkette.

Pike kehrte aus der Küche zurück.

»Ein paar Teller und Grundnahrungsmittel, Reste von Essen zum Mitnehmen, ein paar Sachen im Müll. Sieht zwei, drei Tage alt aus. Eine Person, nicht mehr.«

»Telefon oder Fernsehen?«

»Nein.«

Ich starrte das Kulissenmobiliar an. Die Frau, die hier wohnte, war fast sicher Amy, aber sie hatte hier ganz sicher weder mit Charles noch einem Freund oder gar Thomas Lerner gepennt. Ich fragte mich, wo sie steckte und ob sie zurückkehren würde. Außer ein paar Kleidungsstücken war nichts von Amy hier, und auch nichts von Jacob. Vielleicht würde sie nicht zurückkommen. Vielleicht hatte sie den Kontakt zu den Leuten hergestellt, die sie zu finden versucht hatte, und jetzt war sie tot oder floh aus dem Land.

Ich fühlte mich müde. Ich wollte mich auf die billige maulwurfsgraue Couch setzen, aber ich ging zur Tür.

»Sie war's. Sie war hier. Und sie ist weg.«

Jon hakte die Daumen in seine Hosentaschen.

»Sie hat sich eine Menge Mühe gemacht, die Wohnung einzurichten. Vielleicht schaut sie wieder rein. Ich kann was basteln, damit wir es erfahren.«

Ich verstand nicht.

»Was erfahren?«

»Sie hat WLAN. Unter ihrem Schreibtisch steht ein Router.«

Jon zog an den Gardinen und klopfte gegen die Wand.

»Wir montieren einen Bewegungssensor, dann erfahren wir, wenn jemand hereinkommt. AV-Sender hier und im Schlafzimmer, dann haben wir Augen und Ohren.«

Er zuckte die Achseln, als wäre das die leichteste Übung der Welt.

»Werde dir nicht mal was dafür berechnen. Nicht, dass du dir mich überhaupt leisten könntest.«

»Hast du irgendwas, um die Garage zu öffnen?«, fragte Pike.

»Hab die ganze Trickkiste in meinem Wagen.«

Jon Stone war schon eine Nummer.

Pike brachte uns runter zum See, und Jon fuhr dann mit seinem Rover wieder zum Haus. Ich stieg in meinen Wagen und starrte auf das trügerische blaue Wasser. Amy Breslyn erwies sich als smart, gründlich und gut vorbereitet. Das Haus zu verwanzen war vernünftig, aber Amy könnte ähnliche Häuser überall in der Stadt haben, bereit, bei Bedarf benutzt zu werden, bis dahin verlassen und leer. Wenn sie nicht zurückkehrte, bedeutete das Haus in Silver Lake nichts. Ich brauchte eine neue Spur und dachte darüber nach, als Eddie Ditko anrief.

»Ich hatte recht, was das Potenzial betrifft. Dieser Wichser Medillo hat Beine.«

»Schieß los.«

»Zunächst musst du wissen, dass wir nicht die einzigen Pferde im Rennen sind. Ein Bulle aus L. A. hat bereits in Solano angerufen.«

»Carter?«

»Stinnis. Kennst du ihn?«

Doug Stinnis arbeitete bei der Hollywood Homicide, als ich ihn kannte, bevor er Karriere machte.

»Er ist gut. Ist das deine Art zu sagen, dass man nicht mit dir reden wollte?«

Eddie gackerte wie ein Mann, der mit zerbrochenem Glas gurgelte.

»Es ist meine Art, dir zu sagen, dass die Cops einen Schritt voraus sind. Du verlierst.«

Manchmal musste man ihn einfach ignorieren.

»Hilf mir einfach. Was hast du über das Haus herausbekommen?«

»Nichts. Das Gefängnis wusste rein gar nichts über das Haus, bis Stinnis es ihnen erzählte. Weißt du, was er ihnen noch erzählt hat?«

»Dass er mir einen Schritt voraus ist und ich ein Loser bin?«

»Mehr oder weniger genau das. Medillo hat das Haus von seinem Zellengenossen gekauft, und sein Zellenkumpan ist ebenfalls oben in Solano gestorben.«

Ich kannte den Namen aus den Steuerunterlagen.

»Walter Jacobi?«

»Vielleicht bist du ja doch nicht so weit zurück, wie ich dachte. Ja, Jacobi. Drei Wochen nach dem Besitzerwechsel ist Jacobi an einer Überdosis gestorben. Elf Tage später wurde Medillo ermordet.«

»Wer hat ihn umgebracht?«

»Keine Ahnung. Es gab Stress zwischen Gangs, ein Ding zwischen den Schwarzen und den Braunen. Medillo war angeblich nur Zuschauer, aber irgendwer hat ihm sechzehn Stiche verpasst.«

»Ist die Akte geschlossen?«

»Nein. Du weißt doch, wie das läuft. Zwei Dutzend Tatverdächtige, die Kameras waren abgedeckt, niemand hat geredet.«

»Geht man davon aus, dass die beiden Todesfälle miteinander zu tun haben?«

»Hatten nie einen Grund dazu, aber da wussten sie ja auch noch nichts von dem Haus. Beide Typen waren drogensüchtig, also könnte irgendwer Medillo für den Tod des alten Mannes verantwortlich gemacht haben, doch das ist nur Tratsch. Ich habe nach ihren Akten gefragt.«

»Hatte Jacobi irgendwelche Angehörigen?«

»Zumindest keine, von denen man in Solano wüsste. Medillo allerdings hatte einen Vater und zwei Schwestern.«

Ich erinnerte mich an sie aus dem Nachruf.

»Roberto, Nola und Marisol.«

»Siehst du? Du bist nicht so blöd, wie die Leute sagen. Wenn du was über das Haus wissen willst, solltest du seine Familie fragen. Wahrscheinlich haben die bei dem Kauf geholfen.«

»Danke, Eddie. Schick mir die Akten.«

Ich senkte das Telefon und starrte auf den See. Der Verkauf oder Erwerb von Immobilien durch einen qualifizierten Gefängnisinsassen war zwar legal, aber die Anwesenheit von Notaren, Darlehensberatern, Anwälten und anderen Personen, die nötig waren, um einen Schriftsatz zu beglaubigen und rechtskräftig werden zu lassen, erforderte die Genehmigung des Gefängnisses. Wenn die Gefängnisverwaltung nichts von der Transaktion wusste, dann hatten Medillo und Jacobi nicht gewollt, dass man es erfuhr, was wiederum bedeutete, dass irgendetwas an der Transaktion faul sein musste. Ich fragte mich, ob Medillos Vater oder seine Schwestern anwesend waren. Stinnis fragte sich das wahrscheinlich ebenfalls und könnte jetzt sogar bei ihnen sein. Ich brauchte eine andere Spur, und der beste Ort, um eine Spur aufzunehmen, war der Anfang.

Den Anfang bildete Thomas Lerner, und Jennifer Li war immer noch meine beste und auch einzige Möglichkeit, ihn zu erreichen. Ihre Mutter hatte mir Jennies Nummer nicht verraten, aber sie hatte mir durchaus genug gegeben.

Ich machte mich daran, Jennie zu finden.

33

Praktizierende Ärzte waren leichter zu finden als Anwälte für Verkehrsdelikte. Ärztekammern, Krankenhäuser und medizinische Fakultäten posteten Approbationen und Personalinformationen auf ihren Websites, genau wie soziale Netzwerke. Es gab Sites für Beschwerden von Patienten und Sites, die gegen Geld schmutzige Informationen über Ärzte vertrieben. Dreißig Sekunden nachdem ich mein Telefon in die Hand genommen hatte, wusste ich, wo ich Jennifer Li finden konnte.

Das Cedars-Sinai Medical Center war das größte gemeinnützige Krankenhaus im Westen der Vereinigten Staaten. Mit rund eintausend Betten und zwölftausend Mitarbeitern erstreckte sich der Campus über mehrere Blocks. Ich könnte problemlos eine Nachricht hinterlassen, was allerdings nicht garantierte, dass sie darauf antwortete. Ich rief einen Anwalt namens Ansel Rivera an.

Zivil- und strafrechtlich arbeitende Kanzleien beschäftigten häufig Privatdetektive zur Überprüfung von Fakten, und gelegentlich auch aus persönlicheren Gründen. Ansel war auf Arbeitsrecht spezialisiert und vertrat nicht gewerkschaftlich organisierte Arbeiter in Fällen, bei denen es um unsichere Arbeitsbedingungen ging. Vor ein paar Jahren war Ansels fünfzehnjährige Tochter nach einer Tennisstunde von einem Parkplatz entführt worden. Ansel verständigte Polizei und FBI, und er rief auch mich an. Drei Tage später hatten Joe

Pike und ich seine Tochter und die beiden Männer gefunden, die angeheuert worden waren, um sie in ein leer stehendes Haus im Mandeville Canyon zu verschleppen. Seitdem hat mir Ansel erheblich mehr Arbeit angeboten, als ich haben möchte oder annehme.

Ich schickte eine Textnachricht an sein privates Telefon, benutzte dazu nicht mein Wegwerfhandy. Ich wollte, dass er meine Nummer erkannte.

911ELVIS

Ansel rief vier Minuten später zurück.

»Wir haben doch alles bezahlt, oder?«, lauteten seine ersten Worte. »Ich schwöre bei Gott, wenn die Ihren Scheck nicht geschickt haben, dann verdopple ich alles, was ich Ihnen schulde.«

»Alles ausgeglichen. Ich brauche Hilfe.«

»Bleiben Sie dran – ich kann nichts verstehen.«

Er befand sich in einem Raum mit anderen Leuten.

»Okay, jetzt ist's besser. Was gibt's?«

»Cedars-Sinai.«

»Hat Margie Ihnen von der Darmspiegelung erzählt? Ich hab einen Termin. Ich gehe hin.«

»Nein, es geht nicht um Sie. Ich muss mit einer Assistenzärztin in der Chirurgie sprechen. Und ich muss sehr kurzfristig mit ihr reden.«

»Was haben Sie? Alles in Ordnung?«

»Mir geht's gut, ja. Diese Ärztin, sie ist immer sehr beschäftigt. Sie kennt mich nicht, und ich habe keinen direkten Zugang zu ihr. Ich brauche jemanden weiter oben in der Nahrungskette, der ihr sagt, dass sie sich mit mir treffen soll.«

»Was macht sie denn?«

»Kinderchirurgie. Haben Sie oder jemand in Ihrer Kanzlei Einfluss im Cedars?«

Ansel Rivera war nicht nur Arbeitsrechtler. Er war Gründungspartner in einer Kanzlei, die über einhundert Anwälte in einem Dutzend Rechtsgebieten beschäftigte. Ansel war reich und besaß hervorragende Verbindungen.

»Bleiben Sie dran, mal sehen. Ich werde das Barry prüfen lassen –«

Zwei Minuten später war Ansel wieder bei mir.

»Wir haben letztes Jahr eine Scheidung begleitet, große Nummer im Cedars. Ein stellvertretender Vorsitzender, was auch immer das bedeuten mag. Chirurgie, sagen Sie? Barry, in der Chirurgie? Ja, okay, der Typ liebt uns, sagt Barry. Wir haben ihm ein Vermögen eingespart.«

»Ich möchte sie aber auf gar keinen Fall in Schwierigkeiten bringen.«

»Was denn für Schwierigkeiten? Geht's um Illegales?«

»Überhaupt nicht. Ich muss sie wegen jemandem sprechen, den sie auf der Highschool kannte. Fünf Minuten, mehr brauche ich nicht.«

»Machen Sie sich keine Sorgen. Sie wird ihrem Chef einen persönlichen Gefallen tun, der wiederum mir einen persönlichen Gefallen tun wird. Wann wollen Sie sie sprechen?«

»Jetzt.«

»Geben Sie mir ihren Namen. Na los. Wir kümmern uns drum.«

Barry rief mich mit näheren Anweisungen an, bevor ich das Krankenhaus erreichte. Er gab mir eine Telefonnummer, sagte, ich solle in die Lobby der Aufnahme im South Tower gehen und dann die Nummer ansimsen, wenn ich dort war. Genau so machte ich es. Vierzig Minuten später trat Jennifer Li Tillman aus dem Fahrstuhl. Sie war klein, schlank und hübscher als auf der Highschool. Sie trug mattblaue OP-Kleidung und hielt einen Becher Kaffee in der Hand. Das schulterlange schwarze Haar hatte sie zu einem Pferdeschwanz gebunden.

Ich stellte mich vor.

»Dr. Li? Elvis Cole. Vielen Dank, dass Sie sich die Zeit für mich genommen haben.«

Sie sah gestresst und müde aus.

»Ich kenne Sie nicht, und ich finde es nicht gut, dass Sie den stellvertretenden Vorsitzenden eingeschaltet haben. Es geht um meine Karriere.«

»Der stellvertretende Vorsitzende erweist einem sehr guten Freund eine Gefälligkeit. Sie helfen ihm, seinem Freund zu helfen. Es gibt keine Schattenseite.«

Sie trank einen Schluck Kaffee. Eine Fahne aufsteigenden Dampfes berührte ihre Nase, aber ihre Verärgerung schien nicht abzunehmen.

»Haben Sie mit meiner Mutter gesprochen?«

»Ja. Ich arbeite für Jacobs Mom, Amy Breslyn.«

Die ernste Anspannung ließ nach. Dr. Tillman verschwand, Jennie blieb.

2 Js heute

2 Js morgen

2 Js für immer

»Ich habe sie seit der Gedenkfeier nicht mehr gesehen. Ich hätte mal anrufen sollen. Geht es ihr gut? Ich hätte anrufen sollen.«

Ich wich ihrer Frage aus.

»Sie hat immer noch das Abschlussball-Foto von Ihnen und Jacob.«

Sie lächelte. Es war ein nettes und liebevolles Lächeln, und ein trauriges.

»Wir sind fast drei Jahre miteinander gegangen. Er war ein toller Typ, und Ms. B war wahnsinnig nett. Was passiert ist, ist so unglaublich furchtbar. Gibt es irgendetwas, das ich für sie tun kann?«

»Amy versucht, Thomas Lerner zu finden. Wissen Sie, wie man ihn erreichen kann?«

Sie schüttelte den Kopf, nippte wieder an ihrem Kaffee.

»Tut mir leid. Den kenne ich nicht.«

Ihre Antwort überraschte mich völlig.

»Jacobs bester Freund. Thomas Lerner.«

Jennie zuckte die Achseln, ihr Blick weit weg.

»Vielleicht auf dem College. Mein Mann Dave und Jake waren auf der Highschool beste Freunde. Jacob war unser Trauzeuge.«

»Es muss vor dem College gewesen sein. Vielleicht hat Lerner eine andere Highschool besucht. Amy liebt ihn wie einen zweiten Sohn.«

Jennie wirkte eher verlegen als verwirrt.

»Ich behaupte ja auch nicht das Gegenteil. Ist nur irgendwie komisch, dass ich mich nicht an ihn erinnere. Vielleicht kannte Dave ihn.«

Sie fischte ein Handy aus den Tiefen ihrer OP-Kleidung und rief ihren Mann an.

»Hey, Babe. Ich bin hier gerade mit einem Freund von Amy Breslyn zusammen. Jakes Mom. Kennst du einen Thomas Lerner? Er soll ein Freund von Jake gewesen sein.«

Sie sah mich an, während sie zuhörte.

»Jakes Mom sagt, sie waren beste Freunde.«

Sie hörte kurz zu, dann hielt sie mir das Telefon hin.

»Hier. Das ist Dave.«

Dave Tillman klang wie ein netter Bursche. Ich stellte mich kurz vor und sagte ihm, ich versuche, Thomas Lerner für Jacobs Mutter zu finden, die mir Lerner als Jacobs besten Freund beschrieben hatte.

»Ms. B muss wohl von jemandem sprechen, den Jake auf dem College kennengelernt hat.«

»Nein, es war vor dem College. Jacob ist dann zum Studium fortgegangen, aber Lerner blieb hier. Amy ist mit ihm in Verbindung geblieben. Ein Schriftsteller.«

»Das sagt mir so gar nichts. Jake war seit der Junior High mein Kumpel, aber an einen Lerner erinnere ich mich nicht. Ich werde Ms. B anrufen.«

Ich begann mich unsicher zu fühlen, so als würden sich gerade die Regeln ändern.

»Gibt es noch jemanden, mit dem ich sprechen könnte? Einen anderen Freund aus dieser Zeit?«

David Tillman gab mir zwei Namen und Telefonnummern, allerdings hatte ich wenig Hoffnung, dass sie mir viel nutzen würden, als ich zu meinem Wagen zurückkehrte. Ich setzte mich hinter das Steuer und machte brav die Anrufe. Ein Freund hatte Jake seit dem Kindergarten gekannt, und der andere seit der vierten Klasse, aber genau wie Jennie und Dave kannte keiner von ihnen Thomas Lerner oder hatte auch nur von ihm gehört.

Ich saß in meinem Auto wie ein in seiner Kapsel gefangener Astronaut, gesteuert von Kräften, die ich weder sehen noch kontrollieren konnte.

Alles, was ich über Meryl Lawrence und Amy Breslyn wusste, und warum Meryl Lawrence Amy Breslyn finden wollte, kam von Meryl Lawrence. Hier haben Sie Geld, finden Sie meine Freundin. Hier ist die Geschichte dazu, aber fragen Sie nicht, erzählen Sie sie nicht weiter. Muss niemand wissen. Versprechen Sie, nichts zu erzählen. Versprechen Sie es.

Die Auskunft hatte einen Eintrag für *Woodson Energy Solutions*. Eine junge Frauenstimme antwortete, als ich anrief.

»Meryl Lawrence, bitte.«

»Ich verbinde mit ihrem Büro.«

Eine junge Männerstimme meldete sich.

»Büro Meryl Lawrence.«

»Hey. Ed Sikes für Meryl. Ist sie schon zurück?«

»Sie ist momentan nicht abkömmlich. Kann ich ihr etwas ausrichten?«

»Ich sag Ihnen was – um wie viel Uhr rufe ich am besten wieder an?«

»Sie ist derzeit nicht verfügbar, Mr. Sikes. Möchten Sie eine Nachricht hinterlassen?«

Ich legte auf und rief Ruth Jordan an, eine Freundin beim Straßenverkehrsamt. Ruth fand vier Meryl Lawrences in Kalifornien, aber nur eine hatte auch eine Adresse in der Nähe von Los Angeles. Meryl Denise Lawrence wohnte in der Bellefontaine Street in Pasadena. Zwei Fahrzeuge waren auf ihren Namen zugelassen, ein Cadillac Sport Wagon und ein Porsche Carrera.

»Sind die Fahrzeuge unter der gleichen Anschrift zugelassen?«

»Ja. Bellefontaine.«

Ich notierte mir die Kennzeichen und fuhr nach Pasadena. Ich ließ mir Zeit. In K-Town legte ich einen Zwischenstopp ein, um mir einen Kalbi-Burger zu besorgen. Er war köstlich. Der Verkehr wuchs mörderisch an, aber die Dringlichkeit, die ich zuvor verspürt hatte, war fort.

Es war kühler Abend, als ich ihre Adresse fand. Ich hatte es zeitlich so abgestimmt. Ich wollte Dunkelheit.

Ihre Straße war ruhig und hübsch. Die Häuser lagen von der Straße zurückgesetzt auf großen Grundstücken mit üppig bemessenen Zufahrten, sicher in ihrer Beständigkeit inmitten alter Eichen und Ulmen und Magnolien. Turmhohe Palmen standen friedlich Wache entlang der Bürgersteige, und Verandalampen schienen warm, nicht um abzuschrecken, sondern um willkommen zu heißen. Ich parkte am Bordstein, machte den Motor aus und ließ die Seitenscheibe herunter. Der Duft von Jasmin war intensiv.

Meryl Lawrence wohnte in einem ausgesprochen netten Backsteinhaus mit Sprossenfenstern und Redwood-Leisten. Die Vorhänge waren zugezogen, aber in den Zimmern dahinter brannte Licht. Der Cadillac-Kombi stand in der Einfahrt. Das Nummernschild entsprach dem Kennzeichen, das ich von Ruth erhalten hatte.

Ich ging die Einfahrt hinauf, umrundete den Cadillac. Ein Sticker auf der Fahrerseite der Windschutzscheibe signalisierte die Erlaubnis, auf einem reservierten Platz bei *Woodson Energy Solutions* parken zu dürfen.

Ich fotografierte den Park-Sticker und das Nummernschild und ging dann die Einfahrt hinunter zu ihrem Garten.

Die Vorhänge hinten waren nicht zugezogen. Eine Frau und ein Mann, vermutlich ihr Ehemann, saßen im Wohnzimmer, sahen College-Football auf einem großen Flachbildfernseher. Der Mann hatte einen deutlichen Glatzenansatz, war dünn und trank ein Glas Wein auf einem bequemen Fernsehsessel. Die Frau saß im Winkel einer L-förmigen Couch, hatte die Beine übereinandergeschlagen und einen kleinen schäbigen Hund auf dem Schoß. Sie schüttelte eine

Faust Richtung Fernseher, als sei sie empört über den Spielverlauf.

Diese Meryl Lawrence war nicht meine Meryl Lawrence.

Diese Meryl Lawrence war älter, hatte hochgekämmtes graues Haar und war rund dreißig Pfund schwerer als meine Meryl Lawrence. Diese Meryl Lawrence war die echte Meryl Lawrence, und meine Meryl Lawrence war es nicht.

Ich machte ein Foto von den Leuten in diesem Haus und kehrte zu meinem Wagen zurück.

Die Frau, die ich als Meryl Lawrence kannte, beantwortete meinen Anruf, genau wie ich es erwartet hatte.

»Haben Sie sie gefunden? Sagen Sie mir, dass Sie sie gefunden haben.«

»Ich kann jetzt nicht reden, aber ich muss Sie sehen. Können wir uns morgen früh treffen?«

Die Frau, die nicht Meryl Lawrence war, war einverstanden.

34

Jon Stone

Jon stellte den Bewegungsmelder so ein, dass er sein Telefon und seinen Laptop anpingte. Er kontrollierte die Audio-/Video-Verbindung, vergewisserte sich, dass alles bestens war, und ging zu seinem Rover. Jetzt konnte er von überall auf dem Planeten das Haus im Auge behalten.

Overkill.

Er fand eine gute Stelle zum Parken hügelaufwärts vom Haus der Frau und gegenüber der Baustelle. Die Augen geradeaus und alles hübsch im Blick, mehrere teure Autos in der Nähe, sodass der Rover nicht fehl am Platz wirkte. Jon ließ seine Ausrüstung hochfahren, klinkte sich bei einem Satelliten ein und prüfte noch einmal die Verbindungen. Schlafzimmer. Wohnzimmer. Leer.

Er überlegte, kurz ins Tal zu fahren und etwas zu beißen zu besorgen, entschied sich dann aber dagegen. Und nach Hause zu fahren kam ihm gar nicht in den Sinn.

In der Nähe zu bleiben fühlte sich irgendwie richtig an, auch wenn das Haus leer war.

Der Himmel über dem See wurde dunkler. Die Abenddämmerung leuchtete in einem orangen Licht, wechselte langsam zu einem Violett und schließlich zu Schwarz. Die Sterne tauchten zuerst einer nach dem anderen auf, dann in

Zweier- und schließlich in Dreiergruppen. Jon öffnete das Fenster einen Spalt. Ansonsten rührte er sich kaum.

Eine Stunde und vierzig Minuten nach Sonnenuntergang strichen den Berg heraufkommende Scheinwerfer über Ms. Breslyns Haus. Sie wurden heller, und das Garagentor begann sich zu heben.

Eine Volvo-Limousine tauchte auf und hielt blinkend an. Als die Garage offen war, fuhr der Volvo langsam hinein. Das Licht ging aus. Ein paar Sekunden später trat Amy Breslyn heraus und wartete, bis sich das Tor lautstark wieder geschlossen hatte. Sie trug eine Lederjacke mit Fransen und hatte eine weiße Papiertüte in der Hand. Jon konnte nicht erkennen, ob die Jacke schwarz oder dunkelbraun war. Sie ging die Treppe zum Haus hoch. Jons Laptop und Telefon meldeten sich gleichzeitig, als sie die Tür öffnete.

Die hohe Position und die Fisheye-Linse ließen sie noch kleiner und rundlicher wirken, aber die Frau war Amy Breslyn. Sie verriegelte die Tür und durchquerte das Bild mit der weißen Papiertüte zur Küche. Das Licht im Haus war besser. Die Lederjacke war braun.

Jon rief Elvis Cole an.

»Mom ist zu Hause. Was willst du jetzt tun?«

Jon fühlte sich besser, weil er so nah dran war.

35
Elvis Cole

Mein A-Frame war still. Ich schloss mich ein und ging durch das Haus, knipste das Licht an. Amy und Jacob Breslyn waren real. Ich hatte Amys Haus durchsucht, hatte ihre Sachen berührt und hatte Zeitungsartikel über Jacobs Tod gelesen. So etwas nannte man Belege, Beweise. Da die unechte Meryl über sich selbst und Thomas Lerner gelogen hatte, war alles andere fragwürdig.

Eine E-Mail von Eddie Ditko wartete auf mich, zusammen mit den Vorstrafenregistern von Juan Medillo und Walter Jacobi. Ich las sie, druckte sie aus und steckte sie in die Akte. Jacobi war Mitte sechzig, hatte ein Leben lang Vorstrafen wegen Drogen und Betrug gesammelt. Medillo war halb so alt, hatte eine ähnliche Geschichte von Festnahmen wegen Drogen vorzuweisen, gekrönt von Autodiebstahl, Wohnungseinbruch und anderen nicht gewalttätigen Straftaten. Die Leute in Solano hatten vermutlich recht, er gehörte keiner Gang an und war nicht der Typ für eine Bandenschlägerei.

Ich duschte, zog mir frische Klamotten an und kehrte in die Küche zurück. Der Kater saß vor seiner Schüssel.

»Wir essen heute Lamm. Klingt das gut?«

Er leckte sich übers Maul. Lamm stand auf seiner persönlichen Hitliste weit oben.

Eine Lammkrone, bestehend aus sieben Rippchen, wartete im Kühlschrank. Ich heizte den Backofen vor und rieb das Lammfleisch mit Olivenöl, Salz, Pfeffer, iranischem Sumach und *Zatar* ein, einer Gewürzmischung, die ich besonders mochte. Es war möglich, dass die falsche Meryl für Amys Firma arbeitete. Sie hatte mich gedrängt, Amy aufzuspüren, bevor ihre Firma etwas herausfand, aber vielleicht wusste ihre Firma auch Bescheid. Sicherheit würde ganz klar ein Thema sein bei ihren Aufträgen für den Staat, daher könnten sie durchaus versuchen, Amys Unterschlagung und Kontaktaufnahmeversuche zu antiamerikanischen Extremisten zu vertuschen. Dies würde zwar erklären, warum die falsche Meryl nicht zur Polizei gegangen war, nicht jedoch, warum sie vorgab, jemand anderes zu sein.

Ich briet die Lammkrone in einer Kasserolle scharf an, bis sie eine schöne Kruste bekommen hatte, und stellte die Kasserolle dann in den Backofen.

»Zwölf Minuten, max«, sagte ich.

Der Kater saß da und starrte seinen Napf an. Wink mit dem Zaunpfahl.

Die aggressive Strategie bezüglich Thomas Lerner war aufschlussreich, zumal es Lerner gar nicht gab. Die Fantasie-Meryl hatte eine Fantasie-Spur gelegt und diese dann benutzt, um mich nach Echo Park zu schicken. Sie hatte zwar nicht wissen können, dass ich an diesem speziellen Abend zu dem Haus fahren würde, aber sie hatte etwas gewusst oder vermutet und mich deshalb losgeschickt. Ich fragte mich, was sie wusste und wie sie an dieses Wissen gekommen war. Ich überlegte, sie irgendwann einfach zu fragen.

Ich vermischte zwei gewürfelte Tomaten, etwas Koriander und eine halbe Jalapeño mit einer Packung Couscous und schwenkte das Ganze in Zitronensaft und etwas Olivenöl. Ich schlug alle möglichen Bedenken in den Wind und fügte noch eine Handvoll Rosinen hinzu. Mutig. Ich sah nach dem Lamm, entschied, dass es perfekt war, und nahm es aus dem Ofen.

»Fünf Minuten. Es muss noch ruhen.«

Jon Stone rief an, während wir warteten.

»Mom ist zu Hause. Was willst du jetzt tun?«

»Amy?«

»Sie ist hier. Was soll ich tun?«

Ich hatte keine Ahnung. Zu erfahren, dass Meryl Lawrence nicht Meryl Lawrence war, verunsicherte mich.

»Cole?«

»Was macht sie denn?«

»Essen. Sieht aus wie Nudeln. Sie ist vor etwa zwei Minuten zurückgekommen.«

Ich stellte mir Amy vor, wie sie Nudeln aß. Eine Frau, die ich gesucht, aber noch nicht gesehen hatte. Es war relativ früh. Amy könnte wieder gehen. Charles könnte vorbeikommen.

»Ich komme.«

Ich tranchierte die Lammkrone in sieben gleich große Koteletts und stellte eines beiseite. Ich schnitt das Fleisch von dem einzelnen Stück ab, hackte es klein und gab es in die Schüssel für den Kater. Die restlichen Koteletts und den Couscous verteilte ich auf zwei Plastikbehälter und packte sie mit Servietten, Plastikgabeln und vier Flaschen Wasser in eine Tüte. In eine zweite Tüte warf ich ein frisches Hemd und einen Rasierer und fuhr dann nach Silver Lake. Niemand folgte mir den Berg hinunter, und niemand beobachtete mein Haus. Die Observierungsteams waren verschwunden. Interessant.

Jons Rover stand gegenüber der Baustelle, die Schnauze talwärts. Ich parkte zwei Häuser oberhalb von ihm, ging zurück und stieg auf der Beifahrerseite ein. Die Innenbeleuchtung ging nicht an, als ich die Tür öffnete. Jon hatte seinen Sitz weit zurückgestellt, und ein Laptop schwankte auf der Mittelkonsole.

Ich gab ihm die Tüte mit dem Essen.

»Was hab ich verpasst?«

Er packte die Tüte aus, während er antwortete.

»Nada. Sie hat gegessen, ist aufs Töpfchen, und jetzt liest sie. Keine ausgehenden Anrufe. Keine Besucher.«

Er öffnete einen Deckel.

»Alter, was ist das hier? Lamm? Ich verhungere.«

Er machte sich über ein Kotelett her und lutschte das Fleisch vom Knochen.

Ich drehte den Laptop ein wenig, um besser sehen zu können. Amy Breslyn saß auf der Couch im Wohnzimmer, fast exakt in der Mitte am oberen Rand des Bildausschnitts. Das Weitwinkelobjektiv verlieh dem Bild eine Fischaugenkrümmung, aber die Verzerrung war nicht sehr stark. Ihre Füße waren nackt, flach auf dem Boden. Auf dem Schoß hatte sie einen Computer, ein Smartphone lag neben ihrem Bein, griffbereit, falls jemand anrief. Sie wirkte kleiner und dicker als die Frau in der Broschüre, aber es war eindeutig Amy.

»Wir haben ein Problem«, sagte ich.

»Ich schick dir keine Rechnung. Keine Sorge.«

»Die Frau, die mich engagiert hat, ist nicht, wer sie zu sein vorgibt. Sie hat gelogen, als sie mich engagiert hat, und sie lügt immer noch. Ich weiß nicht, wer sie ist oder warum sie Amy sucht oder was sie beabsichtigt. Nichts von dem, was sie mir erzählt hat, stimmt.«

Jon nahm ein zweites Kotelett.

»Das solltest du unter die Lupe nehmen.«

Ich nickte.

Jon zeigte mit dem Kotelett auf Amy.

»Sie ist Amy Breslyn. Ihr Junge ist immer noch tot. Wir werden tun, was wir tun.«

Ich nickte wieder.

»Wenn du meine Koteletts auch willst – du kannst sie haben.«

»Krass.«

Es sah nicht sonderlich bequem aus, wie Amy dort saß, kerzengerade, die Füße flach auf dem Boden. Sie hatte gegessen, und jetzt las sie, aber sie wirkte nicht entspannt.

»Ihr Wagen steht in der Garage?«

»Ja. Der Volvo.«

»Kannst du der Kiste was verpassen?«

»Das Tor macht einen Heidenlärm. Ich kann's öffnen, aber sie wird es hören. Es ist direkt unter ihrem Schlafzimmer.«

Wir aßen schweigend zu Ende, packten unseren Abfall dann in die Tüte und stellten sie fort. Gelegentlich kam ein Auto vorbei, aber wir saßen tief auf unseren Sitzen und waren bewegungslos. Ein Mann in einer leichten Jacke ging mit einem angeleinten Boxer Gassi. Sie blieben an der Schnauze des Rovers stehen. Der Boxer pinkelte gegen den Reifen, aber Jon sagte nichts. Wir erzählten uns weder Kriegsgeschichten noch Witze. Wir saßen reglos da und beobachteten eine reglose Frau.

Um sieben Minuten nach zehn klingelte Amys Telefon. Es kam völlig unvermittelt und war überraschend laut.

Jon drehte die Lautstärke hoch.

»Nimmst du das auf?«, fragte ich.

»Ja. Pst.«

Amy zuckte nicht zusammen, als es klingelte. Sie betrachtete das Telefon, ließ es fünfmal klingeln, bevor sie sich meldete. Ihre Stimme war ruhig und klar.

»Hallo.«

Wir hörten lediglich Amys Seite der Unterhaltung.

»In Ordnung. Gut. Übermorgen ist mir recht. Wird Mr. Rollins da sein?«

Rollins. Ein neuer Spieler war dem Spiel beigetreten.

»Es ist mir gleichgültig, ob er kommt, solange ich die Auftraggeber treffe. Sagen Sie ihm –«

Der Anrufer musste sie wohl unterbrochen haben. Sie hörte fast zwei Minuten schweigend zu, und in der offensichtlichen Verärgerung verkniff sie ihr Gesicht.

»Nein, *Sie* hören mir jetzt zu, Charles –«

Charles. Der Mann mit den Blumen, den zu finden mich Meryl drängte. Ich fragte mich, was Meryl über Charles wusste.

»Das Geld muss vor Lieferung hinterlegt werden. Wir akzeptieren weder Bares noch Kreditkarten oder einen Barscheck. Wenn ich die Überweisung bestätige, und *nur* wenn die Überweisung bestätigt ist, werde ich Sie zur Übergabe des Materials bringen, alternativ können wir uns auch mit ihnen treffen, ganz wie Sie möchten –«

Sie hörte wieder zu.

»Plastikbehälter, genau wie das Muster. Zweihundert Kilo abzüglich des Gewichts des Musters.«

Sie hörte zu, bestätigte mit einem Nicken, was immer da gesagt wurde.

»Tun Sie das. Rufen Sie mich an.«

Amy legte auf und saß mit dem Telefon in der Hand da.

Sie schwankte so unmerklich, dass sie sich kaum bewegte. Dann nahm sie den Pappteller und die Nudel-Schachtel und brachte den Müll in die Küche.

Ich starrte Jon an.

»Hast du gehört, was ich gerade gehört habe?«

Jon grinste. Er schien begeistert zu sein.

»Sie verkauft zweihundert Kilo Plastiksprengstoff.«

»So hat's sich angehört.«

»Meinst du, sie hat das Zeug wirklich?«

Ich erinnerte mich, was Scott James uns erzählt hatte. Der Plastiksprengstoff in der Bombe an seinem Auto war das gleiche Material wie das aus dem Haus.

»Ja.«

Die falsche Meryl hatte viel Wirbel um das veruntreute Geld gemacht, aber von verschwundenem Sprengstoff hatte sie nichts gesagt. Zweihundert Kilogramm militärisch genutzten Sprengstoff zu verlieren würde ihre Position gegenüber der Regierung erheblich mehr gefährden als unterschlagenes Geld.

Ich betrachtete den Bildschirm und wartete auf Amys Rückkehr.

»Hier ist das Zeug nicht«, sagte Jon, »und die andere Wohnung hast du durchsucht, richtig? Vielleicht liegt es im Wagen.«

Ich schüttelte den Kopf, dachte nach.

»Zweihundert Kilo sind vierhundertvierzig Pfund. Für so viel C-4 brauchst du drei große Umzugskartons.«

Amy kehrte aus der Küche zurück. Sie vergewisserte sich, dass die Haustür abgeschlossen war, holte Telefon und Computer und schaltete das Licht im Wohnzimmer aus.

Jon wechselte zur Schlafzimmerkamera. Der hohe Bildwinkel bot einen Blick quer übers Bett durch die gesamte Länge des Raums. Schreibtisch, Kleiderschrank und Bad befanden sich am rechten Bildrand. Amy legte Telefon und Computer aufs Bett und zog ihr Oberteil aus. Sie war fleischig und weiß, hatte eine faltige Haut. Ich fühlte mich mies dabei, so in ihre Privatsphäre einzudringen. Als sie den BH auszog, schaute ich weg.

Eine braune Fransenjacke lag auf dem Bett. Sie hängte diese Jacke und die Hose in den Kleiderschrank, nahm einen Schlafanzug aus der Kommode und verschwand ins Bad. Wir hörten die Spülung der Toilette und fließendes Wasser. Ein paar Minuten später knipste Amy das Licht im Bad aus und stieg ins Bett.

Um zehn Uhr zweiundvierzig verließ Amy das Bett wieder und berührte ein gerahmtes Foto, das auf der Kommode stand.

»Das Bild«, sagte ich. »Das war vorher nicht da.«

»Es war in ihrer Handtasche. Sie hat es dorthin gestellt, als sie nach Hause kam.«

Jacob.

Ihre Berührung war liebevoll, dauerte aber nicht lange an.

Sie ging zurück ins Bett und löschte das Licht. Das Videobild wurde dunkel. Ihr Haus wurde dunkel.

Sieben Minuten später hörten wir ein leises Raspeln. Schlaf.

»Du bist schon ziemlich lange hier«, sagte ich. »Fahr. Ich übernehme.«

»Alles okay bei mir.«

Ich senkte den Sitz und stellte die Lehne zurück.

Jon und ich saßen die ganze Nacht in dem Rover. Ich blieb

bis zum nächsten Morgen, als ich aufbrach, um mich mit der falschen Meryl zu treffen. Ich ging, aber Jon blieb. Er murrte keine Sekunde.

36
Scott James

Scott brachte Maggie nach Glendale in den Zwinger, kehrte dann ins *Boot* zurück und verbrachte den restlichen Tag bei Major Crimes. Er rief Cowly an, um ihr zu sagen, was passiert war, aber sie hatte es bereits gehört. Sie war verärgert, allerdings nicht so sauer, wie Scott erwartet hätte. Cowly nannte ihn einen Schwachkopf, und sie verabredeten sich zum Abendessen. Scott war erleichtert.

Stiles brachte ihn auf den aktuellen Stand der Ermittlungen, stellte ihm mehrere Detectives vor und versuchte, seine Fragen zu beantworten. Sie hatte nicht viel zu berichten, aber Scott merkte, dass er sie mochte.

Die Größe der Sondereinheit beeindruckte ihn, es war jedoch bereits der dritte Tag der Ermittlungen, und sie hatten immer noch keine Spur von dem Mann im Sakko, wussten nicht, inwiefern Carlos Etana an der Sache beteiligt war oder wer das Haus in Echo Park unter dem Namen eines Toten benutzt hatte.

Scott ermahnte sich, Geduld zu haben, fragte sich aber dennoch, was Cole wusste. Coles Hilfsangebot war wie ein lästiger Terrier, der seinen Knöchel einfach nicht loslassen wollte. Cole mochte durchaus einer dieser Menschen sein, die unkonventionelle Wege gingen, und Leute, die über den Tellerrand blickten, lagen nicht immer daneben. Cole könnte dank seines geheimen Wissens und seiner zwielichtigen Kontakte fähig sein, den Fall schneller zu lösen als Carter.

Scott nahm die Karte mit Coles Nummer heraus, bog sie unter dem Tisch, dachte nach.

»Warum war Cole Ihrer Meinung nach dort?«

»Führte nichts Gutes im Schilde. Höchstwahrscheinlich.«

Stiles saß vor ihrem Computer im Besprechungsraum. Scott saß am anderen Ende des Tischs und blätterte beiläufig in Berichten.

»Er hat mir gesagt«, meinte Scott, »er suche einen gewissen Thomas Lerner.«

Stiles blickte auf und sah ihn wegen seines Interesses schräg an.

»Es stimmt, ein Anwohner hat bestätigt, dass Mr. Cole sich nach Lerner erkundigt hat, aber weder dieser Anwohner noch irgendein anderer Nachbar erinnert sich, dass jemals ein Lerner in ihrer Straße gewohnt hat. Und bislang haben wir keinen Anhaltspunkt finden können, gar keinen, dass es den Lerner, den Mr. Cole beschrieb, überhaupt gibt.«

»Glauben Sie, er lügt?«

Sie starrte Scott an, als versuche sie herauszubekommen, warum er das fragte.

»Ja. Ich glaube, er lügt.«

Stiles drehte sich wieder ihrem Computer zu, aber Scott wollte es noch nicht dabei bewenden lassen.

»Vielleicht kann er es uns nicht sagen. Vielleicht lügt er nicht, sondern hält zurück.«

Diesmal sah Stiles nicht auf.

»Sie denken zu viel über Mr. Cole nach.«

Scott bog Coles Karte wieder, dann steckte er sie ein.

»Sie haben recht. Ich hielt ihn eben für sauber, das ist alles. Ich muss einfach nur immer wieder denken, dass er uns vielleicht helfen könnte.«

Stiles drückte sich vom Computer weg und verschränkte die Arme.

»Tun Sie sich einen großen Gefallen und hören Sie auf zu denken.«

Eine halbe Stunde später kehrte Carter zurück und fuhr fort, ihn zu ignorieren. Scott fühlte sich unwohl, und schließlich ging er. Er holte Maggie in Glendale ab und kaufte auf dem Heimweg eine Kiste Wasser und zwei riesige Beutel Kekse mit Schokosplittern. Knabbereien aus schlechtem Gewissen für die Beamten, die das Pech hatten, als seine Aufpasser abkommandiert zu werden.

Am frühen Abend trafen sie zu Hause ein. Scott stellte sich den aktuell diensthabenden Beamten vor, gab ihnen Wasser und Kekse, dann zog er seine Shorts an und ging mit Maggie in den Park. Sie joggten dreißig Minuten, sportliche Betätigung mehr für Scott als für Maggie. Scott hatte einen leicht torkelnden Gang. Maggie hielt Schritt, indem sie schnell ging. Nach dem Laufen spielten sie mit einem Beißspielzeug. Das schwere Gummiding war zwar für große Hunde gemacht, aber die Hunde, die als Polizeihunde ausgesucht wurden, hatten sie schnell durch. Maggies Kiefer und Halsmuskulatur war so kräftig und ihr Drang, nicht loszulassen, so unerbittlich, dass Scott sie im Kreis herumschleudern konnte, nachdem sie sich erst einmal festgebissen hatte. Trotz ihrer hohen Energie jagte Maggie keinen Bällen hinterher. Scott hatte es Dutzende Male versucht. Manchmal konnte er sie mit einer plötzlichen Bewegung überrumpeln, und dann stürmte Maggie los, aber sobald sie begriff, dass sie nur einem Ball hinterherlief, brach sie die Jagd sofort ab. Niemand wusste, warum das so war, nicht mal Leland, aber Scott hatte einen Ersatz entdeckt.

Er hatte drei Brocken Fleischwurst mitgenommen, jeder etwa so groß wie ein Golfball. Er kramte den Beutel mit den Leckerbissen aus seinem Bündel.

»Belohnung.«

Maggie nahm sofort eine Habachtstellung ein, die Augen fest auf den fettigen Würfel geheftet.

Scott warf ihn mit Schwung, und Maggie sprintete hinterher.

Der Brocken prallte dreißig Meter entfernt auf und hüpfte durchs Gras. Scott wusste nicht, ob sie es sehen konnte, aber Hundeaugen reagierten erheblich empfindlicher auf Bewegung als menschliche Augen, und ihre Nase würde den Rest erledigen.

Maggies Schwung trug sie am Zielobjekt vorbei. Sie riss Grassoden aus dem Boden, als sie wendete, stürzte sich auf das Fleisch und verschlang es. Sie spielten noch zweimal Hetz-die-Wurst, bevor sie den Heimweg antraten.

Scott stellte Frischfutter und Wasser für Maggie raus, dann duschte er und zog sich an. Er band gerade die Schuhe zu, als Maggie ihn wissen ließ, dass Joyce eingetroffen war. Wann immer ein Officer die Einfahrt hochkam oder die Wagen wechselten, reagierte Maggie mit einem mordsmäßigen Gebell und stürmte zur Tür.

»Es ist Joyce, Maggie. Hör auf.«

Einer der Uniformierten hatte Joyce zum Tor begleitet. Heute war es der schwarze Anzug.

Scott zog Maggie aus dem Weg und ließ Cowly herein. Sie gab ihm einen flüchtigen Kuss und brachte eine weiße Plastiktüte zum Tisch.

»*Tostadas.* Eine *pollo*, eine *carne asada.* Dazu als Beilagen Reis und Bohnen. Wir können teilen. Guacamole und Maischips. Die Chips gehören mir.«
Scott lachte.
»Damit kann ich leben. Danke.«
Cowly schlüpfte aus der Jacke und begann, Plastikbehälter und Schachteln aus der Tüte zu nehmen.
»*Cerveza, por favor?* Mit Zitrone, falls du eine hast.«
»Kommt sofort. Mensch, sieh dir das alles nur an. Du bist ganz offensichtlich eine Frau mit einem Plan.«
Scott ging zum Kühlschrank, während Cowly fortfuhr: »Bin ich. Nach dem Essen werde ich dir beim Packen helfen, und dann kommst du und Maggie mit zu mir.«
Scott zögerte vor dem Kühlschrank. Vielleicht war Cowly deshalb ein so guter Detective, weil sie stur war. Er drehte die Verschlüsse von zwei Bieren ab und ging damit ins Wohnzimmer.
»Danke, Babe, wirklich, aber ich bleibe. Er wird uns nicht aus unserem Zuhause vertreiben.«
Cowly lächelte so geduldig, wie eine Mutter zu einem widerstrebenden Kind sprach.
»Oh, Liebling, du kommst doch nicht mit, um dem Mann aus dem Weg zu gehen, der versucht, dich umzubringen. Du wirst bei mir sein, damit ich dafür sorgen kann, dass du nicht wieder irgendwas Dummes anstellst, wie beispielsweise deine Karriere die Toilette runterzuspülen.«
Scott trat zu ihr, bot ihr ein Bier an, das sie jedoch nicht nahm. Ihr geduldiges Lächeln verblasste, und sie betrachtete ihn mit den Augen einer Polizistin der Mordkommission.
»Ignacio wird kein zweites Mal ein Auge zudrücken. Heute bist du noch mal durchgekommen.«

»Ich weiß.«

»Ich hoff's. Zu deinem eigenen Besten.«

Schließlich nahm sie die Flasche. Sie trank einen Schluck, Scott jedoch nicht.

»Cole weiß etwas, das uns helfen kann. Ich glaube, er würde gern helfen.«

»Hat er das gesagt?«

»Nicht ausdrücklich.«

»Falls er wirklich helfen will, sollte er das Carter und Stiles erzählen. Nicht dir. Du bist ein Metro Cop, der an vorderster Front steht, kein Detective.«

»Carter und Stiles behandeln ihn wie einen Verdächtigen.«

»Das ist ja wohl auch ihr Job, Kollege. Und deiner.«

Sie neigte den Hals ihrer Flasche zu ihm.

»Du kannst spielen, aber du musst dich dabei an die Regeln halten. Okay?«

Scott stieß mit ihr an.

»Ich verstehe.«

Plötzlich begann Maggie zu bellen und stürmte zur Tür. Ihr Bellen wurde lauter. Cowly zuckte zusammen, und Scott beeilte sich, Maggie von der Tür zurückzuziehen.

»Das ist mal ein lautes Mädchen.«

»Das geht die ganze Nacht so. Jedes Mal, wenn sie auf ihrem Kontrollgang vorbeikommen. Maggie, Platz! Still!«

Jemand klopfte an, als Scott die Tür erreichte. Er schob die Gardine beiseite und sah Glory Stiles. Sie lächelte und hielt einen Ordner hoch.

Scott war überrascht und öffnete schnell die Tür.

»Detective. Treten Sie ein.«

Er warf Cowly einen Blick zu, um seine Überraschung zu zeigen, doch Cowly starrte nur Stiles an.

Stiles beugte sich aus den Hüften vor und strahlte Maggie an.

»Hi, meine Schöne! Was soll das ganze Gebelle?«

Stiles machte einen Schritt zur Seite und bot Cowly die Hand an.

»Tut mir leid, wenn ich störe. Glory Stiles. Detective-Three bei der Major Crimes.«

Cowly ergriff die Hand und zeigte ein oberflächliches Lächeln.

»Joyce Cowly. Detective-Three, Homicide Special.«

Stiles nickte und zog die Hand zurück.

»Also, freut mich, Sie kennenzulernen. Vielleicht haben wir mal beruflich miteinander zu tun.«

»Ja, vielleicht.«

Stiles gab Scott den Ordner.

»Mehr Verbrecherfotos. Nach Ihren Kommentaren habe ich die Parameter geändert. Hoffentlich sehen die hier unserem Verdächtigen ähnlicher.«

»Sehr aufmerksam. Ich maile normalerweise eine Foto-Datei«, meinte Cowly.

Stiles betrachtete Scott einen Augenblick.

»Wenn ich ehrlich bin, habe ich ein schlechtes Gewissen wegen dem, wie sich heute gewisse Leute verhalten haben. Ich fand es nicht so schlimm, dass Sie Mr. Cole aufgesucht haben. Wir haben dabei etwas Nützliches gelernt.«

Scott warf Cowly einen Seitenblick zu. Überrascht und erfreut.

»Toll. Schön, dass ich helfen konnte.«

»Der Mann, den Sie erwähnt haben, der, den Sie für einen Veteranen halten.«

»Jon Stone.«

»Wie sich herausgestellt hat, ist er das auch. Allerdings will uns die Regierung nichts über ihn sagen. Unser Auskunftsersuchen wurde abgelehnt.«

»Was heißt, es wurde *abgelehnt*? Wir sind die Polizei.«

Cowly trat näher, jetzt schien sie interessiert zu sein.

»Das Verteidigungsministerium hält seine Akte unter Verschluss?«

»Fest verschlossen und danach den Schlüssel weggeworfen.«

Stiles wirkte nachdenklich.

»Wissen Sie, was der Gentleman zu mir gesagt hat? Er war übrigens sehr nett. Lateinisch, ausgerechnet. ›*Si Ego Certiorem Faciam*‹. An den Rest kann ich mich nicht erinnern.«

Stiles konzentrierte sich auf Scott. Ihre Stimme änderte sich nicht, aber ihr Blick war stechend.

»›Ich könnte es dir sagen, aber dann müsste ich dich töten.‹«

Stiles legte den Kopf schief, fixierte ihn schärfer.

»Ihr Mr. Cole hat interessante Freunde.«

Stiles trat einen Schritt zurück, wieder freundlicher.

»Ich entschuldige mich nochmals. Jetzt überlasse ich euch Leute wieder dem, was ihr gerade gemacht habt. Maggie, du bist so ein Schatz.«

Sie berührte den Ordner, den Scott in der Hand hielt.

»Sehen Sie sich die Fotos an, und dann geben Sie mir Bescheid. Einen schönen Abend allerseits.«

Stiles öffnete die Tür und verschwand in die Dunkelheit. Wenige Sekunden später hörte Scott das Gartentörchen.

»Miststück«, sagte Cowly.

Drei Minuten später stürmte Maggie ans Fenster und erfüllte das Gästehaus mit donnerndem Lärm.

37
Maggie

Maggie schritt mit gesenktem Kopf durch das Häuschen. Sie blieb vor dem Bad stehen, winselte und umrundete Scotts Bett, ging zum Fenster. Das Fenster war geschlossen, aber durch haarfeine Ritzen im Fensterrahmen sickerte Luft von draußen herein. Die winzigen Luftzüge waren zu gering, um von Scott bemerkt zu werden, für Maggie hingegen waren sie so klar und deutlich wie farbige Rauchwolken. Sie schob ihre Nase unter die Gardinen, fand nichts Beunruhigendes und kehrte zurück ins Wohnzimmer. Maggie winselte Scott an, aber Scott beachtete sie nicht. Sie scharrte auf dem Boden, drehte sich im Kreis und ließ sich sinken.

Scotts Geruch war stark durchsetzt von den ranzigen Ölen der Anspannung. Das Gartenhaus war voller unerwarteter Geräusche und unbekannter Düfte. Jedes Mal, wenn Maggie das Törchen hörte, bellte sie und rannte zur Tür.

»Maggie, still! Das sind Freunde!«

Scotts Verhalten gegenüber den uniformierten Fremden sagte Maggie, dass sie keine Bedrohung darstellten, dennoch blieb Maggie wachsam. Sobald ein Besucher ging, drehten sich ihre Ohren, neigten sich und folgten ihren Schritten durch das Törchen.

Scott in Sicherheit.

Rudel in Sicherheit.

Die meisten Hunde konnten viermal besser hören als ein Mensch, aber Maggies riesige, aufstehende Ohren hatten sich entwickelt, um lautlose Raubtiere und weit entfernte Beute wahrzunehmen. Sie konnte jedes Ohr unabhängig voneinander bewegen. Achtzehn Muskeln kontrollierten das, formten und gestalteten ihre segelartigen Ohrmuscheln, um Laute bei Frequenzen aufzufangen und zu konzentrieren, die weit über denen lagen, die ein Mensch mitbekam. Dies erlaubte Maggie, siebenmal besser zu hören als Scott. Sie konnte das Jaulen eines Düsenflugzeugs in dreißigtausend Fuß Höhe hören, Termiten, die sich durch Holz kauten, das Summen des Kristalls in Scotts Armbanduhr und Tausende von Geräuschen, die für Scott ebenso wenig existierten wie die allermeisten Gerüche.

Wenn die Geräusche und Gerüche normal waren, lag Maggie auf dem Bauch mit dem Kopf zwischen den Pfoten.

Sie lauschte.

Sie schnupperte.

Sie beobachtete Scott.

Kurz nach ihrer Rückkehr aus dem Park hatte Maggie einen sich nähernden Eindringling gehört und war zur Tür gerannt, doch diesmal war Joyce der Eindringling gewesen. Maggie hatte mit dem Schwanz gewedelt.

Scott glücklich.

Maggie glücklich.

Maggie ging in die Küche, trank, streifte durch Scotts Schlafzimmer und kehrte zurück ins Wohnzimmer. Scott und Joyce redeten, Maggie ließ sich nieder, seufzte und schloss die Augen, schlief jedoch nicht. Sie lauschte auf Scott und Joyce und die Welt jenseits des Gartenhauses und hörte, wie das Törchen laut wie ein Schuss geöffnet wurde.

Maggie beeilte sich, zur Tür zu kommen, bellte.

»Maggie, Platz! Still!«

Maggie erkannte den Geruch des Eindringlings wieder, erinnerte sich an die große Menschenfrau als freundlich und harmlos.

»Hi, meine Schöne! Was soll das ganze Gebelle?«

Scott erlaubte der Frau hereinzukommen.

Maggie suchte sich eine neue Stelle auf dem Boden, ließ sich nieder und lauschte. Die große Frau ging einige Minuten später.

Scott und Joyce aßen ihr Futter. Manchmal blieb Joyce und schlief dann mit Scott im Bett, aber nicht an diesem Abend. Sie saßen auf der Couch und redeten. Maggie hörte fremdartige Geräusche. Beim ersten Mal lief sie noch zur Tür. Das zweite Mal raste sie ins Schlafzimmer. Joyce brach bald auf, und Scott ging mit Maggie spazieren, damit sie ihr Geschäft erledigte.

Als sie wieder ins Gartenhaus kamen, folgte Maggie Scott ins Bad, wo er urinierte, duschte und diesen blauen Schaum in seinem Mund machte. Maggie blieb nah bei ihm.

Sie folgte ihm durch das Häuschen, als er die Lampen ausschaltete und sich auf der Couch ausstreckte. Maggie kannte Muster. Jetzt war für sie Schlafenszeit. Sie erschnüffelte eine Stelle neben der Couch, drehte sich im Kreis und legte sich hin.

»Gute Nacht, Hund.«

Wedel wedel klopf klopf.

Maggies Nase kräuselte sich, als sie die Luft schnupperte. Ihre Ohren drehten sich zum Lauschen.

Sie hörte Fiepen und Gezwitscher vom Polizeiauto auf der Straße und das Gemurmel des Fernsehers der alten Frau.

Sie hörte Scotts Herzschlag langsamer werden, als er einschlief.

Maggie schnupperte.

Sie lauschte und hob den Kopf.

Das hell klingende Geräusch von Zweigen, die aneinander rieben, war ungewöhnlich. Ein Brett im Zaun hinter dem Häuschen knackte laut. Blätter raschelten, und raschelten wieder, näher diesmal.

Maggie raste zur Tür, tobend und stürmisch.

»Maggie, bitte. Ich bitte dich!«

Ihr Bellen kam aus tiefer Brust, war wütend. Sie rannte ins Schlafzimmer, bäumte sich auf und schlug mit den Pfoten auf die Fensterbank.

»SEI STILL!«

Maggie lauschte.

Das Knacken und Rascheln hatte aufgehört. Nichts näherte sich, aber sie hörte auch nichts, das sich entfernte.

Maggie erschnupperte die Fahnen der Außenluft. Schnupper schnupper schnupper schnupper schnupper schnupper. Sie roch nichts Ungewöhnliches, dennoch knurrte sie leise und ganz tief aus ihrer Brust.

Kein Lüftchen rührte sich. Duft würde sich nur langsam ausbreiten. Sie schnupperte wieder und wartete.

38
Mr. Rollins

Mr. Rollins war überrascht, als Eli anrief, aber der Anruf versüßte ihm den Abend. Dieser verrückte Arsch Eli, er hatte es wirklich gedeichselt.

Jetzt, später an diesem Abend, stand Mr. Rollins im tiefen Schatten neben einem Wohnmobil, auf der anderen Straßenseite und zwei Häuser entfernt. Er hatte einen freien Blick auf den Trans Am im Vorgarten der alten Dame, den vor ihrer Einfahrt parkenden Streifenwagen und die beiden Cops im Auto.

Eli, am Telefon, flüsterte ihm ins Ohr.

»Hören Sie den Hund?«

Mr. Rollins antwortete flüsternd.

»Wo ist Ihr Mann?«

»Das Haus westlich. Im Garten.«

Eli befand sich auf einem Dach hinter dem Grundstück der alten Dame, ein Haus an der nächsten Straße. Hari, einer seiner Männer, hatte einen Wagen bei Eli. Ein zweiter, ein Bursche mit einem Namen, den Mr. Rollins nicht aussprechen konnte, parkte an der Einmündung in die Sackgasse des Clowns. Eli hatte angerufen, um über den Hund zu sprechen, und Mr. Rollins hatte die Lösung geliefert. Außerdem wollte er mitmischen, wenn die Sache zum Abschluss kam. Manche Dinge werden nie langweilig.

Eli schickte einen Mann los, damit Mr. Rollins den Hund hören konnte. Als der Hund loslegte, stieg einer der Cops aus dem Wagen und ging die Einfahrt hinauf.

Mr. Rollins flüsterte.

»Setzen Sie Ihren Mann in Marsch. Ein Cop.«

Die Polizistin blieb vor dem Törchen stehen. Sie wartete, bis das Bellen abflaute, dann kehrte sie zum Wagen zurück. Ihr Partner stieg aus und kam ihr entgegen. Beide blieben in der Einfahrt stehen.

»Alles klar. Sie sind hier draußen, quatschen.«

»Haben Sie das mitgekriegt? Was ich gesagt habe? Dieses irrwitzige Gebell?«

»Ja. Laut.«

»Egal, von wo aus wir reingehen, der Hund macht das immer wieder. Die Polizisten kommen dann jedesmal nachsehen.«

All diese kleinen Gärten waren umzäunt, und die Zäune waren mit Kletterpflanzen und Hecken überwuchert.

»Sie wissen, wo ich bin, richtig?«

»Das Wohnmobil. Auf der anderen Straßenseite, zwei Einfahrten östlich.«

»Genau. Das Paket liegt hinter dem vorderen rechten Reifen.«

Mr. Rollins hatte auch schon früher mit Hunden zu tun gehabt.

»Wir werfen es also über den Zaun?«

»Es sind vier Stück. Werfen Sie sie über den Zaun. Um den Rest kümmert sich dann der Hund.«

»Ich werde Hari schicken.«

»Warten Sie nicht. Man kann nicht sagen, wann er den Hund rauslassen wird.«

»Wir werden nicht warten.«
»Hari muss sich danach die Hände waschen, alles klar?«
»Waschen?«
»Wenn man das in den Mund bekommt, bringt es einen um. Hari muss sich die Hände waschen oder Handschuhe tragen.«
»Natürlich.«
»Ich mein's ernst, Eli.«
»Ich sag's Hari. Waschen.«
Eli lachte.
Mr. Rollins streifte die Vinylhandschuhe ab, zog sich von dem Wohnmobil zurück und stieg über einen Zaun. Eli nahm seine Warnung nicht ernst, oder es war ihm scheißegal. Menschen aus diesem Teil der Welt gaben nichts um ein Menschenleben.
Hari würde höchstwahrscheinlich morgen früh tot sein, genau wie der blöde Hund.

ALPHATIERE

39
Scott James

Das letzte Lila verblasste aus dem grauen Himmel des neuen Tages, als Scott die Tür aufdrückte. Maggie schob ihre Schnauze durch den Spalt und versuchte, sich hinauszudrängen, doch Scott versperrte ihr den Weg. Er musterte den Garten und raunte: »Ganz ruhig.«

Maggies Nase arbeitete in dreifachem Tempo, schnupperte nach einer Witterung. Scott lächelte über ihr augenscheinliches Verlangen.

Mrs. Earle hatte einen kleinen, schäbigen Rasen, aber der größte Teil des Gartens wurde von einem Wirrwarr an Rosenbeeten, Sträuchern und Obstbäumen in Beschlag genommen. Vogelfutterhäuschen hingen an den Obstbäumen, was Eichhörnchen anlockte, die in den heruntergefallenen Körnern wühlten.

Maggie liebte es, Eichhörnchen zu jagen. Sie wusste, dass Eichhörnchen Dauergäste der Obstbäume waren und gewöhnlich morgens auftauchten, daher begann jeder Tag mit einer erwartungsvollen Suche nach einem Eichhörnchen.

»Hast du eins, Maggie? Du hast eins?«

Scott sah keine Eichhörnchen und beschloss, dass die Luft rein war. Er hakte die zehn Meter lange Leine an ihrem Halsband ein und öffnete die Tür.

»Schnapp sie dir!«

Scott hatte immer wieder große Freude daran zu beobachten, wie sie auf den Baum zustürmte. Sie ging völlig in der Jagd auf, den Kopf erhoben, die Ohren aufgestellt. Sie erreichte den Fuß des Baumes, schien überrascht, dass keine Eichhörnchen da waren, senkte dann die Nase und wirbelte in Kreisen herum, versuchte, Witterung aufzunehmen.

Mrs. Earle rief von ihrer Tür aus.

»Hat sie eins?«

Mrs. Earle war dünn wie ein Halm, irgendwo zwischen achtzig und neunzig, eingemummelt in einen Frottee-Bademantel.

»Nein, Ma'am. Heute nicht.«

»Ich würde mich so freuen, wenn sie eins erwischt. Kennen Sie den Unterschied zwischen einem Eichhörnchen und einer Ratte?«

Scott kannte nicht viele Witze, aber dieser war ein echt alter Witz. Er freute sich, dass er sich daran erinnerte.

»Ein Eichhörnchen ist eine Ratte, die gerade einen Scheißtag hat.«

Mrs. Earle runzelte die Stirn.

»Verstehe ich nicht.«

Er konnte nicht erkennen, ob Mrs. Earle verwirrt war oder ihn auf den Arm nahm. Er beschloss, dass sie es wohl ernst meinte.

»Eine Ratte hat einen dünnen Schwanz, ein Eichhörnchen einen flauschigen. Sie kennen doch diese Tage, an denen einem die Haare in alle Richtungen abstehen und einfach nicht so liegen wollen, wie man's gern hätte? Na ja, und ein Eichhörnchen ist eben eine Ratte mit einem richtigen Scheißtag.«

»Das hab ich nicht gemeint. Ratten und Eichhörnchen

fressen beide meine Orangen. Diese Baumratten stehlen mir jetzt schon seit Jahren mein Obst.«

Scott spürte ein Ziehen an der Leine. Maggie hatte ihren Suchradius ausgedehnt.

»Mrs. Earle? Ich weiß, dass Maggie eine Menge gebellt hat, bei den ganzen Polizisten, die ständig kommen und gehen. Tut mir sehr leid. Sie werden nicht mehr lange hier sein.«

Sie winkte wegwerfend ab.

»Man kann gar nicht zu viele Polizisten haben. Ich hab mich noch nie sicherer gefühlt.«

Scott spürte ein weiteres Zerren an der Leine.

Maggie umkreiste etwas, das im Blumenbeet lag. Sie beugte sich vor, um zu schnüffeln, wich dann schnell zurück, kreiste ein paar Schritte und beugte sich erneut vor. Scott sah einen Gegenstand, konnte aber nicht erkennen, was es war.

»Lassen Sie sie nicht in meine Blumen pinkeln. Hundemädchen machen das Gras kaputt.«

»Sie hat etwas gefunden. Maggie!«

Maggies Kopf schnappte nach oben. Scott wickelte die Leine auf und ging hinüber, um sich anzusehen, was sie gefunden hatte.

Mrs. Earle rief von ihrer Tür aus.

»Was ist es denn, eine Ratte? Wenn's eine Ratte ist, darf sie sie nicht berühren!«

»Es ist ein Waschbär.«

Waschbären, Opossums und Skunks waren in Los Angeles weit verbreitet. Scott sah die Nachtgeschöpfe oft, wenn er spät in der Stadt auf Streife war und wenn er am Ende einer Schicht nach Hause kam. Und zweimal war Maggie völlig ausgerastet, als Opossums an den Verandatüren vorbeiwatschelten, sicher und außer Reichweite hinter dem Glas.

Ausgewachsene Waschbären konnten ziemlich groß werden, aber dieser Waschbär hatte etwa die Größe einer Katze. Scotts erster Gedanke war Tollwut, daher zog er Maggie zurück. Das Fell des Tiers wirkte glänzend und sauber, aber seine Augen waren lebhaft rot, und dünne Fäden Blut und Gallenflüssigkeit waren auf seinem Hinterteil und Maul zu erkennen. Während er das Tier betrachtete, wuchs eine Blutblase an seinem Maul, und das Tier gab ein leises Fauchen von sich.

»Ach, verdammt. Armes Ding.«

Dann sah Scott etwas, das wie graue Brocken mit roten und blauen Flecken aussah, und er begriff, dass der Waschbär Hackfleisch erbrochen hatte. Nur das Rot und Blau passte nicht. Er stocherte mit einem Zweig in der Schweinerei und fand rote und blaue Bruchstücke, die von Pillen stammen konnten.

Scott brachte Maggie ins Gästehaus. Er bedeckte den Waschbären mit einem großen Plastikeimer und überlegte, was er tun sollte, als er den grauen Ball erblickte. Er war schmutzig und ungleichmäßig geformt und fiel auf dem festgedrückten Boden unter einem Rosenstock auf.

Scott trat näher. Wieder gab es rote und blaue Flecken. Er zerteilte den Ball mit einem Zweig und sah, dass er aus rohem Hackfleisch geformt war. Rote und blaue Einsprengsel waren unter das Fleisch gemischt, dazu etwas, das wie weißes Pulver aussah.

Scott fand einen dritten Klops am Gästehaus, und dieser war teilweise aufgefressen. Der Waschbär.

Scott bedeckte die Bälle, um ihre Lage zu markieren und das Beweismaterial zu sichern. Er alarmierte die diensthabenden Polizisten im Streifenwagen und rief dann Carter an, um seine Entdeckung zu melden.

✸ ✸ ✸

Ein Dutzend Streifenwagen blockierte Scotts Straße und die Straße oberhalb. Die Spurensicherung schickte Kriminaltechniker, die Proben und den Waschbären einsammelten. Mrs. Earles Garten wurde durchsucht, ebenfalls die Nachbargrundstücke auf allen Seiten. Eine junge Polizistin fand einen vierten Fleischklops, der sich in einem Agapanthus einen Meter von Mrs. Earles Gartentür verfangen hatte. Weitere Fleischbrocken wurden nicht gefunden.

Scott stand mit Maggie im Garten und sah den Beamten bei der Arbeit zu. Zunächst hatte er versucht, sie im Gästehaus zu halten, aber sie hörte nicht auf zu bellen. Als sie draußen und angeleint neben Scott war, verhielt sie sich so ruhig wie an jedem anderen Tatort.

Carter, Stiles und ein dritter Detective der Sondereinheit kamen mit zwei weiteren Detectives der North Hollywood Station raus. Carter und Stiles sprachen kurz mit Scott, dann machten sie sich daran, Beamte von Tür zu Tür zu schicken, um Nachbarn zu befragen.

Scott versuchte, nicht im Weg zu stehen. Er verfolgte die Geschehnisse und dachte an den Mann im Sakko und an Coles Angebot.

Carter schnappte sich den Kriminaltechniker, als dieser gerade gehen wollte.

»Wie lange hat das Fleisch schon hier gelegen?«

»Schmeißen Sie den Grill an. Sie könnten es glatt essen.«

»Geben Sie mir ein Zeitfenster. Seit wann liegt es im Unkraut?«

Der Kriminaltechniker dachte kurz nach.

»Auf der Außenseite nur leicht angelaufen, die Innenseite

noch rosa. Praktisch kein Ameisenbefall. Bei einer kühlen Nacht, wie wir sie hatten, würde ich sagen, mindestens neunzig Minuten und höchstens sechs Stunden.«

»Also irgendwann zwischen Mitternacht und Sonnenaufgang.«

»Würde ich mal so sagen.«

»Was ist mit dem Gift?«, fragte Stiles.

»Ein Bestandteil wirkt definitiv auf das zentrale Nervensystem, dazu ein schnell wirkendes Antikoagulans. Vielleicht eine Säure. Irgendetwas Scheußliches. Hat den Waschbären in null Komma nichts umgehauen.«

»Ich hätte gern eine Ursprungsliste sowie eine Aufstellung der Länder, wo diese Sachen verkauft werden.«

»Auch wenn man sie hier bei uns bekommt?«

»Auch dann, und sollte sich zeigen, dass diese Dinge nicht in den Vereinigten Staaten verkauft werden, würden Sie mich dann sofort anrufen? Nehmen Sie sich nicht mal die Zeit, einen Bericht zu tippen.«

Stiles folgte dem Kriminaltechniker hinaus zu seinem Transporter. Carter schien Scott zu bemerken und kam herüber. Carter hatte den gestrigen Zwischenfall nicht erwähnt, und Scott ebenfalls nicht.

»Haben Sie Ihren Chef angerufen?«

Womit er Lieutenant Kemp meinte.

»Noch nicht.«

»Ich muss Ihren Division Commander verständigen, und der wird dann Ihren Chef anrufen, also möchten Sie ihn vielleicht vorher selbst anrufen. Lassen Sie ihn wissen, was hier los ist und alles. Aus Höflichkeit.«

»Gute Idee. Danke.«

Carter sah zu, wie die uniformierten Beamten im Unkraut

und den Blumenbeeten suchten. Ein Officer mit einer Leiter suchte auf dem Dach.

»Geht mich ja nichts an«, sagte Carter, »aber vielleicht möchten Sie ja mal über einen Ortswechsel nachdenken.«

»Ich habe noch keine Idee, was ich dann mit Mrs. Earle mache.«

»Die alte Dame hier?«

Scott nickte.

»Entweder sie muss gehen, oder ich muss gehen. Das hier ist ihr Zuhause.«

Carter schien sich unwohl zu fühlen, und Scott wünschte sich, er würde endlich verschwinden.

»Gut, Sie wissen ja, dass wir unsere Präsenz verstärken. Wir haben zwei Wagen vorne, zwei im nächsten Block, und beide Straßen werden für die nächsten zwei Tage nur noch für Anwohner offen sein.«

»Selbst wenn ich gehe?«

»Selbst wenn Sie gehen. Falls Sie bleiben, werden wir die Absperrung so lange wie nötig aufrechterhalten.«

»Ich werde gehen.«

»Das halte ich auch für klug.«

Carter starrte auf den Boden und verschwand immer noch nicht.

»Wir sehen uns im Präsidium«, sagte Scott.

»Machen Sie sich keine Umstände. Sie müssen erst mal einen Platz für sich finden.«

»Ich werde mir die Verbrecherfotos ansehen. Vielleicht haben wir ja Glück.«

Schließlich drehte Carter sich zum Gehen um.

»Ihre Entscheidung.«

Scott berührte Maggies Ohr.

»Detective Carter.«

Carter schaute zurück.

»Er hat versucht, meinen Hund umzubringen.«

»Ich verstehe. Wir sehen uns im Präsidium.«

Scott sah Carter nach und blickte dann zu Maggie hinunter. Er berührte das weiche Fell auf ihrem Kopf und lächelte, als sie mit dem Schwanz wedelte.

Verstehen? Carter verstand gar nichts. Aber er würde schon noch.

40
Elvis Cole

Die Frau, die ich nicht kannte, traf sich mit mir vor einem Supermarkt in West Hollywood am Santa Monica Boulevard. Ich kaufte zwei heiße Espressi, war sechsunddreißig Minuten zu früh da und parkte hinter einem Abschleppwagen auf einer Tankstelle auf der anderen Straßenseite.

Mystery Meryl kam zwanzig Minuten zu früh. Sie parkte zwischen einer Reihe Autos und Lastwagen und tat nichts weiter Ungewöhnliches. Das Warten schien ihr nichts auszumachen, sie wirkte wie jemand, der glaubte, nichts könne schiefgehen.

Ich notierte mir ihr Kennzeichen und rief meine Freundin beim Straßenverkehrsamt an.

»Die Nummer gehört zu einem silbernen Lexus SUV, zugelassen auf eine Meryl Lawrence. Diesen Namen haben wir doch erst gestern überprüft, oder irre ich mich?«

»Du hattest vier gefunden. Drei oben im Norden, eine in Pasadena. Bellefontaine.«

»Ich erinnere mich. Der Lexus wirft die gleiche aus.«

»Der Lexus wirft die Bellefontaine-Adresse aus?«

»Korrekt.«

Die Frau, die nicht Meryl Lawrence war, fuhr einen Lexus, der auf Meryl Lawrence zugelassen war, die angeblich unter der

Anschrift der richtigen Meryl Lawrence wohnte, nur, dass die richtige Meryl Lawrence keinen Lexus besaß. Beeindruckend.

»Gestern Abend hast du einen Cadillac und einen Porsche gefunden, die auf Meryl Lawrence zugelassen sind. Einen Lexus hast du nicht erwähnt.«

Ihre Stimme wurde unklar.

»Ja, ich erinnere mich. Das ist wirklich schräg.«

Schräg war ein schlechtes Zeichen.

»Wenn ich nach ihrem Namen suche, erhalte ich den Cadillac und den Porsche, aber nicht den Lexus. Wenn ich nach dem Kennzeichen suche, erhalte ich den Lexus, aber nicht den Cadillac oder Porsche.«

»Schräg«, sagte ich.

»Scheint wohl 'ne Störung im System zu sein. Ich melde mich wieder bei dir.«

Ein Fahrzeug zu fahren, das auf die echte Meryl zugelassen war, obwohl die echte Meryl das Fahrzeug gar nicht besaß, klang nach mehr als einer Störung. Ich fragte mich, wie sie das anstellte.

Ich blieb hinter dem Abschleppwagen sitzen, bis ich zehn Minuten zu spät war, dann setzte ich zurück und fuhr einmal um den Block. Ich bog gerade auf den Parkplatz ein, als Scott James anrief. Ich wollte rangehen, ließ den Anruf aber auf die Mailbox weiterleiten. Die nachgemachte Meryl Lawrence hatte meine ungeteilte Aufmerksamkeit.

Ich parkte und stieg aus dem Wagen.

»Ein fettfreier, nicht aufgeschäumter Mokka oder eine magere Vanille-Latte. Was darf's sein?«

Ihr Gesichtsausdruck schwebte zwischen einem Lächeln und einem Stirnrunzeln, so als wüsste sie nicht, was sie von dem Kaffee halten sollte. Sie entschied sich für die Vanille.

»Sie müssen gute Neuigkeiten für mich haben.«
Ich nippte an meinem Mokka. Kalt.
»Der Blumenhändler erinnert sich an Charles.«
Sie beäugte mich über den Rand ihrer Latte und wartete.
»Ist es der Mann von Ihrer Zeichnung?«
»Nein. Wirklich beschreiben konnten sie ihn mir nicht. Aber der Mann von der Zeichnung ist er keinesfalls, so viel ist sicher.«

Ich konnte nicht erkennen, ob sie das für eine gute oder schlechte Nachricht hielt.

»Aber sie haben sich an ihn erinnert?«
»Mitte bis Ende vierzig, braun in braun, Anzug. Typischer Geschäftsmann. Er sagte dem Verkäufer, der Blumenstrauß müsse beeindruckend werden. Klingt ganz nach der Sorte Arsch, für den Sie ihn gehalten haben. Versuchte Amy auszunutzen.«

Ich trank noch ein paar Schlucke Kaffee und quälte sie mit Lerner.

»Die gute Nachricht ist, ich nähere mich langsam Lerner. Ich habe Hinweise auf Jacobs alte Freunde erhalten. Die werden Lerner ganz bestimmt kennen, und irgendwer wird wissen, wie ich ihn erreichen kann.«

Ihre Nasenflügel blähten sich, als wäre ihr das Thema unangenehm.

»Kommen wir noch mal auf Charles zurück. Haben Sie mit Amys Nachbarn gesprochen?«

»Ich bin nicht mehr zu ihrem Haus zurückgefahren. Ich werde dort nichts Neues finden, und die Nachbarn nach Charles zu fragen ist reinste Zeitverschwendung.«

»Ich zahle für Ihre Zeit. Vielleicht hat einer ihrer Nachbarn ihn gesehen. Vielleicht hat sie über ihn getratscht.«

Sie interessierte sich definitiv nur für Charles.

»Apropos, meine Zeit ist etwas, das ich ebenfalls mit Ihnen besprechen wollte. Wir werden unsere Vereinbarung überdenken müssen.«

»Bitte?«

»Ich habe Ihnen ein Honorar auf der Grundlage dessen genannt, was Sie mir erzählt haben, wozu nicht ein Mord und eine polizeiliche Ermittlung gehörte. Die Polizei klebt förmlich an mir, und ich arbeite praktisch rund um die Uhr, weil Sie es so eilig haben. Zweitausend Dollar bringen's da nicht. Ich hätte gern weitere drei.«

»Sie versuchen, mich aufs Kreuz zu legen.«

»Ich komme nah ran, Meryl. Amy und Charles sind in meinem Visier.«

»Es klingt aber nicht so, als wären Sie nahe dran. Vielmehr so, als wollten Sie mich übers Ohr hauen.«

»Die Blumen sind nicht zu Amy nach Hause geliefert worden. Charles hat sie an ein Haus in Silver Lake geschickt. Ich glaube, dort wohnt sie. Vielleicht mit Charles.«

»Wo?«

»Dreitausend.«

»Das denken Sie sich nur aus.«

»Sie haben mich engagiert, weil ich gut bin. Wenn Sie sich von mir trennen wollen, schön, können wir machen. Ich bin nahe dran.«

Sie schien nicht so wütend zu sein, wie ich es erwartet hatte. Sie atmete schnell, aber sie sah auch hungrig und aufgeregt aus.

»Ich werde Ihnen weitere tausend geben.«

»Zwei-fünf.«

»Tausend morgen, und weitere tausend, wenn Sie sie in

den nächsten zwei Tagen finden. Wenn Sie sie noch heute finden, erhalten Sie beide Tausender plus einen Bonus von fünfhundert.«

»Klingt gut.«

Sie kippte die Latte auf den Parkplatz.

»Sie sollten sie besser finden, Sie Dreckskerl. Raus.«

Ich stieg aus und ging zu meinem Wagen. Sie setzte schnell zurück und raste auf die nächstgelegene Ausfahrt zu. Sie war wütend, aber ich fand, sie wirkte ebenfalls verängstigt. Ich wartete, bis sie weg war, dann wählte ich Joe Pikes Nummer.

»Ich bin an ihr dran«, sagte Pike.

Die Frau hatte Geheimnisse, aber meine Geheimnisse waren besser.

41

Scott James hatte eine Nachricht hinterlassen, die kurz und direkt war.

»Falls Sie das ernst gemeint haben mit dem Helfen, rufen Sie mich an. Ich bin jetzt auf dem Weg ins Präsidium.«

Ich war überrascht und erleichtert. Die Lügnerin Meryl hatte mich mehr denn je gedrängt, Charles zu finden, und das schnell. Charles hatte Amy gesagt, ihr Deal sei in wenigen Tagen unter Dach und Fach. Ich musste nicht Der Weltbeste Detektiv sein, um den Zusammenhang zu erkennen. Die geheime Meryl wusste um Amys bevorstehenden Deal und wollte Charles finden, bevor das Geschäft abgewickelt war. Da sie von Charles, dem Deal und dem Haus in Echo Park wusste, erschien es nur wahrscheinlich, dass sie auch von dem Mann im Sakko wusste. Ich wollte den Mann im Sakko schnappen, und Scott James ebenfalls.

Ich tippte auf den Rückruf-Button, und Officer James meldete sich.

»War das Ihr Ernst, als Sie Ihre Hilfe angeboten haben?«

Seine Stimme war leise und angespannt, als ob Leute zuhörten.

»Ich hab's so gemeint.«
»Ich will den Mann im Sakko. Kennen Sie ihn?«
»Nein.«
»Aber Sie wissen etwas.«

»Ich weiß das eine oder andere, nur nicht, wer er ist. Ich will ihn auch.«

»Okay, hören Sie zu. Das ATF hat die Bombe aus meinem Auto analysiert. Wissen Sie, was *taggants* sind?«

»Markierungsstoffe.«

Solche Beimischungen von Markierungsstoffen waren für Plastiksprengstoffe seit Mitte der 1990er-Jahre vorgeschrieben.

»Der Sprengstoff aus meinem Auto und das Zeug, das wir in Echo Park gefunden haben, enthielt keine Markierungsstoffe.«

Ich holte tief Luft und atmete langsam aus. Plastiksprengstoffe waren leicht, stabil und so formbar wie Pizzateig. Ein Block polymerisierter Sprengstoff konnte zu langen, dünnen Schnüren ausgerollt oder zu dünnen Platten gepresst oder wie Haare geflochten werden. Die formverändernde Gestaltbarkeit und Stabilität machten diese Art von Sprengstoffen geradezu ideal für Verrückte, die das Zeug in Passagierflugzeuge einschmuggeln wollten. Markierungsstoffe wurden beigemischt, damit das Material von Hunden oder geeigneten Geräten aufgefunden werden konnte. Was Amy anbot, war perfekt geeignet, um die Leute zu interessieren, die sie suchte.

»Hat Carter eine Verbindung zwischen Etana und dem Sprengstoff gefunden?«

»Noch nicht, aber sie arbeiten dran. Etana hatte drei Brüder. Sein ältester Bruder Ricardo wurde gestern Abend in einem Kanal unten in Venice gefunden. Carter glaubt, dass ihre Tode miteinander zusammenhängen.«

Ich notierte den Namen und rechnete. Carlos Etana war zu jung, um etwas mit Juan Medillo zu tun gehabt zu haben, aber bei einem älteren Mitglied der Familie könnte das anders gewesen sein.

»Haben Ihre Leute nachgeprüft, ob es eine Verbindung zwischen den Etanas und Juan Medillo gibt?«

Scott klang überrascht.

»Sie wissen von Medillo?«

»Ich bin ein Zauberer. Ich weiß außerdem, dass er seit sieben Jahren tot ist und dass irgendwer in seinem Namen die Grundsteuer gezahlt hat. Vielleicht jemand namens Etana.«

»Ich werde versuchen, das herauszubekommen. Von Ricardo haben sie erst heute Morgen erfahren.«

Die Amy-Akte befand sich hinter meinem Sitz. Ich holte sie hervor und blätterte in meinen Notizen von Eddie Ditko und der Hausübertragung. Nichts erklärte die Verbindung zwischen Walter Jacobi und Juan Medillo oder wie Medillo in den Besitz von Jacobis Haus gekommen war. Ich blätterte zur Ankündigung der Gedenkfeier. *Geliebter Bruder und Sohn. Liebende Schwestern und Vater.*

»Wer arbeitet an dem Haus?«

»Doug Stinnis und Edie Quince.«

Stinnis. Der Detective, der Solano angerufen hatte.

»Haben sie mit der Familie Medillo gesprochen?«

»Sie haben gestern mit dem Vater gesprochen. Stinnis mochte ihn nicht, aber sie hielten ihn für glaubwürdig.«

»Was bedeutet, er weiß nichts und hat nichts damit zu tun?«

»Sie haben ihm geglaubt.«

»Was ist mit den Schwestern?«

»Die Schwestern haben sie nicht gefunden.«

Ich warf einen Blick auf ihre Namen in der Anzeige. Nola und Marisol.

»Wo ist das Problem?«

»Verheiratet und fortgezogen. Der Vater sagt, er wisse nicht, wo sie sind.«

»Er weiß nicht, wie er seine Töchter erreichen kann?«

»Nach dem Mord an Juan haben sie sich verkracht. Stinnis sagt, es muss wohl ziemlich übel gewesen sein. All diese Jahre später hat der alte Mann nichts als Blödsinn geredet. Er sagt, wahrscheinlich wüssten sie über das Haus Bescheid und würden ihn bescheißen, aber gehört habe er seit Jahren nichts von ihnen. Behauptet, nicht einmal ihre Ehenamen zu kennen.«

Geliebter Bruder und Sohn. Liebende Schwestern und Vater.

»Sie haben geheiratet, sind fortgezogen, und er kennt ihre Ehenamen nicht?«

»Ich muss Schluss machen. Detective Stiles sieht mich an.«

»Eines noch.«

»Ich melde mich wieder. Ich soll hier Verbrecherfotos durchgehen.«

»Sind die Laborergebnisse vom Haus schon da?«

»Ich glaube nicht. Das Arschloch, dem Sie gefolgt sind, hat die ganze Bude mit Bleiche abgespritzt.«

»Versuchen Sie es herauszufinden, besonders, ob man im Haus die DNA einer Frau festgestellt hat.«

Scott war einen Augenblick stumm.

»Warum fragen Sie nach einer Frau?«

»Finden Sie's heraus. Geben Sie mir Bescheid.«

»Ich wusste, dass Sie etwas wissen. Sie wissen tatsächlich etwas.«

»Ich weiß manches, aber nicht genug.«

Ich legte auf und las erneut die Anzeige der Gedenkfeier. Sieben Jahre nach Juan Medillos Gedenkfeier waren die liebenden Schwestern verschwunden, und der liebende Vater redete nur Müll.

Familien.

Auf der Traueranzeige waren Engel, ein Kreuz und ein himmlischer Lichtstrahl abgebildet. Verfasst hatte sie Nola Medillo, Name und Anschrift einer Kirche in der Eastside.

Ich rief die Auskunft an und ließ mich vom Computer verbinden.

Eine Frau namens Ms. Cortez meldete sich. Ich sagte ihr, ich versuche Nola Medillo hinsichtlich einer Immobilie zu erreichen, die ihrem Bruder gehörte. Ms. Cortez unterbrach mich, bevor ich fertig war, und hätte nicht hilfreicher sein können.

»Nola ist eine Freundin. Bleiben Sie einen Moment dran, ich werde sie rufen.«

Nola Medillos Ehename lautete Terina. Elf Minuten später durchquerte ich die Stadt, um mich mit ihr zu treffen. Keine Rückrufe. Kein Warten. Die karmischen Konten waren endlich wieder ausgeglichen.

42

Nola Medillo Terina lebte mit ihrem Mann in einem netten Haus ein paar Blocks nördlich des Pomona Freeway, keine Meile von ihrem Vater entfernt. Sie war eine adrette, einfache Frau von Anfang vierzig. Sie öffnete mir die Tür mit einem linkischen Lächeln und strich sich Haarsträhnen aus der Stirn.

»Das muss ein Irrtum sein. Sie verwechseln meinen Bruder mit einem anderen Medillo.«

»Nein, Ma'am. Juan Adolfo. Ihr Juan.«

Ich zeigte ihr eine Kopie der Grundbesitzurkunde. Sie wirkte eher amüsiert als misstrauisch, während sie das Dokument studierte.

»Juanito konnte sich nicht mal Schuhe leisten, geschweige denn ein Haus.«

»Sie wussten also nicht, dass ihm ein Haus gehörte?«

»Ich hatte keine Ahnung. Bitte, kommen Sie rein. Gehört es jetzt etwa mir?«

Ihr Gesichtsausdruck und ihre Körpersprache schrien buchstäblich Ehrlichkeit.

Ich folgte ihr ins Wohnzimmer, wo sie sich auf einem dick gepolsterten Sessel niederließ. Ihr Heim war einfach und gemütlich. Ein Gaskamin mit einer Zierverkleidung füllte ein Ende des Raums. Kleine Vasen und Schalen, die seit Generationen im Besitz ihrer Familie sein konnten, standen neben

Fotos von ihr und ihrem Ehemann und Geschwistern auf dem Kaminsims.

»Ich weiß es nicht, Ms. Terina. Ich bin nicht hier, um seinen Besitz zu verteilen. Ich hoffe vielmehr, dass Sie wissen, wie er in den Besitz des Hauses gelangt ist.«

»Tut mir leid. Keine Ahnung.«

»Sagt Ihnen der Name Walter Jacobi etwas?«

»Nein, Sir. Tut mir leid.«

»Er war Juans Zellengenosse oben in Solano.«

Ihr Gesicht verfinsterte sich, wenn auch nur für einen Moment.

»Juan wollte nicht über sein Leben im Gefängnis sprechen. Wenn wir ihn besucht haben, wollte er Geschichten von zu Hause hören.«

»Das Haus gehörte Jacobi. Das Eigentumsrecht wechselte, als sie Zellengenossen waren.«

»Ist das illegal?«

»Nein, Ma'am, aber jemand hat sich um das Haus gekümmert und in Juans Namen die Steuern bezahlt.«

Sie sah mich neugierig an.

»Hat vorgegeben, Juan zu sein?«

»Gewissermaßen. Das Problem ist, das Haus wurde zur Begehung von Straftaten genutzt.«

Wieder verfinsterte sich ihre Miene, und ihr Blick wanderte kurz zu einem Geschirrschrank in der Ecke.

»Das ist doch albern, Juan und ein Haus. Absurd.«

Der Schrank war schmal und dunkel. Das gerahmte Foto eines Jungen stand allein auf dem mittleren Bord. Es stand auf einer niedrigen Schachtel wie auf einem Podest. Der Junge schien ein Viert- oder Fünftklässler zu sein, und er trug ein kurzärmeliges weißes Hemd mit Krawatte und dem Wappen seiner katholischen Schule. Der Junge hätte ihr Sohn sein können, aber ich wusste, dass es Juan war, jung und lächelnd, lange vor Drogen, Kriminalität und Gefängnis. Sie bemerkte, dass ich hinstarrte.

»Sehen Sie das Lächeln? Sehen Sie nur sein glückliches Lächeln.«

Ich nahm den Blick von dem Lächeln.

»Ms. Cortez hat mir gesagt, Sie und Ihre Schwester und Juan hätten sich sehr nahegestanden.«

»Wir drei, ja. Ich vielleicht ein bisschen mehr als Marisol, aber ich bin die Älteste.«

»Ein Haus zu besitzen ist eine große Sache. Ich bin überrascht, dass er Ihnen nichts erzählt hat.«

Sie starrte einen Moment ins Leere, dann wandte sie den Blick ab. Betreten.

»Mein Bruder war ein Süchtiger und ein Krimineller. Vielleicht hat er sich geschämt, wie es in seinen Besitz gekommen ist.«

»Ihr Vater hat der Polizei gesagt, er wüsste nichts von dem Haus. Stimmt das?«

Aus ihren Augen verschwand jede Wärme, als ich ihren Vater erwähnte.

»Ich kann es Ihnen nicht sagen.«

»Er hat der Polizei gesagt, er glaube, Sie und Ihre Schwester wüssten davon. Er sagt, Juan hätte es Ihnen erzählt, und Sie und Marisol würden ihn übers Ohr hauen.«

Sie spannte sich an und reckte sich.

»Mein Vater ist ein Arschloch.«

»Ich sollte das jetzt wahrscheinlich nicht sagen, aber die Polizei hält ihn ebenfalls für ein Arschloch.«

Ich dachte, sie würde lächeln, doch sie tat es nicht.

»Ein schrecklicher Mann. Gehässig. Seinetwegen ist Juans Leben die Hölle gewesen.«

Sie warf dem lächelnden Jungen wieder einen Blick zu. Diesmal lag keine Freude in ihren Augen.

»Für mich und meine Schwester hatte Juan immer nur das wunderschöne Lächeln und glückliche Augen. So war er für uns. Nicht für unseren Vater.«

»Jemand wusste von seinem Haus, Ms. Terina. Wenn Juan Ihnen nichts erzählt hat, wem gegenüber würde er es erwähnt haben? Freunden? Einer Freundin vielleicht?«

Sie strich wieder ihr Haar zurück und ging dann zu dem Geschirrschrank.

»Das Gefängnis hat uns seine Sachen geschickt. Leider ist das Päckchen an unseren Vater adressiert worden.«

Sie starrte das Foto ihres Bruders an.

»Da waren Briefe. Ein paar von einem speziellen jungen Mann. Mein Vater hat sie vernichtet. Er hat sie wie ein Verrückter im Garten verbrannt.«

Ich sah die Szene deutlich vor mir, und ich verstand die Entfremdung.

»Tut mir leid. Es muss schlimm gewesen sein.«

»Einen habe ich gelesen. Den größten Teil, nicht alles, bevor der Irre ihn mir weggenommen hat.«

Sie stellte Juans Bild zur Seite und kam mit der Schachtel, auf der es gestanden hatte, zum Sofa zurück.

»Er ist zur Trauerfeier gekommen. Er ist aus Liebe gekommen, aber mein Vater ist so ein bedauernswerter Mann.«

Nola Terina öffnete die Schachtel und nahm das Kondolenzbuch von der Trauerfeier ihres Bruders heraus. Ein Seidenbändchen markierte die Seite, wo sich die Trauergäste eingetragen hatten. Sie ließ den Finger die Liste hinabwandern und verharrte bei einem Namen etwa in der Mitte.

»Hier. Sehen Sie? Hector Soundso.«

Die Handschrift wirkte zerknautscht und war schwierig zu lesen.

»Pedroia?«

»Ja. Er war so nett zu kommen.«

Ich notierte den Namen, während sie fortfuhr: »Ein netter Junge, fand ich, und unser Vater erwiderte seine Freundlichkeit mit Grausamkeit. Marisol und mir brach es das Herz. Von diesem Tag an waren wir nicht mehr seine Töchter.«

»Hector Pedroia.«

»Das war vor sieben Jahren, aber er arbeitete damals in einem Restaurant, dem El Norte Steakhouse. Er war dort Koch.«

Sie rief das Restaurant an und ließ sich die Adresse geben, dann erklärte sie mir den Weg.

Hector Pedroia hatte das Steakhouse bereits vor Jahren verlassen, aber der Inhaber wusste, wo er zu finden war.

43

Hector Pedroias Imbisswagen für Original Taco Cuisine parkte nahe Chinatown nicht weit von der Union Station. Die Tacos waren teuer, aber die Schlange war lang. Pedroia stand hinter der Kasse, während zwei jüngere Köche das Essen zubereiteten. Der Wagen war in einem hellen, positiven Türkis lackiert, und auf einer großen, von Hand geschriebenen Speisekarte wurden Tacos mit Lammhüfte angeboten, kubanischer *Lechón Asado*, *Birria* und weitere angesagte Speisen. Die *Birria* war ein Eintopf mit geschmortem Ziegenfleisch. Nicht sehr verbreitet auf Anglo-Märkten, aber geschmort mit *Guajillo*- und *Ancho*-Chilis war es eines meiner Lieblingsgerichte.

Ich stellte mich in der Schlange an und wartete.

Pedroia gab der Frau vor mir eine Wartenummer und das Rückgeld und lächelte mich dann eilig an.

»Ja, Amigo, was darf's denn sein?«

»Zwei *Birria* und einmal das Lamm.«

»Etwas zu trinken, mein Freund?«

»Nein, danke. Wenn hier gleich etwas weniger los ist, würde ich gern reden. Nola Medillo lässt grüßen.«

Pedroia wurde weder langsamer, noch veränderte sich sein Gesichtsausdruck. Er rief den Köchen meine Bestellung zu und tippte alles in die Kasse.

»*Habañero Crema* zum Lamm? Ein bisschen mit Koriander oben drauf? Die *Birria* mit ein paar Scheibchen Rettich?«

»Perfekt.«

Meine Nummer war zweiundvierzig. Ich wartete mit den anderen auf dem Bürgersteig und schaute den drei Männern bei der Arbeit zu. Der Grill-Koch produzierte einen stetigen Strom von Hand gepressten Mais-Tortillas, gegrilltem Fleisch und Gemüse. Der Schluss-Koch, dessen Station sich direkt neben Pedroia befand, richtete die Tacos mit Fingerspitzengefühl an, legte sie in türkisfarbene Schachteln und rief die Wartenummern auf. Pedroia nahm noch einige weitere Bestellungen auf, bevor er in meine Richtung sah und etwas zu dem Grill-Koch sagte. Der Grill-Koch übernahm daraufhin die Kasse, und Pedroia trat an die Arbeitsfläche. Er füllte eine Schachtel mit Tacos, hob sie hoch und gab mir zu verstehen, zu ihm hinter den Wagen zu kommen.

Pedroia bot mir die Schachtel und eine Handvoll Servietten an. Er musste etwa Mitte dreißig sein, aber sein Gesicht hatte ungewöhnlich viele Falten für sein Alter.

»Ich wollte Sie nicht da rausreißen. Ich hätte auch gewartet.«

Er zuckte die Achseln, als wären solche Rücksichtnahmen unsinnig.

»Das Rezept der Birria stammt von meiner Großmutter. Sie hat behauptet, genau so hätte meine Familie sie seit tausend Jahren zubereitet, aber sie neigte ein wenig zu Übertreibungen. Ich habe ein paar kleine Änderungen vorgenommen.«

Ich nahm einen Bissen. Würziger roter Saft lief meine Finger hinunter.

»Köstlich.«

»Nicht zu scharf?«

»Hervorragend.«

Er zog ein Tuch von seiner Schürze und wischte sich die Hände ab.

»Woher kennen Sie Nola?«

»Ich untersuche eine Sache, in die ihr Bruder verwickelt ist. Sie hat mir erzählt, Sie beide hätten sich sehr nahegestanden, daher hoffe ich, dass Sie mir helfen können.«

»Hat sie das so gesagt? Wir hätten uns nahegestanden?«

»Meine Worte, nicht ihre. Sorry. Sie hat gut von Ihnen gesprochen. Nicht so gut von ihrem Vater.«

Er lächelte, allerdings eher voller Traurigkeit als vor Freude.

»Das Lamm. Lassen Sie's nicht kalt werden.«

Ich nahm einen Bissen von der Lammhüfte.

»Sir, das ist erstklassig.«

Er freute sich offenbar über mein Lob.

»Juan ist nun seit Jahren tot. In was könnte ein toter Mann denn wohl verwickelt sein?«

»Er ist in den Besitz eines Hauses gelangt, während er oben in Solano einsaß. Wie sich herausstellte, steht Juans Name immer noch auf der Eigentumsurkunde, und jemand, der seinen Namen benutzt, hat dafür die Steuern gezahlt. Ich hatte gehofft, Sie könnten mir dazu etwas sagen.«

Pedroia schnaubte müde.

»Natürlich. Colinskis Haus.«

Ich aß mehr Lamm und versuchte, ganz ruhig zu wirken.

»Juan hat Ihnen davon erzählt?«

»Klar. Juan hat mir alles erzählt. Er hat mir alles *über* alles erzählt, ob ich es nun hören wollte oder nicht.«

»Es war Jacobis Haus. Juan hatte das Haus von einem Mann namens Jacobi, nicht Colinski.«

Er wischte wieder seine Hände ab, und jetzt vermittelte dieses Reiben Zorn.

»Er hatte das Haus von Jacobi, ja, aber getan hat er es für Colinski. Der Große Colinski wollte das Haus.«

Er verdrehte die Augen, als er das sagte, und meine Ohren füllten sich mit einem anschwellenden Summen. Das Geräusch von etwas in größerer Entfernung, das sich näherte.

»Wer war Colinski?«

Er sah fort. Verlegen.

»Ein älterer Junge aus dem Viertel. Einer dieser wertlosen Jungs, mit denen sich Juan früher rumtrieb. Ein Krimineller. Juans Schwarm.«

Er verstummte, wischte an seinen Händen herum.

»Juan hätte alles getan, um ihm zu gefallen.«

»Hat der Große Colinski einen Vornamen?«

»Royal. Was für ein Name, finden Sie nicht auch? Royal Colinski aus East L. A.«

Das Wegwerfhandy vibrierte in meiner Tasche, aber ich erfuhr gerade zu viel, um das hier zu unterbrechen.

»Warum wollte Colinski das Haus?«

»Was weiß ich? Als Versteck, um Dope zu strecken, Bargeld zu bunkern, für Partys. Das ist dumm, sagte ich. Wie willst du clean werden, wenn du dich mit so einem Mann einlässt. Aber der Große Colinski hatte gesprochen.«

»Jacobi und Juan waren beide süchtig. Hat Juan Drogen für das Haus bekommen?«

»Ja. Das war Colinskis brillante Idee.«

»Wissen Sie, wo er jetzt ist? Colinski? Oder was er tut?«

Er wedelte mit dem Tuch.

»Ich habe mich nicht für die Leute interessiert, mit denen Juan sich rumgetrieben hat. Ich bin heute clean, damals noch nicht, und ich wollte clean sein. Wir wollten zusammen clean werden, und Juan hat's versucht, ja, ich glaube, er hat's wirklich versucht, aber er hat seine alten Freunde getroffen und ist sofort in alte Muster zurückgefallen.«

Ich bat ihn, die Schachtel zu halten, und kramte die Zeichnung heraus.

»Was meinen Sie?«

Er betrachtete das Bild.

»Colinski?«

»Das frage ich Sie.«

Seine Unsicherheit war nicht gerade inspirierend, aber ich wusste, dass er es versuchte. Juans Schwarm. Der Große Colinski.

»Könnte sein.«

»Vor drei Abenden ist jemand in Juans Haus ermordet worden. Dieser Mann hier hat den Tatort verlassen.«

»Es wäre möglich. Sicher bin ich mir nicht.«

Ich steckte die Zeichnung wieder ein.

»Eine Sache noch. Drei Wochen nachdem Jacobi die Immobilie überschrieben hat, ist er an einer Überdosis gestorben.«

»Ich erinnere mich. Juan hat's mir erzählt.«

»Hat Juan ihn getötet?«

Pedroia sah verblüfft aus.

»Juan war schwach und brauchte Hilfe, aber grausam war er nicht.«

»Elf Tage nach Jacobis Tod wurde Juan ermordet.«

»Eine Gefängnisschlägerei. Braune gegen Schwarze. Juan ist zwischen die Fronten geraten, hieß es. Hatte nicht mal was damit zu tun.«

»Es wurde sechzehnmal auf ihn eingestochen.«

Pedroia ballte die Fäuste, als würde nun ihm das Messer in den Rücken gestoßen.

»Wollen Sie damit sagen, Juan wurde wegen dieses Hauses ermordet?«

»Ich weiß es nicht. Aber nachdem Jacobi und Juan tot waren, konnte niemand mehr Colinski mit dem Haus in Verbindung bringen.«

Pedroia sah auf die ungegessenen Tacos und ließ die Schachtel in den Müll fallen.

»Er wollte nicht hören.«

»Nola hält viel von Ihnen. Sie respektiert, was Sie für ihren Bruder empfunden haben. Sie hat mich nicht gebeten, das zu sagen.«

Er nickte.

»Die Birria, haben die nicht zu viel Pep?«

»Nicht für mich. Ich mag's scharf.«

»Man wundert sich immer.«

Pedroia verschwand wieder in seinen türkisfarbenen Imbisswagen. Ich ging zu meinem Auto und sah aufs Telefon. Der Anrufer war Pike gewesen, also rief ich sofort zurück.

»Medillo hatte Hilfe beim Erwerb des Hauses. Ich habe einen Namen. Es könnte der Mann im Sakko sein.«

»Ich hab auch einen Namen. Deine falsche Meryl. Sie ist ein Problem.«

Die Hitze in meiner Brust kühlte ab.

»Wer ist sie?«

»Ihr richtiger Name lautet Janet Hess. Sie ist SAC, leitender Special Agent der Außenstelle L. A. der Homeland Security.«

Ich stieg in meinen Wagen und ließ den Motor an. Pike hatte recht. Meine falsche Meryl war ein Problem.

44

Der Los Angeles River floss in südöstlicher Richtung durch das San Fernando Valley zum Griffith Park, wo er dann scharf rechts abknickte und vorbei am Dodger Stadium, Chinatown und Downtown L.A. schließlich den Long Beach Freeway erreichte wie eine vom Schicksal bestimmte Geliebte, die darauf brannte, ihren Partner zu finden. Der Fluss und der LBF schnitten dann fast senkrecht quer durchs Herz der Stadt nach Long Beach, wo der Fluss seinen achtundvierzig Meilen langen Treck zum Port of Los Angeles beendete. Dort, am Ende seiner Reise, flankierten die Queen Mary und das *Aquarium of the Pacific* die Mündung des Flusses. Die Außenstelle L.A. der Homeland Security wartete gegenüber auf der anderen Straßenseite.

»Sie ist nach Long Beach gefahren?«

»Ja. Die SAC. Soll ich an ihr dranbleiben?«

»Nein. Das ändert manches.«

»Dachte ich mir schon.«

»Wir müssen dringend mit Jon sprechen. Komm nach Silver Lake, und dann überlegen wir, was wir weiter tun.«

Ich fädelte mich in den Verkehr ein, hielt aber zwei Blocks später an und googelte ihren Namen.

Ihr offizielles Porträt beim Department of Homeland Security war leicht ausfindig zu machen. Janet Hess sah einige Jahre jünger aus als die Frau, die ich als Meryl Lawrence kannte, aber Meryl war eindeutig Hess, und ihr Lebenslauf war beeindruckend.

Janet Hess dient derzeit als Special Agent in Charge (SAC)/ Director of Intelligence, Homeland Security Investigations, U.S. Department of Homeland Security, Los Angeles, Kalifornien. Ms. Hess ist zuständig für sämtliche Aspekte der ICE/HSI-Ermittlungstätigkeiten im Großraum Los Angeles, in Las Vegas und dem südlichen Nevada. Vor ihrem derzeitigen Amt diente sie als ASAC/Field Intelligence Director der Los Angeles Human Smuggling and Trafficking Unit (HSTU) und als Supervisory Special Agent/Group Supervisor der Orange County National Security Group and Anti-smuggling Investigations Unit. Bevor sie zum DHS kam, diente Ms. Hess beim Department of Justice, Immigration and Naturalization Service (DOJ/INS) als Special Agent der National Security Investigations Unit and Joint Terrorism Task Force (JTTF).

Hess standen die volle Gewalt, Autorität und Mittel ihrer Behörde zur Verfügung, und doch engagierte sie unter Vortäuschung falscher Tatsachen einen Zivilisten, womit sie sich selbst und ihre Behörde einem Haftungsalbtraum aussetzte. Sie musste erwartet haben, etwas zu erreichen, indem sie mich benutzte, was sie durch ihre eigenen Agenten nicht erlangen konnte, und dies war höchstwahrscheinlich etwas Geheimes, von dem sie niemanden sonst etwas wissen lassen wollte.

Ich nahm Amys Akte und betrachtete die Zeichnung. Scott meinte, der Mann im Sakko sei darauf recht gut getroffen, aber Hector Pedroia war nicht ganz sicher, ob es sich um Royal Colinski handelte.

Ich legte die Zeichnung beiseite, fädelte mich wieder in den Verkehr ein und rief Scott an, während ich fuhr.

»Sind Sie immer noch bei der Major Crimes?«

»Ja.«

Die leise Stimme.

»Ich brauche zweierlei. Können Sie sprechen?«

»Nicht wirklich. Stiles ist in der Nähe.«

»Die Observierungsteams sind abgezogen worden. Wussten Sie das?«

»Hm-hmh.«

»Versuchen Sie herauszufinden, warum. Seien Sie vorsichtig, aber versuchen Sie, es herauszufinden.«

»Okay. Sie ist weg. Jetzt können wir reden.«

»Sie müssen für mich einen Namen überprüfen.«

»Einen Namen zu überprüfen ist nicht so einfach, wie es klingt. Um wen geht es?«

»Schauen Sie, wer immer das dann sein mag, Sie können Carter oder sonst wem nichts davon erzählen. Sie müssen es für sich behalten, bis ich Ihnen Bescheid gebe. Einverstanden?«

»Klingt zwielichtig, Cole. Ich mag's nicht zwielichtig.«

»Es könnte der Mann im Sakko sein.«

Scott war still. Ich hörte ihn atmen.

»Ich sage nicht, dass er es ist, aber es ist möglich. Es ist der eigentliche Besitzer des Hauses.«

»Ich mach's.«

»Das bleibt unter uns beiden?«

»Ja. Nennen Sie mir den Namen.«

»Der Vorname ist Royal, R-O-Y-A-L. Der Nachname lautet Colinski.«

Ich buchstabierte Colinski.

»Den werden Sie im System finden. Drucken Sie seine

komplette Akte und sein Polizeifoto aus. Wir werden es brauchen.«

Ein paar Minuten später erreichte ich Silver Lake und fand Jons Rover oberhalb der Baustelle. Ich parkte ein Stück weiter bergauf hinter der Kurve, ging hinunter und stieg ein. Jon hatte den Fahrersitz weit zurückgeschoben, sein Laptop stand auf der Mittelkonsole.

»Bist du an ihr Auto gekommen?«, fragte ich.

»Negativ. Sie hat sich nicht gerührt.«

Amy ruhte ausgestreckt auf der Couch, las in einer Illustrierten. Ihr Computer und Telefon lagen auf dem Couchtisch. Sie bewegte sich nicht. Jon starrte auf den Bildschirm, genauso reglos.

Ich beobachtete Jon, der Amy beobachtete. Jon Stone war jetzt seit achtundzwanzig Stunden in den Rover eingepfercht, aber er wirkte aufgeweckt, wachsam und frisch rasiert. Ich vermutete, wenn er oberhalb der Baumgrenze im Hindukusch ein paar Wochen auf Felsen liegen konnte, war es wohl kein großes Ding, die Nacht in einem Range Rover zu verbringen.

»Dein Geheimdienstmann, der dir erzählt hat, das Internet-Geplapper führte zu nichts – vertraust du ihm?«

Jon warf mir einen neugierigen Blick zu.

»Ja. Warum?«

»Er hat dir gesagt, Homeland könnte die Person nicht identifizieren, die die Posts gemacht hat, weswegen sie die Sache an Washington abgegeben hätten.«

Jetzt runzelte er die Stirn.

»Ja.«

»Die Frau, die mich engagiert hat, ist Bundesagentin bei der Homeland Security. Sie ist, um's ganz genau zu nehmen, die Special Agent in Charge der Außenstelle L. A., Janet Hess.«

Jon bewegte sich zum ersten Mal.

»Das weißt du ganz sicher?«

»Pike ist ihr bis zum Field Office gefolgt.«

Ich nahm ihr Bild von der Website der Homeland Security heraus und zeigte es ihm.

»Hess.«

»Die Special Agent in Charge.«

»Das steht da. Der ranghöchste Beamte im Los Angeles Field Office.«

Jon lehnte sich zurück.

»Und warum würde die SAC dich in ihren Fall verwickeln wollen?«

»Warum sollte dein Geheimagent dir erzählen, ihr Fall sei geschlossen?«

Jon bewegte sich wie ein Panther, der sein Bett verließ, und zog sein Telefon hervor.

»Finden wir's raus.«

Jon tippte auf einen Knopf und hielt sich das Telefon ans Ohr. Nach einem Moment sprach er.

»Obadete mi se vednaga, vuv vrusca c posledniat ni razgovor. Predishnata vi informatcia se okaza pulna glupost.«

Jon legte sein Telefon fort und sah, dass ich ihn anstarrte.

»Tut mir leid, Alter. Sicherheit. Er wird mich zurückrufen.«

Ich starrte weiter, und er zuckte wieder die Achseln.

»Was denn? Du sprichst kein Bulgarisch?«

Verblüffend.

Amy setzte sich auf, legte die Illustrierte fort und ging ins Bad. Jon notierte die Uhrzeit.

»Hat durchgehend eine Stunde und einundvierzig Minuten gelesen.«

Er schaltete um zur Schlafzimmer-Kamera. Amy tauchte in der oberen Ecke des Bildes auf und ging ins Bad. Wir sahen die offene Tür, aber nicht Amy.

»Können wir es hören, wenn sie einen Anruf macht?«

»Vielleicht. Psst.«

Er drehte den Ton lauter. Wir hörten Stille, dann das Klingeln von Wasser.

Die Toilettenspülung wurde betätigt, Wasser rauschte, und Amy verschwand im begehbaren Wandschrank. Ein paar Sekunden später tauchte sie mit der Fransenjacke und einer großen bunten Handtasche wieder auf. Ich erinnerte mich an die Jacke vom Vorabend, nicht jedoch an die Tasche. Ich fragte mich, ob die Ruger neun Millimeter darin lag. Sie steckte das Telefon in die Handtasche, danach das Bild von Jacob, und verließ das Schlafzimmer. Jon wechselte die Kameras, als sie das Wohnzimmer betrat, und startete den Rover.

»Sie geht. Wenn du raus willst, dann jetzt.«

Amy packte noch ihren Computer in die Handtasche und zog die Jacke an. Die Lagen langer, baumelnder Fransen bewegten sich hin und her wie Haare im Wasser. Sie schlang die Handtasche über ihre Schulter, suchte die bequemste Position und ging zur Tür.

»Bleiben oder gehen, Alter. Ich bleibe an ihr dran.«

Ich schnallte mich an.

»Ich bin dabei.«

Wir schauten zu, wie sie das Haus verließ.

45

Amy schloss die Tür ab und ging die Treppe hinunter. Sie hielt sich am Geländer fest, als hätte sie Angst zu stürzen. Eine zertifizierte Terrorbedrohung.

Wir riefen Pike an, um ihn ins Bild zu setzen. Jon benutzte die Freisprecheinrichtung des Rovers, damit wir alle drei reden konnten.

»Ich liege zwanzig zurück«, sagte Pike. »Hat sie den Sprengstoff?«

Jon antwortete.

»Keine Ahnung. Ich bin nicht an ihr Fahrzeug rangekommen.«

Amy setzte ruckelig zurück, schob sich quasi zentimeterweise auf die Straße.

»Oh, das ist ja unerträglich«, kommentierte Jon.

Schließlich schaffte sie es auf die Straße und wartete, dass sich das Garagentor schloss. Vier Autos stauten sich hinter ihr, und wir waren das fünfte.

»Das fängt nicht besonders gut an«, meinte Jon.

Als es sich am Fuß des Berges wieder staute, lagen wir so weit zurück, dass wir nicht sehen konnten, in welche Richtung sie abbog. Ich sprang aus dem Wagen und rannte die Reihe der Autos entlang, gerade noch rechtzeitig, um sie abbiegen zu sehen. Ich lief schnell zum Rover zurück.

»Links. Sie ist nach links abgebogen.«

Jon riss den Rover auf die Gegenspur, raste an den Autos vor uns vorbei und drängte durch die Kurve. Ich ließ die Seitenscheibe runter und richtete mich im Fahrtwind auf.

»Ich sehe sie nicht, Jon. Ich kann sie nicht sehen.«

Jon drängte sich an Autos vorbei, und die turbogeladene Maschine des Rovers kreischte. Das blaue Wasser des Sees verschwamm, als wir am Ufer entlangrasten. Dann sah ich kurz ihren Volvo, der in die Berge hinauffuhr.

»Hab sie! Sie verlässt den See.«

Jon gab Gas und schloss auf.

Die Straßen nördlich des Wasserreservoirs führten durch die Berge zum Golden State Freeway und einer freundlichen Gemeinde namens Atwater Village. Ich fühlte mich besser, als wir uns Atwater näherten. Es war ein schöner Flecken fürs Mittagessen.

»Lunch«, sagte ich.

»Lunch«, sagte Jon.

Dann wandte sich Amy von Atwater ab, fuhr auf die Autobahn.

Jon gab Gas, und ich rief Pike an.

»Sie ist auf der 5 bei Atwater in nördlicher Richtung.«

»Zwölf Minuten hinter euch.«

Wir kämpften uns durch trägen Spätvormittagsstau, sahen den Volvo immer mal wieder kurz und verloren ihn ebenso regelmäßig.

Pikes Stimme kam ruhig und gelassen aus dem Lautsprecher.

»Ich bin auf der 5.«

»Sie nähert sich dem Ventura.«

Jon brachte uns näher ran.

»Überqueren den Ventura. Sind jetzt in Burbank.«

Pike sagte nichts, aber Jon fluchte.
»Bob Hope Airport. Sie fährt zum Flughafen.«
»Vielleicht.«
»Es ist der Flughafen.«
»Fahr dichter ran.«
Wir konnten Amy auf der 5 bis rauf nach Seattle beschatten, aber wenn sie eine Bordkarte und einen Lichtbildausweis dabeihatte, dann konnte Amy Breslyn in den nächsten startenden Flieger steigen, während wir an der Sicherheitsschleuse zurückblieben.

Wir lagen sechs Autolängen zurück, als Amy von der Autobahn abbog und sich Richtung Bob Hope Airport hielt.
»Näher, Jon. Dicht ran.«
»Noch acht Minuten«, sagte Pike.
Er machte ebenfalls Druck.
Ich saß ganz aufrecht, nutzte die Höhe des Rovers, um an den Autos vor uns vorbeizusehen.
Sie war vier Autolängen entfernt, als sie den Blinker setzte und zum Flughafen abbog.
»Joe?«
»Ich bin hier.«
»Wir lassen sie nicht in einen Flieger steigen, Jon?«
»Du sagst an.«
»Setz mich am Terminal ab. Folge ihr ins Parkhaus, aber parke nicht. Schick mir 'ne SMS, wenn sie aussteigt, dann kommst du zurück. Könnte sein, dass sie jemanden abholt. Ich werde mit ihr reingehen, aber falls sie eine Bordkarte zückt oder sich zum Sicherheitscheck anstellt, ziehe ich sie aus dem Verkehr.«
»Was machst du, wenn sie anfängt zu schreien?«
»Fester ziehen.«

»Heißt, ich soll draußen auf dich und das Entführungsopfer warten.«

»Ja.«

Wir lagen noch drei Wagenlängen zurück, als Amy am Flughafen vorbei und weiter hinauf ins Valley fuhr.

Jon grinste.

»Flughafen negativ. In nördlicher Richtung nach nirgendwo.«

Pike meldete sich. »Runter von der 5. Bin fast da.«

Wir fielen wieder ein Stück zurück und folgten ihr zu einem einfachen Gewerbegebiet am Ostrand des Valley, wo Einkaufszentren und Trailerparks unter Bandentags kauerten. Hancock Park war weit entfernt. Wir näherten uns ihrem Ziel, wir spürten es. Jon bestaunte die Umgebung.

»Zum Lunch ist sie nicht hergekommen, Alter.«

»Blinker. Sie biegt ab.«

Jon ging vom Gas.

Zwei Blocks weiter vorn bog Amy durch den Gegenverkehr auf das weitläufige Gelände eines Einlagerungsunternehmens mit dem Namen *Safety Plus Self-Storage* ein. Auf einer Werbetafel an der Ecke stand HOME BOAT RV – 24h SICHER – 100+ EINHEITEN. Jon grinste mit einem strahlenden Lächeln auf der anderen Seite des Rovers.

»Ground Zero, Bruder. Der Todesstern.«

»Näher ran. Los.«

Safety Plus nahm Sicherheit sehr ernst. Eine Hohlblocksteinmauer gekrönt von NATO-Draht schützte die Lagereinheiten. Wir sahen lediglich die Dächer länglicher Metallschuppen, die Oberseiten von in Schrumpffolie verpackten Wohnmobilen und Überwachungskameras, montiert auf kräftigen Metallpfosten. East-Valley-Sprayer hatten die Mauer so häufig von oben bis unten verziert, dass ihre Farbe an einen urbanen Tarnanstrich erinnerte.

Wir brausten los, bremsten scharf und hielten vor einer Gärtnerei auf der anderen Straßenseite, um einen Blick durch den Eingang zu haben. Auf dem Gelände sahen wir ein Vermietungsbüro mit gläserner Front und einen kleinen Parkbereich, und das war's dann auch schon so ziemlich. Ein Maschendrahtzaun und noch mehr NATO-Draht versperrten den Zugang zu den Wohnmobilen und Schuppen. Ein automatisches Tor im Zaun ließ Kunden mit den entsprechenden Schlüsselkarten zu ihren Einheiten durchfahren. Der Parkplatz war leer bis auf einen glänzenden blauen Pick-up und einen Golfwagen neben dem Büro. Amy würde natürlich eine Schlüsselkarte besitzen. Sie und ihr Volvo waren in einem Labyrinth von Allwetterschuppen und verpackten Wohnmobilen verschwunden. Charles könnte auf dem Gelände sein. Der Mann im Sakko könnte bei ihm sein. Es könnte da drüben nur so wimmeln vor lauter geistesgestörten Terroristen, aber wir sahen nichts als die Mauer.

»Sag Pike, wo wir sind. Ich werde versuchen, sie zu finden.«

Ich glitt aus dem Rover, joggte über die Straße und ging am Büro vorbei direkt zum Tor. Ich hoffte, Amys Wagen zu sehen, aber nichts.

»Entschuldigung! Sie können da nicht rein!«

Eine bullige Frau mit Rettungsring und missmutigem Blick stand in der Tür des Büros. Sie deutete auf ein Schild am Zaun.

»Zutritt nur für Mieter.«

Ich schenkte ihr ein entwaffnendes Lächeln und drehte mich fort. Mr. Freundlich.

»Ich guck ja bloß. Sorry.«

Die Frau verschwand in ihrem Büro. Auf dem Dach war eine Überwachungskamera angebracht, die ihr einen Blick auf den Parkplatz ermöglichte. Eine zweite Kamera deckte das Tor ab. *Safety Plus* hatte überall Augen, und im Büro musste es einen Monitor geben.

Ich ging hinüber und trat ein.

Die Frau sah sich an ihrem Schreibtisch hinter der Theke einen Film an. Kartons, Luftpolsterfolie, Vorhängeschlösser und Verpackungsmaterialien füllten Regale und waren käuflich zu erwerben. Ein Schild auf der Theke verkündete *FREUNDLICHER SERVICE – VERNÜNFTIGE PREISE*.

»Ich ziehe um, und ich muss ein paar Möbel zwischenlagern. Dürfte ich mich mal bei Ihnen umschauen?«

Der Monitor der Überwachungskameras stand auf ihrem Schreibtisch, aber sie hatte ihn beiseitegeschoben für ihren Laptop mit dem Film. Ich konnte den Monitor nicht sehen, was bedeutete, ich konnte weder Amy noch Amys Lagereinheit sehen.

Sie deutete auf einen Stapel Prospekte.

»Preise stehen im Prospekt. Bedienen Sie sich.«

Ich nahm einen Prospekt.

»Ich brauche einen ziemlich großen Raum, aber ich kann Ihnen nicht sagen, wie groß groß genug ist. Ich müsste es mir ansehen, damit ich eine Vorstellung bekomme, ob mein ganzer Kram dort hineinpasst.«

Sie wedelte zu den Prospekten, ohne aufzusehen.

»Da stehen die Größen drin.«

Ich faltete einen Prospekt auseinander und tat so, als würde ich ihn studieren.

»Lieber würde ich mir die Einheiten einfach mal anschauen.

Dann habe ich einen richtigen Eindruck. Wie wär's mit einer flotten Tour?«

Sie unterbrach ihren Film, als hätte ich um eine Niere gebeten.

»Ronnie ist um zwei hier. Ich kann den Schreibtisch nicht verlassen.«

»Oh, ja klar, das verstehe ich. Kein Problem. Ich kann mich auch allein kurz umsehen.«

»Gegen die Vorschriften. Wegen der Haftung.«

Sie ließ ihren Film weiterlaufen und verfolgte das Geschehen auf dem Laptop. Ich hörte Schüsse und Reifenquietschen.

Ich zeigte auf den Überwachungsmonitor.

»Wie wär's damit? Könnte ich mir vielleicht kurz die Videoaufzeichnungen anschauen? Damit ich weiß, wie's drinnen so aussieht?«

»Um zwei. Ronnie wird Sie herumführen.«

Sie drehte die Lautstärke ihres Films hoch.

»Was ist aus dem freundlichen Service geworden?«

»Zwei.«

»Was, wenn ich Ihnen sagen würde, es ginge um die nationale Sicherheit?«

Sie unterbrach den Film erneut und nahm ihr Telefon in die Hand.

»Ich würde Ihnen sagen, Sie sollten jetzt besser gehen, andernfalls ruf ich die Cops.«

»Die Frau, die eben hier reingefahren ist, lagert Sprengstoff auf Ihrem Firmengelände. Welche Einheit hat sie?«

Sie tippte die 9-1-1 ein.

»Ich weiß es nicht, und es spielt auch keine Rolle. Die Cops sind schon unterwegs.«

Ich kämpfte gegen das dringende Bedürfnis an, ihr mit

meiner Pistole ein paar zu verbraten, als sich das automatische Tor öffnete und Amys Volvo sich vorsichtig auf die Straße vortastete. Amy saß hinter dem Steuer und schien allein zu sein. Ich verließ das Büro, als sie abbog, und lief über die Straße.

Joe und sein Jeep standen vor der Gärtnerei, als ich den Eingang erreichte. Der Rover wendete mit quietschenden Reifen, und Jon brüllte etwas.

»Hast du das Zeug gefunden?«

»Nein, ich suche weiter. Bleib an ihr dran.«

Jon gab Gas, und ich lief zu Pike.

»Es ist hier. Das hier ist so weit wie möglich fort von ihrem normalen Leben. Das Material muss hier sein.«

Ich musterte die ummauerte Festung auf der anderen Straßenseite. 24h SICHER – 100+ EINHEITEN. Und eine Kiste mit 227 Litern Plastiksprengstoff konnte in jeder einzelnen stehen.

»Wie finden wir es?«, fragte Pike.

»Zauberei.«

Ich nahm mein Telefon heraus und rief Scott James an.

46
Scott James

Scott saß in einer leeren Bürozelle und beobachtete die Detectives, während er überlegte, was er als Nächstes tun sollte. Computer und Telefon fehlten an diesem Arbeitsplatz. Keiner der Detectives wollte einen Arbeitsplatz ohne Terminal, also steckte Stiles Scott in eine leere Zelle. Jetzt brauchte er ein Terminal.

Überall im Raum arbeiteten Detectives. Stiles pendelte zwischen Besprechungszimmer und dem Großraumbüro hin und her. Bei jedem Gang sah sie ihn an, und zweimal erkundigte sie sich, wie er zurechtkam. Carter war im Besprechungszimmer, als Scott eintraf, jetzt aber befand er sich mit Mantz, einem Lieutenant der Intelligence Section und dem Deputy Chief, dem das Counter-Terrorism and Special Operations Bureau unterstand, im Büro des Commanders.

Drei Workstations im Großraumbüro schienen nicht genutzt zu werden. Alle anderen Computerarbeitsplätze waren belegt, aber Scott hatte keine große Wahl. Stiles telefonierte wieder im Besprechungszimmer, also ging er zu dem am weitesten entfernten Terminal.

Das Datensystem der Polizei benötigte Namen, Dienstnummer und Passwort, und anschließend würde das System jeden seiner Tastenanschläge aufzeichnen. Diese Androhung einer ständigen Beaufsichtigung sollte den Verkauf von Informationen an Anwälte und Privatdetektive verhindern. Falls er später darauf angesprochen würde, sagte sich Scott, könnte er ehrlich behaupten, er habe eine mögliche Querverbindung zu dem Haus in Echo Park überprüft.

Scott machte sich hinter der Trennwand klein, tippte Colinskis Namen ein und schickte die Suchanfrage los. Er vergewisserte sich, dass Stiles immer noch telefonierte, warf einen Blick auf den Bildschirm und sah den Mann im Sakko.

Der plötzliche Adrenalinschub verursachte ein Brennen in Scotts Brust.

Royal Colinski war der Mann im Sakko. Jünger, nicht so viele Falten, längere Haare, aber Colinski war der Mann im Sakko.

Scott schaute auf, und das Brennen wurde noch intensiver. Er blickte die Gesichter der Detectives um ihn herum an, dann zu Stiles hinüber, die zehn Meter entfernt saß, und sie alle versuchten, den unbekannten Verdächtigen zu identifizieren und zu finden, von dem er jetzt wusste, dass es Royal Colinski war.

Dank Cole.

Scott starrte Colinskis Gesicht an und verfluchte sich für seine Einwilligung, nichts zu sagen. Colinskis Bild und der Haftbefehl würden in jedem Streifenwagen und in jeder Einsatzbesprechung in der Stadt erscheinen, und zehntausend Cops wären auf der Suche.

Scott nahm sein Telefon heraus, um Cole anzurufen.

»Hey.«

Scott zuckte zusammen und bemerkte, dass der grauhaarige Detective im benachbarten Arbeitsplatz über die Abtrennung zu ihm herüberschaute.

»Deets ist schon unterwegs«, sagte der Detective.

»Entschuldigung?«

»Sie sitzen an seinem Schreibtisch. Ich sag's Ihnen nur.«

Scott machte sich daran, das Terminal zurückzusetzen.

»Sorry. Ich hoffe, er wird nichts dagegen haben.«

»Nee, ist schon okay. Ich wollt's Ihnen ja auch nur gesagt haben. Wenn er reinkommt, wird er seinen Platz brauchen.«

»Klar. Danke. Ich bin gleich fertig.«

Scott tippte Colinski noch einmal ein und überflog schnell dessen Akte. Sie begann mit erkennungsdienstlichen Angaben, darauf folgte ein ellenlanges Vorstrafenregister. Scott war überrascht, dass Colinskis jüngste Festnahme vor sechzehn Jahren erfolgt war und keinerlei offene Haftbefehle gegen ihn vorlagen. Unter seinen Vorstrafen fanden sich zwei Gefängnisaufenthalte und mehrere Festnahmen wegen Kapitalverbrechen und kleineren Vergehen, bei denen es meistens um Diebstahl, bewaffneten Überfall und gewaltsame Entführung ging.

Scott schaute auf und erstarrte, als Stiles aus dem Konferenzzimmer erschien. Er setzte an, das Terminal herunterzufahren, doch Stiles eilte weiter zum Büro des Commanders, um an der Besprechung dort teilzunehmen.

Scott klopfte gegen die Trennwand.

»Ah, Detective.«

Der Grauhaarige drehte sich um.

»Wo steht denn der Drucker?«

»In der Cafeteria. Rechts und dann um die Ecke.«

Scott schickte einen Druckauftrag los, dann meldete er sich vom System ab und ging ins Kaffeezimmer. Er war erleichtert, dass niemand sonst dort war. Er holte das Vorstrafenregister aus dem Drucker, faltete die Seiten und kehrte an seinen ursprünglichen Arbeitsplatz zurück. Er nahm sein

Telefon heraus, um Cole anzurufen, aber Cole war schneller. Sein Telefon summte und zeigte Coles Nummer auf dem Display. Instinktiv senkte er die Stimme.

»Ja, Sie haben ihn. Colinski ist der Kerl.«

»Haben Sie das jemandem erzählt?«

Frustration durchzuckte Scott.

»Nein, ich hab's niemandem gesagt, Cole, aber lassen Sie uns noch mal darüber nachdenken, ja? Carter kann zehntausend Polizisten auf die Jagd nach diesem Tier schicken. Wir werden ihn schnell zur Strecke bringen.«

»Carter kommt nicht infrage. Wir sagen es ihm später, nicht jetzt. Haben Sie was zu schreiben da?«

Scott blickte auf, sah sich im Raum um und duckte sich.

»In einem Punkt hat Carter recht. Sie stecken bis zum Arsch in der Sache drin, und das schon von Anfang an. Sie hätten Colinski nie so schnell finden können, wenn's nicht anders wäre. Sie wissen Dinge, die hier sonst niemand weiß.«

»Stimmt. Wie zum Beispiel die Adresse hier. Schreiben Sie mit, und dann wissen wir beide mehr.«

Cole rasselte eine Anschrift in Sun Valley runter und ließ gleich eine Frage folgen.

»Ihr Hund hat doch den Sprengstoff an Ihrem Wagen gefunden, richtig?«

»Was hat das mit Colinski zu tun?«

»Alles, falls es aus dem gleichen Material war wie das, was Sie in Echo Park gefunden haben.«

Scott fragte sich, worauf Cole hinauswollte.

»Es war das gleiche Material. Warum?«

»Zweihundert Kilo von dem Zeug sind vielleicht hier. Wir müssen es finden, und wir müssen es unbemerkt finden. Carter darf nichts davon wissen.«

»Ist das Ihr Ernst?«

»Ich habe die Person identifiziert, die es hergestellt hat. Ich bin der Person bis zu dieser Anlage gefolgt, aber hier gibt es über hundert Lagereinheiten. Wir brauchen Ihren Hund.«

Scott ließ sich in seinem abgeschlossenen Arbeitsplatz tiefer sinken.

»Mann, passen Sie auf. Falls Sie recht haben und diese Menge Sprengstoff in einem öffentlich zugänglichen Betrieb liegt, dann *müssen* wir es Carter sagen. Wir müssen das Bombenkommando dorthin schicken.«

»Nein, Scott, müssen wir nicht. Vertrauen Sie mir. Nicht jeder, der mit Carter arbeitet, ist ehrlich zu ihm.«

»Wer ist nicht ehrlich?«

Scott wusste, dass er zu laut gesprochen hatte. Der grauhaarige Detective starrte ihn an, als Scott nun aufschaute, wandte sich aber schnell wieder ab. Scott kauerte sich noch mehr zusammen und senkte die Stimme.

»Was hatten Sie in Echo Park zu suchen? Was wissen Sie über diese gestohlenen Waffen?«

»Haben Sie das Vorstrafenregister ausgedruckt?«

»Wie haben Sie Colinski so schnell gefunden?«

»Wenn Sie wollen, dass diese Sache zu einem Ende kommt, dann bringen Sie den Hund her.«

»Wer ist nicht ehrlich gewesen? Was soll das bedeuten?«

»Bringen Sie den Hund. Ich werde Ihnen alles sagen, was ich weiß, und ich werde Ihnen Colinski liefern.«

»Sie heißt Maggie.«

»Bringen Sie sie her. Sagen Sie Carter nichts, auch sonst niemandem. Sie haben mir Ihr Wort gegeben.«

Cole legte auf.

Eine Tür am anderen Ende des Raums wurde geöffnet.

Carter und Stiles kamen heraus, gefolgt von dem Deputy Chief und dem Anzugtypen von der Intelligence Section. Carter und Stiles wechselten ein paar Worte, dann drehte Stiles sich wieder zu den anderen um, und Carter verschwand im Besprechungszimmer. Der Deputy Chief sagte irgendwas Lustiges, und Stiles ließ ein breites Lächeln aufblitzen.

Nicht jeder, der mit Carter arbeitet, ist ehrlich zu ihm.

Stiles setzte sich ebenfalls Richtung Besprechungszimmer in Bewegung, drehte sich dann aber plötzlich um und ging zu Scott.

»Wie kommen Sie mit den Fotos weiter?«

Scott gab ihr den Ordner.

»Nichts. Er ist nicht dabei.«

»Dann bringe ich Ihnen gleich die nächsten zweihundert.«

Scott stand langsam auf.

»Das verschieben wir auf ein andermal. Ich muss mir für heute Nacht noch eine neue Bude suchen.«

»Das alles tut mir schrecklich leid. Gut, kümmern Sie sich um Ihren Hund. Morgen bekommen Sie weitere Fotos.«

»Danke.«

Scott sah ihr nach, als sie zum Besprechungszimmer ging. Carter war drinnen, telefonierte. Carter hatte sie beobachtet, aber jetzt drehte er sich fort.

Bringen Sie den Hund, und ich werde Ihnen Colinski liefern.

Scott sammelte seine Sachen ein und verließ das Büro, um Maggie abzuholen.

47
Elvis Cole

Der schäbige blaue Trans Am hielt vierzig Minuten später hinter uns an, und Scott stieg aus. Den Hund ließ er in seinem Wagen. Der Hund war groß, kräftig gebaut und füllte den kompletten Vordersitz aus wie ein schwarzbrauner Wolf.

»Ist es nicht gefährlich«, fragte ich, »sie auf dem Beifahrersitz zu transportieren?«

Scott drückte mir das Vorstrafenregister in die Hand und starrte zu *Safety Plus* hinüber.

»Colinski. Ist das hier der Ort?«

»Ja. Die Frau da drinnen wird Probleme machen, deshalb brauchen wir einen Plan.«

»Bevor wir planen, verraten Sie mir, was Sie wissen und woher Sie es wissen. Und falls sich das, was Sie mir erzählen, wie ein Haufen Affenscheiße anhört, werden mein Hund und ich sofort wieder verschwinden.«

Ich erzählte ihm alles, angefangen mit Amy und Jacob Breslyn, wie Jacob starb, und dass Amy erfahren wollte, wer ihn umgebracht hatte, indem sie Al Kaida zu erreichen versuchte.

»Ein Mann namens Charles«, sagte ich, »scheint ihr zu helfen, also ist er höchstwahrscheinlich die Person, die den Kontakt hergestellt hat. Das Haus gehört Colinski, also hängt er mit drin, entweder als Mittelsmann oder über eine Verbindung zu den Käufern.«

Scott starrte auf die andere Straßenseite hinüber.

»Die Käufer sind Al Kaida-Terroristen.«

»Die Leute, die ihren Sohn in Nigeria ermordet haben, sind auf einer Linie mit Al Kaida.«

Scott schüttelte den Kopf und sah den Hund an.

»Na großartig. Das Arschloch, das eine Bombe an meinem Auto angebracht hat, ist ein geistesgestörter Al Kaida-Terrorist.«

»Ich weiß nicht, wer sie gebaut hat, aber Sie wollten wissen, was ich weiß. Jetzt wissen Sie's.«

Scott ging zu seinem Wagen. Die Seitenscheibe war unten, und der Hund schaute heraus. Scott berührte ihre Nase und kraulte ihren Kopf.

»Carter weiß nichts davon. Niemand in der Ermittlungsgruppe sagt etwas in dieser Richtung. Wer ist nicht ehrlich zu ihm?«

Ich nahm mein Telefon heraus und zeigte ihm das offizielle Porträtfoto von Janet Hess.

»Kennen Sie die hier? Janet Hess, Special Agent in Charge.«

Scott betrachtete das Bild.

»Hm-hmh. Bin ihr nie begegnet.«

»Was ist mit einem Agenten namens Mitchell?«

»Er war im Büro.«

»Als Carter und Stiles zu mir nach Hause kamen, war Mitchell bei ihnen. Hess ist Mitchells Chef.«

Ich hielt das Telefon wieder hoch, zeigte ihr Bild.

»Zwei Stunden bevor wir beide uns begegnet sind, hat Hess mich engagiert, Amy Breslyn zu finden, wobei sie sich allerdings nicht als Bundesagentin zu erkennen gegeben hat. Sie hat so getan, als sei sie eine Freundin von Amy. Sie sagte, ein gewisser Thomas Lerner könne helfen, und nannte mir seine Adresse.«

Scott sah ihr Bild kurz an.

»Hess hat Sie nach Echo Park geschickt?«

»Ja. Deshalb bin ich dort gewesen.«

»Stiles sagt, es gibt keinen Lerner. Sie glaubt, Sie hätten ihn erfunden.«

»Halb hat sie recht. Es gibt ihn nicht, aber Hess hat ihn erfunden, nicht ich. Und wenn Carter und die Sonderermittlungsgruppe nichts von alledem wissen, dann, weil Hess und ihr Laufbursche Mitchell nichts von ihrem Wissen mitgeteilt haben. Hess weiß alles, was ich Ihnen gesagt habe, und mehr.«

Scott runzelte die Stirn und kraulte den Hund wieder.

»Weiß sie, dass Colinski der Mann im Sakko ist?«

»Das weiß ich nicht, und ich weiß auch nicht, auf welcher Seite sie eigentlich steht. Sie wusste von Amy und Charles, und die haben mit Colinski zu tun. Sie hat mich zu dem Haus geschickt, und das Haus gehört Colinski.«

Scott starrte den Hund an, nur dass er jetzt nicht mehr entspannt und glücklich war. Sie hatte die Ohren aufgestellt, und sie sah aus, als wolle sie beißen.

»Das ist doch Schwachsinn. Wir sollten es Carter sagen. Damit er Hess und diese ganze Sache auffliegen lässt.«

»Wenn wir es Carter erzählen, wird Hess das erfahren. Hess weiß nicht, was ich weiß, also hält sie sich für unsichtbar. Wenn Colinski versucht, Sie auszuschalten, dann hält er sich ebenfalls für unsichtbar. Ich weiß nicht, ob sie was miteinander zu tun haben, aber beide wissen nicht, dass wir hier sind, Scott. Wenn wir es so belassen, werden sie uns nicht kommen sehen.«

Scott blickte zum Eingang hinüber.

»Colinski.«

»Der Deal geht morgen über die Bühne. Wenn Breslyn in Sicherheit ist, schnappen wir uns Colinski und die übrigen. Vorher müssen wir diesen Sprengstoff sicherstellen.«

Scott nickte und drehte sich um, um in seinen Wagen zu steigen.

»Machen wir's.«

»Langsam. Wir brauchen einen Plan. Die Frau da drinnen hasst mich.«

»Hier ist Ihr Plan. Pike, vorne. Cole, hinten einsteigen.«

»Zu dem Hund?«

»So werden Sie kaum zu erkennen sein, und Pike sieht mehr aus wie ein Bulle. Einsteigen.«

Ich kletterte über den Schalensitz an dem Hund vorbei auf die winzige Rückbank, und Pike rutschte auf den Beifahrersitz. Der Hund zwängte sich auf die Mittelkonsole, aber der größte Teil von ihr saß praktisch hinten.

Hundehaare bedeckten Sitz, Boden und Armlehnen. Fell hing an den Türen und unter dem Dach und selbst unter den Sitzen und sogar entlang der Bodenschweller wie Schneeverwehungen. Fell wirbelte und hing in der Luft und ließ sich auf mir nieder.

Der Hund schnüffelte mich ab.

Wenn der Hund in der Seitenscheibe schon groß ausgesehen hatte, so sah er zwei Zentimeter vor meiner Nase noch erheblich größer aus.

Ich lächelte und versuchte, freundlich zu wirken.

»Erinnerst du dich noch an mich? Du hast meinen Kater kennengelernt.«

Der Hund hechelte mir heißen Atem ins Gesicht, als wir auf die andere Straßenseite fuhren.

48

Wir parkten neben dem Laster vor dem kleinen Büro. Scott ließ Maggie raus, und die zwei gingen hinein.

»Ich hoffe, er weiß, was er tut. Diese Frau ist eine Streitaxt.«

»Mmm«, machte Pike.

Fünf Minuten später kamen Scott, Maggie und die Axt raus. Die Axt lächelte Pike an und musterte mich freundlich.

»Warum haben Sie nicht gleich gesagt, dass Sie Polizist sind, statt sich hier als Kunde auszugeben?«

Scott sagte etwas, bevor ich antworten konnte.

»Undercoverbullen sind so, Hannah. Deshalb lässt er mich ja auch diese Scheißkarre fahren.«

Hannah.

»Bedank dich bei der Lady, Maggie. Pfötchen.«

Hannah strahlte, als der Hund eine Pfote hob.

»Sie ist so ein süßes Mädchen.«

Scott strahlte glücklich wie ein Reklameheld.

»Wenn man zu den Guten gehört.«

Hannah kicherte albern und kehrte in ihr Büro zurück. Der Hund sprang neben mich, und Scott rutschte hinter das Steuer.

»Ich habe gefragt, ob wir hier trainieren können.«

»Und sie war einfach so einverstanden?«

Scott warf einen Blick in den Spiegel.

»Menschen lieben Hunde.«

Wir rollten durchs Tor und fuhren eine langsame Runde. *Safety Plus Storage* war an einem Raster von Gassen angelegt, wie ein Rechteck, das horizontal und vertikal durchteilt war. Entlang der Gassen standen staubige beige Schuppen, die wiederum in verschieden große Einheiten aufgegliedert waren. Die Kunden brachten ihre eigenen Schlösser mit, um für ihre Sicherheit zu sorgen.

Scott beschloss, das Suchraster im Uhrzeigersinn abzugehen, und stellte den Wagen in der Nähe des Tores ab. Hannah sah von der Tür des Büros aus zu und winkte. Scott und ich winkten zurück. Pike nicht.

»Ich werde Maggie von der Leine lassen«, sagte Scott, »bleiben Sie deshalb ein paar Schritte hinter uns. Falls Sie sie abschnuppert oder anstößt, streicheln Sie sie nicht.«

»Sie haben gesagt, sie beißt nicht.«

»Wenn wir arbeiten, gibt es nichts anderes für sie. Richtig, Maggie? Hab ich recht, meine Schöne?«

Scott sprach in Kleinkinderstimme mit dem Hund, und irgendetwas zwischen ihnen veränderte sich. Sie senkte ihre Brust zu Boden, reckte das Hinterteil in die Luft, fast als wüsste sie, was jetzt kam, und wollte unbedingt spielen.

Er löste die Leine und deutete auf den nächstgelegenen Schuppen.

»Such, Mädchen. Maggie, *such!*«

Sie wirbelte mit einer scheinbar mühelosen Energie davon und folgte seinem ausgestreckten Finger. Pikes Mundwinkel zuckten.

»Marine.«

Scott ließ den Hund vorauseilen. Sie schnüffelte am Sockel von fünf oder sechs Einheiten, dann führte er sie auf die gegenüberliegende Seite. Pike und ich folgten, steuerten nichts bei.

Wir erreichten die erste Ecke und machten kehrt. Ein Kamerabaum ragte über uns auf, Kameras zeigten in alle Richtungen. Ich fragte mich, ob Hannah wohl zusah. Ihr Film musste interessanter sein als drei Männer, die einem Hund folgten, aber der Film hatte ihr nicht die Hand geschüttelt.

Wir erreichten die hintere Ecke und drehten erneut um. Der Hund lief zwischen den beiden Seiten hin und her und näherte sich der zentralen Kreuzung, als er plötzlich zurückkehrte und ganz aufgeregt wurde. Ihr Kopf schwang dicht über dem Boden, ihr Schritt beschleunigte sich. Sie wich ein Stück zurück, wechselte wieder die Richtung und legte sich unvermittelt hin, fixierte eine Tür.

»Verdammt«, sagte Scott.

»Hat sie's gefunden?«

»Genau das hat sie auch an meinem Auto und in dem Haus gemacht. Das ist ihre Alarmposition.«

Der Hund schenkte Scott ein schmutziges Schäferhundgrinsen, und Scott rief sie zurück.

Die nächste Kamera beobachtete alles von der Ecke hinter uns, eine andere war an der Ecke weit vor uns montiert. Die Axt hatte einen unbehinderten Blick, aber wir dürften ziemlich klein im Bildausschnitt zu sehen sein.

Pike kam näher, um uns von der Kamera abzuschirmen.

Das Schloss war ein Mistding, mit einem ummantelten Bügel, eine Bohrplatte schützte den Kern, und die Sicherheitskategorie war zu hoch für meine kleine Picking-Pistole. Scott zappelte herum, als ich meine Werkzeuge auspackte.

»Mann. Das ist eine vier-neunundfünfzig. Einbruch.«

»Halten Sie das Büro im Auge. Falls sie rauskommt, geben Sie uns Bescheid.«

Scott rührte sich nicht.

»Was, wenn Sie das nicht aufkriegen?«

»Wache halten«, sagte Pike.

Scott leinte seinen Hund an und verschwand schnell.

Ich führte den Zugstab ein und machte mich mit schwerem Werkzeug an die Arbeit. Drei Minuten später war das Schloss geknackt.

Amys Einheit hatte die Größe eines kleinen Zimmers, mit einem Tisch in der Mitte, der als Werkbank diente. Scheren, Drahtspulen und Rollen mit einem schwarzen Stoff lagen auf dem Tisch, dazu zwei batteriebetriebene Lampen. Billige Regalelemente standen an der Wand hinter dem Tisch und waren gefüllt mit Schachteln, Tüten und weißen Plastikflaschen. Eine Schneiderpuppe in der Ecke trug eine lederne Fransenjacke und bewunderte sich selbst in einem an die Wand gelehnten Spiegel. Amys Zelle vermittelte keinesfalls den Eindruck eines geheimen Sprengstofflagers, sondern glich eher einer Schneiderei.

Pike und ich gingen schnell zu den Regalen. Der Sprengstoff könnte sich in einer einzelnen Kiste befinden oder auch in handliche Stücke aufgeteilt zur einfacheren Lagerung.

Eine Einkaufstüte von einem örtlichen Bastelladen enthielt Bausätze für Summer und Türklingeln. Dosen mit Flüssigharz und Rollen Frischhaltefolie lagen neben der Tüte, und zwischen den Dosen steckte eine Backform für mehrere Mini-Brotlaibe. Plastik-Nähetuis waren neben Schablonenmessern gestapelt, und alles in allem gab es so viele Kunst- und Modelliermaterialien, dass Amy locker selbst einen Bastelladen aufmachen könnte.

Die nächste Tüte enthielt einen schweren 2-Liter-Lebensmittelbehälter aus Plastik mit einem weißen Material wie Knetmasse. Ich drückte meinen Daumen in die Oberfläche und hinterließ eine Vertiefung.

»Joe.«

Pike sah hin und warf mir einen glatten weißen Block zu. Die Knete, die ich gefunden hatte, war schwer und nachgiebig, Pikes Block jedoch war leicht und fest.

»Harz?«, sagte er.

Angesichts der Form und Größe erinnerte ich mich an die Brotbackform. Sie war aufgeteilt in sechs Aushöhlungen, jede knapp drei Zentimeter tief, acht Zentimeter breit und achtzehn Zentimeter lang. Pikes Kunstharzblock passte perfekt hinein.

»Ja. Hat sie gemacht.«

Mir kam ein Schnappschuss in den Kopf, den ich bei ihr zu Hause gesehen hatte. Amy mit Jacob und seinen Freunden von der Highschool-Schülerzeitung; sie hielt ein Tablett mit dunklen Rechtecken hoch. Die Kekse könnten durchaus von dieser Form stammen, und wahrscheinlich war es auch so. Vielleicht backte Amy immer noch Kekse für ihren Sohn, heute allerdings mit einer weniger glücklichen Absicht.

Ich suchte weiter auf den Regalen, als Scott zur Tür hereinschaute.

»Hannah ist rausgekommen. Haben Sie's gefunden?«

»Ein paar Pfund. Wir suchen noch.«

»Suchen Sie schneller. Wenn sie sieht, was wir hier machen, sind wir am Arsch.«

»Versuchen Sie sie hinzuhalten. Verschaffen Sie uns fünf Minuten.«

Scott verschwand wieder.

Der nächste Regalboden quoll über vor Rollen mit Stoff und Rollen mit buntem Isolierdraht. Dazu ein Werkzeugsatz für die Reparatur von Haushaltsgeräten.

»Sieh mal«, sagte Pike.

Er hob einen weiteren Kunstharzblock hoch, so glatt und weiß wie der erste, bis er ihn umdrehte.

Blasse Stahlaugen starrten aus dem Harz. Ich wusste, was das war, noch bevor Pike mir die Tüte mit den Kugellagern zeigte.

Kugellager-Kugeln waren in die Form geschichtet worden, bevor das Harz darüber gegossen wurde. Die Stahlaugen waren so kalt und unerbittlich wie die Augen eines Krebses, aber eine Tüte, die ich auf dem unteren Regalboden fand, machte mir noch mehr Angst.

Silberne Röhrchen beulten einen Ziploc-Beutel aus. Jedes hatte die Abmessungen eines kurzen Bleistifts, und an einem Ende ragte jeweils Zwillingslitze hervor. Ich kannte diese Dinger seit meiner Zeit bei der Army, nur mit längeren Drähten. Diese hier waren gekürzt und abisoliert worden. Einsatzbereit. Ich sah unter den Ziploc und hob den Beutel auf den Tisch.

»Elektrische Zünder und mehr Sprengstoff.«

Ordentlich verpackte Ziegel Plastiksprengstoff lagen unter den Zündern aufgestapelt. Jeder war in Größe und Form identisch mit den Kunstharz-Blocks.

Pike kam näher.

»Wie viel?«

»Dreißig oder vierzig Pfund. Eher vierzig.«

Ich nahm einen Block aus dem Beutel und drehte ihn um. Augen. Ich prüfte den nächsten. Augen. Einen dritten. Augen. Pike und ich wechselten Blicke und drehten uns zu der Jacke um.

Die nette Lederjacke mit den vielen Fransen war ein bisschen groß für Amy, glich aber ansonsten der Jacke, die sie trug.

Scott tauchte mit dem Hund an seiner Seite auf.

»Haben Sie den Rest gefunden?«

Ich berührte das Leder. Es war weich, und die Fransen waren leicht wie Luft.

»Nur die beiden Beutel«, sagte Pike. »Holen Sie Ihren Wagen.«

Scott trat näher.

»Das sind aber keine vierhundert Pfund.«

»Holen Sie den Wagen.«

Scott fluchte und dampfte ab.

Ich öffnete die Jacke. Reihen von Taschen waren unter den Armen, an den Seiten und quer über das Futter eingenäht worden, jede war mit der nächsten durch ordentlich vernähte Stücke bunter Drähte verbunden. Die Kunstharzblöcke mit ihren hässlichen Stahlaugen passten perfekt in diese Taschen.

Ein konstantes Summen setzte in meinem Kopf ein, ähnlich wie eine Leuchtstoffröhre, kurz bevor sie kaputtgeht. Ich sah Amy, Vergangenheit und Zukunft, was sie beabsichtigte und was sie getan hatte, als wäre ihr Geist neben mir.

Amy hatte ihre Spachtelmasse in die Backform für die Mini-Laibe gefüllt. Sie wickelte jeden Block sorgfältig ein und klebte die Fugen so sorgfältig zu wie eine Geburtstagsüberraschung. Dadurch, dass sie verpackt waren, waren sie sowohl leichter zu handhaben als auch zu verwenden. Ich zählte weder die Ziegel noch die Taschen, aber es dürften gleich viele sein, und das Gewicht ihrer besonderen Überraschung würde etwa vierzig Pfund betragen, das entsprach einem vierjährigen Jungen. Wahrscheinlich hatte Amy Jacob im Kreis um sich herumgewirbelt, als er vier war. Sie wusste, dass sie dieses Gewicht tragen konnte, und sie würde es wieder tragen, mit genau so viel Liebe.

Wenn die Blocks erst einmal in ihren Taschen steckten, würde sie ein Röhrchen in jeden einzelnen drücken und sie mit bunten Drähten so untereinander verbinden, dass eine Busleitung entstand, die am Ende dann recht festlich aussehen musste. Die Drähte in den Farben des Regenbogens würden zu einem Schalter führen, ein Schalter, den sie selbst gebaut hatte und der einen elektrischen Kuss an jedes silberne Röhrchen schicken würde, gleichzeitig. Das ließ alles danach so schnell passieren, dass Amy die heftige Explosion nicht mehr spüren würde, während diese die Luft und die Menschen in ihrer Nähe mit einem gequälten mütterlichen Brüllen zerschmetterte.

»Oh, Amy«, sagte ich.

Scott kam mit dem Wagen in hohem Tempo vorgefahren, und er rannte zur Tür.

»Sagen Sie mir, dass Sie es gefunden haben, sagen Sie mir, wir haben das Zeug.«

»Nur diese Beutel«, sagte Pike.

Ich fuhr mit einer Hand über das weiche Leder und liebte Amy Breslyn so sehr, dass es mir das Herz brach. Alles, was Charles und Janet Hess und ich über sie glaubten, war falsch. Amy hatte uns ausgetrickst.

Scott trat näher, sah wütend von mir zur Jacke.

»Was ist das? Was macht sie hier drinnen?«

Pike schloss die Jacke und nahm die Tüten.

»Eine Selbstmordjacke. Von der Frau.«

»Sie hat vor, sie zu tragen, Scott«, sagte ich.

Pike schob mich zur Tür.

»Geh jetzt. Beweg dich.«

Ich wollte die Lagereinheit abbrennen. Ich wollte die Lederjacke und all den Draht, die Scheren und die Fäden abfackeln und den Himmel mit Rauch verdunkeln, aber das taten wir nicht. Ich streifte der Schaufensterpuppe die Jacke ab und legte sie gefaltet über meinen Arm.

Wir schlossen Amys Einheit wieder ab und fuhren ruhig fort.

49

Wir schwenkten hinter Pikes Jeep. Pike und Scott stiegen aus, und ich kletterte über den Sitz, während Pike bereits die Beutel und die Jacke in seinem Jeep verstaute. Scott erwartete mich auf dem Bürgersteig.

»Okay, es ist nicht hier. Was jetzt?«

Ich war nicht sicher, was. Ich wusste nur, dass es nicht in Frage kam, Amy hängen zu lassen.

»Weiter Druck machen. Jon ist an ihr dran. Sie wird uns heute oder morgen hinführen.«

»Cole, lassen Sie uns mal gründlich darüber nachdenken. Diese arme Frau sucht nicht nach Antworten. Sie will diese Leute umbringen, und um das zu erreichen, wird sie sich selbst umbringen. Sie ist ganz klar eine fünfzig-eins-fünfzig.«

Der LAPD-Code für eine zwangsweise dreitägige Einweisung in die Psychiatrie.

»Man nennt das, ihr helfen. Im Moment ist sie sicher. Wir haben immer noch Zeit herauszubekommen, was Hess macht, und um Charles und Colinski aus dem Verkehr zu ziehen.«

»Vielleicht müssen wir nicht warten. Sie ist eine Dame mittleren Alters aus der Mittelschicht, die ihren Sohn verloren hat. Sie wird Charles und Colinski und alles andere in dem Moment aufgeben, wenn wir sie uns schnappen.«

»Wird nicht passieren«, sagte Pike.

»Soll heißen?«

Ich übernahm das Antworten.

»Soll heißen, diese Person ist zwischen hier und Nigeria gestorben. Amy ist klug, und stärker, als jeder weiß. Wenn sie sich einen Anwalt nimmt, und sei's nur für einen Tag, wird der Deal erledigt sein, und Colinski und Charles werden verschwinden.«

Ich rief Jon Stone an.

»Was macht sie gerade?«

»Wir haben getankt, haben bei einem In-N-Out-Burger den Drive-in benutzt und haben Blumen gekauft. Jetzt sind wir in Forest Lawn.«

»Der Friedhof?«

»Jacob. Sie ist ungefähr zwanzig Minuten an seinem Grab gewesen.«

Um sich zu verabschieden. Oder um zu beichten.

Ich erzählte ihm, was wir inzwischen herausgefunden hatten.

»Sie hatte nie vor, an diese Leute zu verkaufen. Deshalb drängt sie so darauf, die Käufer persönlich zu treffen. Der Sprengstoff ist nur ein Köder, um sie in die Tötungszone zu bekommen.«

Jon war eine halbe Sekunde zu lange still.

»Sie macht es für jemand anderen.«

»Es ist für sie. Die Vorrichtung sieht aus wie die Jacke, die sie jetzt trägt, dieselbe Jacke, die sie gestern Abend getragen hat. Identisch. Wahrscheinlich trägt sie den Zwilling, damit sie sich dran gewöhnen.«

Jon macht ein lang gezogenes Zischgeräusch.

»Sagt mir, ihr habt den Kitt.«

»Vierzig Pfund und die Zünder. Der Rest ist nicht hier.«

»In ihrem Auto ist es auch nicht, Bro. Ich hab nachgesehen, während sie die Blumen gekauft hat.«

»Falls Sie zu der Lagereinheit zurückkommt, sind wir erledigt. Falls sie zurückkommt –«

Seine Stimme klang scharf wie eine Peitsche, als er antwortete.

»Ich weiß, was zu tun ist.«

Ich legte das Telefon fort und sah wieder Scott an.

»Vielleicht ist sie verrückt, und vielleicht ist sie auch eine fünfzig-eins-fünfzig, aber diese Frau hat schon genug durchgemacht. Sie haben ihr den Sohn genommen, der Staat kann ihr gar nichts sagen, und hier ist Hess, die tolle Bundesagentin, und tut was? Vielleicht ist das hier ja eine top secret, superundercover, ganz hoch angesetzte Operation, aber das ist mir egal. Mein Interesse gilt einzig und allein Amy. Ich werde mich um diese Frau kümmern. Ich werde herausfinden, was Hess macht, und wenn mir das nicht gefällt, schalte ich sie genauso aus wie Charles und Colinski.«

Ein wenig außer Atem kam ich zum Ende und merkte, dass beide mich anstarrten.

»Er kommt echt in Fahrt«, sagte Pike.

Scott wirkte müde und traurig.

»Also, wie soll's laufen?«

»Irgendwann morgen sollen sie Geld überweisen. Wenn Amy die Bestätigung erhält, wird sie Charles zum Sprengstoff bringen, und sie beide liefern das Material dann den Käufern aus. So, wie's sich am Telefon angehört hat, wird Colinski bei den Käufern sein.«

Scott nickte und sah seinen Hund an.

»Eine Nacht noch.«

Scott zog einen Plastikbeutel aus der Hosentasche, drückte

einen glitschigen Würfel heraus und bot diesen dem Hund an. Seine feinfühlige Vorsicht überraschte mich. Sie klaubte das Fleisch so behutsam aus seinen Fingern, wie ein kleines Mädchen einen Schmetterling anfassen würde.

»Er weiß, wo ich wohne. Er hat letzte Nacht versucht, sie umzubringen.«

Erst verstand ich nicht, was er sagte, dann fiel der Groschen.

»Colinski?«

»Wir haben einen toten Waschbären im Garten gefunden, und vergiftete Fleischklopse. Rohes Hamburgerfleisch gespickt mit Gift.«

Er steckte den Beutel wieder ein.

»Ich vermute, weil sie angeschlagen hat, konnten sie nicht wirklich nahe ran. Was bedeutet, sie haben es versucht. Wir müssen heute Abend woanders unterkommen.«

»Sie sind herzlich eingeladen. Sie beide.«

Er lachte.

»Carter wäre begeistert. Wenn ich bei Ihnen penne, hätte er einen Feiertag.«

»Carter hat kein Gift in seinem Garten gefunden. Es ist mein Ernst.«

»Ich werde bei meiner Freundin übernachten. Oder bei einem der anderen Hundeführer.«

Er streichelte den Hund und schüttelte den Kopf.

»Al Kaida. Der amerikanische Feld-Wald-und-Wiesen-Killer reicht nicht.«

Ich fragte mich, ob Scott Angst hatte. Ich war schon von gefährlichen Männern gejagt worden. Und hatte jedes Mal Angst gehabt.

»Wenn wir den Deal am Leben halten, wird morgen alles

zu Ende sein. Sie werden sich keine Gedanken mehr um Colinski machen müssen, und ich werde dafür sorgen, dass Amy anständig Hilfe bekommt.«

»Ich werde Carter da raushalten, Cole. Ich habe Ihnen mein Wort gegeben.«

Er betrachtete mich einen Moment, als würde er es sich doch anders überlegen.

»Werden Sie die Polizei dazuholen, oder ist das hier ein reiner Alleingang?«

»Sobald sie sicher ist. Vielleicht rufe ich sogar Carter an.«

Scotts Telefon summte, eine Textnachricht. Er las sie stirnrunzelnd und tippte eine schnelle Antwort.

»Wenn man vom Teufel spricht. Ich soll ins Präsidium kommen. Verbrecherfotos.«

Ich streckte meine Hand aus.

»Danke für die Hilfe und dafür, dass Sie Ihr Wort halten.«

Wir schüttelten uns die Hand.

»Sie sind ein seltsamer Vogel, Cole. Nicht so seltsam wie Pike, aber seltsam.«

Scott glitt hinter das Steuer seines Wagens und fuhr fort. Ich sah Pike an.

»Sind wir seltsam?«

Pike ging ohne eine Antwort zu seinem Jeep und brachte mich zurück zu meinem Auto.

50
Scott James

Scott setzte Maggie in Glendale ab, bevor er weiter zum *Boot* fuhr. Bis auf einen einzelnen K-9-Wagen war der Parkplatz leer, aber das war nicht ungewöhnlich. Die meisten Hundeführer trainierten in der Gym der Akademie, bevor sie ihre Schicht begannen. Da alle zusammen waren, führte Leland die Dienstbesprechung auf dem Parkplatz durch. Danach fuhren alle ein paar Hundert Meter weiter zu einem früheren Trainingsgelände des SWAT-Sondereinsatzkommandos hinter dem Dodger Stadium mit dem Spitznamen *die Mesa*.

Scott parkte neben dem K-9-Wagen, ließ Maggie ihr Geschäft verrichten und verstaute sie dann in einem der Gehege. Er gab ihr das letzte Stück Fleischwurst, sagte ihr, er werde so schnell wie möglich zurück sein, und ging rüber ins Büro.

Mace Styrik, leitender Sergeant, saß an Lelands Schreibtisch und grübelte über Trainings-Protokollen.

»Hey, Sergeant. Ich lasse Ihnen Maggie hier. Bin in etwa einer Stunde zurück.«

Styrik winkte, ohne dabei aufzusehen.

Scott verließ das Gelände durch den Zwinger, um Maggie noch einmal kurz zu kraulen, und ging zu seinem Wagen. Er zögerte, als er vor dem Auto stand, und musterte die nähere Umgebung. Irgendwo hier hatte Colinski nach ihm Ausschau gehalten. Hier hatten sie ihn gefunden und waren ihm in den Runyon Canyon gefolgt. Scott fragte sich, ob Colinski ihn jetzt wieder beobachtete. Der Mann könnte ein Präzisionsgewehr haben, mit dem Fadenkreuz genau auf seiner Brust. Scott reckte den Mittelfinger.

Achtzehn Minuten später parkte Scott am *Boot* und nahm den Fahrstuhl hinauf zur Major Crimes. Stiles erwartete ihn an der Tür; was fehlte, war ihr übliches Lächeln.

»Haben Sie einen Platz für kommende Nacht gefunden?«

»Ja. Wird schon klappen.«

Scott folgte ihr zum Besprechungsraum. Ignacio, Carter und ein uniformierter Lieutenant warteten drinnen. Er war überrascht, doch aus der Überraschung wurde Besorgnis, als er Mitchell und Kemp sah. Sie wirkten so düster wie fünf Bestattungsunternehmer. Kemp hatte ein nervöses Zucken am Auge, was sich immer dann meldete, wenn er versuchte, seinen Zorn zu beherrschen.

Stiles hielt die Tür auf, bis er drinnen war, dann schloss sie sie und trat einen Schritt zur Seite. Scott sah Kemp an, versuchte, aus seiner Miene zu lesen, und wusste, dass es schlimm stand.

Ignacio deutete auf einen Stuhl.

»Nehmen Sie Platz. Bis auf Lieutenant VanMeter kennen Sie ja alle. Lieutenant VanMeter arbeitet bei der Dienstaufsicht.«

Lieutenant VanMeter war eine Frau von Mitte vierzig, hatte eine grobe Haut und schwarz gefärbte Haare. Sie nickte, als sie vorgestellt wurde, sagte jedoch nichts.

»Sie ist auf meine Bitte hier, genau wie Lieutenant Kemp.«

Scott nickte. Mitchells Anwesenheit fühlte sich komisch an. Hier war er, ein Bundesagent, der Dinge vor Carter und

Stiles und den anderen geheim hielt, und nur Scott wusste davon. Scott hatte einen trockenen Mund, meinte aber, er müsse etwas sagen.

»Warum sind wir hier?«

Ignacio warf Carter einen Blick zu.

»Detective, würden Sie es bitte dem Officer zeigen?«

Carter nahm einen Tablet-Computer vom Tisch und zeigte Scott ein Bild, auf dem er selbst zusammen mit Cole und Pike vor dem *Safety Plus Storage* zu sehen war.

Das Foto erwischte ihn wie ein aus heiterem Himmel auftauchender Lastwagen. Carter und Stiles hatten ihn beschatten lassen, und jetzt war er am Arsch.

Ignacio deutete auf das Bild.

»Erkennen Sie sich? Das dürften dann wohl Sie sein, vor etwa einer Stunde, zusammen mit Mr. Cole und seinem Partner.«

Scott schob die Hände unter seine Oberschenkel.

»Jawohl, Sir, das bin ich.«

Ignacio grunzte.

»Sie scheinen weder ein Drogen- noch ein Alkoholproblem zu haben. Können wir davon ausgehen, dass Sie sich an den klaren Befehl erinnern, den ich Ihnen gegeben hatte, nämlich sich von Mr. Cole fernzuhalten? Erinnern Sie sich an diesen Befehl?«

Scott warf Kemp einen kurzen Blick zu, hoffte auf Hilfe, fand aber keinerlei Hinweis auf Unterstützung.

»Jawohl, Sir. Ich erinnere mich.«

Ignacio gab dem Lieutenant von der Dienstaufsicht einen Wink.

»Lieutenant, bitte.«

VanMeter las aus einem Notizbuch.

»Aus der Dienstvorschrift. Zwei-zehn-Punkt-dreißig. Befolgung ordnungsgemäßer Befehle. Gehorsam gegenüber der ordnungsgemäßen Anordnung eines Vorgesetzten ist unerlässlich für die sichere und umgehende Leistungsfähigkeit im Polizeivollzugsdienst. Disziplinarische Maßnahmen können erforderlich sein, wenn eine vorsätzliche Missachtung ordnungsgemäßer Befehle, Anweisungen oder Anordnungen vorliegt.«

Ignacio veranstaltete ein ziemliches Theater, um den Weg zu bereiten. Sie wollten etwas. Scott meinte zu wissen, was sie wollten, und dabei wurde ihm ziemlich mulmig.

Ignacio nickte.

»Wir schlagen Ihnen folgenden Deal vor, Scott. Detective Carter glaubt, dass Mr. Cole wesentliche Informationen im Zusammenhang seiner Ermittlungen besitzt, und Sie kennen höchstwahrscheinlich die wahre Natur von Mr. Coles Verwicklung in diesen Fall. Nach Ihrer kleinen Exkursion heute bin ich ebenfalls ziemlich sicher, dass er recht hat. Also, hier sind wir nun, und ich erteile Ihnen einen weiteren ordnungsgemäßen Befehl. Ich befehle Ihnen, zu kooperieren und seine Fragen zu beantworten.«

Kemp räusperte sich. Er zog einen Stuhl vom Tisch zurück, drehte ihn um und setzte sich Scott gegenüber hin.

»Acht-zwanzig-acht. Es ist ein Verstoß gegen die Grundsätze unserer Polizei, wenn ein Mitarbeiter falsche oder irreführende Aussagen macht.«

Kemps Miene war so unerbittlich wie Ignacios, aber Scott spürte, dass der LT ihn warnte. *Egal, was du tust, lüge nicht!*

»Ich möchte mit einem Vertreter der League oder einem Anwalt sprechen.«

Stiles seufzte.

»Das ist falsch, Scott. Warum tun Sie das?«

Carter trat vor, als hätte niemand etwas gesagt, und stellte seine erste Frage.

»Was haben Sie und Cole dort oben gemacht?«

Scott sah Ignacio an.

»Commander, in Anbetracht der Situation möchte ich bitte mit einem Vertreter der League oder einem Anwalt sprechen.«

Scotts Gedanken überschlugen sich. Er würde nicht lügen, aber er würde Cole nicht ausliefern. Er sah Mitchell an. Mitchell würde Scott gern ausliefern. Er wollte Carter sagen, dass es Mitchells Chefin war, die Cole in diesen Fall verwickelt hatte.

»Lieutenant«, sagte Ignacio.

VanMeter las einen weiteren Abschnitt vor.

»Acht-null-fünf-Punkt-eins. Anlass für disziplinarische Maßnahmen. Bei Fehlverhalten haben Mitarbeiter disziplinarische Maßnahmen zu erwarten. Definition Fehlverhalten. Verstoß gegen Richtlinien, Vorschriften oder Verfahrensweisen des Departments, und zwar Missachtung eines ordnungsgemäßen Befehls oder Abgabe einer falschen oder irreführenden Aussage.«

»Tun Sie das nicht, Scott«, sagte Stiles.

Carter nahm das Tablet wieder in die Hand und zeigte ihm ein Foto, auf dem Pike Beutel und eine Jacke zu seinem Jeep trug.

»Was ist in diesen Beuteln?«

Scott schüttelte den Kopf.

»Er hat die Sachen aus Ihrem Wagen geholt. Das ist doch Ihr Wagen, richtig, dieser verschissen schrottige Trans Am? Die Sachen waren in Ihrem Wagen.«

Scott wollte etwas sagen, aber er wusste nicht, was er sagen sollte.

»Ich möchte mit einem Vertreter der League oder einem Anwalt sprechen.«

Obwohl Ignacios Miene streng war, spürte Scott, dass der Mann diesen Schlamassel nicht durchziehen wollte.

Zum ersten Mal meldete sich nun Mitchell zu Wort.

»Falls am Ende Anklage erhoben wird, wird es sich dabei um Verstöße gegen Bundesgesetz handeln.«

Ignacio warf dem Fed einen verärgerten Blick zu.

»Niemand redet hier von Anklagen. Das ist eine reine Verwaltungsangelegenheit.«

Ignacio besprach sich mit VanMeter und las aus dem Notizbuch.

»Es ist erforderlich, dass ich die folgende Belehrung verlese. Ihr Schweigen kann als Befehlsverweigerung erachtet werden, was zu Ihrer Entlassung und Enthebung Ihres Amtes führen kann. Sie verstehen, was das bedeutet?«

»Jawohl, Sir.«

Mach, was wir sagen, andernfalls können wir dich feuern.

VanMeter legte ein Formular und einen Stift auf den Tisch.

»Dieser Vordruck bestätigt, dass Sie die Belehrung erhalten haben. Unterschreiben und datieren Sie hier. Falls Sie sich weigern zu unterzeichnen, werde ich hier das Kästchen ›verweigert‹ ankreuzen und als bezeugender Vorgesetzter unterschreiben. Ihre Entscheidung.«

Scott unterschrieb.

»Hiermit erteile ich Ihnen die Anweisung«, sagte Ignacio, »die administrativen Fragen zu beantworten, die wir Ihnen gestellt haben, und sodann eine Aussage zu administrativen Zwecken abzulegen.«

Die unerbittliche Förmlichkeit war beängstigend.

»Ich möchte einen Vertreter der League oder einen Anwalt sprechen.«

Ignacio warf Mitchell einen weiteren wütenden Blick zu und drehte sich wieder zu Scott um.

»Indem Sie angewiesen werden, eine Aussage zu machen, kann nichts von dem, was Sie sagen, gegen Sie verwendet werden. Ist Ihnen das klar?«

»Ich möchte einen Vertreter der League sprechen.«

Ignacios Kinnmuskulatur in heftiger Aktion. Er nahm einen Vordruck vom Ende des Tisches.

»Folgendes wird passieren. Das hier ist ein ausgefülltes Beschwerdeformular, unterzeichnet von Detective Carter. Die Beschwerde bringt vor, dass Sie vorsätzlich einer ordnungsgemäßen Anweisung nicht Folge geleistet haben und damit gegen Grundsätze des Departments verstoßen. Wenn Sie die Fragen des Mannes beantworten, werde ich es in den Papierkorb werfen. Wenn nicht, werde ich es Lieutenant VanMeter übergeben, und sie wird daraufhin eine Ermittlung eröffnen. Keiner von uns will das.«

Er legte das erste Formular hin und hielt ein zweites hoch.

»Eins-sechzig-eins-doppelnull, bereits vom Chief unterzeichnet. Vorübergehende Freistellung vom Dienst. Falls Sie sich weigern zu kooperieren, werden Sie bis zum Abschluss der Ermittlungen beurlaubt. Verstehen Sie, was ich Ihnen sage?«

Scotts Mund fühlte sich so trocken an wie ein Bürgersteig in East L. A. am Mittag.

»Jawohl, Sir.«

Kemp beugte sich vor.

»Wenn Sie beurlaubt werden, müssen Sie sämtliches Eigentum der Stadt zurückgeben. Und zwar absolut sämtliches Eigentum, Scott.«

Kemp beugte sich weiter vor, bis sein Gesicht nur noch Zentimeter entfernt war.

»Maggie.«

Scott wollte ihnen alles erzählen. Wollte ihnen von der Frau erzählen und von Colinski und den Homeland Feds, die sie verarschten, und was Cole vorhatte, aber er bekam die Worte einfach nicht heraus.

Carter fragte wieder, und diesmal war seine Stimme ganz sanft.

»Was wissen Sie, mein Sohn? Was macht Cole?«

Scott fühlte sich so benommen, wie er sich seit dem Verlust von Stephanie Anders nicht mehr gefühlt hatte. Kemp und Carter und die anderen Leute im Raum schienen tausend Meilen weit entfernt zu sein. Seine Augen brannten, und er blinzelte, aber das Brennen wurde nur noch schlimmer. Carters Stimme verkam zu einem hohlen Echo.

»Was hat er Ihnen gesagt?«

Scott hörte sich sprechen.

»Wir können hier bis in alle Ewigkeit sitzen, Carter. Ich möchte einen Vertreter der League.«

Er wollte zu Maggie. Er wollte sie halten und alles erklären.

Kemp setzte sich zurück.

»Gottverdammt, Scott!«

Ignacio blickte von Carter zu VanMeter und schüttelte den Kopf. Er war ein großer Mann und überragte alle.

»Weggetreten. Raus hier.«

Scott stand nicht auf, bis Kemp seinen Arm ergriff.

»Stehen Sie auf.«

Kemp lotste ihn hinaus und fort vom Besprechungszimmer. Er drehte Scott zu sich um und beugte sich ganz dicht heran.

»Wirklich? *Wirklich?* Sie werden in einem Monat weg sein. Ist es das, was Sie wollen?«

Scott schüttelte den Kopf.

»Wo ist Ihr K-9?«

»Glendale.«

»Sergeant Leland wird sich um ihre Pflege kümmern. Haben Sie sonst noch Eigentum der Stadt?«

»Ich will sie sehen.«

»Der Commander hat Ihren Arsch gerade nach Hause geschickt. Sie haben Maggie verloren. Befindet sich noch weiteres Eigentum der Stadt in Ihrem Besitz?«

»Nein.«

»Verschwinden Sie von hier, und fahren Sie nach Hause. Was immer da zwischen Ihnen und Cole abgeht – Sie sollten diese Scheiße besser schleunigst in Ordnung bringen. Ich werde Sie retten, falls ich das kann, aber verlassen Sie sich nicht darauf.«

Der Weg bis zum Korridor dauerte eine Ewigkeit. Bis zum Fahrstuhl dauerte es noch länger. Scott fühlte sich gefangen im Leben eines anderen in einer Welt, die er nicht erschaffen hatte. Er wollte ganz von vorne anfangen, wusste aber nicht, wie. Er wollte alles zurücknehmen, alles auf null setzen, aber hier war er, und selbst das Drücken des Rufknopfes des Fahrstuhls schien über seine Kräfte hinauszugehen.

Mitchell betrat den Korridor und wandte sich Richtung Fahrstuhl. Er blieb stehen, als er Scott sah, runzelte die Stirn und kehrte ins Büro zurück.

Sekunden später kam Stiles heraus. Sie sah ihn ebenfalls,

aber sie versteckte sich nicht im Büro. Sie durchquerte den Korridor zur Toilette. Scott erinnerte sich an etwas, das Cole zuvor gefragt hatte, und die Erinnerung weckte einen Funken Hoffnung.

Scott ging zur Toilette, klopfte zweimal an und trat ein.

»Detective Stiles?«

Stiles schloss die Tür einer Kabine, als er hereinkam. Wütende Überraschung huschte über ihr Gesicht.

»Drehen Sie sich um, und gehen Sie sofort wieder raus.«

Scott trat einen Schritt zurück und hielt die Tür auf den Korridor offen. Er wollte nicht, dass sie sich bedroht fühlte.

»Es tut mir leid. Ich muss Sie etwas fragen. Nur eine einzige Sache.«

Die Überraschung verschwand, aber wütend war sie immer noch.

»Was?«

»Warum haben Sie das Observierungsteam von Cole abgezogen?«

Ihr Mund wurde zu einem dünnen Strich, als berühre er damit ein unangenehmes Thema.

»Das war nicht unsere Entscheidung. Unsere Freunde von der Homeland wollten sich lieber selbst um Mr. Cole kümmern, was immer das heißen mag.«

»Mitchell.«

»Er hatte die Observierung angeregt. Der Befehl kam von oben.«

Hess.

Stiles trat aus der Toilettenkabine und seufzte entnervt.

»Würden Sie bitte zur Vernunft kommen und mit Brad reden? Sie können sich selbst retten.«

»Vielleicht haben Sie recht.«

Scott kehrte zum Fahrstuhl zurück und ging zu seinem Wagen. Aus dem Funken Hoffnung wurde eine Flamme. Hess war der Schlüssel. Hess war seine letzte und beste Hoffnung, alles wieder in Ordnung zu bringen.

51
Dominick Leland

Sergeant Dominick Leland saß in seinem Büro auf dem Trainingsgelände in Glendale und erinnerte sich an Dakota. Der Rest seiner Einheit war auf der *Mesa*, also hatte Leland das ganze Gelände für sich. Kautabak war entsprechend der Vorschriften untersagt, aber das war Leland scheißegal. Er spuckte den Saft in einen Styroporbecher und trank einen Schluck Orangenlimonade. Die Limonade schmeckte schlechter als der Red Man Plug, war aber nicht gegen die Vorschriften.

Im Verlauf seiner zweiunddreißig Jahre als Hundeführer, wobei seine Zeit sich aufteilte zwischen Militär, den Sheriffs und dem Los Angeles Police Department, hatte Leland neun staatliche geprüfte K-9-Partner gehabt. Fünf Deutsche Schäferhunde, drei belgische Malinois und einen Hollandse Hershond. Zwei wurden während des Dienstes getötet, zwei starben an unvorhergesehenen Erkrankungen, zwei hatten Hüftverschleiß und gaben den vollen Einsatz, bis sie einfach zu gottverdammt alt waren und Leland sie adoptierte. In seinem Zuhause, das er mit seiner Frau teilte, mit der er sechsunddreißig Jahre verheiratet war und die er Missus nannte, hingen die Wände seines Arbeitszimmers voller Bilder seiner Kinder, seiner Enkel und Porträts von sich selbst und jedem seiner neun K-9-Partner.

Dakota war sein Liebling gewesen. Sie war eine schlanke, schwarze Deutsche Schäferhündin von genau richtigen zweiunddreißig Kilo. Damit war sie eher klein für ihre Rasse, aber mit diesem schmalen schlanken Gesicht und Ohren wie Hörnern mussten die bösen Jungs wohl gedacht haben, sie sei Satans persönlicher Hund. In Wahrheit jedoch war sie ein Schatz. Klug und brillant, gab niemals auf und war einfach nur großartig zu den Kindern und der Missus.

Jedenfalls, an dem Tag, als sie aus dem aktiven Dienst ausschied, nahm Leland sie mit zu sich, genau wie an jedem anderen Tag, ließ sie aus dem Auto springen und zerzauste ihr Fell.

»Willkommen daheim, Hund. Ab sofort hast du Urlaub.«

Aus dem Auto zu springen, als sie an diesem Abend nach Hause kamen, war normal, aber als Leland am nächsten Tag zu seinem K-9-Streifenwagen ging, war es der reinste Albtraum, sie zurückzulassen. Dakota ging davon aus, mit ihm zu gehen, genau wie sie es in den vergangenen acht Jahren jeden Morgen getan hatte. Sie winselte, jaulte, bellte, zitterte wie ein Chihuahua und versuchte, sich durch den Zaun zu beißen. Leland hatte noch nie zuvor ein mitleiderregenderes Gesicht gesehen, wie ein verwaistes Kind, das ihre beste Freundin und Daddy anflehte, sie nicht zu vergessen. So ging es jeden Morgen. Leland hatte ein schrecklich schlechtes Gewissen und schämte sich endlos. Dominick Leland hätte ihr dieses Verhalten zwar abtrainieren können, aber in Wahrheit wollte er die leidenschaftliche Liebe und die echte Loyalität nicht verlieren, die im Herzen seines Partners brannten.

Am nächsten Tag verließ Leland das Haus früher und nahm Dakota mit. Das machte er dann an den meisten Tagen, und wenn er nach der Arbeit heimkam, sofern er nicht zu kaputt war, und an seinen freien Tagen, setzte er sie ins Auto und fuhr herum. Und manchmal, als besonderen Leckerbissen, schaltete er Sirene und Blaulicht ein und raste wie in einem echten Einsatz über die Autobahn. Sie liebte das schnelle Fahren.

Vor ein paar Jahren war für Dakota dann Schluss. Leland vermisste sie und ihre gemeinsamen Touren, und er dachte häufig an sie, besonders, wenn ihm der Schmerz in den Sinn kam, den ein Mann dem empfindsamen Herzen eines Hundes zufügen konnte.

Während er dort in der Stille saß, hörte Leland einen Wagen vorfahren und wie die Tür zum Zwinger geöffnet wurde. Er dachte an Dakota und wie sie sich an diesem Morgen verhalten hatte. Er ließ ihnen ein paar Minuten, bevor er aufstand, sich die Nase putzte und zum Zwinger ging.

Er öffnete die Tür, ging aber nicht hinein. Scott saß im Gehege bei seinem Hund.

»Officer James, gehen Sie nach Hause. Sie gehört mir.«

Leland schloss die Tür und kehrte in sein Büro zurück. Ein paar Minuten später hörte er die Tür des Zwingers. Als Scotts Auto den Parkplatz verließ, jaulte der Hund. Maggie gab nicht nach, und es war schrecklich.

Leland brach ein Stück vom Red Man Plug ab. Er kaute und lauschte auf den Hund und dachte an die Fahrten mit Dakota, jede einzelne davon unendlich kostbar. Er fragte sich irgendwann, ob Maggie sich wohl besser fühlen würde, wenn sie eine Spritztour machten. Vielleicht auch nicht, aber Leland ließ es auf den Versuch ankommen.

52
Elvis Cole

Pike blieb in Silver Lake, um auf Amy und Jon zu warten, und ich fuhr mit dem Plastiksprengstoff und Amys schrecklicher Jacke nach Hause. Jon rief an, als ich den Berg hinauffuhr.

»Wir sind zu Hause.«

»Hat sie irgendwo angehalten, wo der Sprengstoff sein könnte?«

»Sie hat bei einem Italiener gehalten. Sieht so aus, als wäre hier für heute Feierabend.«

»Ich komme später rüber. Kann ich irgendwas mitbringen?«

»Nee, danke. Ich habe von meinem Mann gehört. Er steht zu dem, was er mir gesagt hat.«

»Jon, ich bitte Sie. Homeland Security hängt da mit drin.«

»Ich habe ihn gebeten, es noch mal zu überprüfen, und ich habe dieselbe Antwort erhalten. Ungelöst, zukünftige Entwicklungen abwartend. Homeland Security hat den Fall aufgegeben.«

»Er lügt.«

»Jemanden anzulügen, der das tut, was ich tue, ist nicht besonders klug, und dieser Kerl ist klug. Er hat ein bisschen recherchiert und ist zu der Auffassung gelangt, dass die Außenstelle L.A. zu viele Premium-Fälle hat, bei denen nichts herauskommt.«

Ein Premium-Fall war ein Fall mit hoher Erfolgswahrscheinlichkeit.

»Wie viele ist zu viel?«

»Drei im letzten Jahr und vier im Jahr davor. Bei allen ging es um Sprengstoff, Kriegswaffen oder Computertechnologie.«

»Fälle, die mit dem Internet zu tun hatten?«

»Nein, nicht alle. Was sie gemeinsam hatten, war die Qualität der Informationen. Es waren immer solide Spuren, sagte er, aber L. A. hat sie trotzdem eingestellt. Mein Mann findet das verdächtig.«

Ich hielt es ebenfalls für verdächtig.

Das A-Frame war friedlich und ruhig, als ich in den Carport fuhr. Ich betrat das Haus und trank eine Flasche Wasser, dann holte ich die Jacke und die Beutel rein. Es gefiel mir nicht, vierzig Pfund Sprengstoff in meinem Haus zu haben, also brachte ich das Zeug nach draußen, ein Stück den Hang hinunter, und versteckte es unter meiner Terrasse. Es gefiel mir auch nicht, das Zeug unter meiner Terrasse zu haben, aber das war immer noch besser, als es in der Küche aufzubewahren.

Colinskis Vorstrafenregister beschrieb einen knallharten Berufsverbrecher mit einer Vorgeschichte an Gewaltdelikten, aber nichts in seinen Akten verknüpfte ihn mit Sprengstoff oder extremistischen politischen Gruppierungen. Da der letzte Eintrag sechzehn Jahre alt war, bot mir nichts in seinem Register einen konkreten Anhaltspunkt, wo und wie er zu finden war. Ich rief Eddie Ditko an und bat ihn um Hilfe.

Eddie zog geräuschvoll die Nase hoch.

»Sechzehn Jahre besagen gar nichts. Bei so einem Typen behalten sie die Augen offen. Was willst'n wissen?«

»Die offenen Augen. Ich will wissen, was er treibt.«

Eddie dachte einen Moment nach.

»Entführung, bewaffneter Raubüberfall, alles, was man mit Kanonen macht. Hab da einen Freund in der Robbery Special, den könnte ich anzapfen.«

»Super. Und versuch herauszufinden, ob es irgendwelche Querverbindungen zu Sprengstoff oder radikalen Extremisten gibt.«

»Radikale Extremisten?«

»Al Kaida.«

»Du willst mich verarschen. Ein Gauner aus East L. A.?«

»In sechzehn Jahren kann viel passieren.«

Ich machte mir drei Rühreier mit Jalapeños, aß an der Spüle und ging dann hoch zum Duschen. Ich ließ das heiße Wasser auf Schultern und Hals prasseln und fragte mich, ob Colinski und Charles sich Sorgen machten oder ob sie zuversichtlich waren oder in diesem Moment alles für morgen vorbereiteten. Ich fragte mich, ob Hess zu den Guten gehörte oder ob sie eine der Bösen war. Es spielte keine Rolle. Nichts außer Amy spielte eine Rolle.

Als das Wasser unter der Dusche kalt wurde, trocknete ich mich ab und zog frische Kleidung an. Ich war gerade auf dem Weg nach unten, als das Telefon klingelte. Eddie.

»Mach dich bereit, Baby. Du wirst mich auf den Mund küssen wollen.«

»Versprich mir jetzt bloß nicht zu viel.«

»Colinski ist vor sechs oder sieben Jahren von dieser Welt verschwunden. Kein Mensch weiß, wo er ist.«

»Er war in Echo Park.«

»Niemand sagt, dass er nicht dort ist, nur, dass er durch jedes Netz gerutscht ist. Falls wir ihn finden, würden meine Typen gern mit ihm reden.«

»Worüber?«

»Zwei ausgeraubte gepanzerte Fahrzeuge oben in der Nähe von Palmdale, ein weiterer Coup draußen in Palm Springs.«

»Sie glauben, dass Colinski die Dinger gedreht hat?«

»Nee nee nee. Für diese Raubüberfälle selbst suchen sie einen Dieb namens Eli Sturges. Sie glauben, dass Colinski auf die Hehlerseite gewechselt ist. Die große Abwesenheit von sechzehn Jahren, so, wie er verschwunden ist? Hier ist ein Kerl, der es jetzt smarter anpackt. Er fädelt die Dinger ein und lässt andere Leute das Risiko übernehmen. Und jetzt kommt der Teil, wo du einen Kussmund machen wirst.«

»Kann's kaum erwarten.«

»Als die Wachmänner sich geweigert haben, die gepanzerten Transporter zu öffnen, sprengt Sturges sie auf. Mit militärischem Material. Er hat Panzerfäuste benutzt, um sie anzuhalten oder von der Straße zu putzen. Einen Wagen hat er mit einer USBV geknackt, die einen Krater von der Größe eines Swimmingpools hinterlassen hat. Falls Colinski das Zeug in Echo Park verkauft hat, was denkst du, an wen hat er verkauft?«

Ich war nicht sicher, was ich denken sollte.

»Ich habe Grund zu der Annahme, dass der Sprengstoff für islamistische Terroristen bestimmt war.«

Eddie lachte.

»Eli Sturges ist ein kleiner Strauchdieb aus dem Valley. Er hat überhaupt keine Zeit, Terrorist zu sein. Er ist viel zu sehr damit beschäftigt, Dinger zu drehen.«

»Kannst du mir ein Bild besorgen?«

»Kann ich. Ich werd's dir mailen.«

Ich senkte das Telefon und starrte über den Canyon. Ich ging nach draußen und stand drei Meter über dem Sprengstoff. Ich versuchte, das Zeug durch die Ritzen in meiner Terrasse zu sehen, konnte aber nicht. Auch gut.

Amy wollte Kontakt aufnehmen, und Charles hatte geantwortet. Charles wusste, dass er den Sprengstoff an Colinski verkaufen konnte, während Amy stur darauf bestand, mit Al Kaida Geschäfte zu machen, also erzählte Charles ihr, was sie gerne hörte. Vielleicht spielte Colinski dabei mit, oder vielleicht belog Charles jeden, aber das Endergebnis war doch das gleiche. Sie mussten es nur schaffen, dass Amy glaubte, die Käufer seien Al Kaida-Terroristen, bis sie ihren Sprengstoff hatten. Danach spielte Amy Breslyn keine Rolle mehr.

»Die zocken dich ab.«

Die Sonne sank bereits. Ich ging wieder ins Haus, trank ein Bier und dachte immer noch darüber nach, als ein Auto vor meinem Haus anhielt. Es war Scott James.

»Haben Sie keine Sorge, dass Carter Sie sieht?«

»Wurstegal. Er hat mich mit Ihnen bei den Mietlagern gesehen. Sie sind mir gefolgt.«

Officer James wirkte blass und teilnahmslos, so als wäre er gerade eben aus einem Krankenhaus entlassen worden.

»Haben Sie denen gesagt, was wir dort gemacht haben?«

In seinen Augen flackerte es kurz wütend auf, dann war es wieder weg.

»Ich habe mein Wort gehalten, das ich Ihnen gegeben habe, Cole. Ich habe nichts gesagt.«

Ich sah an ihm vorbei zum Auto. Der Vordersitz war leer.

»Wo ist Ihr Hund?«

»Haben die mir weggenommen. Ich bin suspendiert, bis ein Untersuchungsausschuss zu einem Ergebnis gekommen ist.«

Ich schloss hinter ihm die Tür ab. Er schlenderte ins Wohnzimmer wie ein Mann im Nebel.

»Was passiert jetzt?«, fragte ich.

»Bezogen worauf?«

»Sie und den Hund.«

»Sie heißt Maggie.«

»Maggie.«

»Sie haben ein nettes Haus hier oben.«

Er wollte nicht über den Hund sprechen.

Ich holte zwei Falstaffs aus dem Kühlschrank. Bei meiner Rückkehr stand er immer noch da, wo ich ihn verlassen hatte, und starrte in die große schwarze Leere jenseits meiner Terrasse.

»Hier. Versuchen Sie das.«

Er betrachtete die Dosen.

»Falstaff. Nie gehört.«

»Wird seit Jahren nicht mehr hergestellt. Hab 'ne Kiste auf E-Bay ergattert.«

Scott hielt das Bier in der Hand, trank jedoch nicht.

»Es war Hess. Hess hat die Observierung abgeblasen. Carter wollte es verlängern, aber Hess hat ihn gezwungen, das Team abzuziehen.«

»Sind Sie sicher, dass es Hess war?«

»Stiles hat's mir gesagt.«

»Hat Hess auch einen Grund genannt?«

Er lächelte, aber er lächelte nicht mich an.

»Was immer Hess denen erzählt hat, es war eine Lüge. Sie hat das Team abgezogen, um das zu verbergen, von dem sie hofft, dass Sie es finden.«

»Amy.«

Er lächelte wieder und schüttelte den Kopf.

»Nicht Amy. Das hat nichts mit Amy zu tun. Wenn Carter jetzt über Amy Breslyn stolpern würde, wüsste er doch nicht, wer sie ist. Wen sollte es also interessieren, ob das Observierungsteam sah, wie Sie Erkundigungen über Amy Breslyn einholen? Es hätte nichts bedeutet.«

So langsam begann ich zu verstehen, worauf er hinauswollte, und fragte mich, wohin das führen würde.

»Nicht für Carter oder Stiles oder die Sonderermittlungsgruppe.«

Wieder betrachtete er das Falstaff und trank einen Schluck.

»Nee, nicht für die. Niemand in der Sondereinheit weiß von Amy Breslyn, also muss es um jemand anderes gehen, richtig? Hess wollte nicht, dass diese Person erfährt, dass Sie nach Amy suchen. Sie wollte diese Person im Dunkeln lassen, also hat sie das Licht ausgeknipst.«

Alles, was er sagte, fühlte sich irgendwie richtig an.

»Klingt vernünftig.«

Das Wegwerfhandy zwitscherte. Ich wusste, wer da anrief, noch bevor ich einen Blick aufs Display geworfen hatte.

»Hess.«

Sein Lächeln wurde noch breiter, aber besonders glücklich sah er nicht aus.

»Gehen Sie ran. Ich hab ein paar Fragen. Es wird Spaß machen.«

Ich ließ sie zur Mailbox weiterleiten.

»Später. Reden Sie mit mir. Sie sind doch auf einer Spur.«

Ich setzte mich auf den Sessel, und Scott nahm auf dem Sofa Platz.

»Hess hintergeht die Sondereinheit und Carter und das Department. Sie verschweigt etwas, was bedeutet, sie verbirgt etwas. So ähnlich wie Sie.«

Ich zuckte die Achseln und trank von meinem Falstaff, während er fortfuhr.

»Und wenn sie etwas verbirgt, dann hat sie etwas zu verlieren. Das können wir ausnutzen. Wir können meinen Hund zurückbekommen.«

Plötzlich starrte er mich an.

»Ich werde mein Wort nicht brechen, das ich Ihnen gegeben habe, aber später, wenn alles vorbei ist, werde ich ihnen Hess liefern. Vielleicht lassen sie mich dann bleiben.«

Er blinzelte, und blinzelte schneller, dann drehte er sich zur Schwärze um. Ich stand auf. Ich wollte nicht, dass er sich schämte.

»Ich mach uns was zu essen. Fühlen Sie sich ganz wie zu Hause.«

Das Wegwerftelefon zwitscherte erneut, als ich in der Küche war. Ich dachte, es sei Hess, aber es war Jon Stone.

»Bist du so weit?«, fragte er.

»Was? Ist alles okay?«

»Charles ist hier. Der Dreckskerl hat ihr Blumen mitgebracht.«

Ich kehrte zu Scott zurück und gab ihm ein Zeichen.

»Charles also. Wo ist Pike?«

»Im Garten. Er könnte ins Wohnzimmer eindringen, falls die Situation komisch wird, aber das wird sie nicht. Charles ist total relaxt. Sie reden.«

»Hat sie ihn mit Namen angesprochen?«

»Ja. Charles. Ich schicke dir gleich einen Screenshot.«

Scott sprach laut, damit Jon es hörte.

»Sprechen sie über Colinski?«

»Wer ist das?«

»Scott James.«

»Niemand hat diesen Namen erwähnt. Er bereitet Amy auf morgen vor.«

»Falls sie aufbrechen, bevor ich da bin, folge ihnen.«

»Falls er geht, sie aber bleibt, bleibe ich bei ihr.«

»Dann sag Pike, er soll ihm folgen.«

Mein Mobiltelefon bimmelte, während wir redeten, und Jon hörte das.

»Das bin ich. Mein Screenshot.«

»Bleib dran.«

Der Screenshot zeigte Amy am einen Ende der Couch und einen Mann in einem blauen Anzug am anderen Ende. Das Bild war so klein, ich musste es vergrößern, um ihre Gesichter zu erkennen, aber als ich Charles sah, lächelte ich. Wir hatten zwar den fehlenden Sprengstoff nicht gefunden, aber Charles zu finden war sogar noch besser.

»Jon? Pike muss Charles nicht folgen.«

»Muss er nicht?«

»Hm-hmh.«

Ich zeigte Scott das Bild.

»Wollen Sie Hess drankriegen? Darf ich Ihnen dann Charles vorstellen?«

Scott betrachtete das Bild und leckte sich über den Mund. Er erinnerte mich an einen hungrigen Hund.

Wir mussten Charles nicht folgen, wir wussten, wo wir ihn finden konnten. Charles war zusammen mit Carter und Stiles in meinem Haus gewesen. Sein richtiger Name lautete Special Agent Russ Mitchell.

Die einzelnen Teilchen fügten sich mit hörbaren Klicks zusammen und ergaben ein perfektes Bild. Ich verstand, was Hess tat und wie Amy geholfen werden konnte. Vielleicht könnte ich sogar Scott helfen.

Mit einem Mal war die Welt ganz einfach. Janet Hess würde mir helfen, andernfalls würde sie mich verhaften.

53

Roter Neonfisch glitt über ihr SUV, als Hess auf mich zugefahren kam. Weißfisch und Grünfisch, geworfen von Scheinwerfern, Ampeln und pulsierenden Straßenleuchten am Hollywood Boulevard, schwammen über glänzenden Lack. Als Janet Hess anhielt, war die Schnauze ihres Wagens so nah, dass sich unsere Fahrzeuge küssten. Ich fragte mich, was sie im wirklichen Leben fuhr, ob sie verheiratet war und Kinder hatte. Ich fragte mich, ob ihr Leben nach heute Nacht wohl in Trümmern liegen oder ob sie vielmehr meines ruinieren würde.

Ich stieg in ihren Wagen, wie ich es bislang jedes Mal gemacht hatte, nur dass ich jetzt meinen Laptop dabeihatte.

»Ich bin Ihr bester Freund. Sie sollten lernen, mich zu lieben.«

»Haben Sie diese Leute gefunden?«

Diese Leute. Nicht Amy.

»Hier. Bitte schön.«

Ich hielt den Laptop so, dass wir beide sehen konnten.

»So ähnlich, als wären wir in einem Drive-in, stimmt's?«

»Ist die Präsentation unbedingt erforderlich? Was ist das?«

»Schauen Sie zu.«

Das Video war vorgespult und bereit. Amy saß auf der linken Seite ihrer Couch, die Füße flach auf dem Boden, die Handflächen auf den Oberschenkeln, starrte ins Nichts.

Hess runzelte die Stirn, als wäre sie nicht ganz sicher.
»Amy.«
»Ja.«
»Wo ist das?«
»Schauen Sie zu.«
»Woher haben Sie das?«
»Schauen Sie zu.«

Amy saß regungslos fünfundzwanzig Sekunden da, dann blickte sie zur Tür, zwei Sekunden bevor wir es dreimal schnell und leicht anklopfen hörten. Amy stand auf und ging zur Tür. Für einen Moment verschwand sie an der unteren linken Seite des Bildschirms, dann tauchte sie wieder auf, als sie einen Schritt zurücktrat, um die Tür zu öffnen. Ich stoppte die Wiedergabe.

Hess war verwirrt.

»Was ist passiert? Warum halten Sie an?«

»Charles wird gleich hereinkommen. Ich wollte nicht, dass Sie ihn sehen.«

»Führen Sie sich nicht so dumm auf. Zeigen Sie es mir.«

»Wenn Sie ihn sehen, werden Sie ihn wiedererkennen, Janet. Er arbeitet für Sie.«

»Wie haben Sie mich gerade genannt?«

Ich deutete mit einem Nicken auf das Video.

»Nur, das hier gehört nicht zu seinem Job. Er handelt auf eigene Rechnung. Wie Sie.«

Ich klappte den Laptop zu und schob ihn unter mein Bein.

»Ich habe Sie Janet genannt. Sehen Sie?«

Ich zeigte ihr einen Ausdruck ihrer offiziellen Webpage und die Aufnahmen, die Pike an dem Tag geschossen hatte, als er ihr gefolgt war. Ein Bild hatte ich noch übrig, aber das hob ich mir auf.

»Das dürften dann wohl Sie sein, auf Ihrer offiziellen Homeland Security Internetseite. Und hier sind wir beide, zusammen in diesem Fahrzeug. Und das sind wieder Sie, wie Sie in Long Beach dieses Fahrzeug gegen Ihren Dienstwagen tauschen. Beachten Sie bitte auch den öffentlichen Parkplatz. Damit Sie die Autos tauschen können, ohne dass Sie von jemandem aus Ihrem Büro zufällig gesehen werden.«

Ich schob die Ausdrucke aufs Armaturenbrett.

»Sie haben mich engagiert, um Charles zu finden, nicht Amy. Und ich bin noch nicht so weit, ihn Ihnen zu geben.«

Ein Schatten teilte ihr Gesicht in zwei Hälften, verbarg ihre Augen. Ein Auto fuhr vorbei, und die Abdeckung wurde von seinen Scheinwerfern weggefegt. Ihre Augen waren nachdenklich und ruhig. Sie studierte mich, als der Schatten zurückkehrte.

»Da liegen Sie wohl falsch, Mr. Cole. Ich führe einen Sondereinsatz durch.«

»Keine Frage. Denken Sie, der Director wird das schlucken?«

»Natürlich. Es ist die Wahrheit.«

»Ich überlege, ihm eine wahrere Wahrheit zu erzählen. Nämlich, dass während der letzten beiden Jahre sieben knifflige Fälle, bei denen es um Sprengstoff und hochwertige Technologie ging, hier in der Außenstelle L. A. verschwunden sind. Und dann werde ich dem Director von der unbekannten Person erzählen, die wie aus dem Nichts auftauchte und Al Kaida Sprengstoffe und Sprengstofftechnologie angeboten hat, was übrigens diese Sache jetzt zu Fall Nummer acht macht, denn auch der ist vom Radar verschwunden. Was dann der Punkt war, an dem der SAC, also Sie, Janet, den Verdacht bekam, dass ein Agent in ihrem eigenen Büro darin verwickelt sein könnte. Und der SAC beschloss, gegen das offizielle Protokoll zu verstoßen und einen zivilen Ermittler einzuschalten. Das wäre dann ich.«

Hess starrte mich an.

»Woher wissen Sie das alles?«

»Zauberei.«

Sie sah kurz auf die Ausdrucke, und ein Mundwinkel kräuselte sich. Ein Lächeln.

»Anscheinend habe ich den richtigen Mann engagiert.«

»Es war eine Lüge zu viel, Janet. Thomas Lerner. Erinnern Sie sich?«

»Hören Sie auf mit diesen Spielchen. Wer ist er, und wo sind sie?«

»Sie haben's vergeigt, Janet. Thomas Lerner zu erfinden? Halten Sie mich eigentlich für blöd?«

»Ich hatte gedacht, Sie finden ein leeres Haus und vielleicht ein bisschen Diebesgut. Ich habe mit Sicherheit nicht gedacht, dass Sie in einen Mord hineinplatzen und ein geheimes Lager für gestohlenes Kriegsgerät entdecken.«

»Wussten Sie, dass Amy versuchte, Kontakt zu Al Kaida aufzunehmen?«

»Bis vor zwei Wochen kannte ich nicht einmal Amy Breslyns Namen. Die echte Meryl Lawrence rief an. Amys Verhalten hatte sie beunruhigt, deshalb wollte sie uns einschalten. Von da an habe ich alles Weitere arrangiert.«

»Und haben erkannt, dass Sie ein Problem hatten.«

»So kann man es auch ausdrücken, ja.«

»Al Kaida ist aber nicht Teil Ihres Problems. Es gab keine Terroristen.«

»Natürlich nicht. Al Kaida! Ich bitte Sie, der neue Schwarze Mann und Feindbild für alles. Der Käufer ist ein Räuber namens Eli Sturges. Das ATF hörte, dass Sturges ein Team zusammenstellte, also hat mich der SAC verständigt. Alles ging sehr schnell. Sturges wurde mit einem Hehler namens Colinski in Verbindung gebracht und Colinski wiederum mit dem Haus, also brauchte ich einen Agenten bei dem Haus, andernfalls würde mir meine Chance durch die Lappen gehen.«

»Wobei ich dann Ihr Agent sein sollte.«

»Kommen Sie, Cole, einer meiner Agenten spielt ein falsches Spiel. Ich hatte einfach nicht die Zeit, ein internes Ermittlungsverfahren loszutreten, und todsicher wollte ich nicht seinen Verdacht erregen, dass ich ihm auf der Spur bin.«

»Hat Amy Geld unterschlagen?«

Hess wandte den Blick ab, fast als wäre es ihr peinlich.

»Nein. Ich wollte Ihnen bezüglich Charles einen Floh ins Ohr setzen.«

»Wissen Sie, was sie verkauft?«

»Sie hat Al Kaida ihr Fachwissen und eine bestimmte Menge des Materials angeboten. Ich weiß nicht, wie viel.«

»Zweihundert Kilo Plastiksprengstoff. Und dieser spezielle Sprengstoff ist nicht durch Taggants markiert.«

Sie verdrehte die Augen, und vielleicht sah sie sogar ein wenig beunruhigt aus.

»Wissen Sie, wo es ist?«

»Das werde ich morgen erfahren und es einkassieren.«

»Sie werden gar nichts tun, Cole, außer mir sagen, wo sich diese Leute befinden.«

»Nein, Janet, ich werde eine ganze Menge tun. Ich werde Sie punktgenau Ihrem Director ausliefern, wenn ich nicht bekommen sollte, was ich haben will.«

Sie verdrehte wieder die Augen.

»Eine Erpressung. Ich bitte Sie!«

Ich klopfte auf den Laptop.

»Oder vielleicht werde ich auch gar nichts tun. Vielleicht werde ich das hier verlieren und Sie mit Ihrem zwielichtigen Agenten sitzen lassen. Dann können Sie jeden Tag zur Arbeit gehen und sich fragen, wer es wohl ist.«

»Langsam! Ganz ganz ganz langsam jetzt, Cole, das hier ist die Ermittlung einer Bundesbehörde. Sie befinden sich nicht in einer Position, mich zu bedrohen.«

Ich beugte mich zu ihr, und ich lächelte nicht.

»Nein, Ma'am. Es ist eine Janet-Hess-Ermittlung. Tatsächlich wird nämlich Folgendes passieren. Sie werden das Justizministerium anrufen. Um acht Uhr morgen früh möchte ich die schriftliche Zusage haben, dass Amy Breslyn Straffreiheit bezüglich sämtlicher Beschuldigungen und Anklagepunkte gewährt wird –«

Sie knallte die Ausdrucke aufs Armaturenbrett. Sie war wütend und wurde laut.

»Die hier beweisen gar nichts. Ich habe mit Ihnen eine laufende Ermittlung besprochen. Ich habe Ihre Sachkenntnis in einer komplizierten lokalen Angelegenheit gesucht, und, Bruder, Sie haben wirklich abgeliefert. So etwas wird immer wieder gemacht.«

»Doch nicht von einem Special Agent in Charge. Sie waren früher auf der Straße vielleicht mal eine mordsmäßig tolle Agentin, aber heute sind Sie das Management.«

»Ich bin der SAC. Der SAC kann losschicken, wen immer er will.«

»Wenn ich bedenke, dass sie sich selbst losgeschickt hat, gehe ich mal jede Wette ein, dass der Director nichts davon weiß. Sie ziehen das hier auf eigene Kappe und Rechnung durch, ganz ähnlich wie Meryl Lawrence. Sie haben sich unerlaubt aus dem Reservat entfernt, Janet, und Sie verstoßen gegen das Gesetz.«

Wir starrten uns an, gefühlte Stunden, bis sie schließlich seufzte.

»Was wollen Sie?«

»Eine schriftliche Zusicherung, Straffreiheit zu gewähren –«

Sie fiel mir ins Wort.

»Auf gar keinen Fall, Cole. Die Frau hat ausländischen Terroristen ihre Dienste angeboten. Ich habe Verständnis für das von ihr durchlebte Trauma, aber ich kann nicht darüber hinwegsehen, was sie tut.«

»Sie wissen doch gar nicht, was sie tut. Sie haben nicht die geringste Ahnung.«

»Sie hat gottverdammten Wahnsinnigen Unterstützung und Waffen angeboten. Terroristen.«

Ich zeigte ihr das letzte Foto. Es war die Aufnahme, die ich von Amys Arbeitsraum mit der Lederjacke geschossen hatte.

»Genau das ist es, was sie diese Leute glauben machen will, Janet, aber das ist nicht, was sie tut.«

»Was soll das hier sein?«

»Sie beabsichtigt, die Jacke morgen zu tragen, wenn sie sich mit den Leuten trifft, von denen sie glaubt, sie seien Al Kaida. Sehen Sie die Taschen im Futter? Sie hilft ihnen nicht, Janet. Sie liefert eine Bombe ab. Sie wird sie umbringen.«

Hess starrte das Foto an, sah mich kurz an, wandte sich dann ab.

»Ich hasse das.«

»Uneingeschränkte Immunität um acht Uhr morgen früh, vorbehaltlich ihrer Einwilligung zur Kooperation und Aussage, sowie der Bereitschaft, sich einer psychiatrischen Beurteilung und Beratung zu unterziehen, sofern dies vom Richter angeordnet wird. Ich bekomme das notariell beurkundete Schreiben, Sie bekommen den Agenten.«

Sie starrte immer noch, aber ihr Blick war sanfter geworden.

»Ich weiß nicht, ob ich das so schnell arrangieren kann.«

»Kein Schreiben, kein Agent. Und da ist noch etwas.«

»Ich sage nicht, ich mache es nicht. Es mag nur sein, dass ich es nicht rechtzeitig schaffe.«

»Kein Schreiben, kein Agent. Sie werden den Polizeipräsidenten anrufen. Noch heute Abend.«

»LAPD?«

»Ja. Die haben einen K-9-Officer namens Scott James suspendiert, weil er mir geholfen hat.«

»Der Cop aus Echo Park?«

»Sie werden sich für Officer James verwenden. Sie werden dem Chief sagen, dass James für Sie gearbeitet hat, und Sie werden versichern, dass seine Mitwirkung völlig legal und noch dazu im Interesse der nationalen Sicherheit war. Sie werden sagen, dass Sie ihn angeworben haben, weil er dem Verdächtigen persönlich gegenübergestanden hat, und Sie haben die Autorität Ihrer Position benutzt, um den Officer zu überzeugen, seine Beteiligung zu verheimlichen, obwohl Sie genau wussten, dass er damit die Dienstvorschriften des LAPD missachtet.«

»Ich werde wie das letzte Arschloch dastehen.«

»Sie werden sich entschuldigen, und Sie werden den Chief überzeugen, die Sache in Ordnung zu bringen.«

»Jesus, Cole, ich hab's verstanden.«

Sie sah ihre Armbanduhr stirnrunzelnd an. Ich wusste,

dass sie allmählich den Druck spürte, aber ich wusste ebenfalls, dass sie es versuchen würde.

»Agent Hess?«

Ich klopfte auf das Laptop.

»Ich hab ihn für Sie gefunden. Sie können ihn haben.«

»Und dann was? Nichts von alledem hier wird vor Gericht zulässig sein.«

»Wir einigen uns auf die Wahrheit.«

Sie starrte mich an, wartete, und vielleicht wartete ich auch.

»Thomas Lerner gibt es wirklich«, begann ich. »Ich habe ihn getroffen, genau wie ich es bei Carter ausgesagt habe.«

Sie lehnte sich zurück und beobachtete mich.

»Sie haben mich nicht engagiert. Ich bin in die Sache reingezogen worden, als ich versuchte, Lerner zu finden, genau wie ich es in meiner Aussage behauptet habe, und weil es eben einfach meine Natur ist, habe ich Nachforschungen angestellt. Ich habe eine Querverbindung zwischen dem Haus und Colinski entdeckt, und eine mögliche Verbindung zu einem Mitarbeiter von Woodson Energy. Da Carter mich beschuldigt hat, in die Sache verwickelt zu sein, habe ich der Polizei diese Information nicht gegeben. Sondern Ihnen. Und so haben wir beide uns kennengelernt. Sie haben sich sofort dieser Sache angenommen und sind dabei auf die kriminelle Verwicklung eines Ihrer Agenten gestoßen.«

Ich unterbrach mich und ließ ein wenig Zeit verstreichen. Ich wusste, dass sie nachdachte, aber ich konnte nicht erkennen, was oder worüber.

»Die Sache wird morgen laufen, Janet. Helfen Sie mir, Amy zu retten, und Sie kriegen Ihren Agenten und alle, die sonst noch da sein werden.«

Hess nickte, und ihr Gesicht wirkte jetzt, dort in den Schatten, sanfter.

»Deshalb habe ich Sie engagiert, Mr. Cole.«

Ich öffnete die Tür, glitt hinaus und sah sie an.

»Besorgen Sie die Straffreiheit, und kümmern Sie sich um James. Sie haben meine Mobilnummer. Wenn Sie mich das nächste Mal anrufen, werde ich rangehen.«

Ich schloss die Tür, ging zu meinem Wagen und fuhr nach Silver Lake zurück.

WAHRHEITEN, DIE WIR SCHÄTZEN

54
Jon Stone

Jon reinigte seine Waffen, während Amy Breslyn schlief. Die zwei 45er und den M4, obwohl er nicht davon ausging, dass er sie benutzen würde. Ritual. Er reinigte sie im Dunkeln, saß dabei auf der Rückbank des Rovers.

Als er mit den Waffen fertig war, ließ er den Motor an, um seine Reserveakkus aufzuladen. Die Powerpacks lieferten Saft für den Laptop, sein Satellitenkommunikationssystem und die Mobiltelefone. Während die Akkus tankten, schlüpfte er mit seinem Kulturbeutel aus dem Rover und stand in einem tiefen Schatten. Drei Minuten nach vier Uhr morgens schlief die kleine Straße.

Jon machte Dehnungsübungen aus der Hüfte heraus, streckte Rücken- und Oberschenkelmuskulatur und drehte sich, um seine Kerntemperatur zu erhöhen. Er absolvierte hundert Liegestütze, streckte sich, platzierte hundert Boxhiebe. Zur Abrundung ließ er hundert Kombinationen aus Liegestütz und Hochstrecksprung folgen. Ein angenehmer Schweißfilm hatte sich gebildet. Es war nichts Großartiges, aber er tat, was er konnte.

Jon rasierte sich und putzte sich die Zähne, dann zog er sich aus. Er reinigte sich mit Feuchttüchern und einer Flasche Wasser. Er streifte frische Kleidung über, die Cole aus seiner

Wohnung geholt hatte. Zum Frühstück gab es Studentenfutter, eine Banane und zwei Protein-Riegel. Zu dem Zeitpunkt begann der Himmel hell zu werden, also nahm Jon wieder seinen Platz hinter dem Lenkrad ein.

Die Cops, die Cole angeschleppt hatte, waren schrecklich. Diese Hess? Eine Idiotin. Die Bundesagenten, die hier mitspielten? Scheiße, die nur darauf wartete zu passieren. Delta duldete keine Scheiße. Durch Scheiße starben Menschen.

Hess kam angewalzt, als hätte sie alles im Griff und das Sagen, und erläuterte ihren Plan, Ms. Breslyn anzusprechen. Das Team für den »Erstkontakt« würde aus zwei Frauen und einem älteren, harmlos wirkenden Mann bestehen. Das wären sie selbst, eine Seelenklempnerin von Mitte fünfzig und ein Bundesstaatsanwalt mit einer freundlichen, gewinnenden Ausstrahlung. *Erstkontakt*, als wäre Ms. Breslyn eine Außerirdische. Hess erläuterte, wie ihr »Erstkontakt« inszeniert werden sollte, aber Jon unterbrach.

»Vergessen Sie das Team. Ich werde sie ansprechen, und ich werde das allein machen. Danke.«

Hess und ihre Schreibtischtypen gingen hoch wie Fackeln, also schaltete Jon sein Funkgerät aus.

Kurze Zeit später riefen sie ihn auf dem Telefon an und fragten, ob er eine Wanze tragen würde.

»Nein.«

Jon saß im Kokon des Range Rovers, lauschte auf die schlafende Amy und wusste, dass Leute in der Dunkelheit waren. Sie redeten und planten, positionierten Autos an neuralgischen Punkten zur Absicherung des Hauses und bezogen Stellung bei der Einlagerungsfirma. Keiner wusste, wie Amy reagieren oder wie es überhaupt laufen würde, daher mussten sie flexibel sein. Jon ärgerte sich über ihre Einmischung.

Der dunkelblaue Himmel verblasste, und in einigen Häusern ging Licht an. Bauarbeiter trafen frühzeitig ein, um dem morgendlichen Berufsverkehr zuvorzukommen, parkten und lehnten sich zurück, hielten noch ein kurzes Nickerchen.

Das Bild auf Jons Laptop nahm wieder Konturen an, als Amys Zimmer mit Einsetzen der Dämmerung heller wurde. Um fünf Uhr einundfünfzig bewegte sich ihr Arm. Um fünf Uhr zweiundfünfzig ihr Bein. Sie sah auf die Uhr um fünf Uhr achtundfünfzig und setzte sich steif auf, so wie man es nach einem langen tiefen Schlaf macht.

Jon drückte auf die Sprechtaste.

»Sie ist auf.«

»Roger«, sagte Pike. Auch Cole meldete sich.

»Brauchst du was?«

»Ja. Haltet mir diese Leute vom Leib.«

Cole antwortete nichts, und Hess ebenfalls nicht. Stone wusste, dass sie zuhörte.

Amy machte ihr Geschäft, dann ging sie in die Küche. Dort blieb sie einige Minuten, kam mit einer Tasse Kaffee wieder heraus und ging zurück ins Schlafzimmer. Sie suchte ihre Kleidung heraus, legte alles aufs Bett und verschwand mit dem Kaffee im Bad. Er hörte das Waschbecken und danach die Dusche. Ihre Kleidung so bereitgelegt zu sehen erinnerte ihn an eine Leichenhalle, so wie Bestattungsunternehmer Vorbereitungen trafen, eine Leiche anzuziehen. Jon versuchte, nicht mehr daran zu denken, aber das Bild wurde er einfach nicht mehr los.

Er hätte gern gewusst, wie es in ihr aussah. In wenigen Stunden würde Amy einen Sprengkörper anlegen und ihr Leben beenden, und doch hatte sie fest geschlafen. Sie hatte auf ihn ruhig und gelassen gewirkt, bevor sie zu Bett ging, und jetzt schien sie ungezwungen und entspannt zu sein. Vielleicht hatte sie mit diesem schrecklichen Ende ihren Frieden gefunden. Vielleicht war sie befreit.

Amy kam nackt heraus und ging zum Bett.

Jon berührte ihr Bild.

»Nicht mit mir.«

Sie zog sich an, schenkte sich eine zweite Tasse Kaffee ein und setzte sich mit ihrem Computer auf die Couch im Wohnzimmer. Jon suchte nach Hinweisen, ob sie Kurznachrichten verfasste oder empfing, gelangte aber zu dem Schluss, dass sie die aktuellen Tagesnachrichten las.

Um zwei Minuten nach sieben brachte sie die Kaffeetasse in die Küche, kehrte ins Schlafzimmer zurück und holte die große Handtasche und die Fransenjacke aus dem Schrank.

Jon drückte die Sprechtaste.

»Fünf oder weniger. Sie macht sich fertig.«

Er schaltete den Motor des Rovers aus und steckte die Schlüssel ein.

Hess sprach über Funk.

»Bauen Sie keinen Scheiß.«

Miststück.

Amy blieb im Wohnzimmer stehen, um die Jacke anzuziehen, und schlang die große Handtasche über die Schulter.

Jon verließ den Rover und ging auf ihr Haus zu. Seit er von Jacob erfahren hatte, wollte er Amy kennenlernen und mit ihr sprechen, und hier waren sie nun. Sagenhaft.

Hess hatte überhaupt keinen Plan. Sie war ahnungslos und aus den völlig falschen Gründen hier.

Amy schloss gerade die Haustür ab, als Jon die Treppe erreichte. Sie umfasste das Geländer, wie sie es immer tat, und setzte sich nach unten in Bewegung, einen Schritt nach dem anderen, sah auf ihre Füße, als hätte sie Angst zu fallen. Sie sah ihn nicht.

Jon stieg ein paar Stufen hinauf, und wartete.

Sie machte einen weiteren Schritt, und noch einen. Schließlich sah sie ihn und zuckte zusammen, als hätte er ihr Angst eingejagt.

Jon lächelte und streckte eine Hand aus.

»Ich heiße Jon. Ich bin wegen Jacob hier.«

Sie wirkte wieder erschrocken.

»Woher kennen Sie ihn?«

»Ich kenne ihn nicht, aber ich bin dort gewesen, wo er gestorben ist. Ich möchte gern mit Ihnen darüber reden. Lassen Sie uns raufgehen. Dann unterhalten wir uns.«

Jon folgte ihr zum Haus hinauf, wo er sich mit Amy Breslyn zusammensetzte. Er sagte Dinge, die er nicht hätte sagen können, wenn er eine Wanze getragen hätte, aber sie fühlte sich besser bei dem, was er sagte, und es gab ihr Hoffnung.

55
Elvis Cole

Drei Stunden und zwanzig Minuten nachdem ich Janet Hess auf einem Parkplatz in Hollywood verlassen hatte, trafen wir uns auf einem anderen Parkplatz wieder, diesmal in Silver Lake. Ein normaler Agent im Feldeinsatz hätte es niemals bewerkstelligen können, aber Hess war der SAC. Sie gab mir eine unterzeichnete und notariell beglaubigte Einverständniserklärung des Justizministeriums. Die Erklärung legte in Schriftform die Zusagen und Absicherungen fest, um die ich gebeten hatte. Amy Breslyn war sicher.

Trotz allem, was zwischen uns vorgefallen war, merkte ich, dass ich sie mochte.

»Sie sind in Ordnung, Hess.«

»Übertreiben Sie's nicht.«

»Was ist mit Officer James?«

»Erledigt.«

Ich merkte, dass ich sie noch mehr mochte.

Hess wollte den Rest des Videos sehen, aber sie war nicht allein gekommen. Sie traf mit sechs ATF-Agenten in drei Fahrzeugen ein sowie einem ATF Crisis Response Team. Das CRT war die ATF-Version einer SWAT-Gruppe der Polizei, und sie kamen in einem schwarzen Chevrolet Suburban. Wir waren auf einem Parkplatz umgeben von Agenten.

»Hier?«, fragte ich.

Hess führte mich fort von den anderen zu ihrem Dienstwagen. Ich öffnete meinen Laptop und setzte die Wiedergabe des angehaltenen Videos fort.

Amy trat einen Schritt zurück, als sie die Tür öffnete und Mitchell hereinkam. Hess erkannte ihn sofort, ihr reichte schon sein Kopf von oben.

»Arschloch. Russ, du Scheißkerl.«

»Sie werden sein Gesicht in wenigen Sekunden sehen.«

»Ich weiß, wer er ist. Arschloch.«

Als wir eine Stelle des Videos erreichten, an der Mitchell Rollins erwähnte, ließ sie mich anhalten.

»Rollins ist Colinski?«

»Ich denke, ja. Er ist der Mann, den James und ich bei dem Haus gesehen haben.«

Sie schüttelte den Kopf, war wütend und angewidert.

»Blöder Russ. Du Idiot.«

»Den Laptop können Sie nicht haben, aber ich werde Ihnen das Video geben. Er erzählt, wie er den Deal eingefädelt hat, was sie verkaufen, einfach alles.«

Sie wandte sich ab.

»Ich will es so bald wie möglich.«

»Schon erledigt.«

Wir stiegen in eines der ATF-Fahrzeuge zu dem CRT-Einsatzleiter. Einer der ATF-Agenten fuhr, und Hess saß vorne auf dem Beifahrersitz. Sie wollten Amys Haus sehen.

Ich skizzierte grob, was ich wusste, während wir hinfuhren, wiederholte größtenteils das, was ich Amy und Mitchell hatte sagen hören, und beschrieb *Safety Plus*. Der CRT-Einsatzleiter bombardierte mich mit Fragen über Amys Lagereinheit und ordnete an, dass sich ein zweites CRT-Team am *Safety*

Plus bereithielt. Hess sagte er, sie solle einen Bombenräumtrupp in Marsch setzen.

Ich winkte ab. »Der Sprengstoff ist weg. Ich habe alles mitgenommen.«

»Wo ist das Material jetzt?«

»Unter meiner Terrasse. Ich hab's nach Hause transportiert.«

Wir fuhren an Amys Haus und Jons Rover vorbei. Der CRT-Einsatzleiter betrachtete den Rover im Vorbeifahren.

»Wir müssen ihn hier wegbringen.«

»Er passt auf sie auf«, sagte ich. »Er bleibt.«

»Aus Sicherheitsgründen.«

»Er bleibt. Ich, der Mann aus dem Rover und mein Partner gehen hier gemeinsam vor, und wir sagen, was gemacht wird. Finden Sie sich damit ab.«

Hess sah den CRT-Einsatzleiter an und stärkte mir den Rücken.

»Machen wir hübsch einen Schritt nach dem anderen.«

Wieder auf dem Parkplatz, stiegen Hess und ich mit dem CRT-Einsatzleiter, einem CRT-Unterhändler und einem rothaarigen ATF-Agenten namens Darrow in den Suburban. Von Amys Kooperationsbereitschaft würde es abhängen, wie sie mit Mitchell und Colinski umgingen. Wir konnten nicht weiterplanen, bis wir wussten, ob Amy helfen wollte und konnte, und das wussten wir erst, wenn wir ihr gegenüberstanden. Amys Reaktion war ausschlaggebend. Hess schaltete Pike und Stone per Funk dazu und erläuterte, wie sie Amy ansprechen wollte. Jon unterbrach sie, sagte ihr, er würde sich um Amy kümmern, und beendete die Verbindung.

»Was zum Teufel?«, fragte Hess.

Ich zuckte die Achseln. »Temperamentvoll.«

SACs sind es nicht gewohnt, unterbrochen und ausgeschaltet zu werden.

Ich berührte ihren Arm.

»Wir haben Sie so weit gebracht, Janet. Vertrauen Sie ihm.«

Ich verließ sie einige Minuten später und fuhr zurück zu Amys Haus. Es war immer noch dunkel. Ich parkte drei Häuser weiter unten mit der Schnauze bergauf. Ich konnte Amys Haus sehen, nicht aber Jons Rover. Pike war höher, sah von oben herunter. Ich fragte mich, ob Amy träumte.

Der Himmel war heller, als Hess eintraf. Ein zweites ATF-Fahrzeug tauchte auf und parkte unterhalb von mir. Die Sonne ging auf, Anwohner des Viertels verließen ihre Häuser, und aus der Morgendämmerung wurde endgültig Tag.

Ein paar Minuten nach sieben knackte das Funkgerät.

»Fünf oder weniger«, sagte Jon. »Sie macht sich fertig.«

Amy war im Begriff, das Haus zu verlassen, zu ihrem Lagerraum zu fahren und letzte Hand an die Vorrichtung zu legen, mit der sie sich das Leben nehmen wollte. Ich fragte mich, was sie wohl fühlte.

Hess' Stimme aus dem Funk, Jon antwortend.

»Bauen Sie keinen Scheiß.«

Ich fragte mich, ob Amy besorgt war oder ob sie Angst hatte, und ob sie es sich vielleicht noch anders überlegte. Die Amy, die ich kannte, tat das nicht. Meine Amy wollte zwar nicht sterben, aber sie war klug, stark und zielstrebig, und sie war bei einem Vorgehen angelangt, das ihr rational erschien. So etwas konnte ein gebrochenes Herz mit einem machen.

Jon tauchte auf, kam zu Fuß von seinem Rover herunter. Er blieb vor der Treppe stehen.

Wegen meines Blickwinkels konnte ich Amy nicht sehen,

aber inzwischen dürfte sie draußen sein und auf dem Weg nach unten. Amy musste die Jacke schnell fertigstellen, daher ging sie wahrscheinlich im Geiste eine Liste der noch zu erledigenden Arbeiten durch.

Jon nahm die ersten Stufen, und dann war er fort.

Zunächst würde Amy ihn noch nicht sehen. Sie würde in Gedanken versunken sein, damit beschäftigt, die rationalen Schritte abzuhaken, die zu ihrem rationalen Tod führen würden, und jeder einzelne dieser Schritte würde ihr vollkommen und unvermeidlich sinnvoll erscheinen.

Bis sie Jon sah.

Alles würde sich in dem Moment ändern, wenn sie ihn sah. Jon würde ihr einen anderen Weg anbieten.

56

Jon war etwa fünfzig Minuten bei ihr, bevor er anrief.

»Kommt rauf. Hier ist alles gut.«

Hess und ich gingen los, zusammen mit Darrow, dem rothaarigen Agenten, und einem großen, sportlichen Agenten namens Kelman.

Hier waren wir also, all diese Fremden, manche mit Dienstmarken, drangen in ihre Welt ein und konfrontierten sie mit der eiskalten Dusche der Wahrheit, dass vieles von dem, was man ihr erzählt und was sie geglaubt hatte, nur Lügen waren.

Zuerst reagierte Amy sehr emotional, aber sie schien in Jon Trost zu finden. Er saß neben ihr auf der Couch. Hess und ich saßen ihnen gegenüber. Darrow und Kelman durchsuchten das Haus, während wir sprachen.

Amy wirkte auf mich weder lebensmüde noch labil. Menschen mit solchen Problemen vermitteln oft einen anderen Eindruck, aber ihre Antworten waren klar und intelligent. Sie verstand genau, was passierte, und verarbeitete die neue Wahrheit ihrer Situation.

Ich zeigte ihr die Zeichnung von Royal Colinski und sein Verbrecherfoto.

»Das ist Mr. Rollins«, sagte sie. »Er war in dem Haus.«

Hess zeigte ihr ein Foto von Mitchell. Amy identifizierte ihn als Charles Lombard.

Hess erzählte ihr von Eli Sturges und seiner Beziehung zu

Colinski und fragte nach dem fehlenden Sprengstoff. Amys Antwort überraschte uns.

»Ich habe nicht mehr. Das Material, über das Sie reden, ist nicht echt.«

Jon lehnte sich zurück, damit sie sein Gesicht nicht sehen konnte, und grinste breit bis über beide Ohren. Sie hatte es ihm bereits erzählt.

Ich war skeptischer.

»Die Probe in Echo Park war echt. Das Plastik, das ich zusammen mit der Weste gefunden habe, ist auch echt.«

Sie nickte.

»Ja, dieses Material schon. Ich hatte achtundvierzig Pfund hochexplosives Material. Der Rest ist Material, das wir zu Trainingszwecken herstellen. Es sieht echt aus und fühlt sich echt an, aber es ist chemisch inaktiv.«

John grinste.

»Play-Doh-Kinderknete.«

Darrow war wieder im Raum.

»Haben Sie wirklich geglaubt«, fragte er, »Sie könnten diesen Leute etwas vormachen?«

»Nein, Sir. Ich hätte mehr Explosivmaterial nehmen können, aber ich wollte nicht riskieren, dass unter Umständen so viel in die falschen Hände gerät.«

Diesmal lachte Jon laut.

»Wo ist dieses Material, Amy?«, fragte Hess.

Amy warf mir einen Blick zu.

»In der Einheit neben derjenigen, in der Sie waren. Ich habe zwei Lagereinheiten. Nebeneinander.«

Sie gab Hess die Schlüsselkarte und den Schlüssel zu einem Schloss. Hess schickte zwei Agenten und ein CRT-Team mit dem Befehl los, beide Einheiten und deren Inhalt zu sichern.

Ich begriff, dass Amy die Wahrheit erzählte, als sie uns sagte, das fehlende Material sei harmlos. Maggie hätte auch bei der zweiten Einheit angeschlagen, wenn der Sprengstoff echt gewesen wäre. Sie war nicht dafür ausgebildet, Bomben zu finden, die nicht explodieren konnten.

Hess sah auf die Uhr. Zeit war ein Faktor, und die Uhr tickte.

»Okay, Amy, helfen Sie uns bei der Sache. Wie kommen wir von hier zu Colinski und Sturges? Wie soll der Deal ablaufen?«

Amy skizzierte die Schritte. Sie passten zu dem, was ich bereits wusste. Rollins sollte an diesem Morgen Geld auf ein ausländisches Konto überweisen. Er würde Mitchell verständigen, sobald dies geschehen war, und Mitchell würde Amy benachrichtigen. Wenn Amy die Überweisung bestätigte, würde sie Mitchell zu dem Versteck bringen, und Mitchell würde dann die Übergabe an Colinski und seine Käufer arrangieren.

»Wie überprüfen Sie das Konto?«, fragte ich. »Mit Ihrem Computer?«

»Charles sollte erst anrufen.«

Sie nannte ihn immer noch Charles.

»Schauen wir doch mal nach«, meinte Hess. »Vielleicht sind Sie reich.«

Amy öffnete ihren Computer und meldete sich bei ihrem Konto an. Ein paar Sekunden später schüttelte sie den Kopf.

»Nein. Noch nicht. Sehen Sie.«

Darrow saß neben ihr und betrachtete den Bildschirm.

Hess beugte sich wieder zu ihr.

»Was meinten Sie damit, Sie bringen Charles zum Versteck? Sollen Sie ihn irgendwo abholen?«

Amy runzelte flüchtig die Stirn, als hätten sie nie darüber gesprochen.

»Nein. Er wird mich abholen, und ich werde ihm sagen, wie wir dorthin gelangen. Er weiß es nicht. Ich wollte nicht, dass er es weiß, falls er auf dumme Gedanken kommen sollte.«

Jon grinste und schüttelte den Kopf.

»Geil.«

Ich dachte kurz über Mitchell nach und drehte mich zu Hess um.

»Wird Mitchell hart oder weich reagieren?«

»Weich. Er wird zappeln wie ein Fisch. Ich will ihn schnell vom Spielfeld haben.«

»Lassen Sie sich eines gesagt sein«, sagte Jon.

Laut.

Alle drehten sich zu ihm um. Jon hatte seine Delta-Miene aufgesetzt.

»Nur, damit wir uns alle richtig verstehen. Ms. Breslyn ist nicht auf dem Spielfeld. Sie wird zu keinem Zeitpunkt diesen Leuten ausgesetzt sein, sofern wir die nicht schon verhaftet haben.«

»Absolut nicht«, antwortete Hess.

Darrows Telefon summte. Er sprang auf, als er die Nachricht sah, und eilte ans Fenster.

»Männlich, weiß. Nähert sich dem Haus.«

Hess und ich traten ebenfalls ans Fenster, und Kelman ging zur Tür. Jon war auf den Beinen, hatte seine Pistole schneller gezogen als jeder von uns, und half Amy hoch.

»Gehen wir nach hinten. Kommen Sie.«

Amy schien verwirrt zu sein.

»Charles hat nicht angerufen.«

Ich linste vorsichtig am Saum der Gardinen vorbei und sah Russ Mitchell die Treppe heraufkommen. In der rechten Hand hielt er einen Strauß roter und weißer Nelken. Ich erkannte ihn im selben Augenblick, in dem Hess seinen Namen sagte.

»Mitchell. Du Arschloch.«

Jon und Amy hatten sich ins Esszimmer zurückgezogen. Jon stand so, dass sie sich hinter seinem Rücken befand.

»Amy, hat er einen Schlüssel?«

»Absolut nicht!«

»Jon.«

Ich berührte meine Lippen, um ihm zu zeigen, was ich wollte.

Er flüsterte etwas, das ich nicht verstand, schob sich hinter sie und legte behutsam eine Hand über ihren Mund.

Hess signalisierte Kelman, die Tür zu öffnen, und Darrow sollte die Flanke übernehmen. Sie selbst stand auf der anderen Seite des Wohnzimmers neben dem Flur, und ich stand neben der Tür zur Küche, alle vier mit gezogenen Waffen. Hess war der erste Agent, den er sehen würde. Sie deutete auf Kelman und Darrow.

»Runter, auf den Bauch.«

»Versuchen Sie, ihn nicht zu töten«, sagte ich. »Wir brauchen ihn.«

Hess griente.

»Er wird sich nicht wehren.«

Ein Schatten bewegte sich an den Gardinen vorbei, verschwand dann hinter der Tür. Die Türglocke läutete, gefolgt von zweimaligem Anklopfen. Kelman beobachtete Hess. Sie schüttelte den Kopf. Es läutete wieder, und diesmal nickte Hess. Als sich die Tür öffnete, trat Mitchell einen halben

Schritt herein. Er blieb stehen, als er Hess sah, und hob sofort die Hände.

»Die Hände ausgestreckt zu den Seiten«, befahl Hess. »Auf die Knie.«

Mitchell hatte einen knallroten Kopf, wie ein Mann, der gegen die Tränen ankämpft.

»Ich ergebe mich. Jesus, es tut mir leid.«

Hess brüllte.

»Komm rein und runter auf die Scheißknie, Russ!«

Er spreizte die Arme weiter und höher und strengte sich noch mehr an, nicht zu weinen.

»Ich will einen Deal. Alles, was Sie wollen. Ich werde kooperieren.«

»Runter!«

Er ließ den Strauß los, und die Blumen fielen.

»Was Sie wollen.«

Mitchell drehte sich um und lief. Darrow und ich reagierten am schnellsten, aber Mitchell blieb unvermittelt stehen, bevor wir die Tür erreichten. Einen Augenblick stand er wie erstarrt auf der Veranda, dann explodierte seine Waffe mit einem enormen Knall. Russ Mitchells Körper klappte unter einem roten Nebel zusammen und stürzte.

57

Hess war außer sich vor Wut.

»Arschloch!«

Sie wandte sich von der Leiche ab und eilte zu Amy.

»Was wird Colinski tun, wenn er Mitchell nicht erreichen kann?«

Amy versuchte, die Leiche zu sehen, aber die Agenten blockierten die Tür. Die Agenten unten auf der Straße kamen angelaufen, als sie den Schuss hörten, und telefonierten mit den Agenten, die auf dem Parkplatz geblieben waren.

»Haben Sie ihn erschossen?«, fragte Amy.

Hess versperrte Amy den Blick.

»Bleiben Sie bei mir, Amy. Konzentrieren Sie sich. Er ist tot.«

»Ruhig«, sagte Jon.

Hess warf ihm einen scharfen Blick zu, legte aber einen sanften Ton in ihre Stimme.

»Sie haben gesagt, Colinski wird Mitchell wegen des Geldes anrufen. Wenn er Mitchell nicht erreicht, wird er dann Sie anrufen?«

»Ich habe nie mit ihm telefoniert. Und das eine Mal, als wir uns begegnet sind, haben wir kaum ein Wort gewechselt.«

»Dann hat er also nicht Ihre Nummer?«

»Wenn Charles sie ihm nicht gegeben hat.«

»Und Sie haben seine auch nicht?«

»Charles hatte mit ihm zu tun. Charles hat sich um alles gekümmert.«

Ich schob mich an den Agenten vorbei und ging zur Leiche. Jemand hatte Mitchells Waffe sichergestellt, ansonsten hatte ihn niemand angefasst. Ich suchte nach seiner Brieftasche.

»Hey«, protestierte Kelman. »Das dürfen Sie nicht.«

»Okay.«

Ich drehte die Leiche um und filzte Mitchells Taschen. Ich hoffte auf einen Zettel mit Colinskis Adresse oder einer Schatzkarte, fand aber sein Telefon, seine Brieftasche und Schlüssel. Den Autoschlüsselanhänger warf ich dem am nächsten stehenden Agenten zu.

»Sehen Sie in seinem Wagen nach. Telefonnummern, Adressen, Kontaktinformationen.«

Mitchell und Colinski mussten miteinander gesprochen und getextet haben, als sie ihren Deal austüftelten, was bedeutete, Colinskis Nummer würde in Mitchells Telefon sein. Ich kehrte mit Telefon und Brieftasche zurück ins Haus, gab beides Hess und ging zu Amy. Sie saß wieder neben Jon auf der Couch. Darrow nahm das Telefon von Hess entgegen und untersuchte es.

»Würden Sie mit Colinski sprechen, wenn wir ihn anrufen könnten? Wäre es dann okay für Sie, mit ihm zu reden?«

Sie musterte mich, als dachte sie, ich würde ihr eine Fangfrage stellen.

»Warum sollte ich nicht?«

»Er ist ein furchterregender Mann.«

»Ich bin eine furchterregende Frau.«

Jon lächelte, aber er lachte nicht.

»Ich an Colinskis Stelle«, sagte ich, »was würde ich denken, wenn Sie mich anrufen?«

Sie antwortete ohne Zögern.

»Wo ist Charles? Warum ruft mich diese Frau an und nicht Charles?«

Jon nickte ermunternd.

»Was sagen Sie dann?«

Sie warf einen Blick zur Haustür, wo die Agenten die Leiche verbargen, die sie noch immer nicht gesehen hatte.

»Ich würde ihm sagen, dass Charles tot ist. Dass ich ihn erschossen hätte. Und dass es unser Geschäft hoffentlich nicht beeinträchtigt.«

Ich warf einen Blick zur Seite und sah, dass Hess zuhörte.

»Sie kann es. Sie kriegt es hin.«

Hess leckte sich über den Mund, als bekäme sie Hunger.

»Wir müssen die Schritte genau planen. Nur nichts verkomplizieren. Wir haben eine Menge beweglicher Teile.«

Mitchells Telefon klingelte, während Darrow noch damit beschäftigt war, es zu überprüfen. Er erschreckte sich dermaßen, dass er es um ein Haar hätte fallen lassen. Die Anrufkennung lautete auf *WINSTON MACHINES*.

Ich hielt Amy eine Hand hin.

»Rangehen oder Mailbox?«

Hess bot ihr das Telefon an.

»Sie müssen nicht. Nur wenn Sie können.«

Amy nahm das Telefon und meldete sich.

»Hallo?«

Hess und ich beugten uns dicht heran, um das andere Ende der Verbindung zu hören, doch wir hörten nur Stille.

»Mr. Rollins?«, sagte Amy.

Stille.

»Mr. Rollins, ich bin hier mit Charles, und ich habe ein Problem.«

Eine männliche Stimme antwortete. Ruppig.

»Wer spricht da?«

»Amy. Wir sind uns in Ihrem Haus begegnet. Mit Charles.«

Colinski öffnete sich, seine Stimme wurde freundlicher.

»Hi, Amy. Ja, natürlich erinnere ich mich. Bitte, lassen Sie mich mit Charles sprechen.«

»Charles ist tot. Ich habe ihn erschossen. Ich fürchte, ich musste ihn erschießen.«

Colinski verstummte wieder, und gleichzeitig wedelte Darrow mit den Armen und zeigte auf den Computer. Seine Lippen formten lautlos die Worte »das Geld«. Er signalisierte, dass alles in Ordnung war.

Colinski hatte die Überweisung durchgeführt.

»Mr. Rollins«, sagte Amy, »sind Sie noch da? Ich möchte nicht, dass dies unser Geschäft beeinträchtigt.«

Stille.

Ich beugte mich noch näher zu ihr und flüsterte.

»Bieten Sie an, ihm ein Foto zu schicken.«

Ich lief hinaus zu der Leiche, aber nur Kelman packte mit an. Wir zogen Mitchells Leiche ins Wohnzimmer und drehten ihn auf den Rücken.

Amy trat, ohne zu zögern, zu der Leiche.

»Hier, ich zeige es Ihnen. Ich schicke Ihnen ein Bild.«

Sie fotografierte den Kopf, dann sah sie die Kamera stirnrunzelnd an.

»Das Foto habe ich jetzt gemacht, aber ich brauche Ihre Nummer, um es zu schicken.«

Hess zupfte an meinem Arm und flüsterte.

»Sie muss das Gespräch beenden. Wir müssen uns was überlegen.«

»Alles klar«, sagte Amy, »ja, danke. Und hier kommt's.«

Amy tippte die Nummer ein und schickte das Foto per MMS.

Ich beugte mich wieder dicht zu ihr.

»Sie machen sich Sorgen, dass jemand den Schuss gehört haben könnte. Sie wollen nachsehen. Sie rufen ihn zurück.«

Amys Stimme wurde eiskalt.

»Er war respektlos. Belassen wir es dabei. Ich toleriere keine Respektlosigkeit. Aber wie ich schon sagte, ich hoffe, das stellt kein Problem für Sie dar.«

Sie lauschte einen Moment, bevor sie ihn unterbrach.

»Moment, ich höre etwas. Ich glaube, die Nachbarn haben den Schuss mitbekommen. Ich muss nachsehen. Ich rufe Sie wieder an.«

Amy zog das gut durch. Sie war glaubwürdig und überzeugend, und dann beendete sie das Gespräch.

58
Mr. Rollins

Charles mit einem zitronengroßen Krater im Kopf, das Auge total hervorgetreten und blutunterlaufen, sah aus wie der Bursche in dem Haus, der kleine Vollidiot, den Eli geschickt hatte und durch den diese ganze Sauerei erst angefangen hatte. Mr. Rollins wollte Eli das Bild schicken und sagen, siehste, Arschloch, das ist nur *deine* Schuld.

Aber er tat es nicht.

Mr. Rollins war wütend, doch die Regeln halfen ihm, ruhig zu bleiben. Er dachte über seinen nächsten Schritt sorgfältig nach.

»Ich übernehme die zweihunderttausend, Eli, ich komme für den Verlust auf, aber es ist Zeit, die Zelte abzubrechen.«

Zweihunderttausend waren die Summe, die Eli für den Sprengstoff gezahlt hatte.

Eli, dieses Arschloch, tobte.

»Welchen Verlust meinen Sie? Den Verlust, den ich morgen einstecke, weil ich meine Arbeit nicht machen kann?«

»Seien Sie vernünftig. Lassen Sie uns mal scharf nachdenken –«

Eli drehte völlig durch.

»Ich würde morgen vier bis sechs Millionen sehen. Ist das der Verlust, für den Sie aufkommen wollen?«

»Wenn so was passiert, hier und jetzt, auf die letzte Sekunde, dann muss man dem Beachtung schenken. Wie eine Warnung, Eli.«

»Ich geb Ihnen eine Warnung. Von Anfang an kannten Sie meine Zeitleiste. Sie wussten, dass sich dieses Geld in dem Transporter befinden wird. Vier bis sechs Millionen. Nicht heute, nicht übermorgen, nur morgen. Wir brauchen diesen Sprengstoff.«

»Sie lügt, Eli. Ich sag's Ihnen. Wir sollten es lassen.«

»Kommen Sie für die vier bis sechs Millionen auf?«

»Es wird andere Transporter geben.«

»Nein. Ich sag *Ihnen* jetzt was. Wir holen uns das Material. Meine Zeitleiste ist *jetzt* zu Ende.«

Eli legte auf.

59
Elvis Cole

Hess schritt im Raum auf und ab wie eine wilde Katze, während Amy ihre Unterhaltung wiedergab.

»Er meinte, das muss unsere Beziehung nicht beeinträchtigen. Er kam mir sehr umgänglich vor.«

»Sie haben zweihunderttausend Dollar seines Geldes, Amy«, sagte ich. »Er ringt mit sich. Wir werden sehen.«

Hess blieb stehen und sah uns an.

»Wenn er sich darauf einlässt, dann gibt es nur zwei Möglichkeiten. Entweder kommen sie her, oder sie geht zu ihnen.«

Jon bewegte sich.

»Muss ich mich wiederholen?«

Hess beachtete ihn nicht und tigerte weiter hin und her.

»Die Sturges-Crew, Colinski, diese Bestien, das sind schwer bewaffnete Killer. Ich will nicht, dass sie in dieses Viertel hier einfallen.«

Kelman schüttelte den Kopf.

»Darauf würden sie sich gar nicht einlassen. Sturges und Colinski werfen einen kurzen Blick auf diese kleine Straße und sind wieder weg. Sturges könnte vielleicht zwei seiner Jungs schicken, aber was dann?«

»Die Einlagerungsfirma«, sagte ich. »Sie haben schon Leute

dort. Sie werden mehr brauchen, aber die können ja schon mal anfangen, alles abzusperren.«

»Wie ist es denn da oben?«

Ich beschrieb den Eingangsbereich, den Parkplatz und das Tor, alles eingefasst von der Mauer.

Jon wartete nicht, bis ich fertig war.

»Super. Das perfekte Schlachtfeld.«

Hess sah ihn stirnrunzelnd an.

»Sie sind ein reizendes Kerlchen, was?«

Die Zeit verstrich, also drängte ich weiter.

»Das Material, das sie haben wollen, wiegt rund vierhundert Pfund. Das kommt uns entgegen. Amy kann es nicht selbst bewegen. Wenn sie es also haben wollen, müssen sie es holen. Sie kann Rollins sagen, er soll sie und die Käufer auf dem Parkplatz treffen.«

Ich setzte mich neben Amy und ging mit ihr den Rest durch.

»Sagen Sie ihm, was für einen Wagen Sie fahren. Sie sind sich schon begegnet, also werden Sie sich erkennen, richtig?«

Sie nickte.

»Erwähnen Sie nicht die Kameras, aber erzählen Sie ihm von dem Tor und Ihrer Schlüsselkarte. Wenn sie kommen, werden Sie das Tor öffnen, sie mit aufs Gelände nehmen und zu Ihrer Einheit bringen.«

Amy nickte wieder.

»Ich verstehe.«

Hess kam herüber und versuchte, aufmunternd zu sein.

»Ist das für Sie okay?«

»Ist ja keine schwarze Kunst.«

Jon lachte wieder, und ich lachte ebenfalls, aber mein Lachen klang nervös.

Hess hielt ihr das Telefon hin.

»In Ordnung, Ms. Breslyn. Zahlen Sie's ihnen heim.«

Amy schaute auf, und ihre Blicke begegneten sich. Zorn flackerte in Amys Augen, eine vulkanische Wut, die brodelte und ausbrechen wollte. Ich wusste, wir sahen die Wut, die sie in sich trug, und dachte, vielleicht war Hess jetzt darauf aus, sie zu entfesseln.

»Rufen wir an«, sagte ich.

Amy wählte und klang sogar noch natürlicher und überzeugender. Colinski wirkte zunächst unwillig, aber Amy überredete ihn.

»Mr. Rollins«, sagte sie, »ich frage das ja nur wirklich sehr ungern, aber wenn wir unser Geschäft abgeschlossen haben, nachdem Sie das Material haben, würden Sie mir dann helfen, seine Leiche zu beseitigen?«

Hess hob ruhig die Hand und gab mir lautlos fünf.

Colinski war mit dem Treffen einverstanden, und als Amy auflegte, rasten wir los. Darrow fuhr Amys Volvo. Amy fuhr mit Jon, und Pike und ich fuhren ebenfalls zusammen.

Wir waren zuerst da, aber zuerst half auch nichts.

60
Scott James

Scott war noch nie im zehnten Stock des Police Administration Building gewesen. Der Polizeipräsident lebte dort oben. Die drei Assistant Chiefs und acht Deputy Chiefs residierten hier. Unten auf der Straße und auf der Akademie war die zehnte Etage bekannt als Himmel, und die Herrscher über den Himmel waren Gott der Vater, der Sohn und der Heilige Geist und die acht Apostel.

Die Flure im zehnten Stock wirkten überraschend schlicht. Zum Öffnen der meisten Türen benötigte man Schlüsselkarten oder Zahlencodes, aber Ignacio hatte eine Karte und kannte die Codes, daher waren die Türen kein Problem.

Scott hatte sich gewundert, als Ignacio an diesem Morgen anrief. Er befahl Scott, sich im *Boot* zu melden, in Uniform, sofort. Er rief um halb acht morgens an, und bot keine Erklärung.

Ignacio machte nur eine Bemerkung.

»Sie müssen einen Schutzengel haben.«

Ignacio holte Scott im Foyer ab, brachte ihn auf die zehnte Etage und stellte ihn einem Apostel vor. Nach der Vorstellung ging Ignacio.

Deputy Chief Ed Waters war Absolvent der University of Notre Dame. Er hatte seinen Doktor an der USC gemacht und konnte eine ellenlange Liste an Leistungen und Referenzen im Polizeivollzugsdienst vorweisen. Waters hatte viele Male vor dem Senat und Repräsentantenhaus ausgesagt und galt als wahrscheinlicher Nachfolger des aktuellen Polizeipräsidenten, wenn dessen Dienstzeit ablief.

Derzeit leitete Waters das Counter-Terrorism and Special Operations Bureau, was ihn auf dem Organigramm des LAPD oberhalb der Metro Division platzierte. Da die K-9-Abteilung zur Metro gehörte, unterstand Scott automatisch auch Waters.

Waters besaß intelligente Augen, ein rötliches Gesicht und ein strenges Auftreten. Er forderte Scott auf, Platz zu nehmen, und schilderte eine Unterhaltung zwischen Hess und dem Chief. Hess hatte es so dargestellt, als hätte Scott geholfen, Amerika vor einer nationalen Katastrophe zu retten, und übernahm die Verantwortung für sämtliche seiner Dienstvergehen.

»Der Chief und SAC Hess müssen zusammenarbeiten, also vergessen Sie die Dienstaufsichtsbeschwerde. Die Sache ist Geschichte.«

Scott fühlte sich unwohl, schaffte es aber zu nicken. Das meiste, was Hess dem Chief erzählt hatte, war gelogen.

»Danke.«

»Ich werde entsprechende Weisungen an den Leiter der Metro und an den Chef der Dienstaufsicht schicken. Ihr direkter Vorgesetzter wird im Laufe des Vormittags unterrichtet. Wann Sie sich zum Dienst melden müssen, ist seine Entscheidung.«

Scott nickte wieder, fühlte sich aber noch unwohler. Er fragte sich, ob Waters diesen ganzen Bockmist glaubte.

»Tolle Neuigkeiten, Chief. Danke.«

Er wollte Maggie so bald wie möglich abholen. Er wollte zur Dienstbesprechung erscheinen und zur Arbeit antreten, aber Waters entließ ihn noch nicht.

Der Deputy Chief beugte sich vor und verschränkte die Hände.

»Die SAC hat sich praktisch überschlagen, Ihren Arsch zu retten. Ich vermute, sie weiß, dass sie ziemlich dick aufgetragen hat, und es ist ihr peinlich. Was immer da passiert ist, sie hat sich für Sie eingesetzt und abgeliefert.«

Scott spürte, wie er einen roten Kopf bekam, er wollte gehen und brachte lediglich ein weiteres Nicken zustande.

»Jedenfalls, ich weiß nicht, ob ich so mit ihr mitgezogen hätte, wie Sie es getan haben. Ich stelle mir gern vor, dass mein Eid wichtiger wäre, und meine Verpflichtung gegenüber dem Department. Aber vielleicht sehe das ja auch nur ich so.«

Waters verstummte und schien zu warten. Scott meinte, wahrscheinlich taxierte der Mann ihn.

»Sir, alles, was Carter in seiner Beschwerde vorgebracht hat, entspricht der Wahrheit. Ich habe Commander Ignacios Befehl missachtet, und ich habe Detective Carter Informationen vorenthalten. Das waren allein meine Entscheidungen, und nicht die Entscheidungen von SAC Hess oder sonst wem.«

Der Gesichtsausdruck des Chiefs änderte sich kaum. Nur ein klein wenig.

»Warum?«

»Weil ein Dreckskerl versucht hat, mich und meinen Hund umzubringen.«

Schließlich erhob sich Waters und bot ihm die Hand an.

»Willkommen zurück, Scott.«

61
Mr. Rollins

Mr. Rollins traf Eli und seine Leute auf dem Parkplatz eines Pizza Hut drei Blocks von dem Einlagerungsunternehmen entfernt, gottverdammt weit oben im Nirgendwo, tausend Meilen abseits jeder Zivilisation. Eli saß dort in seinem bronzefarbenen 1969er Chevrolet Chevelle SS396 Oldtimer mit zwei seiner Jungs. Diese verflucht wunderschöne Karre war wie ein großes Schild, das *SIEH MICH AN!* rief.

Mr. Rollins hatte einen Grundsatz. Keine Aufmerksamkeit erregen. Mr. Rollins fuhr einen gestohlenen weißen Camry, dessen Nummernschilder mit denen eines gleichartigen Camry ausgetauscht worden waren, den er an der UCLA entdeckt hatte. Toyotas und Hondas waren die gebräuchlichsten Autos in Los Angeles, und silbern und weiß die häufigsten Farben.

Mr. Rollins lehnte an Elis Tür. Eli war einer dieser großen, schlaksigen Typen mit einem schwarzen Wuschelkopf.

»Ich habe ihr gesagt, was Sie fahren, also kennt sie Ihr Auto. Sie kommt in einem beigen Volvo. Sie werden sie sehen, wenn Sie einbiegen.«

»Kommen Sie nicht mit?«

»Ich werde in meinem Auto sein, aber wir fahren noch nicht. Warten Sie, bis ich Sie anrufe. Ich werde erst mal die Lage checken, mich vergewissern, dass alles frisch ist.«

»Okay. Wir warten.«

»Sobald die Luft rein ist, holen wir das Zeug ab, und vielleicht kümmern wir uns auch um die Leiche.«

Eli lehnte sich zur Seite, um zu ihm aufzublicken.

»Wenn Sie ihren Müll wegräumen wollen, dann tun Sie das. Ich bin kein Müllmann. Machen Sie doch noch ein paar von Ihren Fleischklopsen.«

Die beiden Idioten in seinem Wagen fingen an zu gackern.

Mr. Rollins ging.

»Ja. Lacht ihr nur.«

Zehn Minuten später war er auf dem Dach einer Baumschule gegenüber von *Safety Plus*, betrachtete den Volvo mit seinem Nikon-Feldstecher. Eine Frau saß hinter dem Steuer, aber in dem grellen Licht und bei den Reflexionen auf dem Glas konnte er sie nicht richtig erkennen. Die Frau, die er in Echo Park getroffen hatte, war rundlich und klein. Die Frau in dem Volvo saß tief hinter dem Steuer, was vielleicht bedeutete, dass sie klein war, oder sie war eine große Maus, die sich klein machte.

Mr. Rollins beschloss, es sich anzusehen. Er rief Eli an.

»Wir sind hier fast eingepennt, Mann, so lange dauert das bei Ihnen. Wir haben schon Pizza bestellt.«

Schwachköpfe, die sich über Schwachsinn kaputtlachten.

»Sieht alles gut aus. Gehen Sie zu ihr. Und nicht vergessen, Sie sind Terroristen.«

»Wo stecken Sie?«

»Ich gehe jetzt zu meinem Wagen. Ich komme direkt hinter Ihnen rein.«

Mr. Rollins rief die Nummer an, die er für Charles hatte. Sie war vorhin rangegangen, und sie ging jetzt wieder ran.

»Wir sind da. Sind Sie das in dem Wagen?«

»Ja«, antwortete Amy. »Ich bin hier. Ich habe gewartet.«
Die Frau im Volvo winkte.

»Super. Wir sehen uns gleich. In zehn Sekunden oder so.«

Mr. Rollins legte sein Telefon fort und beobachtete. Eli tauchte wenige Sekunden später auf, bog durch den Eingang und hielt an. Kein Auto bewegte sich die nächsten zehn Sekunden, bis Eli schließlich ausstieg und die Hände spreizte, eine fragende Geste. *Willst du da drin etwa sitzen bleiben?*

Dann drehte Eli sich um, um wieder in seinen Wagen zu steigen, und die Hölle brach los. Mr. Rollins blieb nicht, um sich alles anzusehen. Er zog sich unauffällig vom Dach zurück, ging zu seinem anonymen Auto und ratterte seine Liste von Regeln zur Flucht runter.

Langsam fahren.

Immer auf der rechten Spur bleiben.

Frühzeitig bremsen.

Mr. Rollins befolgte die Regeln und entkam.

62
Elvis Cole

Bei so vielen Menschen, die sich in einem so kleinen Raum drängten, stieg die Hitze im Vermietungsbüro sehr schnell an. Der CRT-Einsatzleiter und Kelman waren vorne, in der Nähe der Scheibe. Der Einsatzleiter hatte ein Mikro, um mit seinen Leuten zu sprechen. Darrow war näher bei uns, trug ein Funk-Headset für den Kontakt zu Hess. Special Agent in Charge Hess befand sich in Amys Volvo.

Die Agenten hätten beinahe gemeutert, als die SAC verkündete, sie würde in dem Wagen sein, aber Hess gab nicht nach und sagte, sie sollten ihr den Rücken freihalten. Der SAC schickt, wen der SAC haben will. So langsam entlockte sie mir ein Lächeln.

Joe und ich standen mit Jon und Amy im hinteren Teil. Amy trug eine kugelsichere Weste, die schwer genug war, um ein Nashorn aufzuhalten. Jon hatte sich das Ding aus dem Einsatzfahrzeug des CRT gekrallt. Amy war im Büro, weil sie Mitchells Telefon hatte. Wenn Colinski anrief, erwartete er, dass Amy sich meldete. Sie brauchte freien Blick aufs Spielfeld, um zu wissen, wie sie antworten musste.

Als das Telefon schließlich klingelte, sah fast jeder im Büro Amy an. Nur der CRT-Einsatzleiter behielt den Blick fest auf den Volvo gerichtet.

»Hallo?«

Amy hörte zu.

»Ja. Ich bin hier. Ich habe gewartet.«

Amy hob die Hand, und Darrow flüsterte mit Hess.

»Winken. Die sehen Sie. Winken Sie.«

Janet Hess im Volvo winkte.

Amy senkte das Telefon.

»Sie kommen. Er hat gesagt, zehn Sekunden.«

Darrow wiederholte die Information für Hess, und der CRT-Einsatzleiter raunte etwas in sein Mikro.

Ein bronzefarbener SS396 bog durch den Eingang, rollte langsam weiter, hielt an. Beide Agenten hoben ihre Feldstecher, und Kelman begann sofort mit Identifikationen.

»Fahrer, Sturges. Beifahrer, Remi Jay Wallach, er ist ihr Ausputzer. Ein Mann hinten, kann ihn nicht erkennen.«

Ich kniff die Augen zusammen, sah durch mein Fernglas.

»Ich sehe Colinski nirgends. Colinski sitzt nicht im Wagen.«

Ich blaffte Darrow an.

»Sagen Sie ihr das. Er ist nicht bei ihnen.«

Darrow gab es durch und fragte, was sie tun sollten.

»Was machen wir jetzt? Er ist nicht hier.«

Sturges stieg aus dem Wagen. Er starrte mehrere Sekunden den Volvo an und spreizte die Hände, fragte, worauf sie noch wartete.

Ich zog Darrow zu mir und sprach in sein Mikro.

»Nicht aussteigen, Hess. Colinski beobachtet alles. Er wird sehen, dass Sie nicht Amy sind.«

Sturges drehte sich um, wollte wieder in seinen Wagen steigen, und Darrow brüllte, gab Hess' Befehl weiter.

»Zugriff! Jetzt! Losloslos!«

Ich war ein Zuschauer. Ich sah aus einem Glaskasten zu, wie andere ihre Arbeit machten.

Auf den Befehl hin stürmten Männer des Einsatzkommandos aus ihren Verstecken entlang der Mauer und hinter unserem Büro los, und eine Lautsprecherstimme brüllte den Insassen des Autos Befehle zu. Sturges hechtete hinter das Lenkrad und gab Gas. Er wird wohl gedacht haben, entkommen zu können, so wie's im Film immer läuft. Das Auto schleuderte seitlich weg, die Hinterräder qualmten. Blitze lösten sich vom Rücksitz, zuerst nur wenige, dann beschrieb ein langer irrwitziger Strom einen sinnlosen Bogen. Die vordere Beifahrertür flog auf. Der Insasse fiel heraus, oder vielleicht sprang er auch raus, aber beides kam gerade rechtzeitig. Die Leute des Einsatzkommandos legten mit ihren M4s los, erledigten das Auto und die Leute darin. Ich erkannte den Augenblick, als es Sturges erwischte. Sein Fuß rutschte vom Gas, und die durchdrehenden und wegrutschenden Reifen hörten auf sich zu drehen. Sein Auto machte einen Satz nach vorn und krachte mit einem dumpfen Schlag gegen den Volvo.

Die Beamten des Einsatzkommandos umschwärmten den Wagen, drehten den Insassen auf den Bauch, der herausgefallen war, und sicherten das Gelände. Ich rannte hinaus, um nach Hess zu sehen, aber sie hatte den Volvo bereits verlassen und lachte, bevor ich sie erreichte. Ich war stolz auf sie. Sie hatte das wirklich gut gemacht.

Der Tag endete erfreulich. Amy war in Sicherheit und würde die Hilfe erhalten, die sie brauchte. Hess setzte sich für Scott ein. Seine Suspendierung würde aufgehoben, und er konnte wieder zu der Arbeit zurück, die er liebte.

Es war in vieler Hinsicht ein erfreulicher Tag, aber es hätte besser sein können.

Ich hatte Scott versprochen, dass ich ihm Colinski liefern würde.
Hatte ich nicht.

63
Scott James

Elf Tage später

Remi Jay Wallach, der einzige Überlebende von Sturges' Mannschaft, hatte ausgepackt, dass Royal Colinski zumindest in unmittelbarer Nähe des Einlagerungsunternehmens gewesen war. Colinski war nach Mitchells Selbstmord höchstwahrscheinlich misstrauisch gewesen und hatte sich im Hintergrund gehalten, während Sturges in die Falle ging, und war geflüchtet. Scott warf das Elvis Cole nicht vor. So was passierte eben.

Colinskis Verbleib blieb unbekannt. Drei Menschen konnten nun Aussagen machen, die den Mann eindeutig mit Kapitalverbrechen in Verbindung brachten. Remi Jay Wallach, Amy Breslyn und Scott. Da Scott nicht mehr der einzige Zeuge war und Colinskis Gesicht lang und breit in den Abendnachrichten gezeigt wurde, gingen Carter, Stiles und die übrigen Detectives davon aus, dass Colinski die Stadt verlassen hatte. Selbst Cowly und Cole nahmen das an. Das einzige Zugeständnis, das Scott nach Colinskis Flucht machte, war seine Waffe. Scott war nie einer der Cops gewesen, der mit seiner Waffe auf dem Nachttisch schlief, aber jetzt tat er genau das. Er behielt seine Pistole immer griffbereit.

Noch drei Tage nach Colinskis Verschwinden blieb ein

Streifenwagen vor Scotts Haus. Während dieser Zeit und den darauffolgenden acht Tagen schlug Maggie kein einziges Mal mitten in der Nacht an. Nach der dritten stillen Nacht bat Scott darum, den besonderen Personenschutz aufzuheben, was auch geschah.

Elf Tage nach Colinskis Entkommen hatte Scott einen freien Tag. Am späten Nachmittag befand er sich gerade mit Maggie auf dem Weg in den Park, als sein Telefon klingelte.

»Hey, Alter«, sagte Cole, »ich weiß, es ist auf den letzten Drücker, aber wie wär's mit Abendessen? Sie können den Hund mitbringen.«

»Maggie.«

»Maggie. Sorry.«

Scott lernte, Cole zu mögen, und er genoss seine Gesellschaft.

»Ein anderes Mal? Joyce und ich wollten eigentlich zusammen einen Happen essen.«

»Bringen Sie sie mit. Pike kommt auch. Ich schmeiß den Grill an.«

»Was ist mit Jon?«

»Mit unbekanntem Ziel verschwunden. Das ist so bei ihm.«

»Lassen Sie mich kurz Joyce anrufen. Kann ich in einer Stunde Bescheid geben?«

»*No problemo.*«

Scott hinterließ eine Nachricht auf Cowlys Telefon und lächelte Maggie an.

»Wenn wir da rauffahren, halt dich von dieser Katze fern.«

Maggie wedelte mit dem Schwanz.

Ein Fußballspiel hörte gerade auf, als sie den Park erreichten. Scott war froh, dass die Mannschaften das Feld freigaben.

Für die Belohnung nach ihrem Lauf hatte er eine Tüte Fleischwurstwürfel und das Zerrspielzeug mitgenommen.

Scott ließ seine Sporttasche an einer gut einsehbaren Stelle zurück, damit er sie im Auge behalten konnte, und drehte in seinem üblichen Tempo dreißig Minuten lang Runden um den Park. Maggie klebte jedesmal förmlich an seiner linken Seite. Ihre lange Schäferhundzunge baumelte aus dem Maul wie ein rosa Seil.

»Du musst der geduldigste Hund auf der Welt sein, so wie du immer meinem lahmen Arsch um diesen Park folgst.«

Wedel.

Maggie langweilte sich nie, wenn sie mit Scott zusammen war. Mit Scott zusammen zu sein machte sie glücklich. Scott machte es auch glücklich.

Er beendete die letzte Runde an seiner Sporttasche. Er öffnete sie, nahm die einklappbare Wasserschale heraus und füllte sie. Maggie leerte die Schale schnell, also füllte er nach und schaute ihr beim Trinken zu. Leland hatte ihn an dem Tag beiseite genommen, als er zum Dienst zurückkehrte.

Jede Sekunde, die wir mit diesen wunderbaren Tieren haben, ist eine Wohltat. Kein Geschöpf, sei's Mensch oder Tier, wird einen mit einer solchen Hingabe lieben oder einem so bedingungslos vertrauen. Vergessen Sie das nie, Officer James. Diese Hunde schenken Ihnen ihr kostbares Herz und behalten nichts für sich selbst zurück. Macht sonst irgendwer das Gleiche für irgendwen? Ein solches Vertrauen ist ein Geschenk des Allmächtigen, also sollten Sie sich besser als würdig erweisen.

Scott ließ eine Hand über Maggies Rücken gleiten, in langen Strichen, so wie Leland es ihm beigebracht hatte.

»Fast hätte ich dich verloren, meine Kleine. Es wird nie wieder passieren. Ich versprech's.«

Maggie wedelte mit dem Schwanz und drückte sich glücklich an ihn.

Scott packte ihre Schüssel weg und nahm die Fleischwurst heraus. Sobald sie den Beutel sah, nahm sie gespannt Haltung an.

»Willst du das jagen, Maggie-Maus? Willst du mir zeigen, wie schnell du laufen kannst?«

Scott fischte den ersten Brocken aus dem Beutel und warf ihn, so weit er nur konnte. Der Brocken flog gute fünfunddreißig Meter und landete im Klee hinter dem Parkplatz. Maggie erwischte den Würfel, bevor er zu hüpfen aufhörte.

»Braves Mädchen, Maggie! Gutes Mädchen!«

Als Maggie zurücktrabte, stieg ein Mann mit einem Basketball aus einem weißen Camry. Er ließ ihn fünf-, sechsmal springen, aber Scott beachtete ihn nicht. Die Basketballplätze befanden sich auf der anderen Seite des Parkplatzes.

Maggie stand in Habachtstellung, als sie zurückkam, und brannte darauf, einen weiteren Leckerbissen zu erlegen. Scott zeigte ihr ein Stück Fleischwurst.

»Der hier und dann noch einer, und dann müssen wir los, okay?«

Erklärte es, wie er es auch einem Kind erklären würde.

Scott warf das erste Geschoss. Die Fleischwurst flog in hohem Bogen weit über den Parkplatz hinaus, prallte von einem Bürgersteig ab und landete in einem Sandkasten um eine Schaukel über fünfzig Meter entfernt.

Der Mann mit dem Basketball verfolgte, wie Maggie vorbeirannte, klemmte sich den Ball unter den Arm und ging auf Scott zu.

Scott stöhnte innerlich auf, als die Fleischwurst in den Sand rollte, und brüllte einen Befehl.

»Maggie, sitz! Bleib!«

Maggie riss den Kopf so schnell herum, dass sie um ein Haar gestürzt wäre. Sie war nur noch ein kurzes Stück von ihrer Beute entfernt und zwiegespalten.

»Maggie, sitz! Sitz!«

Sie blickte traurig zu dem verlorenen Leckerbissen und ließ sich auf den Bauch fallen. Scott hasste es, sie zurückzurufen, aber er wollte nicht, dass sie eine Ladung Sand fraß. Er nahm seine Sporttasche und trabte zu ihr.

Der Mann mit dem Basketball war jetzt näher. Irgendetwas an ihm wirkte vertraut, aber Sonnenbrille und eine tief in die Stirn gezogene Dodgers-Mütze verdeckten seine Gesichtszüge. Sie waren die beiden einzigen Leute auf dieser Seite des Parks, trotzdem kam er weiter genau auf ihn zu.

Scott blieb stehen.

Der Mann warf den Basketball zur Seite und griff unter sein Sweatshirt. Scott sah die fleischfarbenen Vinyl-Handschuhe.

»Erinnerst du dich an mich, Arschloch?«

Colinski.

»Ja. Du hast versucht, meinen Hund zu vergiften.«

Colinski zog eine Pistole.

Maggie

Maggie ließ sich widerstrebend auf den Bauch nieder. Sie sah über die Schulter zurück zu Scott und drehte sich dann schnell wieder zu der Fleischwurst um. Ein glücklicher Speichelfluss sabberte aus ihrem Maul. Maggie waren Sand und Dreck gleichgültig. Der dicke Brocken schimmerte mit seinen salzigen Gerüchen nach Schweinefett und Huhn, und ihr Schwanz klopfte erwartungsvoll auf den Boden.

Maggie zappelte und sah wieder hoffnungsvoll zurück zu

Scott. Scott kam auf sie zugelaufen, blieb dann aber plötzlich stehen und starrte den Mann mit dem Basketball an. Der Mann hatte nichts bedeutet, bis Scott stehen blieb, und jetzt erkannte Maggie die Veränderung in Scotts Haltung aus fünfzig Metern Entfernung. Irgendetwas stimmte nicht.

Ihre Ohren richteten sich auf und drehten sich. Ihre Maske verdunkelte sich vor Konzentration.

Polizei- und Militärdiensthunde waren darauf abgerichtet, ihre Führer zu beschützen. Wenn der Führer angegriffen wurde oder bewusstlos war oder um sein oder ihr Leben kämpfte, musste der Hund wissen, was er zu tun hatte, ohne dafür einen Befehl zu erhalten. Leland hatte es einmal deutlich gesagt. *Diese Tiere sind keine Roboter, verflucht! Sie denken! Wenn du sie richtig ausbildest, wird dieser wunderschöne Hund besser auf deinen Arsch aufpassen als ein ganzer Trupp gottverdammter Marines!*

Der Mann, der sich Scott näherte, warf den Basketball mit einer heftigen, abgehackten Bewegung fort, und für Maggie waren die Zeichen einer Aggression so klar und deutlich wie ein Schuss aus kürzester Entfernung. Der Mann richtete eine Waffe auf Scott, und Maggie verließ ihre Position.

Scott bedroht.

Rudel bedroht.

K-9 Maggie beschleunigte zu einem ausgewachsenen Sprint in weniger als der Hälfte der Zeit, die dem allerschnellsten menschlichen Sprinter möglich war. Scott und der Mann mit der Waffe waren ein halbes Football-Feld weit entfernt, aber Maggie konnte diese Entfernung ganze anderthalb Sekunden schneller zurücklegen als die schnellsten Profi-Footballspieler.

Der Schmerz in ihrer verletzten Hüfte zählte nicht.

Die Waffe, die der Mann auf sie richtete, zählte nicht.

Maggie streckte sich und zog sich zusammen. Sie fixierte den Mann im Laufen und sah nichts anderes mehr.

Nur noch Scott zählte.

Ein Knurren löste sich aus ihrer Brust wie Zähne, die einen Knochen abnagten.

Scott

Maggie kam. Vielleicht hatte sie eine Bedrohung in der Haltung des Mannes oder Aggression in seiner Annäherung gelesen, doch das würde Scott nie erfahren. Er liebte sie in diesem Augenblick so sehr, dass sich ihm die Augen verschleierten.

Colinski sah sie nicht. Maggie war vierzig Meter hinter ihm und kam auf ihn zugerast.

Scott deutete mit dem Kopf auf seinen Hund.

»Chance vertan, Royal. Sie hat dich.«

Maggie war immer noch dreißig Meter hinter ihnen, und Scott wusste, dass der Mann eine Entscheidung treffen musste. Zuerst Scott erschießen, dann den Hund, oder zuerst den Hund und dann Scott. Scott war rund zwanzig Meter entfernt, also hatte Colinski jede Menge Zeit, Maggie zu erschießen, bevor Scott ihn erreichen konnte.

Scott spreizte die Arme, eine Geste, die sagte, *such's dir aus*.

Colinski grinste süffisant.

»Blöder Köter.«

Als Colinski sich umdrehte, um auf Maggie anzulegen, nahm Scott seine Pistole aus der Sporttasche. Er rief keine Warnung oder befahl Colinski, seine Waffe wegzuwerfen. Scott drückte den Abzug.

Colinski krümmte sich, als die Kugel ihn erwischte. Scott verpasste ihm zwei weitere Kugeln, bevor er stürzte.

Als Colinski dann bewegungslos auf dem Boden lag, beendete Maggie ihren Angriff, wie es ihr beigebracht worden war, und umrundete den Körper. Ein Mann auf der anderen Seite des Parkplatzes rief etwas.

Scott lief hinüber, sicherte Colinskis Waffe und leinte Maggie an. Leute liefen auf den Basketballplätzen und am Rand des Fußballfeldes zusammen. Niemand kam näher.

Colinski gab kleine hicksende Geräusche von sich, und Blut trat aus seinem Mund. Er murmelte etwas, aber Scott konnte nichts verstehen.

»Hör auf zu reden. Schon deine Kraft.«

Er nahm sein Telefon aus der Sporttasche und rief die Notfallzentrale an. Colinski umklammerte Scotts Bein, während Scott wählte, und sagte irgendwas über Regeln.

Scott zog sein Bein fort und trat einen Schritt zurück.

Als die Notfallzentrale sich meldete, identifizierte sich Scott und forderte einen Krankenwagen und die Polizei an. Er sollte in der Leitung bleiben, doch er beendete das Gespräch und verstaute Telefon und Pistole wieder in der Sporttasche.

Royal Colinski starb noch vor Eintreffen des Krankenwagens.

Scott führte Maggie ein Stück fort und setzte sich auf das leuchtend grüne Gras, einen Arm um seinen Hund gelegt. Er spürte sie atmen. Ihr Herz schlug kräftig und regelmäßig. Ihr Atem war voller Leben.

64

Elvis Cole

Sechzehn Tage später

Zwei Rotschwanzbussarde schwebten über dem Canyon wie müde Wächter. Sie hingen am Himmel gleich Fischen im Wasser, ohne jede erkennbare Anstrengung, so sehr Teil der Luft wie eine Wolke.

»Sie werden bald verschwinden«, sagte Pike. »Es wird dunkel.«

Wir saßen auf der Terrasse. Der Grill war an, die Kohle glühte. Mein Plan war, mir selbst vier schöne Lammkoteletts zu grillen, eine Aubergine und verschiedene Gemüse, die wir teilen konnten. Ein vegetarischer Bohnenauflauf stand im Ofen. Der Auflauf war für Pike, den Vegetarier, aber mir schmeckte das auch.

Ich hob mein leeres Falstaff.

»Zwei sind noch da. Willst du eins?«

»Klar.«

Ich verschwand kurz im Haus, die letzten Falstaffs holen, und warf ihm eine Dose zu. Wir knackten sie und tranken. Wir waren fast den ganzen Tag draußen auf der Terrasse gewesen. Hatten auch fast den ganzen Tag getrunken.

»Jon ist immer noch weg?«, fragte ich.

»Hm-hmh.«

»Wann kommt er zurück?«

»Sagt er nie. Weißt du doch.«

Pike hatte früher auch solche Ausflüge gemacht.

Ich hob meine Dose.

»Auf Jon.«

»Jon.«

Wir tranken. Das waren nicht unsere ersten.

»Hab Amy gesehen«, sagte ich.

»Wie geht's ihr?«

Ich war nicht sicher, was ich antworten sollte.

»Geht zu diesem Seelenklempner, den das Gericht ihr aufgedrückt hat. Ist ja erst ein paar Wochen her. Er stellt Fragen, sie unterhalten sich, der Seelenklempner macht sich Notizen. Sie sagt, er ist okay.«

Pike hob seine Dose zum Himmel.

»Sieh mal.«

Der männliche Bussard legte die Flügel an, drehte sich auf die Seite und schoss herab. Dann ging er in eine lange, geschwungene Kehre, öffnete die Flügel wie Fallschirme und flitzte an meiner Terrasse vorbei. Sein winziger Bussardkopf drehte sich im Vorbeiflug, checkte uns ab.

»Er zieht für seine Freundin eine Show ab«, sagte ich.

Pike nickte.

Ich war im Haus, um das Lamm und das Gemüse zu holen, als es an der Tür klingelte. Beim Öffnen erwartete mich eine Überraschung.

»Der SAC«, sagte ich.

»Ich schätze, es gibt schlimmere Bezeichnungen für mich.«

Hess kam herein, ohne dazu eingeladen zu werden, und sah Pike auf der Terrasse.

»Oh. Sie haben Gesellschaft. Ich hätte anrufen sollen.«

»Ja. Hätten Sie.«

Sie sah sich im Raum um, betrachtete die Aussicht, wie Leute es eben so tun, und dann sah sie das Essen auf der Arbeitsfläche.

»Hören Sie, ich schulde Ihnen eine Entschuldigung und eine Erklärung. Ich hätte anrufen können, aber ich hatte Angst, Sie würden einfach auflegen.«

»Bisher hielt ich Sie nicht gerade für den ängstlichen Typ, Hess.«

Nervös wandte sie ihren Blick ab.

»Vor manchen Dingen schon.«

Sie war irgendwie süß, wenn sie einen auf schüchtern machte, aber ich hatte ja auch getrunken.

»Ich wollte gerade kochen. Kommen Sie mit raus. Sagen Sie Joe guten Tag.«

Ich schnappte mir das Essen aus der Küche und brachte es hinaus. Hess folgte mir.

»Es ist der SAC.«

»Bitte, nennen Sie mich nicht so.«

Joe stand auf und bot ihr die Hand an.

»Hallo, Janet. Sie waren gut auf dem Parkplatz.«

Ich warf das Lamm auf den Grill und hörte ein nettes Brutzeln.

»Sie liebt Parkplätze.«

Hess bekam einen roten Kopf, behauptete sich aber, wie an dem Tag bei *Safety Plus*.

Pikes Mundwinkel zuckten. Es war nur ein winziges Zucken, kaum wahrnehmbar. Er sah Hess an.

»Hoffe, wir sehen uns mal wieder.«

Pike ging ins Haus und durch die Haustür.

Hess starrte ihm nach.

»Wo geht er hin?«

»Er geht. Er denkt, Sie sind gekommen, weil Sie mich sehen wollten, und jetzt sind wir allein.«

Ihre Röte wurde intensiver. Dunkler.

»Ich wollte mich entschuldigen.«

»Dann entschuldigen Sie sich. Und zwar anständig.«

»Haben Sie getrunken?«

»Ja. Mögen Sie Lamm?«

Ich sah sie mit gehobener Augenbraue an, wartete.

Hess betrachtete mich einen Moment und nickte.

»Klar.«

»Gut. Wo bleibt die Entschuldigung? Ich hab nicht den ganzen Abend Zeit.«

»Kann ich vorher ein Bier haben?«

Ich deutete mit dem Ellbogen ins Haus.

»Kühlschrank. Bedienen Sie sich.«

Hess ging hinein und bediente sich.

65
Jon Stone

Liebe Ms. Breslyn,

ich hoffe, dieses Schreiben trifft Sie bei guter Gesundheit an und gibt Ihnen ein wenig Frieden. Ein Kollege hat mir gerade berichtet, dass die Person hinter dem Angriff in Abuja als Ambisa Yemi identifiziert worden ist, ein bekanntes Mitglied einer islamistischen Terrorgruppe im Norden von Nigeria. Es waren Zeugen zugegen, als Mr. Yemi persönlich das Sprengstoffpaket an einer jungen Frau namens Asama Musa befestigte und anderen den Befehl erteilte, Ms. Musa zu dem vorgesehenen Café zu transportieren. Was sie betrifft, sollte ich Ihnen sagen, dass Ms. Musa ebenfalls ein Opfer war. Mr. Yemi raubte sie ihrer Familie und hielt sie etwa vier Jahre lang als Sklavin und Geisel. Mein Kollege sagt mir, Mr. Yemi habe bei mindestens zwei privaten Gesprächen seine Beteiligung zugegeben, und im Verhör legte er ein umfassendes Geständnis ab.

Ich habe diese Informationen an die entsprechenden zuständigen Behörden weitergeleitet. Die Räder der Justiz werden sich drehen, allerdings ohne Mr. Yemi. Er wurde gestern Abend in der Nähe des Dorfes Yana erschossen. Sein Tod war höchstwahrscheinlich die Folge eines Stammeskonflikts, aber Genaues werden wir wohl nie erfahren. Bislang hat keine Einzelperson oder Gruppe die Verantwortung übernommen.

Nach meiner Rückkehr aus dem Ausland werden Sie mir hoffentlich erlauben, Ihnen meine Aufwartung zu machen. Liebend gern würde ich mehr über Jacob erfahren.

Ihr Freund,
J. Stone

Robert Crais

»Don Winslow ebenbürtig.«
KrimiZEIT-Bestenliste

»Robert Crais ist ein Meister!«
Jonathan Kellerman

978-3-453-43746-3

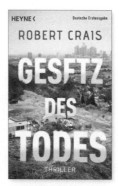

978-3-453-43768-5

978-3-453-43767-8

978-3-453-43829-3

Leseprobe unter **www.heyne.de**

Robert Crais

Exklusiv als E-Book

»Einer der besten Thrillerautoren, die ich kenne!«
David Baldacci

978-3-641-16291-7

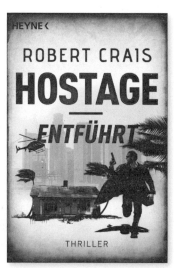

978-3-641-16292-4

Leseproben unter **www.heyne.de**

HEYNE ‹